PRINCESA DAS CINZAS

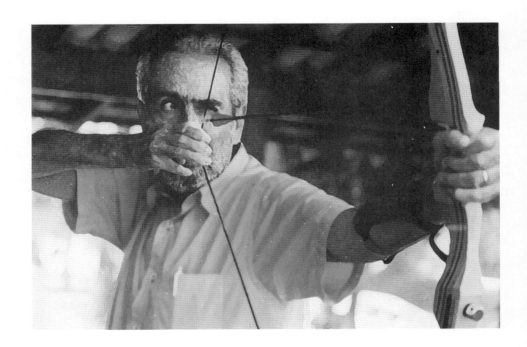

O Arqueiro

GERALDO JORDÃO PEREIRA (1938-2008) começou sua carreira aos 17 anos, quando foi trabalhar com seu pai, o célebre editor José Olympio, publicando obras marcantes como *O menino do dedo verde*, de Maurice Druon, e *Minha vida*, de Charles Chaplin.

Em 1976, fundou a Editora Salamandra com o propósito de formar uma nova geração de leitores e acabou criando um dos catálogos infantis mais premiados do Brasil. Em 1992, fugindo de sua linha editorial, lançou *Muitas vidas, muitos mestres*, de Brian Weiss, livro que deu origem à Editora Sextante.

Fã de histórias de suspense, Geraldo descobriu *O Código Da Vinci* antes mesmo de ele ser lançado nos Estados Unidos. A aposta em ficção, que não era o foco da Sextante, foi certeira: o título se transformou em um dos maiores fenômenos editoriais de todos os tempos.

Mas não foi só aos livros que se dedicou. Com seu desejo de ajudar o próximo, Geraldo desenvolveu diversos projetos sociais que se tornaram sua grande paixão.

Com a missão de publicar histórias empolgantes, tornar os livros cada vez mais acessíveis e despertar o amor pela leitura, a Editora Arqueiro é uma homenagem a esta figura extraordinária, capaz de enxergar mais além, mirar nas coisas verdadeiramente importantes e não perder o idealismo e a esperança diante dos desafios e contratempos da vida.

PRINCESA DAS CINZAS

LAURA SEBASTIAN

Título original: *Ash Princess*

Copyright © 2018 por Laura Sebastian
Copyright da tradução © 2018 por Editora Arqueiro Ltda.
Todos os direitos reservados. Nenhuma parte deste livro pode ser utilizada ou
reproduzida sob quaisquer meios existentes sem autorização por escrito dos editores.

tradução: Raquel Zampil

preparo de originais: Natália Klussman

revisão: Luis Américo Costa e Suelen Lopes

diagramação: Valéria Teixeira

capa: Billelis

adaptação de capa: Ana Paula Daudt e Gustavo Cardozo

mapas: Isaac Stewart

impressão e acabamento: Cromosete Gráfica e Editora Ltda.

CIP-BRASIL. CATALOGAÇÃO NA PUBLICAÇÃO
SINDICATO NACIONAL DOS EDITORES DE LIVROS, RJ

S449p	Sebastian, Laura
	Princesa das cinzas/ Laura Sebastian; tradução de Raquel Zampil. São Paulo: Arqueiro, 2018.
	352 p.: il.; 16 x 23 cm. (Princesa das cinzas; 1)
	Tradução de: Ash princess
	ISBN 978-85-8041-893-4
	1. Ficção americana. I. Zampil, Raquel. II. Título. III. Série.
	CDD 813
18-51860	CDU 82-3(73)

Todos os direitos reservados, no Brasil, por
Editora Arqueiro Ltda.
Rua Funchal, 538 – conjuntos 52 e 54 – Vila Olímpia
04551-060 – São Paulo – SP
Tel.: (11) 3868-4492 – Fax: (11) 3862-5818
E-mail: atendimento@editoraarqueiro.com.br
www.editoraarqueiro.com.br

PARA JESSE E EDEN.
Que vocês possam sempre fazer a coisa certa,
por mais difícil que seja.

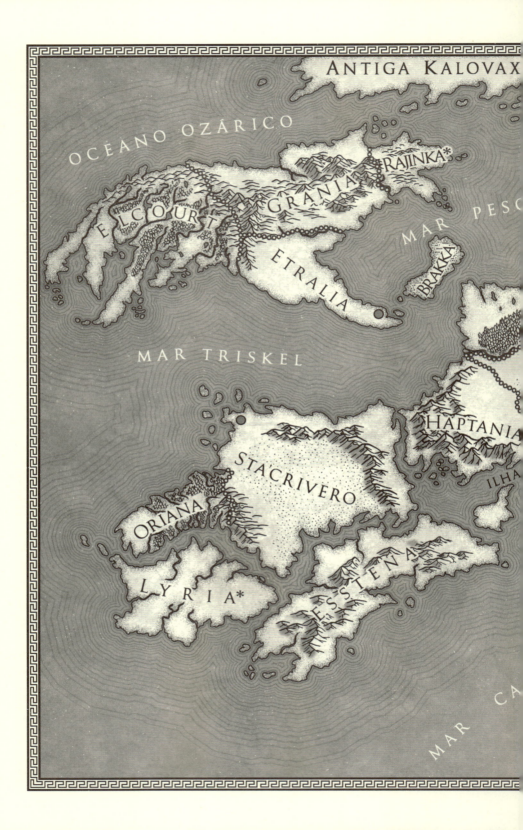

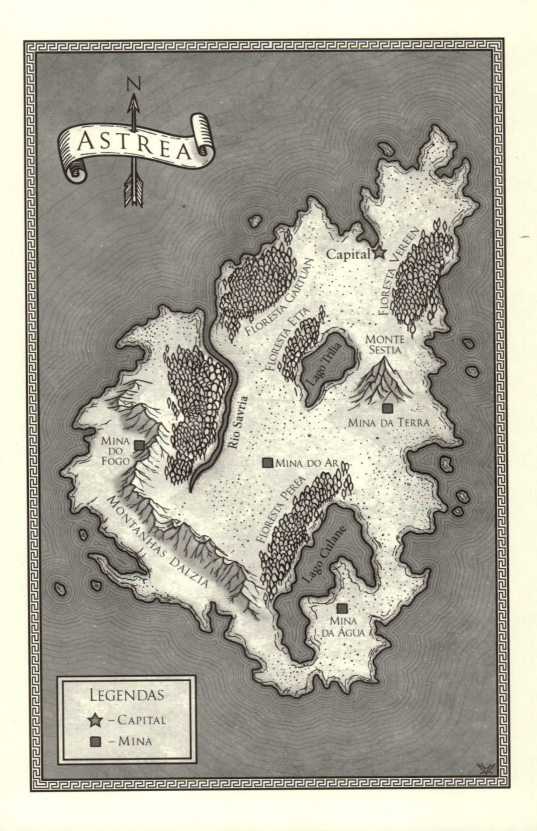

PRÓLOGO

A ÚLTIMA PESSOA QUE ME CHAMOU PELO meu verdadeiro nome foi minha mãe, em seu derradeiro sopro de vida. Aos 6 anos, minha mão ainda era pequena o bastante para ser completamente coberta pela dela. Minha mãe a apertou forte, e doeu tanto que eu mal notei qualquer outra coisa. Foi tão forte que quase não percebi a prata da faca pressionada em sua garganta ou o medo em seus olhos.

– Você sabe quem você é – disse-me ela. Sua voz não vacilou, mesmo quando gotas de sangue brotaram onde a lâmina cortou sua pele. – Você é a única esperança do nosso povo, Theodosia.

E então cortaram-lhe a garganta e tomaram meu nome.

THORA

— T HORA!
Eu me viro e vejo Crescentia vindo em disparada na minha direção pelo corredor dourado do palácio, as saias de seda cor-de-rosa erguidas enquanto corre e um sorriso largo no rosto lindo.

Suas duas criadas esforçam-se para acompanhá-la, os corpos definhados desaparecendo debaixo dos vestidos simplórios.

Não olhe no rosto delas, não olhe, digo a mim mesma. Nada de bom aconteceu ao olhar, ao ver seus olhos sem brilho e as bocas famintas. Nada de bom aconteceu ao ver quanto elas se parecem comigo, a pele morena e os cabelos escuros. Isso só faz a voz em minha cabeça ficar mais alta. E, quando a voz fica alta o suficiente para passar por entre meus lábios, o kaiser fica furioso.

Não vou enfurecer o kaiser e ele me manterá viva. Essa é a regra que aprendi a seguir.

Eu me concentro em minha amiga. Cress torna tudo mais fácil. Ela usa a felicidade como se fossem raios do sol, irradiando-a para aquecer aqueles a sua volta. Sabe que preciso dela mais do que a maioria, por isso não hesita em alinhar os passos com os meus e andar de braços dados bem apertados.

É espontânea com seu afeto de uma forma que somente algumas poucas pessoas abençoadas conseguem ser; ela nunca amou alguém e o perdeu. Sua beleza infantil e natural a acompanhará até que ela envelheça; traços delicados e grandes olhos cristalinos que nunca viram qualquer horror. Cabelos louros-claros pendem em uma longa trança sobre o ombro, cravejada com dezenas de Pedras do Espírito que reluzem ao sol que atravessa os vitrais das janelas.

Tampouco posso olhar as pedras, mas mesmo assim posso senti-las: um leve puxão sob a pele, me atraindo na direção delas, me oferecendo seu poder se eu quiser pegar. Mas não farei isso. *Não posso.*

Pedras do Espírito eram sagradas antes que Astrea fosse tomada pelos kalovaxianos.

As pedras preciosas vinham das cavernas que se estendiam sob os quatro principais templos – um para cada um dos quatro grandes deuses e deusas: do fogo, do ar, da água e da terra. As cavernas eram o centro de seus poderes, tão impregnadas do sobrenatural que as pedras em seu interior investiam-se de uma magia própria. Antes do cerco, os devotos passavam anos na caverna do deus ou da deusa a quem juraram lealdade. Lá dentro, eles adoravam a deidade e, se fossem dignos, seriam abençoados, imbuídos com o poder de seu deus ou deusa. Então usavam seus dons para servir a Astrea e seu povo como Guardiões.

Naquela época não havia muitos que não fossem escolhidos pelos deuses – um punhado por ano, talvez. Esses poucos enlouqueciam e morriam não muito depois. Era um risco que apenas os verdadeiramente devotos corriam. Ser Guardião era uma vocação – uma honra –, ainda assim todos compreendiam o que estava em risco.

Isso foi uma vida atrás. *Antes.*

Após o cerco, o kaiser ordenou a destruição dos templos e mandou dezenas de milhares de astreanos escravizados garimpar pedras preciosas nas cavernas. Viver tão perto do poder dos deuses não é mais uma escolha que as pessoas fazem, mas uma que é feita para elas. Não há mais um chamado ou juramento de fidelidade e, por isso, a maioria dos que são enviados para as minas logo enlouquecem e, pouco tempo depois, morrem.

E tudo isso para que os ricos possam pagar uma fortuna para se cobrirem de pedras preciosas sem nem sequer proferir os nomes dos deuses. É sacrilégio para nós, mas não para os kalovaxianos. Eles não acreditam. E, sem a bênção dos deuses – sem o tempo passado nas profundezas da terra –, eles têm acesso apenas a uma sombra do poder de um verdadeiro Guardião, independentemente da quantidade de pedras preciosas que usem, que no geral é bastante. As Pedras da Água na trança de Cress poderiam dar a um Guardião treinado o poder de engendrar uma ilusão tão forte a ponto de criar um rosto inteiramente novo, mas, para Cress, elas só emprestam luminosidade à pele, rubor aos lábios e faces, brilho aos cabelos dourados.

Pedras da Beleza, é como os kalovaxianos as chamam agora.

– Meu pai me enviou um livro de poemas de Lyria – conta ela. Sua voz se torna tensa, como sempre acontece quando fala comigo do pai, o theyn.

– Devíamos levá-lo para o pavilhão e traduzi-lo. Aproveitar o sol enquanto ainda o temos.

– Mas você não fala lyriano – digo, franzindo a testa.

Cress tem um talento para línguas e literatura, duas coisas para as quais seu pai nunca teve paciência. Como melhor guerreiro do kaiser e chefe de seu exército, o theyn entende de batalha e armamento, estratégia e carnificina, não de livros e poesia, mas ele tenta por causa dela. A mãe de Cress morreu quando ela era ainda bebê, assim o theyn é toda a família que lhe resta.

– Entendi algumas expressões aqui e ali – declara ela, agitando a mão no ar, fazendo pouco caso. – Mas meu pai mandou que o poeta traduzisse uma parte, então posso decifrar o restante. Você sabe como meu pai gosta de enigmas.

Ela me olha de lado para ver minha reação, mas tomo cuidado para não deixar transparecer nada.

Faço o possível para não imaginar o pai de Cress pressionando seu punhal contra o pescoço de um pobre poeta magricela debruçado sobre seu trabalho, ou a maneira como ele levou o mesmo punhal ao pescoço de minha mãe há tanto tempo. Não penso no medo nos olhos dela. A mão dela na minha. Sua voz, forte e clara mesmo naquele momento.

Não, eu não penso nisso. Vou enlouquecer, se pensar.

– Bem, vamos decifrá-los bem rápido, nós duas juntas – digo-lhe com um sorriso, esperando que ela acredite.

Não pela primeira vez, me pergunto o que aconteceria se eu não reprimisse um tremor quando ela menciona o pai. Se eu não sorrisse e fingisse que ele não é o mesmo homem que matou minha mãe. Gosto de acreditar que Cress e eu somos amigas há tempo suficiente para que ela compreendesse, mas esse tipo de confiança é um luxo que não tenho.

– Talvez Dagmær esteja lá – diz Crescentia, baixando a voz a um sussurro conspiratório. – Você perdeu a... ousada escolha de trajes dela no almoço da condessa ontem. – Os olhos dela cintilam com um sorriso.

Não me importo. O pensamento vem repentino e afiado como uma picada de abelha. *Não me importo se Dagmær foi ao almoço nua. Não me importo com nada disso.* Empurro o pensamento bem para o fundo e o enterro, como sempre faço. Pensamentos como esse não pertencem a Thora; pertencem à voz. Em geral são somente sussurros, fáceis de ignorar, mas às vezes se tornam mais altos e se derramam em minha voz. É aí que me vejo encrencada.

Eu me ancoro em Cress, em sua mente tranquila, em seus prazeres simples.

– Duvido que alguma coisa possa superar as penas de avestruz com que ela se cobriu mês passado – sussurro de volta, fazendo-a rir.

– Ah, foi bem pior dessa vez. O vestido dela era de renda preta. Dava praticamente para ver a roupa íntima... ou a falta dela!

– Não! – grito, fingindo estar escandalizada.

– Sim! Dizem que ela está querendo seduzir o duque Clarence – afirma Cress. – Embora a razão eu não possa imaginar. Ele tem idade para ser pai dela e cheira a carne podre. – Ela franze o nariz.

– Se pensarmos nas dívidas do pai dela... – digo, reticente, arqueando a sobrancelha.

Os olhos de Crescentia se arregalam.

– Verdade? Onde você ouviu isso? – arqueja.

Quando me limito a sorrir em resposta, ela suspira e me dá uma cotovelada de leve na lateral do corpo.

– Você sempre sabe as melhores fofocas, Thora.

– Isso é porque eu ouço as pessoas – digo com uma piscadela.

Não conto a ela o que estou tentando ouvir de fato, que filtro cada boato enfadonho em busca de sussurros sobre a resistência astreana, de qualquer esperança de que alguém ainda esteja lá fora e algum dia possa vir me resgatar.

Nos anos que se seguiram ao cerco, corriam sempre histórias sobre astreanos rebeldes lutando contra o kaiser. Uma vez por semana, eu era arrastada até a praça principal para ser açoitada por um dos homens do kaiser a fim de servir como exemplo enquanto cabeças de rebeldes mortos em batalha apodreciam em estacas atrás de mim. Eu conhecia a maior parte daqueles rostos: Guardiões que haviam servido minha mãe, homens e mulheres que tinham me dado doces e me contado histórias quando eu era pequena. Eu odiava aqueles dias e na maior parte do tempo odiava os rebeldes, porque parecia que eram *eles* que estavam me machucando ao incorrer na ira do kaiser.

Agora, porém, praticamente todos os rebeldes estão mortos e restam apenas sussurros de rebelião, comentários fugazes sobre rumores, quando os cortesãos esgotam os assuntos e se veem sem mais nada para falar. Faz anos que o último rebelde foi apanhado. Eu não sinto falta daquelas punições, sempre mais violentas e públicas que quaisquer outras, mas sinto falta da esperança à qual me agarrava, a sensação de que eu não estava sozinha no mundo, de que um dia – talvez – meu povo venceria e poria fim a meu sofrimento.

A nossas costas passos soam cada vez mais alto, pesados demais para pertencer às escravas de Cress.

– Lady Crescentia, lady Thora – chama uma voz masculina.

A mão de Cress aperta mais meu braço e sua respiração fica em suspenso.

– Vossa Alteza – diz Cress, virando-se e abaixando-se em uma mesura, e puxando-me com ela.

O título faz meu coração disparar, embora eu saiba que não se trata do kaiser. Eu reconheceria sua voz em qualquer lugar. Ainda assim, não relaxo por completo até me erguer da mesura e confirmar que estou certa.

O estranho tem o mesmo cabelo louro cor de trigo, os mesmos olhos azuis frios, o mesmo maxilar quadrado do kaiser, mas o homem à minha frente é muito mais jovem, talvez um ano mais velho que eu.

Prinz Søren, me dou conta, surpresa. Ninguém falou de seu retorno à corte, o que é surpreendente, pois os kalovaxianos são muito mais apaixonados por seu prinz do que pelo kaiser.

A última vez que o vi foi quase cinco anos atrás, quando ele era um garoto de 12 anos magricela, bochechudo e com uma espada de madeira sempre na mão. O homem diante de mim não é mais magricela e suas bochechas perderam as curvas infantis. Na bainha presa em sua cintura ainda há uma espada, mas não é mais de madeira. Trata-se de uma lâmina de ferro forjado cheia de marcas de uso, o punho reluzindo com Pedras do Espírito, dessa vez usadas em busca de força.

Quando criança, vi Guardiões da Terra fortes o bastante para arrastar rochas com o triplo de seu peso como se fossem ar, mas duvido que as Pedras do Espírito do prinz façam muito mais do que acrescentar um peso extra para emprestar força aos golpes dele. Não que isso tenha alguma importância. Durante os cinco anos de treinamento de Søren com o theyn, aquela espada fez verter mais do que sua justa parcela de sangue. Na corte ouvem-se sempre os sussurros sobre as proezas do prinz em batalha. Dizem que ele é um prodígio, mesmo para os padrões kalovaxianos. O kaiser gosta de tratar o prinz como uma extensão de si mesmo, mas as façanhas do prinz Søren só servem para ressaltar as fraquezas do kaiser. Desde que tomou o trono, o kaiser tornou-se preguiçoso e acomodado, mais interessado em promover banquetes e bebedeiras do que em tomar parte nas batalhas.

Eu me pergunto o que o prinz está fazendo aqui depois de tantos anos, embora eu suponha que seu aprendizado com o theyn tenha chegado ao fim. Agora ele é oficialmente um adulto e eu só posso deduzir que em breve estará liderando os próprios exércitos.

Ele se curva ligeiramente e leva as mãos às costas. Sua expressão plácida não muda; parece esculpida em mármore.

– É bom rever vocês duas. Espero que estejam bem.

Não se trata de uma pergunta, na verdade, mas ainda assim Cress responde com um sim alvoroçado, prendendo um fio de cabelo atrás da orelha e alisando as dobras da saia, mal conseguindo fitá-lo nos olhos. Ela se derrete por ele desde que éramos crianças, assim como todas as outras garotas de nossa idade que cresceram se imaginando prinzessin. Para Cress, porém, essa nunca foi uma fantasia sem fundamento. Astrea é apenas um dos territórios que seu pai conquistou para o kaiser. Dizem que o pai dela tomou mais reinos que qualquer outro chefe militar, e ninguém pode negar que a ascensão de sua filha a prinzessin seria uma recompensa justa a tamanha lealdade. Desde que Cress alcançou a maioridade seis meses atrás, os boatos sobre o casal cresceram e se tornaram ensurdecedores na corte.

Seria essa outra razão para o retorno dele?

Se esses rumores alcançaram Søren, onde quer que ele tenha estado, ele não demonstra. Seus olhos deslizam por Cress como se ela fosse nada além de ar e luz, pousando, porém, em mim. Sua testa se franze, da mesma forma que a de seu pai quando olha para mim, embora, pelo menos no caso dele, o olhar não venha seguido de um sorriso presunçoso ou malicioso.

– Fico feliz em saber – diz ele a Cress, de maneira fria, rápida e clara, embora seus olhos continuem nos meus. – Meu pai está requisitando a sua presença, lady Thora.

O medo envolve meu estômago como uma serpente faminta, apertando, apertando até que não consigo mais respirar. O impulso de correr cresce em mim e luto para manter minhas pernas imóveis.

Eu não fiz nada. Tenho tomado muito cuidado. Mas, por outro lado, não preciso fazer alguma coisa para ser alvo da ira do kaiser. Sempre que há uma suspeita de rebelião nas dependências dos escravos ou um pirata astreano afunda um navio kalovaxiano, eu pago o preço. A última vez que ele me convocou, mal faz uma semana, foi para que me chicoteassem em represália a um motim nas minas.

– Bem – minha voz treme a despeito de meus esforços para mantê-la firme –, não devemos deixá-lo esperando.

Por um breve momento, parece que o prinz Søren vai dizer alguma coisa, mas, em vez disso, ele comprime os lábios e me oferece o braço.

TRAIDOR

O TRONO DE OBSIDIANA ERGUE-SE EM UM estrado no centro do salão, um espaço circular de teto abobadado. O assento imenso e pesado foi esculpido em pedra negra sólida, no formato de chamas que parecem lamber quem se senta nele. É simples, quase feio, em meio ao ouro e à grandeza que o circundam, mas sem dúvidas é imponente, e é isso que importa.

Os kalovaxianos acreditam que o trono foi tirado dos vulcões da Antiga Kalovaxia e deixado aqui em Astrea para eles por seus deuses, como garantia de que um dia viriam e salvariam o país de suas rainhas fracas e voluntariosas.

Eu me lembro de uma história diferente, sobre o deus do fogo astreano, Houzzah, que amava tanto uma mulher mortal que lhe deu um país e um herdeiro com seu sangue. Essa história é sussurrada agora em minha mente por uma voz familiar e cadenciada, mas que, como uma estrela distante para a qual você tenta olhar, desaparece rapidamente se tento me concentrar nela. É melhor deixá-la esquecida, de qualquer forma. É mais seguro viver apenas no presente, ser uma garota sem qualquer passado por que ansiar e qualquer futuro para lhe arrancarem.

A multidão densa de cortesãos, usando suas roupas mais finas, abre-se com facilidade para o prinz Søren e para mim enquanto seguimos em direção ao kaiser. Como Cress, os cortesãos usam as Pedras da Água azuis em busca da beleza e as Pedras do Ar transparentes em busca da graça – tantas que olhar para eles quase cega. Há outras – Pedras do Fogo vermelhas para o calor, Pedras da Terra amarelo-douradas para a força.

Examino o salão. Em meio a um mar de pálidos e louros kalovaxianos, Ion se destaca em seu lugar ao lado do trono. Ele é o único outro astreano que não está acorrentado, mas não é exatamente uma visão agradável. Após o cerco, ele se entregou ao kaiser e implorou por sua vida, oferecendo seus serviços como Guardião Aéreo. Agora o kaiser o mantém por perto para usá-lo como espião na capital e como curandeiro para a família real. E para mim. Afinal, não é tão divertido me espancar se eu desmaiar por causa da dor. Ion, que uma vez jurou servir a nossos deuses e à minha mãe, usa seu dom para me curar apenas para que os homens do kaiser possam me atacar de novo e de novo e de novo.

Sua presença é uma ameaça tácita. Ele raramente tem permissão para participar de recepções da corte; em geral, só aparece durante minhas punições.

Se o kaiser pretendesse me espancar, ia querer fazê-lo em um lugar mais público. No entanto, ele não descartou essa possibilidade – motivo pelo qual Ion se encontra aqui.

O kaiser dirige um olhar incisivo para Søren, que solta meu braço e se mistura à multidão, me deixando sozinha sob o peso do olhar de seu pai. Sinto-me tentada a me agarrar a ele, a qualquer um, para não ter que ficar sozinha.

Mas eu estou sempre sozinha. A essa altura, já deveria estar acostumada, embora não creia que esse seja o tipo de coisa com que uma pessoa se acostume.

O kaiser se inclina para a frente no trono, os olhos gélidos brilhando à luz do sol que penetra pelos vitrais do telhado. Ele me olha do jeito que faria com um inseto esmagado que sujasse a sola de seu sapato.

Eu, por minha vez, olho para o estrado, para as chamas ali esculpidas. Não enfurecer o kaiser é o que me mantém viva. Ele poderia ter me matado mil vezes na última década e não fez isso. Não é uma benevolência?

– Aí está você, *Princesa das Cinzas*. – Para qualquer outra pessoa, a saudação pode parecer agradável, mas eu me encolho.

Com o kaiser, há sempre um truque, um jogo em questão, uma linha na qual se equilibrar. Eu sei por experiência própria que, se ele está brincando com a generosidade nesse momento, a crueldade não pode estar muito longe.

De pé à sua direita, com as mãos cruzadas à frente do corpo e a cabeça baixa, sua esposa, a kaiserin Anke, deixa os olhos leitosos de cílios louros e escassos encontrarem os meus. Um aviso que faz a serpente apertar ainda mais minha barriga.

– Solicitou minha presença, Vossa Alteza? – pergunto, fazendo uma reverência tão inclinada que quase me deito no chão.

Mesmo após uma década, meus ossos ainda protestam contra aquela postura. Meu corpo se lembra – mesmo quando o restante de mim esquece – que não fui feita para reverenciar.

Antes que o kaiser possa responder, um grito gutural estilhaça o ar. Quando me ergo, percebo um homem parado à esquerda do trono, mantido no lugar por dois guardas, um de cada lado. Correntes enferrujadas envolvem as pernas magras, os braços e o pescoço, apertando tanto que cortam sua pele. As roupas que ele usa estão esfarrapadas e ensanguentadas e o rosto é uma massa de ossos quebrados e pele rasgada. Sob o sangue, pode-se ver claramente que ele é astreano, com a pele morena, os cabelos pretos e os olhos profundos. Parece bem mais velho que eu, embora seja impossível dizer exatamente quantos anos tem com todo o estrago que lhe foi feito.

Não o conheço. Mas seus olhos escuros buscam os meus como se ele me conhecesse, implorando, pedindo, e eu vasculho minhas lembranças – quem pode ser esse homem e o que ele quer de mim? Não tenho nada para ele. Não me resta nada para ninguém.

Então o mundo se desloca sob meus pés.

Eu me lembro daqueles olhos de uma outra vida, engastados em um rosto gentil uma década mais jovem e livre do sangue. As lembranças afloram, mesmo enquanto tento reprimi-las.

Lembro dele de pé ao lado de minha mãe, sussurrando algo em seu ouvido para fazê-la rir. Lembro de seus braços me envolvendo quando ele me erguia no ar para que eu pudesse colher uma laranja no pé; lembro de como ele sorria para mim como se partilhássemos um segredo.

Reprimo esses pensamentos e me concentro no homem destruído diante de mim.

Há alguém que é sempre mencionado em conexão com as rebeliões. Um homem que tem a mão em cada movimento feito contra o kaiser. Um homem cujo nome basta para lançar o kaiser em uma fúria tão selvagem que o leva a mandar que me açoitem com tamanha violência que tenho de ficar de cama por dias. Um homem cujos atos de rebeldia me causaram toda essa dor, mas que tem sido minha única centelha de esperança quando ouso me permitir imaginar que haverá um *depois* para esses anos infernais.

Não é de admirar que o kaiser esteja tão feliz. Ele finalmente capturou o último dos Guardiões de Astrea e o protetor mais próximo de minha mãe: Ampelio.

– Minha rainha – diz ele. Sua voz se propaga, de modo que todos que estão reunidos na silenciosa sala do trono ouvem sua traição.

Eu me encolho diante de suas palavras. *Não, não, não,* quero lhe dizer. *Não sou rainha de ninguém. Sou lady Thora, Princesa das Cinzas. Não sou ninguém.*

Levo um momento para perceber que ele está falando astreano, pronunciando palavras proibidas que no passado usava para se dirigir a minha mãe. *Minha mãe.* Em outra vida, eu era outra garota. Outro tipo de princesa. A essa garota diziam que um dia ela seria rainha. No entanto, ela nunca quis que aquilo fosse verdade. Afinal, ser rainha significava viver em um mundo onde sua mãe não existia mais, e aquilo era imponderável.

Essa garota, porém, morreu há uma década. Não há como ajudá-la agora.

O homem cambaleia sob o peso das correntes. Ele está muito fraco para tentar chegar à porta, mas nem sequer tenta. Em vez disso, desaba no chão a meus pés, os dedos agarrando a bainha de meu vestido e manchando de vermelho a seda amarelo-clara.

Não. Por favor. Parte de mim quer erguê-lo e dizer que está enganado. Outra parte quer se afastar dele porque esse vestido é lindo e ele o está sujando de sangue. E outra ainda quer gritar com ele e dizer que suas palavras vão destruir a nós dois, mas que ele pelo menos terá a misericórdia da morte.

– Ele se recusou a falar com qualquer um que não fosse você – diz o kaiser Corbinian com voz ácida.

– Eu?

Meu coração bate tão forte que me surpreende que toda a corte não possa ouvi-lo. Todos os olhos no salão estão voltados para mim; todos esperam que eu cometa um deslize, ávidos pelo menor dos indícios de rebeldia para que possam ver o kaiser me espancar mais uma vez. Mas não vou dar esse gostinho a eles.

Não vou enfurecer o kaiser e ele me manterá viva. Entoo o mantra para mim mesma repetidas vezes, mas as palavras vacilam.

O kaiser se inclina para a frente no trono, os olhos brilhantes. Já vi essa expressão muitas vezes; ela assombra meus pesadelos. Ele é um tubarão que captou o cheiro de sangue na água.

– Você não o conhece?

Esse é o tipo de pergunta favorito do kaiser. Aquele sem uma resposta correta.

Volto a olhar para o homem, como se estivesse me esforçando para identificá-lo, ao mesmo tempo que seu nome grita em minha mente. Mais lembranças surgem e eu as empurro de volta. O kaiser me observa com atenção, esperando algum sinal de que não me encontro sob seu controle. Mas não consigo afastar meu olhar dos olhos desse homem.

Naquela outra vida, eu o amava.

Ele era o Guardião de maior confiança de minha mãe e, de acordo com praticamente todos, meu pai biológico – embora nem mesmo minha mãe pudesse afirmar isso com certeza.

Eu me lembro de, após ter ouvido o boato pela primeira vez, procurar no rosto dele semelhanças com o meu, mas não achei nada de conclusivo. O nariz dele e o meu tinham a mesma curva, e os cabelos ondulavam na altura das orelhas do mesmo modo que os meus, mas eu parecia demais com minha mãe para ter qualquer certeza. Isso foi antes, porém, quando meus olhos infantis eram grandes e sem forma, impossíveis de identificar com os de minha mãe ou de qualquer outra pessoa. Agora a semelhança é tão clara que me atinge como uma faca cravada na barriga.

Como Guardião, ele viajava com frequência para manter a segurança do país com sua magia de fogo, mas sempre voltava com doces e brinquedos e novas histórias para mim. Muitas vezes eu adormecia em seu colo, minha mão apertando a Pedra do Fogo que sempre pendia de seu pescoço. Sua magia vibrava em mim como uma canção de ninar cantada para me fazer dormir.

Quando minha mãe morreu e o mundo que eu conhecia se transformou em pó, esperei que ele viesse me salvar. Essa esperança esmorecia a cada cabeça de Guardião que o kaiser mandava exibir em uma estaca na praça, mas nunca desaparecia. Eu ainda ouvia murmúrios sobre as rebeliões de Ampelio e elas mantinham viva minha esperança, mesmo depois de todos os outros Guardiões terem morrido. Apesar de poucos e esparsos, eu me agarrava a tais murmúrios. Desde que Ampelio estivesse lá fora, desde que estivesse lutando, eu sabia que ele me salvaria. Nunca me permiti imaginar, nem mesmo em meus piores pesadelos, que o veria assim.

Tento esvaziar a mente, mas é inútil. Mesmo agora, uma tênue esperança tremula em meu coração, a de que esse dia verá um final feliz, de que veremos outro sol nascer juntos, livres.

É uma esperança estúpida e perigosa, mas que arde ainda assim. Lágrimas queimam em meus olhos, mas não posso deixá-las cair.

Ele não usa sua pedra agora. Tirá-la deve ter sido a primeira coisa que os homens do kaiser fizeram ao capturá-lo. Para um cortesão despreparado, uma única pedra mal é capaz de prover calor suficiente para mantê-lo confortável em uma noite de inverno, mas Ampelio era abençoado. Uma pedra preciosa era tudo que ele precisaria para queimar completamente esse palácio.

– Este é o famoso Guardião Ampelio – diz o kaiser, pronunciando cada palavra lenta e zombeteiramente. – Você deve se lembrar dele. Vem semeando a traição pelas minas, tentando incitá-los contra mim. Ele até instigou a desordem na mina do Ar na semana passada. O theyn o encontrou por perto e o trouxe para cá.

– Não foi um terremoto que provocou a desordem?

As palavras escapam de minha boca antes que eu possa detê-las. Não parecem minhas de verdade. Ou melhor, não parecem palavras de Thora.

O maxilar do kaiser Corbinian se contrai e eu me encolho, me preparando para um golpe que não vem. Ainda.

– Causado por ele, suspeitamos, para aliciar mais pessoas para a causa de vocês – diz ele.

Tenho uma resposta para isso também, mas a engulo e deixo a confusão nublar minhas feições.

– *Minha* causa, Vossa Alteza? – pergunto. – Não sabia que eu tinha uma causa.

O sorriso dele se torna mais vivaz.

– A que busca, como eles dizem, "devolver a você seu lugar legítimo como rainha de Astrea".

Engulo em seco. Essa conversa está tomando uma direção totalmente nova e não tenho certeza de como devo interpretá-la. Acho que quase prefiro o chicote ao que quer que seja esse novo jogo.

Meus olhos se voltam para o chão.

– Eu não sou rainha de ninguém e não existe mais Astrea. Sou uma lady agora, pela misericórdia de Vossa Alteza, e uma princesa apenas das cinzas. Este é o meu lugar legítimo e o único que desejo.

Não consigo olhar para Ampelio enquanto recito as palavras marcadas a fogo em meu coração ao longo dos anos. Eu as pronunciei com tanta frequência que elas deixaram de ter qualquer significado, mas dizê-las agora na frente dele faz com que a vergonha percorra minhas veias.

O kaiser assente com a cabeça.

– Foi o que eu disse, mas os astreanos são mulas velhas e teimosas.

A sala do trono irrompe em gargalhadas. Eu também rio, mas é um som arrancado de minhas entranhas.

O kaiser se volta para Ampelio, sua expressão um arremedo de simpatia.

– Venha e se curve diante de mim, *mula*. Diga-me onde posso encontrar seus rebeldes e você poderá passar o restante de seus dias em uma das minas.

Ele sorri para o homem machucado ainda caído a meus pés.

Aceite!, quero gritar. *Jure lealdade a ele. Sobreviva. Não enfureça o kaiser e ele o manterá vivo. Essas são as regras.*

– Não me curvo diante de ninguém a não ser minha rainha – sussurra Ampelio, tropeçando nas arestas da língua kalovaxiana.

Apesar da voz baixa, suas palavras percorrem a sala, seguidas por arquejos e murmúrios dos cortesãos. Ele então eleva a voz:

– Vida longa à rainha Theodosia Eirene Houzzara!

Alguma coisa se rompe dentro de mim e tudo que reprimi, cada momento que tentei esquecer – tudo aflora e dessa vez não sou capaz de deter.

Theodosia. Um nome que há dez anos não ouço.

Theodosia. Escuto minha mãe me chamando, acariciando meus cabelos, beijando minha fronte.

Você é a única esperança do nosso povo, Theodosia.

Ampelio sempre me chamava de Theo, por mais que minha ama, Birdie, ralhasse com ele por isso. Eu era uma princesa, dizia ela, e Theo era o nome de um moleque maltrapilho. No entanto, ele nunca lhe dava ouvidos. Eu podia ser uma princesa, mas também era algo mais.

Ele deveria me salvar, mas nunca veio. Fiquei esperando durante dez anos por alguém que viesse me resgatar, e Ampelio era a última migalha de esperança que eu tinha.

– Talvez ele responda a você, Princesa das Cinzas – diz o kaiser.

Meu choque é fraco, abafado pelo som de meu nome ecoando repetidamente em minha mente.

– Eu... eu não me atreveria a achar que tenho esse poder, Vossa Alteza – consegui dizer.

Sua boca se contrai em uma expressão que conheço bem demais. O kaiser não é um homem de aceitar recusas.

– É para isso que a mantenho viva, não é? Para servir de ligação com a teimosa escória astreana.

O kaiser é generoso em me poupar, penso, mas então me dou conta mais uma vez de que ele não me poupa por gentileza. Ele me mantém viva para me usar como influência contra meu povo.

Meus pensamentos estão se tornando mais corajosos agora e, embora eu saiba que são perigosos, não posso mais reprimi-los. E, pela primeira vez, não quero fazer isso.

Há dez anos estou esperando para ser salva e tudo que ganhei com isso foram cicatrizes nas costas e inúmeros rebeldes mortos. Com Ampelio capturado, não há mais nada que o kaiser possa tirar de mim. Ambos sabemos que ele não é misericordioso o bastante para me matar.

– Posso falar astreano? – pergunto ao kaiser. – Talvez ele se sinta mais à vontade...

O kaiser agita a mão no ar e se recosta no trono.

– Desde que consiga respostas para mim.

Hesito antes de me ajoelhar diante de Ampelio, tomando suas mãos retalhadas nas minhas. Embora a língua astreana seja proibida, alguns dos cortesãos aqui devem compreendê-la. Duvido que o kaiser me deixasse falar se não fosse assim.

– *Existem outros?* – pergunto a ele.

As palavras soam artificiais em minha boca, embora astreano fosse a única língua que eu tinha falado até os kalovaxianos chegarem. Eles a arrancaram de mim, tornaram-na ilegal. Não consigo me lembrar da última vez que uma palavra astreana passou por meus lábios, mas eu ainda *sei* a língua em um lugar mais profundo que o pensamento, como se estivesse engastada nos meus ossos. Mesmo assim, preciso lutar para manter os sons suaves e longos, ao contrário da fala interrompida e gutural dos kalovaxianos.

Ele hesita antes de assentir com a cabeça.

– *Você está segura?*

Tenho de fazer uma pausa antes de falar.

– *Segura como um navio em meio a um ciclone.*

A palavra astreana para ciclone – *signok* – é tão parecida com aquela que significa porto – *signak* – que somente um ouvido treinado entenderia. Mas talvez alguém entendesse. O pensamento é paralisante, mas eu o deixo de lado.

– *Onde estão os outros?* – pergunto.

Ele sacode a cabeça e desvia o olhar do meu.

– *Em nenhum lugar* – diz, hesitante, fazendo soar mais como *"em todo lugar"* a ouvidos preguiçosos.

Isso não faz sentido. Os astreanos são menos numerosos que os kalovaxianos – eram apenas cem mil antes do cerco. A maior parte deles agora está escravizada, embora haja boatos de que estão trabalhando com alguns aliados em outros países. Faz muito tempo desde que falei astreano; devo ter interpretado errado.

– *Quem?* – pressiono.

Ampelio fixa o olhar na bainha de meu vestido e sacode a cabeça.

– *Hoje acabou, chegou a hora de os passarinhos voarem. O amanhã está próximo, chegou o momento de os corvos velhos morrerem.*

Meu coração reconhece as palavras antes da mente. Elas fazem parte de uma antiga canção de ninar astreana. Minha mãe a cantava para mim, assim como minha ama. Será que ele também a cantou para mim?

– *Dê-lhe alguma coisa e ele o deixará viver* – digo.

Ampelio ri, mas o riso rapidamente se transforma em um chiado. Ele tosse e limpa a boca com as costas da mão, que ficam ensanguentadas.

– *O que seria a vida à mercê de um tirano?*

Teria sido bem fácil distorcer algumas consoantes e fazer a palavra astreana para *tirano* soar como a que significa *dragão*, o símbolo da família real kalovaxiana, mas Ampelio cospe a palavra com ênfase, dirigindo-a ao kaiser, de modo que mesmo aqueles que não falam uma só palavra de astreano entendem seu significado.

O kaiser inclina-se para a frente em seu assento, os dedos agarrando os braços do trono com tanta força que ficam pálidos. Ele faz sinal para um dos guardas.

O homem saca a espada e dá um passo na direção de Ampelio, que está encolhido. Ele pressiona a lâmina contra a nuca de Ampelio, tirando sangue, antes de tornar a erguer a espada, preparando o golpe mortal. Vi isso ser feito vezes demais a outros rebeldes ou escravos que desrespeitavam seus mestres. A cabeça nunca se separa no primeiro golpe. Cerro os punhos, agarrando o tecido do vestido para não estender as mãos para protegê-lo. Agora não há mais como salvá-lo. *Sei* disso, mas não consigo aceitar. Imagens flutuam diante de meus olhos e vejo a faca deslizando pela garganta de minha mãe. Vejo escravos chicoteados até a vida abandonar seus corpos.

Vejo cabeças de Guardiões em estacas na praça da capital até os corvos as desfazerem. Vi pessoas serem enforcadas por se oporem ao kaiser, por terem a coragem de fazer o que eu não fiz.

Corra, quero dizer a ele. *Lute. Implore. Negocie. Sobreviva.*

Ampelio, porém, não se esquiva da lâmina. O único movimento que ele faz é estender a mão e agarrar-se a meu tornozelo. A pele de sua palma é áspera, coberta de cicatrizes e está pegajosa com o sangue.

Chegou o momento de os corvos velhos morrerem. Mas não posso permitir que o kaiser tire outra pessoa de mim. Não posso assistir a Ampelio morrer. Não posso.

– Não!

A voz força seu caminho através dos fragmentos que restam de mim.

– Não? – A palavra dita suavemente pelo kaiser ecoa no silêncio e provoca arrepios pelo meu corpo.

Minha boca está seca e, quando falo, a voz soa áspera:

– Vossa Alteza lhe ofereceu misericórdia se ele falasse. Ele falou.

O kaiser se inclina para a frente.

– Falou? Posso não entender astreano, mas ele não pareceu particularmente comunicativo.

As palavras fluem antes que eu possa detê-las:

– Restava-lhe apenas meia dúzia de camaradas, depois de todos os grandes esforços de Vossa Alteza para destruí-los. Ele acredita que os homens e mulheres restantes foram mortos no terremoto da mina do Ar, mas, se alguém sobreviveu, vai estar no ponto de encontro que fica ao sul das ruínas de Englmar. Há um grupo de ciprestes ali.

Existe pelo menos uma parcela de verdade nisso. Eu costumava brincar nessas árvores todo verão enquanto minha mãe saía em sua turnê anual para visitar a cidade que havia sido atingida por um terremoto no ano anterior a meu nascimento. Quinhentas pessoas morreram naquele dia. Até o cerco, aquela havia sido a maior tragédia que Astrea já enfrentara.

O kaiser inclina a cabeça e me observa bem de perto, como se pudesse ler meus pensamentos como palavras em uma página. Quero me encolher, mas me obrigo a sustentar seu olhar, a acreditar em minha mentira.

Após o que parecem horas, ele gesticula para o guarda perto dele.

– Leve seus melhores homens. Não há como saber que magia os bárbaros têm.

O guarda assente com a cabeça e deixa o salão apressado. Tomo o cuidado de manter o rosto impassível, mesmo querendo chorar de alívio. No entanto, quando o kaiser retorna seus olhos frios a mim, esse alívio se transforma em pedra e despenca no fundo de meu estômago.

– Misericórdia é uma virtude astreana – diz ele baixinho. É o que faz de vocês fracos, mas eu esperava que a tivéssemos salvado disso. Talvez, no fim, o sangue sempre vença.

Ele estala os dedos e um guarda força o punho de sua espada de ferro em minhas mãos. Ela é tão pesada que luto para levantá-la. As Pedras da Terra brilham à luz e seu poder faz comichar minhas mãos. É a primeira vez desde o cerco que tenho permissão para tocar qualquer tipo de pedra preciosa ou qualquer tipo de arma. No passado, eu teria gostado – qualquer coisa que me fizesse sentir ter um pouco de poder –, mas agora meu estômago revira quando olho para Ampelio caído a meus pés e me dou conta do que o kaiser espera que eu faça.

Eu não deveria ter falado, não deveria ter tentado salvá-lo. Porque há uma coisa pior do que ver a luz deixar os olhos da única pessoa que me resta no mundo – é ser eu mesma a cravar-lhe a espada.

Meu estômago se contrai diante desse pensamento e a bile sobe até minha garganta. Aperto a espada, lutando para me conter novamente e enterrar Theodosia ainda mais fundo antes que eu também termine com uma espada na garganta. Mas dessa vez não consigo fazer isso. Tudo me parece demais, dói demais, é odioso demais para ser contido agora.

– Talvez poupar sua vida tenha sido um erro. – A voz dele é casual, mas deixa a ameaça muito clara. – Traidores não recebem perdão, nem meu, nem dos deuses. Você sabe o que fazer.

Eu mal o escuto. Mal escuto qualquer coisa. A pressão que sinto em meus ouvidos desfoca minha visão e meus pensamentos até que tudo que consigo ver é Ampelio a meus pés.

– Pai, isto é mesmo necessário? – O prinz Søren dá um passo à frente.

O alarme em sua voz me surpreende, assim como a força por trás dela. Ninguém jamais contrariou o kaiser. A corte toda está tão surpresa quanto eu e eles rompem o silêncio com sussurros que só são interrompidos quando o kaiser bate as mãos com força nos braços do trono.

– Sim – sibila, inclinando-se para a frente. Suas faces exibem um vermelho cruel, embora seja difícil dizer se de raiva do filho ou constrangimento por ser questionado. – É *necessário*. E que seja uma lição para você também, Søren. A misericórdia é o que fez os astreanos perderem seu país, mas nós não somos tão *fracos*.

A palavra *fracos* soa como uma maldição – para os kalovaxianos não há insulto pior. O prinz Søren se encolhe, suas bochechas se ruborizando enquanto ele recua um passo, os olhos voltados para o chão.

A meus pés, Ampelio estremece, a mão em meu tornozelo se contraindo.

– *Por favor, minha rainha* – diz ele em astreano.

Eu não sou sua rainha!, quero gritar. *Sou sua princesa e você deveria vir me salvar.*

– *Por favor* – repete Ampelio, mas não há nada que eu possa fazer por ele.

Vi dezenas de homens antes dele serem executados por muito menos do que isso. Foi uma tolice pensar que ele seria poupado, mesmo que a informação que dei tivesse sido verdadeira. Eu poderia implorar ao kaiser até minha garganta ficar em carne viva e de nada adiantaria. Só serviria para eu terminar com uma lâmina nas costas também.

– *Por favor* – ele torna a dizer antes de começar a falar astreano tão rápido que tenho que me esforçar para acompanhar. – *Ou ele a matará também. É hora de o Além me receber. Hora de rever sua mãe. Mas ainda não é a sua hora. Você vai fazer isto. Você vai viver. Você vai lutar.* – E eu compreendo. Eu quase queria não compreender. Sua bênção é de certa forma uma maldição.

Não. Não posso fazer isso. Não posso matar um homem. Não posso matar justamente *ele*. Eu não sou o kaiser, não sou o theyn, não sou o prinz Søren. Eu sou... Alguma coisa se remexe bem dentro de mim. *Theodosia*, foi como Ampelio me chamou. É um nome forte – o nome que minha mãe me deu. O nome de uma rainha. Não parece um nome que eu mereça, mas aqui estou, sozinha. Se quiser sobreviver, *tenho* de ser forte o bastante para passar por isso.

Devo ser Theodosia agora.

Minhas mãos começam a tremer quando ergo a espada. Ampelio tem razão: alguém vai fazer isso, seja eu ou um dos guardas do kaiser, mas farei com que seja mais rápido, mais fácil. É melhor ter sua vida tirada por alguém que o odeia ou alguém que o ama?

Através da camisa fina e rasgada – e agora mais vermelha do que branca –, sinto as vértebras de sua coluna. A lâmina se encaixa abaixo de seus ombros, entre duas costelas salientes. Vai ser como cortar a carne no jantar, digo a mim mesma, mas já sei que não.

Ele vira a cabeça de modo que seus olhos encontram os meus. Há em seu olhar algo familiar que causa um aperto em meu coração e faz com que seja impossível respirar. Não resta qualquer dúvida em mim. Esse homem é meu pai.

– *Você é filha da sua mãe* – sussurra ele.

Desvio meus olhos dos dele e os volto para o kaiser, sustentando seu olhar. "Não se dobre, não se quebre", digo claramente, citando o lema kalovaxiano antes de cravar a espada nas costas de Ampelio, atravessando pele, músculos e ossos para atingir o coração. Seu corpo já está tão fraco, tão mutilado, que chega quase a ser fácil. O sangue esguicha para cima, cobrindo meu vestido.

Ampelio tem um espasmo e solta um grito fraco antes de seu corpo ficar flácido. A mão escorrega de meu tornozelo, embora eu sinta a marca ensanguentada que fica. Extraio a espada e a devolvo ao guarda. Entorpecida. Dois outros guardas avançam para levar o corpo dali, arrrastando-o e deixando um rastro vermelho e viscoso.

– Levem o corpo para a praça e o pendurem para que todos vejam. Qualquer um que tente retirá-lo de lá terá o mesmo destino – diz o kaiser antes de se voltar para mim. O sorriso dele escorre para o fundo de meu estômago feito óleo. – Boa garota.

O sangue encharca meu vestido, mancha minha pele. O sangue de Ampelio. O sangue de meu pai. Faço uma reverência diante do kaiser, meu corpo movendo-se sem o consentimento da mente.

– Vá se limpar, lady Thora. Haverá um banquete esta noite para celebrar a queda do maior rebelde de Astrea e você, minha querida, será a convidada de honra.

Faço outra reverência breve e curvo a cabeça.

– Claro, Vossa Alteza. Mal posso esperar.

As palavras não parecem ditas por mim. Minha mente se agita tão profundamente que estou surpresa que consiga encontrar palavras. Quero gritar. Quero chorar. Quero pegar aquela espada ensanguentada de volta e cravá-la no peito do kaiser, mesmo que eu morra ao fazer isso.

Ainda não é a sua hora, a voz de Ampelio sussurra em minha mente. *Você vai viver. Você vai lutar.*

Essas palavras não me trazem qualquer conforto. Ampelio está morto e, com ele, está morta minha última esperança de ser resgatada.

THEODOSIA

AINDA NÃO ME DISTANCIEI DEZ PASSOS pelo corredor quando uma mão agarra meu ombro, me detendo. Quero correr, correr, correr para estar sozinha e poder gritar e chorar até que nada reste em mim a não ser o vazio outra vez. *Você vai viver. Você vai lutar.* As palavras de Ampelio ecoam em minha mente, mas eu não sou uma lutadora. Sou o apavorado vislumbre de uma garota. Sou uma mente fragmentada e um corpo trêmulo. Sou uma prisioneira.

Viro-me e deparo com prinz Søren, a preocupação transparecendo em sua expressão estoica. A mão que me deteve agora pousa, leve, em meu ombro, a palma e as pontas dos dedos surpreendentemente ásperas.

– Vossa Alteza. – Tenho o cuidado de manter a voz serena, escondendo a tempestade que me dilacera. – O kaiser precisa de mais alguma coisa de mim?

Esse pensamento deveria me aterrorizar, mas, na verdade, não sinto nada. Acho que não existe mais nada que ele possa tirar de mim agora.

Prinz Søren balança a cabeça. Ele deixa a mão cair de meu ombro e pigarreia.

– Você... você está bem? – pergunta.

Sua voz soa tensa e eu me pergunto qual foi a última vez que ele falou com uma garota. Qual foi a última vez que falou com alguém que não fosse outro soldado.

– Naturalmente – respondo, embora essa palavra não pareça minha. Porque eu não estou bem. Sou um furacão que minha pele mal consegue conter.

Minhas mãos começam a tremer e eu as escondo nas dobras da saia para que o prinz não perceba.

– Essa foi a primeira vez que você matou? – pergunta ele. Deve ver o pânico cruzar meus olhos, porque logo continua: – Você se saiu bem. Foi uma morte limpa.

Como pode ser limpa quando houve tanto, tanto sangue? Eu poderia tomar mil banhos e ainda senti-lo em mim.

A voz de Ampelio ecoa em minha mente: *Você é filha da sua mãe. Chegou a hora de os passarinhos voarem. Você vai lutar. Minha rainha.*

Uma lembrança vem à superfície e eu não tento reprimi-la dessa vez. A mão dele em torno da minha enquanto ele me acompanhava até os estábulos. Ele me levantando para que eu me sentasse em sua égua, de modo que eu me elevasse acima dele, no topo do mundo. O nome da égua era Thalia e ela gostava de gotas de mel. A sensação da mão dele em minhas costas, me mantendo segura; a sensação da espada, cortando sua pele.

A bile sobe até minha garganta, mas eu me obrigo a engoli-la.

– Fico feliz que pense assim – consigo dizer.

Por um instante, ele parece pronto para fazer outra pergunta, mas se limita a me oferecer o braço.

– Posso acompanhá-la até seu quarto?

Não posso fazer recusas ao prinz, embora seja essa a minha vontade. Estou arrasada e não sei como sorrir e fingir que não estou. Thora é muito mais simples. Ela é vazia, sem passado ou futuro. Sem desejos. Sem raiva. Somente medo. Somente obediência.

– Quando fiz 10 anos – diz o prinz Søren –, meu pai me levou à masmorra e me deu uma espada nova. Ele mandou buscar dez criminosos... ralé astreana... e me mostrou como cortar a garganta deles. Ele cortou a do primeiro, como exemplo. Eu cortei a dos outros nove.

Ralé astreana.

As palavras me irritam, embora eu tenha ouvido chamarem-nos de coisa pior. Sob o olhar sempre observador do kaiser, *eu mesma* os chamei de coisa pior, fingindo não ser um deles. Eu os ridicularizei e ri das piadas cruéis do kaiser. Tentei me distanciar deles, fingir que não eram meu povo, mesmo que compartilhemos a mesma pele morena e os mesmos cabelos escuros. Tenho tido medo até mesmo de *olhar* para eles. Enquanto isso, eles eram escravizados, espancados e executados como animais para ensinar uma lição a um prinz mimado.

Agora que Ampelio está morto, não resta ninguém para resgatá-los.

A bile sobe novamente, mas dessa vez não consigo contê-la. Eu paro e vomito, o conteúdo de meu estômago se derramando sobre o traje do prinz. Ele salta para trás e por um longo e doloroso momento ficamos apenas nos entreolhando. Eu deveria pedir desculpas; deveria implorar perdão antes que ele conte ao pai quanto sou fraca e repulsiva. Mas tudo que consigo fazer é cobrir a boca com a mão e torcer para que nada mais saia.

O choque nos olhos dele desaparece, substituído por algo que talvez seja pena.

Ele não tenta me deter quando me viro e me afasto dele em disparada pelo corredor.

• • •

Mesmo de volta a meu quarto, estirada na cama, sozinha, não posso desmoronar. Ouço meus guardas pessoais se acomodando nos quartinhos do outro lado das paredes que o kaiser mandou instalar após o cerco. Suas botas estalam nos pisos de pedra e as espadas, nas bainhas, retinem. Eles estão sempre aqui, sempre observando através de três orifícios do tamanho de um polegar. Mesmo quando durmo, mesmo quando me banho, mesmo quando acordo gritando com pesadelos que só lembro parcialmente. Eles me seguem por toda parte, mas eu nunca vejo seus rostos, nem mesmo ouço suas vozes. O kaiser se refere a eles como minhas Sombras, um apelido que se espalhou tanto que eu mesma penso neles assim.

Eles devem estar rindo agora. A Princesinha das Cinzas pôs os bofes para fora por causa de um pouco de sangue, e bem em cima do prinz! Qual deles terá a honra de contar ao kaiser essa história? Nenhum, é mais do que provável. O próprio prinz é quem vai contar e em questão de minutos o kaiser saberá de minha fraqueza. E isso só vai servir para que ele se esforce ainda mais para me arrancar essa fraqueza. Dessa vez, talvez ele tenha sucesso, e então o que restará de mim?

A porta se abre e eu me sento. É Hoa, minha criada. Ela não me olha, concentrando-se em vez disso em abrir os botões ao longo das costas de meu vestido manchado de sangue. Ouço-a suspirar de alívio quando percebe que o sangue não é meu dessa vez. O ar fresco atinge minha pele quando o tecido cai e me preparo para as fisgadas quando ela tira as ataduras em minhas costas. Seus dedos são gentis enquanto ela confere meus vergões, certificando-se de que estão cicatrizando corretamente. Quando fica satisfeita, ela passa uma pomada de um frasco que Ion lhe deu e substitui as ataduras por novas.

Porque não podem me confiar uma escrava astreana, o kaiser me deu Hoa. Com sua pele dourada e os cabelos pretos e lisos indo até a cintura, suponho que ela deva ser de uma das terras orientais que os kalovaxianos invadiram antes de Astrea, mas Hoa nunca me contou de qual delas veio. Não poderia, mesmo se quisesse, porque o kaiser costurou sua boca. O fio preto e grosso cruza seus lábios em quatro X que vão de um canto a outro, retirados de tempos em tempos para permitir que ela faça uma refeição antes de ser costurada outra vez. Logo após o cerco, tive uma criada astreana chamada Felicie, de 15 anos. Eu a via como uma irmã e, quando ela me disse que tinha um plano para nossa fuga, eu a segui sem questionar, certa de que todos os meus sonhos de resgate estavam se tornando realidade. Até acreditei que minha mãe ainda estava viva, à minha espera em algum lugar.

Fui uma tola.

Em vez de me dar liberdade, Felicie me entregou direto ao kaiser, exatamente como ele a instruíra.

O raiser me deu dez chicotadas e depois cortou a garganta de Felicie, me dizendo que ela não tinha mais serventia. Disse que era para me ensinar uma lição que duraria mais do que meus vergões, e creio que durou mesmo. Aprendi a não confiar em ninguém. Nem mesmo em Cress, na verdade.

Hoa recolhe meu vestido ensanguentado nos braços e faz um gesto com a cabeça na direção do lavatório, uma instrução silenciosa para que eu vá me limpar, antes de tornar a sair para lavar o vestido.

Quando ela sai, eu me sento diante do lavatório e enxaguo a boca, me livrando do gosto do vômito. Em seguida, mergulho as mãos para limpá-las dos respingos de sangue. Sangue de meu pai; meu sangue.

Tenho mais uma vez a sensação de que vou vomitar, mas me forço a respirar profundamente até passar. Os olhos de minhas Sombras pesam em mim, à espera de que eu desmorone, para que possam relatar ao kaiser.

No espelho do lavatório, pareço a mesma dessa manhã. Todos os fios de cabelo enrolados e presos no estilo kalovaxiano, o rosto coberto de pó, os olhos contornados com kohl e os lábios pintados de vermelho. Tudo é o mesmo, ainda que eu não seja.

Pego a toalhinha branca pendurada na borda da bacia e a mergulho na água antes de esfregá-la no rosto. Esfrego até que todos os pós e tintas saiam, colorindo a toalha. Hoa levou quase uma hora para aplicá-los essa manhã, mas eu levo menos de um minuto para lavá-los.

O rosto de minha mãe me olha do espelho. Suas sardas dançam em meu nariz e em minhas bochechas, como constelações não mapeadas. Sua pele cor de oliva brilha como topázio à luz das velas. Os cabelos reluzem, da cor do mogno, embora os seus estivessem sempre soltos e revoltos, nunca presos de modo tão austero, afastados do rosto, como os meus. Os olhos não são dela, no entanto. No lugar deles, são os olhos cor de mel de Ampelio que me olham do espelho, olhos fundos, com cílios pesados.

Embora esses sejam defeitos que os padrões de beleza dos kalovaxianos exigem que eu esconda, lembro-me de como as pessoas falavam da beleza de minha mãe, de como escreviam poemas e cantavam canções em sua homenagem.

Pisco e vejo a faca do theyn pressionada em minha garganta – na garganta de minha mãe. Sinto a picada do aço, vejo as gotas de sangue se formarem. Pisco novamente e sou só eu. Somente uma garota destroçada.

Theodosia Eirene Houzzara. O nome sussurra através de mim outra vez, seguido pelas últimas palavras de minha mãe.

Será que ela me perdoaria por matar Ampelio? Será que entenderia por que fiz isso? Ou será que, de onde está no Além, ela volta as costas para mim?

Ele está com ela agora, tenho de acreditar nisso. Está com ela agora porque deu sua vida para me poupar, embora isso não seja justo. Ele arriscou tudo por Astrea, enquanto eu nada fiz exceto tentar aplacar o monstro que nos destruiu.

Não posso mais fazer o jogo do kaiser. Não posso seguir suas regras e mantê-lo entretido enquanto meu povo se encontra acorrentado. Não posso rir e falar de poesia com Crescentia. Não posso falar em sua língua dura e feia. Não posso atender por um nome que não é o que minha mãe me deu.

Ampelio era a última pessoa que poderia me salvar, minha última esperança de que esse pesadelo pudesse terminar um dia. Pensei que havia matado essa esperança quando o matei, mas percebo agora que não. A esperança dentro de mim ainda não foi sufocada. Ela está morrendo, sim, restando-lhe apenas algumas brasas. Mas já vi fogos serem reavivados com menos.

Hoa ainda não retornou, então pinto o rosto novamente, cobrindo cada vestígio da minha mãe. Meu verdadeiro nome parece pesado em minha língua depois de ouvir Ampelio pronunciá-lo mais cedo e quero ouvi-lo novamente. Quero dizê-lo, banir Thora de minha mente para sempre, mas não ouso.

Theodosia, Theodosia, Theodosia.

Alguma coisa em mim está despertando. Esta não é minha casa. Eu não sou o prêmio deles. Não estou satisfeita com a vida que eles tão generosamente pouparam.

Ampelio não pode mais me salvar, mas não deixarei que seu sacrifício seja em vão. Tenho de descobrir como poderei eu mesma me salvar.

COROA

O VESTIDO QUE O KAISER MANDA PARA que eu use é de um vermelho-vivo sem mangas e com as costas quase totalmente nuas. É semelhante ao estilo simples e solto que meu povo usava antes da Conquista. Estranhamente, nos anos recentes, a moda astreana tornou-se popular entre as cortesãs mais jovens, em contraste com os pesados e estruturados veludos que as kalovaxianas usavam quando chegaram. Mas não creio que o kaiser o escolheu pensando em moda. Com os ombros e as costas expostos, minhas cicatrizes ficam à vista e sua mensagem pode ser compreendida com mais clareza.

Astrea está derrotada. Astrea está destruída. Astrea não existe mais.

Sempre tive vergonha da pele vermelha e coberta de cicatrizes de minhas costas. O registro das rebeliões de Astrea pode ser visto ali. Cada vez que piratas astreanos afundavam um dos navios do kaiser, cada vez que uma das minas tentava se revoltar, cada vez que um escravo cuspia em seu mestre, esse fato era esculpido em minha pele. As cicatrizes eram feias e monstruosas; um constante lembrete do que eu sou.

Agora, porém, sentada diante do espelho da penteadeira enquanto Hoa trança meus cabelos, não é vergonha que sinto. Agora um ódio renovado escorre por minhas veias, como a água do gelo que derrete. Venho reprimindo-o por tanto tempo que é uma sensação boa finalmente deixá-lo me dominar. No entanto, trata-se de uma aura de ódio sem objetivo. Ela precisa de foco. Precisa de um canal. Precisa de um plano.

Mas estou isolada aqui – não há ninguém a quem eu possa recorrer em busca de ajuda. Tudo que sei do que acontece fora do palácio vem das conversas ouvidas por acaso entre os cortesãos kalovaxianos e em geral a notícia já foi filtrada por tantas pessoas quando chega a mim que não sei quanto há de verdade nela. Existem astreanos na capital, mas todos são escravos – a maioria é mais jovem do que eu e são mantidos desnutridos e fracos. E, embora eu me odeie por pensar isso, não tenho certeza de que posso confiar neles.

O theyn. Embora só de pensar nele eu tenha vontade de vomitar outra vez, não posso negar que, se há alguém que provavelmente tem informações precisas sobre rebeliões astreanas, é ele. Existe a possibilidade de Cress ouvi-lo dizer algo relevante, mas o mundo fora do palácio não a interessa muito, portanto não parece provável que ela vá se lembrar de alguma coisa importante. Não, eu terei de falar com o próprio theyn essa noite, ainda que estar perto dele sempre me faça sentir como se tivesse 6 anos novamente, vendo-o cortar a garganta de minha mãe.

Tenho certeza de que ele não gosta de mim mais do que gosto dele, mas, se eu o encurralar com Cress a meu lado, se arregalar os olhos e deixar a voz tremer enquanto finjo temer que Ampelio estivesse trabalhando com alguém, que quem quer que seja tentará vir e me levar dali, ele terá de me dizer alguma coisa. O mais provável é que me diga que não resta ninguém, independentemente de qual seja a verdade, mas, apesar de todas as suas habilidades na batalha, o theyn é péssimo mentiroso.

A própria Cress uma vez me apontou os sinais que o entregam: como a pele fica vermelha sob a longa barba loura que cobre quase todo o seu rosto, como ele exagera no contato visual, como suas narinas se dilatam.

De uma forma ou de outra, terei uma ideia melhor do que está acontecendo com a rebelião.

Hoa prende outra trança na parte posterior de minha cabeça com um grampo. Seus olhos encontram os meus no espelho e, por um instante, eu poderia jurar que ela lê meus pensamentos tão claramente quanto palavras em uma página. Seus olhos se estreitam, mas, após um momento, ela os desvia, trançando a última mecha de meu cabelo e prendendo-a no lugar.

Ouve-se uma batida na porta e, sem esperar, uma criada entra com uma caixa de ouro. A parte final de meu traje.

Dentro dela, uma coroa criada a partir da que minha mãe usava: um arco de chamas que atravessa a testa e se ergue por alguns centímetros, lambendo o ar.

Hoa a coloca em minha cabeça com um toque muito leve. Essa é uma rotina por que já passamos tantas vezes que perdi a conta, tanto que já se tornou banal, mas dessa vez é diferente. Dessa vez eu me permito lembrar que minha mãe às vezes me deixava pôr sua coroa, que era grande demais e descia até meu pescoço. Entretanto, enquanto a coroa de minha mãe era forjada em ouro negro e engastada com rubis, a que o kaiser me manda é moldada em cinzas e, assim que Hoa a coloca no lugar, ela começa a se desfazer, deixando rastros em meus cabelos, pele e vestido.

Minha mãe era conhecida como a Rainha do Fogo, majestosa e forte. Mas eu sou a Princesa das Cinzas, uma piada viva.

• • •

Os olhares pousam pesadamente em minha pele assim que entro no salão de banquetes, seguidos por sussurros e risadinhas que fazem meu rosto esquentar. Flocos de cinzas caem a cada passo que dou, a cada infinitesimal movimento de minha cabeça, esvoaçando de encontro às maçãs do rosto, aos ombros e ao peito. Finjo não notar, mantendo a postura altiva e deixando que meus olhos deslizem sobre os cortesãos até captarem um olhar em particular. Os olhos do prinz são tão iguais aos do pai que meu peito se comprime até que eu mal consiga respirar. Desvio o olhar, querendo afundar no chão e desaparecer por completo ao me lembrar de que vomitei em cima dele pouco tempo antes. Seu olhar tem um propósito, porém, que não é fitar abertamente nem regozijar-se de minha desgraça, mas sim atrair meus olhos de volta aos seus. Eu não cedo.

Tenho meu propósito. Enquanto ele me observa, eu observo as sombras, onde os escravos esperam com os olhos voltados para baixo até que alguém precise deles. São, em sua maioria, crianças e adolescentes, embora haja umas poucas mulheres mais velhas também. Ninguém que pudesse representar uma ameaça, em termos físicos. São todos um punhado de ossos frágeis se projetando sob a pele amarelada, com dentes faltando e tufos de cabelos escasseando.

Não olhe, apela a antiga voz, mas eu a ignoro agora. Preciso olhar. Preciso ver.

– Aí está você – diz Crescentia, arrancando minha atenção das sombras.

Ela aparece a meu lado e enlaça o braço no meu, mesmo com os flocos de cinzas que caem cobrindo-a também. Sua alegria atravessa a tensão no salão e a atenção de todos os outros se dissipa. Eles lembram, como eu, o que aconteceu da primeira vez que o kaiser me enviou a coroa de cinzas, como Crescentia – então com apenas 7 anos – deslizou os polegares pelas maçãs de meu rosto, espalhando as cinzas em linhas grossas.

Pronto, dissera ela tão baixinho que ninguém mais a ouviu. *Agora você está verdadeiramente pronta para a batalha.*

O pequeno ato de desafio me rendeu dez chicotadas e tenho certeza de que o theyn também puniu Cress. Agora, tão teimosamente quanto eu, ela ignora a coroa se esfacelando.

– Ouvi tudo sobre o julgamento – diz ela de maneira suave, franzindo a testa. – Você está bem?

Julgamento parece uma palavra estranha para o que aconteceu. Não houve argumentos, nem júri, nem juiz. Foi um assassinato e eu mesma o cometi.

Logicamente, sei que não tive escolha. Mas isso não alivia minha culpa.

– Está feito – digo a ela, fazendo um gesto de dispensa com a mão. Como se fosse fácil me livrar da lembrança da lâmina cortando a pele de Ampelio. – Espero que Hoa consiga tirar o sangue. Era um vestido muito bonito, não acha?

– Ah, sim. Morro de inveja, Thora. O amarelo fica horrível em mim, mas em você cai muito bem – diz ela, apertando meu braço enquanto nos guia até a extremidade da mesa de banquete, longe da família real e do olhar perscrutador do prinz Søren.

Com o estômago contraído, noto que o theyn não está aqui. Deve ter partido de novo. Para outra batalha, outra invasão, outra carnificina.

– Princesa das Cinzas. – A voz do kaiser gela minha espinha, mas reprimo um tremor quando me viro para ele, um sorriso agradável a postos. Seus olhos azul-claros são duros por cima da taça de vinho, erguida em um falso brinde a mim. Seu rosto inchado já está vermelho por causa do álcool. – Você é a convidada de honra. Seu lugar é aqui.

Ele faz um gesto indicando um lugar vazio ao lado do prinz Søren.

O aperto que Crescentia dá em minha mão é reconfortante quando saio de seu lado e me aproximo do kaiser.

Faço uma reverência a seus pés e, quando ele estende a mão em minha direção, beijo o anel em seu dedo mínimo – o anel que minha mãe costumava usar, e a mãe dela antes dela.

Começo a me erguer, mas a mão dele roça meu rosto, mantendo-me no lugar. Luto para não recuar. Algumas batalhas não valem a pena ser lutadas.

Algumas batalhas eu só posso perder. Então me inclino para o seu toque como a súdita leal que fui treinada para ser e deixo que ele me marque com a impressão em cinzas de sua mão.

Ele afasta a mão e sorri, satisfeito, antes de gesticular para que eu me sente. Quando me levanto, noto o pingente com a Pedra do Fogo que pende da corrente de ouro em seu pescoço. Eu reconheceria aquela pedra em qualquer lugar. Era a de Ampelio. Aquela com a qual ele me deixava brincar, embora minha mãe o repreendesse por isso sempre que o via.

Pedras do Espírito não são brinquedos, dizia ela.

Talvez aquela fosse a única ordem dela que ele desobedecia. Eu adorava segurar a pedra em minhas mãos pequeninas, mas isso me assustava também – o calor e o poder me inundavam como se meu sangue estivesse se transformando em fogo nas veias. Ela me chamava, como se pertencêssemos uma à outra.

Vê-la agora, no pescoço grosso de Corbinian, me enche de um tipo diferente de fogo e tenho de lançar mão de todo o meu autocontrole para evitar avançar sobre ele e usar a corrente para estrangulá-lo. Mas sei que Ampelio não morreu por mim para que eu fizesse algo tão tolo.

Obrigo-me a desviar os olhos da pedra e tomo meu lugar ao lado do prinz.

Se antes os olhos dele estavam grudados em mim como lama, agora ele age como se eu não estivesse aqui. Seu olhar nunca deixa o prato de comida a sua frente. Ele não pode ter contado ao pai sobre o incidente mais cedo, ou eu já teria pagado por isso. Mas por que não contou? O kaiser troca informações por favores e, embora o prinz Søren seja seu único filho e herdeiro, deve estar lutando por favores mais do que qualquer um. A monarquia kalovaxiana tem raízes mais na força do que no sangue e é comum um velho monarca prestes a morrer se recusar a nomear o filho como seu sucessor enquanto as outras famílias da corte aproveitam a oportunidade para tentar agarrar o poder. Os livros de história dizem que esse processo é sempre sangrento e que pode se arrastar por anos.

Mas o prinz não é fraco. Mesmo antes que retornasse, a corte já se alvoroçava com seus atos heroicos em combate, com quanto ele era forte e corajoso, que grande kaiser ele seria um dia. O kaiser não participava de uma batalha fazia décadas – algo incomum para os kaisers, que muitas vezes continuavam como guerreiros até a morte. A força do prinz Søren só está ressaltando a fraqueza do kaiser e estou quase certa de que isso é algo pelo que o kaiser vai fazê-lo pagar agora que está de volta à corte.

Não sei por que o prinz não aproveitaria todos os benefícios que pudesse ter.

Um escravo surge a meu lado e enche meu prato de peixe grelhado com condimentos, conforme a tradição astreana. A maioria dos kalovaxianos tem dificuldade para digerir a comida astreana, mas em noites como esta eles insistem em tentar. É mais um símbolo do que qualquer outra coisa, afinal. A comida, a música, as roupas são astreanas, mas os astreanos em si – *nós* – já não têm autorização para existir.

A música aumenta e minha mente retorna a minha mãe. É o tipo de música que ela costumava dançar, a saia se espalhando ao redor de suas pernas enquanto ela rodopiava, girando-me com ela até nós duas ficarmos tontas. É o tipo de música que ela e Ampelio dançavam juntos, os braços envolvendo um ao outro com força. Essas pessoas não merecem ouvi-la; elas não merecem nada disso. Mantenho as mãos no colo para esconder meus punhos cerrados.

O jovem escravo esbarra no meu ombro ao servir outro filé de peixe em meu prato e não me incomodo com isso. Não me permito olhar para ele tão perto do kaiser, que decapitou astreanos na minha frente por causa de um olhar inocente. Já tenho sangue o bastante nas mãos para um só dia.

Mantenho os olhos em meu prato, observando e contando as cinzas que se soltam e caem. É a única maneira de chegar até o fim do jantar sem gritar.

O escravo esbarra em meu ombro de novo, dessa vez sem qualquer motivo. O kaiser, felizmente, está mergulhado na conversa com um lorde visitante cujo nome desconheço, mas os olhos leitosos e distantes da kaiserin tremem e se estreitam brevemente antes de se desviarem.

Todos dizem que ela está enlouquecendo, mas às vezes vejo em seus olhos uma clareza que é paralisante, como se estivesse despertando em um mundo que, de repente, ela não compreende. Esta noite essa clareza não está ali. O prato principal ainda não foi servido e ela já está bêbada.

Ninguém mais nota a kaiserin. Como sempre, seus olhos estão embaçados e sem expressão, como se ela fosse um fantasma pálido, silencioso e sinistro. E tenho lá minhas dúvidas se não é mesmo um fantasma.

Meu prato tem mais peixe do que eu conseguiria comer, mas o rapaz não vai embora. Deve estar querendo morrer.

– Necessita de mais alguma coisa, minha senhora? – pergunta ele ao meu ouvido. – Vinho, talvez?

Algo em sua voz instiga uma lembrança, embora eu não consiga identificá-la. Arrisco um olhar, esperando não ser notada, e, quando meus olhos encontram os do escravo, eu gelo.

Seu rosto é macilento e ele tem cabelos negros cortados rente ao couro cabeludo. Seu queixo está coberto pela barba que começa a crescer e há uma dureza em seu maxilar, como se ele estivesse zangado ou faminto. Uma cicatriz branca e enrugada corta a pele morena. Mas vejo a sombra de um menino de bochechas rosadas sentado a meu lado na sala de recreação do palácio antes do cerco, sempre competindo pela atenção da professora enquanto ela nos ensinava a escrever. Lembro-me de palavras em astreano que fluíam como água de nossas penas, o nome dele e o meu lado a lado. Vejo corridas que eu sempre perdia porque minhas pernas não eram tão longas quanto as dele. Vejo olhos verdes solenes examinando meu joelho ralado e ouço sua voz suave me dizendo que ia passar, que eu parasse de chorar.

– Blaise.

Só me dou conta de que falei em voz alta quando o prinz Søren se vira para mim.

– Como disse? – pergunta ele.

– Eu disse sim. Vinho seria ótimo. *Por favor*.

O prinz Søren se vira para a frente de novo, mas estou paralisada, olhando para Blaise por sobre meu ombro. Não posso olhar para ele por tanto tempo, vai levantar suspeitas. Sei disso, mas não consigo me virar para outro lado, porque ele está *aqui*, como um espírito que invoquei. Como ele pode estar aqui?

Blaise sustenta meu olhar por um segundo carregado de palavras que não podemos dizer, perguntas que não podemos fazer. Ele faz um movimento curto com a cabeça antes de se virar e se afastar, mas seus olhos levam uma promessa. Torno a olhar para a frente em minha cadeira, mas as perguntas ressoam em minha mente. O que ele está fazendo aqui? Se ele estivesse trabalhando no castelo, eu teria notado antes, não teria? O fato de ele aparecer logo no dia de hoje não pode ser coincidência.

– Lady Thora.

A voz do prinz Søren me arranca de meus pensamentos; inclino-me para ele e finjo que está tudo normal. Seus olhos brilhantes pousam nos meus, passam para a marca de mão que seu pai deixou em meu rosto e se desviam. Ele olha para o kaiser, que está prestando tanta atenção na escrava que lhe serve mais vinho que mal nota qualquer outra coisa. Ela é mais jovem do que eu – 14 anos, talvez. Isso me causa arrepios, mas não é nada que eu não tenha visto antes.

No entanto, a voz do prinz Søren é suave, quase inaudível acima da música e das conversas:

– Sobre o que aconteceu...

– Lamento muito, Alteza – interrompo, voltando a atenção de novo para Søren, subitamente constrangida. – Por favor, entenda que eu estava em choque. Como você foi perspicaz o bastante para perceber, foi a primeira vez que eu... – Minha voz some. Não consigo pronunciar as palavras. Dizê-las em voz alta vai torná-las irreparavelmente verdadeiras. – Obrigada por não contar a ninguém.

– Claro – diz ele, parecendo surpreso. Em seguida, pigarreia. – Por mais desajeitada que minha tentativa possa ter sido, eu só estava procurando... – É ele quem emudece dessa vez. – Queria tranquilizá-la.

A gentileza de suas palavras me surpreende, especialmente porque ele me olha com os frios olhos azuis do kaiser. É difícil olhar dentro deles, mas eu tento.

– Estou tranquila, Alteza – asseguro a ele, forçando um sorriso.

– Søren – diz ele. – Pode me chamar de Søren.

– Søren – repito.

Mesmo quando fofocava sobre ele com Crescentia, acho que nunca disse seu nome em voz alta. Ele sempre foi "o prinz". Então me ocorre quanto esse nome é kalovaxiano, com suas arestas ásperas e um "o" longo. Soa como uma espada cortando o ar e encontrando seu alvo. É estranho o poder que os nomes exercem sobre nós. Como pode haver uma diferença tão grande entre Thora e Theodosia, quando ambas são eu? Como é possível que apenas dizer o nome de Søren em voz alta torne tão mais difícil colocá-lo no mesmo nível do kaiser, do theyn e de todos os outros guerreiros kalovaxianos?

– Então você deve me chamar de Thora – digo, porque é a única resposta que posso dar, mesmo que o nome tenha um gosto amargo em minha boca.

– Thora – repete ele, baixando a voz. – O que quis dizer antes foi que me lembro da primeira vez que matei e acho que isso vai me assombrar para sempre.

– Mesmo que fosse apenas a ralé astreana? – pergunto, lutando para evitar um tom mordaz na voz.

Não devo ter conseguido, porque ele fica em silêncio por um instante.

– Uri, Gavriel, Kyri, Nik, Marios, Dominic, Hathos, Silas e Vaso – diz ele, contando nos dedos. Demoro um momento para me dar conta de que está listando os nomes dos homens que ele matou há sete anos. – O que meu pai matou se chamava Ilias. Não é algo de que eu me orgulhe. Lamento se fiz com que acreditasse no contrário.

As palavras são rígidas e têm as sílabas finais omitidas, mas não há como confundir o sentimento por baixo delas, esforçando-se para se libertar. Há algo que seus olhos revelam que nunca vi antes. Em nenhum outro kalovaxiano, nem mesmo em Cress.

Antes que eu consiga decidir como responder, Blaise surge em meu ombro de novo, vertendo vinho cor de sangue em minha taça. Preciso de todo o meu autocontrole para não olhar para ele.

Do outro lado da mesa, uma escrava derruba uma bandeja e os peixes deslizam pelo chão de pedra. Todos se viram para olhar enquanto ela se apressa em limpar, até mesmo o prinz. Søren.

– Hoje, meia-noite – sussurra Blaise em meu ouvido. – Adega da cozinha.

Eu me viro, mas ele já desapareceu no meio da multidão.

A escrava que derrubou a bandeja é agarrada por dois guardas e arrastada para fora do salão. Ela será açoitada por sua falta de jeito, na melhor das hipóteses, ou morta, na pior.

Antes de ser levada, seus olhos se fixam nos meus e um pequeno sorriso passa por sua boca. Ela não foi incompetente. Fez isso para criar uma distração, o que pode lhe custar a vida. Não imagino como conseguirei encontrar Blaise hoje à noite, mas tenho de tentar.

ALIADO

MINHA MÃE SEMPRE ME DIZIA QUE, se eu rezasse aos deuses, eles nos resguardariam do mal. Houzzah, o deus do fogo, nos manteria aquecidas. Suta, a deusa da água, cercaria nossa ilha e nos protegeria. Ozam, o deus do ar, nos manteria saudáveis. Glaidi, a deusa da terra, nos manteria alimentadas. Havia uma dúzia de outros deuses e deusas menores que cuidavam de tudo, desde a beleza até os animais, embora eu já tenha esquecido o nome da maioria.

Mas também me lembro de que, quando os kalovaxianos chegaram, nós duas rezamos, rezamos, rezamos e não adiantou. Não acreditei que eles a matariam, porque os deuses nunca permitiriam. Ela seria rainha até que a velhice a levasse – era um direito dela. Mesmo quando o sangue correu de seu pescoço e sua mão ficou frouxa em torno da minha, ainda não acreditei. Pensei que minha mãe fosse imortal, mesmo depois que a luz deixou seus olhos.

Depois, chorei. E em seguida me enfureci, não só contra os kalovaxianos, mas também contra meus deuses, porque eles tinham deixado minha mãe morrer quando deveriam tê-la protegido. Os kalovaxianos me obrigaram a substituí-los pelos deuses deles – semelhantes nos domínios, porém mais vingativos, menos clementes –, mas, de um jeito ou de outro, isso não importava mais. Aquela parte de mim, a parte que acreditava, havia sido destruída.

Tento rezar agora, deitada na cama, esperando a meia-noite. Rezo, desesperada e desesperançadamente, a todos os deuses de que me lembro, das duas religiões. Os meus se parecem mais com fantasmas agora, ecos de ancestrais que conheci um dia e dos quais me recordo mais pelas histórias do que pelas lembranças.

Não deixo uma palavra sequer passar por meus lábios. No silêncio, a presença das minhas Sombras é ainda mais pesada. A heresia é um pecado mortal e tenho certeza de que eles lutariam entre si pela oportunidade de contar ao kaiser, se somente assim pudessem finalmente se livrar do que deve ser um trabalho realmente terrível. Eles não deveriam nem mesmo falar uns com os outros, embora desobedeçam essa regra com frequência. Em geral pego no sono com eles sussurrando.

Agora o quarto está em silêncio pela primeira vez. Eles devem dormir em turnos, e essa é a única regra que sei que eles sempre obedecem, porque os três roncam horrivelmente e eu só ouço um de cada vez.

Um ronco irrompe da parede norte, tão profundo que parece fazer tremer o chão.

Quando é a vez de o Norte dormir, Leste e Sul normalmente riem baixo de seu ronco, mas não estão rindo agora. Fecho os olhos e escuto, tentando isolar o ronco do Norte para identificar alguma coisa por baixo dele.

E lá está – um ronco gemido do Leste, como um filhote de cão choramingando.

O kaiser vai ficar furioso se descobrir que os dois estão dormindo. Ele não gosta de correr riscos e minhas Sombras, como a maioria dos kalovaxianos, o temem demais para arriscar despertar sua ira.

Se apenas o Sul está me vigiando esta noite, deve haver algo que eu possa fazer. Uma Sombra é mais fácil de enganar do que duas, mas não muito. Ainda se trata de um homem devotado e mortal, cujo trabalho inteiro gira em torno de vigiar cada um de meus movimentos. Mas então escuto: um terceiro ronco, áspero e leve, fácil de confundir com um vento particularmente desenfreado entrando pela janela rachada.

A compreensão me inunda de alegria, que é rapidamente substituída por medo. Quais são as chances de, na mesma noite, Blaise aparecer e marcar um encontro e minhas Sombras estarem todas adormecidas, pela primeira vez em dez anos? Muito menores do que as chances de eu estar caindo em uma armadilha. Felicie me vem à mente de novo e posso ver o rosto enraivecido e vermelho do kaiser, o chicote na mão.

Dessa vez, a punição será pior.

Mas se não for uma armadilha, se Blaise estiver realmente esperando na adega da cozinha e se tivesse um pacto com Ampelio, como posso *não* ir?

Quando a lua está alta no céu e tenho certeza de que quase todos estão dormindo, atiro a colcha para longe e deixo, em silêncio, a segurança de minha cama. Ainda não há som algum do outro lado das paredes, então chego mais perto de um dos buracos, meu coração batendo forte dentro do peito.

48

Os roncos são inconfundíveis agora, vindo de cada um dos buracos. As Sombras estão profundamente adormecidas. É possível, é claro, que tenham comido e bebido demais no banquete e caído em um sono profundo, mas não acredito em coincidências. A ideia de estar caindo em mais uma das armadilhas do kaiser me paralisa por um momento, mas me forço a prosseguir. Não posso continuar a ser uma covarde.

Sinto o chão de pedra gelado como se fossem agulhas na sola de meus pés enquanto o atravesso na ponta dos pés, mas meus passos são mais silenciosos sem sapatos. Descalça, chego à porta e paro com a mão na maçaneta. Seria muito fácil, penso, voltar para a cama, afugentar os pensamentos sobre Blaise, Ampelio e minha mãe para o fundo da mente de uma vez por todas. Eu poderia enterrar tudo lá no fundo. Poderia evitar enraivecer o kaiser e ele continuaria a me manter viva.

Mas penso no sangue que manchou meu vestido e minhas mãos. De Ampelio.

Respiro fundo e me obrigo a girar a maçaneta e empurrar a porta, abrindo-a apenas o suficiente para me esgueirar por ela e sair no corredor. As portas dos quartos das Sombras estão todas fechadas, mas há taças de vinho deixadas no chão diante delas. Alguma boa alma deve ter lhes trazido bebida do banquete. Ou talvez não tão boa, dependendo do que mais havia no vinho.

Muito inteligente, Blaise. Reprimo um sorriso antes de me dar conta de que, pela primeira vez em séculos, ninguém está me vigiando. Permito-me sorrir de verdade. Por um momento, penso em minhas Sombras adormecidas em seus quartos minúsculos e sinto-me tentada a espioná-los ao menos uma vez, mas não posso correr o risco de acordá-los.

O sorriso permanece fixo em meu rosto enquanto prossigo pelo corredor. Como a adega fica na ala oeste do palácio, embaixo das cozinhas principais, preciso virar à esquerda. Ou será à direita? Sob a luz fraca das tochas presas nas paredes, não tenho certeza de nada. Basta uma única mudança de direção errada, uma única passagem errada, uma única pessoa no lugar onde não deveria estar. A ideia quase me faz correr de volta para a cama, mas sei que é apenas uma morte mais lenta que me aguarda lá.

Tenho de fazer uma escolha. Tenho de confiar em mim mesma. Vou para a esquerda.

Os sons dos farristas da madrugada sobem pela grande escadaria e percorrem os corredores, chegando até mim – música e risos alcoolizados, gritos de alegria à custa de Astrea. Um brinde é erguido à Princesa das Cinzas e eles contam as piadas indecentes que ouvi tantas vezes que já não me afetam. O caminho mais fácil até as cozinhas passa direto por eles, desce as escadas e dobra uma esquina – uma perspectiva assustadora, considerando o estado deles –, mas existe um motivo para Blaise ter designado a adega da cozinha, e não é só porque ela fica escura e deserta a esta hora da noite. É por causa dos túneis.

Quando éramos crianças, antes do cerco, Blaise estava determinado a explorar todas as passagens ocultas no castelo, desenhando dúzias de mapas rabiscados que somente ele conseguia entender. E, como a mãe dele e a minha eram amigas íntimas e estavam sempre juntas, muitas vezes ele era obrigado a me levar junto. Eu explorei as passagens também. Não chegamos perto de encontrar todas, mas, durante o período de cerca de um ano que passamos a procurá-las, encontramos dúzias delas. Incluindo uma que leva da ala leste do palácio à adega da cozinha.

É o tipo de lembrança que julgava há muito perdida, como a maioria de minhas lembranças de antes do cerco, mas ver Ampelio hoje e depois Blaise fez com que todas retornassem.

Ainda assim, seria fácil demais perder a entrada após tantos anos. A escuridão não ajuda e não ousei trazer uma vela. As vozes dos farristas estão se deslocando agora, chegando mais perto, mas eles seguem para outra passagem, afastando-se de mim, e solto um suspiro de alívio.

Quando chego ao corredor que me parece quase com certeza ser o correto, estendo a mão e corro os dedos pela parede. Dez anos atrás, a pedra ficava na altura dos olhos, então agora devia estar no nível da cintura, aproximadamente. Como é possível que eu tenha crescido tanto, quando parece que foi ontem que vi minha mãe morrer?

Mas era também uma outra vida.

Estava prestes a desistir de encontrar a entrada quando passo a mão sobre uma pedra que se sobressaía ligeiramente entre as demais.

Como o nariz do Guardião Alexis, tinha dito Blaise com um riso abafado quando a encontramos. O Guardião Alexis era um Guardião do Ar cujo nariz era curvo como um arco pronto para lançar a flecha e que gostava de contar piadas que eu não entendia. Deve estar morto agora.

Giro a pedra uma vez no sentido horário, duas no sentido anti-horário, antes de empurrar a parede firmemente com o ombro. São necessários mais alguns empurrões até uma porta oculta e articulada se abrir, mas isso é bom. Significa que faz um tempo considerável que ninguém usa esse túnel. Com um último olhar para trás, para ter certeza de não estar sendo seguida, dou um passo à frente e empurro a porta, fechando-a atrás de mim.

O túnel é estreito e escuro, mas sigo em frente, tateando as paredes cobertas de pó a fim de encontrar o caminho. Deveria ter trazido uma vela. E sapatos. Faz uma década que alguém esteve neste túnel e as pedras que formam as paredes e o chão estão cobertas de terra e poeira, que grudam em minhas mãos e na sola de meus pés.

Eu ando, ando e o caminho serpenteia por uma distância maior do que eu me lembrava, espiralando de tal maneira que me faz ter certeza de que estou andando em círculos. De vez em quando, vozes abafadas vazam pelas pedras e, embora eu saiba que seus donos não têm ideia de que esteja aqui, prendo a respiração ao passar. De um jeito ou de outro, não tenho dúvidas agora de que isso vai acabar com minha morte, mas não importa. Mesmo que não dê em nada e eu perca a vida, mesmo que seja uma armadilha, estou fazendo a única coisa que consigo.

Finalmente meu pé toca a madeira e eu paro. Agacho-me e limpo tanto quanto possível a terra e a poeira que cobrem a tampa que sei que está sob mim, tateando ao redor em busca da alça de metal frio. Ela surge sob minha mão e eu a viro, descobrindo que está enferrujada e não abre. Preciso jogar todo o peso de meu corpo contra ela para fazê-la girar um quarto da volta completa. Então a viro várias vezes, até meus braços queimarem e a tampa se abrir os centímetros necessários para que eu passe.

– Olá! – sussurro para a escuridão abaixo de mim.

Se estou bem lembrada, é uma altura de cerca de 3 metros até o chão de pedra da adega, e com meus pés descalços é pouco provável que eu consiga descer sem ajuda.

O som de passos arrastados se aproxima.

– Está sozinha? – murmura ele para mim em astreano. Levo alguns segundos para registrar as palavras.

Preciso traduzir minha resposta na mente antes de falar, odiando a mim mesma ao fazê-lo. Agora até meus *pensamentos* são em kalovaxiano.

– E *você*, está? – pergunto.

– Não, pensei em trazer alguns guardas e o kaiser comigo.

Congelo, embora esteja certa de que ele está brincando. Ele deve notar minha hesitação, porque suspira com impaciência.

– Estou sozinho. Pule que eu a seguro.

– Não tenho mais 6 anos, Blaise. Estou bem mais pesada – aviso.

– E eu estou bem mais forte – retruca ele. – Cinco anos na mina da Terra dão nisso.

Não consigo pensar em uma resposta. Cinco anos escravizado em uma mina, cinco anos tão perto do poder natural da deusa da terra, Glaidi. Não é de surpreender que ele pareça tão atormentado. Minha década no palácio foi um pesadelo, mas não se compara nem à metade do tempo em um lugar como aquele. No passado, aquelas minas haviam sido lugares sagrados, mas não consigo deixar de achar que os deuses nos abandonaram durante o cerco.

– Você esteve nas minas? – sussurro, embora não saiba o motivo de minha surpresa. A maioria dos astreanos foi mandada para as minas. Mas, se Blaise ficou lá por cinco anos e não enlouqueceu, é porque é mais forte do que o menino de que me recordo. Duvido que ele possa dizer o mesmo de mim.

– Estive – responde ele. – Agora se apresse e pule, Theo. Não temos muito tempo.

Theo.

Theodosia.

Ignoro a urgência persistentemente incômoda de voltar e deslizo pelo buraco, as pernas primeiro. Por menos de um segundo, despenco em queda livre antes que os braços de Blaise surjam debaixo de mim, um sob meus joelhos e outro nas costas. Ele me põe no chão na mesma hora.

Meus olhos demoram um pouco para se acostumarem à escuridão, mas depois seu rosto entra em foco. Ao contrário do salão de banquetes, posso olhar para ele de verdade agora, sem qualquer consequência. Seu rosto é comprido, como o do pai dele, mas com os olhos verde-escuros que herdou da mãe. Não há nada sobre seus ossos além de músculos fortes e a pele morena acinzentada. Uma cicatriz longa e pálida vai da têmpora esquerda ao canto da boca e estremeço ao imaginar o que poderia tê-la causado. Ele sempre foi mais baixo do que eu alguns centímetros, mas agora eu tinha de olhar para cima se quisesse encará-lo – são quase 30 centímetros de diferença entre nós, sem falar na largura de seus ombros.

– Ampelio está morto – declaro quando enfim consigo formar as palavras.

O músculo em sua mandíbula salta e seus olhos se desviam de mim.

– Eu sei – diz ele. – Ouvi falar que você o matou.

A aspereza em sua voz faz com que eu prenda minha respiração.

– Ele me pediu – revelo em voz baixa. – Ele sabia que, se eu não o fizesse, o kaiser mandaria outra pessoa fazê-lo e, depois, eu também teria perdido a vida. Agora o kaiser acredita que sou leal a ele acima do meu povo.

– E você é? – pergunta ele.

Seus olhos se fixam nos meus, vasculhando-os em busca da verdade.

– Claro que não – respondo, mas minha voz vacila.

É a verdade, eu sei que é, mas só o fato de dizer isso é o bastante para que eu me lembre do chicote do theyn em minha pele, dos olhos cruéis do kaiser sobre mim, deliciando-se com minha dor a cada vez que suspeitou que minha lealdade a ele não era forjada em ferro.

Blaise me fita por um longo momento, avaliando-me. Antes mesmo que ele fale, sei que fui considerada insuficiente.

– Quem é você? – indaga ele.

A pergunta é uma ferroada de vespa.

– Foi você quem quis me encontrar aqui, quem arriscou a vida de nós dois para isso. Quem é *você*? – retruco.

Ele não hesita e mantém o olhar voltado para mim, como se estivesse lendo minha alma.

– Sou a pessoa que vai tirar você daqui.

Ele diz isso com muita seriedade e sinto uma onda de alívio me atravessar. Faz dez anos que espero ouvir essas palavras, que espero um vislumbre de liberdade. Nunca imaginei que seria desse jeito. No entanto, por mais brilhante que seja essa nova esperança, não consigo confiar nela.

– Por que agora? – pergunto.

Seus olhos finalmente deixam os meus.

– Prometi a Ampelio que, se alguma coisa acontecesse a ele, eu faria tudo para salvá-la.

Sinto meu peito oco.

– Você estava trabalhando com ele – afirmo. Eu já tinha imaginado isso, mas ainda assim dói ouvi-lo dizer seu nome.

Blaise faz que sim com a cabeça.

– Desde que ele me resgatou da mina da Terra, há três anos – diz ele.

Isso dói ainda mais. Sei que a vida de Blaise na mina era muito mais dolorosa do que minha vida aqui. No entanto, enquanto eu estava esperando que Ampelio me salvasse, ele salvou Blaise, e não posso negar quanto isso me incomoda.

– O que foi que aconteceu com a garota que estava servindo no banquete? – pergunto, ignorando o sentimento e me concentrando em outra coisa. – Ela...

Não consigo pronunciar as palavras, mas não é preciso. Ele balança a cabeça, embora seus olhos ainda estejam distantes.

– Marina é... a preferida dos guardas. Eles não vão matá-la. Foi por isso que ela se ofereceu. Ela vai nos encontrar no navio.

– Navio? – pergunto.

– O navio de Dragonsbane – responde ele, mencionando o mais conhecido dos piratas astreanos. Suas ações são responsáveis por várias das cicatrizes em minhas costas. Blaise percebe minha confusão, porque suspira. – Está escondido a quase 2 quilômetros costa acima, numa pequena enseada logo depois da floresta de ciprestes.

Tenho uma vaga ideia da área a que ele se refere, embora eu não tenha saído da capital desde o cerco. Posso ver o topo dos altos ciprestes da janela de Cress. Ainda assim, não quero me permitir acreditar no que ele está dizendo até ele pronunciar as palavras.

– Vamos tirar você daqui. Hoje à noite – diz ele, e tudo em mim se desenrola.

Sair daqui. Esta noite. Não me permiti pensar nessa possibilidade quando desci até aqui; não me permiti nem mesmo uma centelha de esperança de que, quando esta noite terminasse, eu estaria livre do domínio do kaiser. Mas agora eu me permito pensar nisso. A liberdade está ao alcance de minha mão, embora o pensamento me aterrorize tanto quanto me anima. Afinal, já estive perto da liberdade antes e dói muito quando ela nos é arrancada de novo.

– E depois? – pergunto, incapaz de impedir que a vertigem transpareça em minha voz.

Não posso evitar. A ideia da liberdade está tomando conta de mim e, embora eu sinta que ela pode ser arrancada de mim tão rápido quanto me foi oferecida, é *esperança*, e é mais real do que qualquer coisa que senti em dez anos.

– Há países que aceitam refugiados astreanos – diz ele, contando nos dedos. – Etralia, Sta'crivero, Timmoree. Vamos para um deles, construir uma vida nova lá. O kaiser jamais vai encontrar você.

A esperança que inunda minhas veias crepita. Ela não morre, mas se retorce em algo novo e inesperado. Em todas as minhas fantasias de ser resgatada, nunca imaginei que seria desse jeito. Pensei em Ampelio vindo até mim com raiva e exércitos e um plano para retomar Astrea. Odeio viver sob o jugo do kaiser, mas este palácio é minha casa. Nasci aqui e sempre imaginei lutar para recuperar o trono de minha mãe e mandar os kalovaxianos de volta para a terra estéril e deserta de seu país natal.

Dei meus primeiros passos aqui. A ideia de deixar meu lar é o que eu quis durante dez anos, mas nunca mais voltar? Sinto isso como um soco nas entranhas.

– Você quer fugir? – pergunto em voz baixa.

Blaise estremece com a última palavra. Afinal, ele foi criado neste palácio também. Abandoná-lo pode não ser fácil para ele igualmente, mas ele não recua.

– Esta nunca foi uma luta que poderíamos vencer, Theo. Com Ampelio havia uma chance, mas agora... Todos os Guardiões estão mortos. As forças que Ampelio conseguiu reunir se dispersaram depois que ele foi capturado, e não eram muitos, para início de conversa. Talvez mil.

– *Mil?* – repito, meu estômago se contraindo. Estou chocada. – Existem cem mil astreanos.

Os olhos dele se desviam dos meus e passam a fitar o chão de pedra.

– *Existiam* cem mil astreanos – ele me corrige, com uma careta. – Os últimos números que ouvi nos deixam mais perto de vinte.

Vinte mil. Como isso é possível? O cerco tirou muitas vidas, mas teriam sido tantas assim? Somos uma mera fração do que já fomos.

– Desses vinte mil – continua Blaise, ignorando meu choque –, metade está nas minas, incapaz de fugir.

Isso eu sei. As minas eram fortemente vigiadas antes da revolta da mina do Ar na semana passada. Tenho certeza de que o kaiser dobrou o número de guardas desde então.

– Mas, se você fugiu, tem de haver um jeito – argumento.

– Eu tinha Ampelio. Nós, não – diz ele, mas não entra em detalhes. – Dos outros dez mil, Dragonsbane contrabandeou cerca de quatro mil para outros países, o que deixa seis mil em Astrea, talvez três mil aqui na capital. Nenhum deles lutou um dia sequer na vida. Muitos são crianças que nunca viveram em um mundo não governado pelo kaiser. Nunca levantaram uma arma. Mil estavam dispostos a experimentar.

Eu mal o escuto. Enquanto eu fazia o jogo do kaiser, oitenta mil pessoas do meu povo morriam. Toda vez que o chicote açoitava minha pele e eu amaldiçoava meu país e aqueles que tentavam salvá-lo, meu povo era assassinado. Enquanto eu dançava e fazia fofoca com Cress, eles enlouqueciam nas minas. Enquanto eu me banqueteava à mesa do inimigo, eles morriam de fome.

O sangue de oitenta mil pessoas está em minhas mãos. Esse pensamento me deixa entorpecida. Em breve entrarei de luto por eles, e, uma vez que eu comece, não sei se algum dia serei capaz de parar, mas não posso fazer isso agora. Eu me obrigo a pensar, em vez disso, sobre as vinte mil pessoas que ainda estão vivas, pessoas que estão esperando há dez anos que alguém as salve, exatamente como eu esperei.

Chegou a hora de os pequenos pássaros voarem, disse Ampelio antes de me mandar matá-lo, dar fim a sua vida para salvar a minha. Ele não pode mais nos salvar, mas alguém tem de fazê-lo.

– Há dez mil nas minas – digo quando recupero a fala. As palavras saem roucas e desesperadas. – Dez mil astreanos fortes e furiosos que ficariam felizes em lutar, depois de tudo por que passaram.

– E o kaiser sabe disso, é por isso que as minas estão ainda mais bem vigiadas do que a capital – comenta Blaise, sacudindo a cabeça. – É impossível.

Impossível. A palavra me perturba e eu a ignoro.

– Mas os mil que você mencionou – digo. – Podemos tê-los de volta, não podemos? Se trabalharmos juntos.

Ele hesita antes de sacudir a cabeça.

– Até o fim da semana, todo astreano do país saberá que foi você quem matou Ampelio. Vai ser difícil para você recuperar a confiança deles depois disso.

A ideia me dá náuseas, mas tenho certeza de que o kaiser esperava essa reação quando me ordenou que matasse Ampelio. Mais uma maneira de me separar de meu povo, fazendo com que me odeiem tanto quanto a ele.

– Vamos explicar a eles. Eles conhecem o kaiser agora, conhecem seu jogo. Podemos fazê-los mudar de ideia – sugiro, esperando que seja verdade.

– Mesmo que pudéssemos, não vai ser suficiente. Ainda são mil civis contra cem vezes mais soldados kalovaxianos treinados.

Mordo meu lábio inferior.

– E Dragonsbane? – insisto. – Se ele está do nosso lado, podemos lutar. Ele deve ter feito aliados em suas viagens, deve conhecer pessoas que podem ajudar.

Dragonsbane tem sido uma pedra na bota do kaiser desde o cerco, atacando seus navios, afundando diversas fortunas em Pedras do Espírito que ele pretendia vender, contrabandeando armas para rebeldes astreanos.

Mas Blaise não parece convencido.

– A lealdade de Dragonsbane é apenas a Dragonsbane. – Ele diz isso como se estivesse citando palavras ouvidas muitas vezes. – Estamos do mesmo lado agora, mas é melhor não colocar fé demais nele. Sei que isso não é o que você quer ouvir, e também não é o que eu queria *dizer*, mas toda esperança de revolução morreu com Ampelio, e já não era muita. Tudo que podemos fazer agora é ir embora, Theo. Sinto muito.

Venho sonhando com a liberdade todos os dias desde o cerco, esperando, esperando e esperando por este exato momento, quando alguém me levaria para o mais longe possível deste lugar. Posso ter uma vida nova em alguma praia distante sob o céu aberto, sem Sombras a me vigiar, sem ter de me preocupar com cada palavra que digo, com cada mudança em minha expressão. Eu nunca mais teria de ver o kaiser, nunca sentiria o chicote em minhas costas outra vez, nem teria de me curvar a seus pés. Nunca mais teria de me perguntar se aquele seria o dia em que ele finalmente acabaria comigo.

A liberdade está ao alcance de minha mão. Posso ir embora sem olhar para trás.

No entanto, no mesmo instante em que penso isso, sei que não é verdade.

Ampelio passou a última década tentando salvar Astrea porque ali era nosso lar. Porque havia pessoas – como Blaise – que precisavam dele. Porque ele jurou aos deuses proteger Astrea e sua magia a qualquer custo. Seu sangue está em minhas mãos agora e, embora eu saiba que foi inevitável, ainda assim tirei um herói de um mundo onde eles são poucos e preciosos.

Oitenta mil pessoas. É um número imenso. Oitenta mil mães, pais, filhos. Oitenta mil guerreiros, artistas, agricultores, comerciantes e professores. Oitenta mil túmulos sem identificação. Oitenta mil pessoas do meu povo que morreram à espera de alguém que as salvasse.

– Acho que gostaria de ficar – digo a ele em voz baixa.

Blaise se vira para mim, espantado.

– O quê?

– Agradeço todo o trabalho que você teve, de verdade...

– Não sei o que aquele monstro fez a você, Theo, que mentiras ele contou, mas você não está segura aqui. Eu estava lá hoje à noite quando ele exibiu você como um troféu. Isso só vai piorar.

Não consigo nem imaginar como poderia ser pior. Não vou pensar nisso. Só vai enfraquecer minha já incerta determinação.

– Não temos os números deles, Blaise. Você está certo: se o atacarmos de igual para igual, perderemos e a rebelião pela qual Ampelio deu a vida terá sido em vão. Mas, se eu ficar, posso obter informações. Posso encontrar pontos fracos, descobrir os planos deles. Posso nos dar uma chance de retomar nosso país.

Por um momento ele quase parece o menino que conheci. O menino que eu seguia e em quem grudava, não importava quanto ele tentasse se livrar de mim.

– Você não pode me dizer que estou errada – argumento. – Sou sua melhor chance.

Ele sacode a cabeça.

– É perigoso demais. Você acha que não tivemos espiões antes? Tivemos dúzias deles, e ele sempre os descobre. E, não me leve a mal, mas eles eram muito mais estáveis do que você.

– Eu estou *bem* – protesto, embora ambos saibamos que é mentira.

Ele me observa por um instante, buscando em meu rosto qualquer sinal de hesitação que possa usar contra mim. Mas não vou dar isso a ele.

– Quem é você? – pergunta ele.

É uma pergunta muito simples, mas eu hesito. Nós dois sabemos que é um teste, um teste em que não posso falhar. Engulo em seco, forçando-me a olhá-lo nos olhos.

– Meu nome é Theo...

O nome fica preso em minha garganta e sou criança outra vez, encolhida no chão frio de pedra enquanto o kaiser e o theyn estão de pé a minha frente.

– Quem é você? – pergunta calmamente o kaiser.

Mas, toda vez que digo a ele, o chicote estala em minhas costas e eu grito. Isso continua por horas. Não sei o que querem de mim, continuo a dizer a verdade. Continuo a dizer a eles que meu nome é Theodosia Eirene Houzzara. Meu nome é Theodosia. Meu nome é Theo.

Até que não digo mais. Digo-lhes que não sou ninguém.

É quando eles param. É quando o kaiser se agacha a meu lado com um sorriso bondoso e coloca um dedo sob meu queixo, obrigando-me a encará-lo. É quando ele me diz que sou uma boa menina e me dá um novo nome, como se fosse um presente. E fico grata.

Mãos quentes seguram meus ombros, sacudindo-me para a frente e para trás. Quando abro os olhos, o rosto de Blaise está a centímetros do meu, os olhos escuros e mais duros do que me lembrava.

– Seu nome é Theodosia – afirma ele. – Repita.

Ergo a mão para tocar seu rosto, traçando a cicatriz. Ele estremece.

– Você tinha um sorriso lindo – digo. Minha voz falha. – Sua mãe disse que ele lhe causaria problemas um dia.

Ele deixa cair as mãos como se minha pele o queimasse, mas ainda me olha como se eu fosse um animal selvagem. Como se eu pudesse atacá-lo a qualquer momento. Abraço meu corpo e me encosto na parede.

– O que aconteceu com ela? – pergunto em voz baixa.

Acho que ele não me escuta a princípio. Então vira o rosto e engole em seco.

– Foi morta no cerco – responde ele depois de um instante. – Ela tentou ficar entre os kalovaxianos e a sua mãe.

Claro que tentou. Nossas mães eram amigas desde o berço, "um vínculo mais forte que o sangue", elas diziam. Eu a chamava de tia. Por mais horrível que tenha sido, ao menos foi rápido. E sou grata por isso.

Minhas pernas cedem e desabo no chão empoeirado.

– E seu pai? – pergunto.

Ele sacode a cabeça.

– Os kalovaxianos têm experiência na conquista de países. Eles sabiam que precisavam matar os Guardiões e os guerreiros primeiro – ele me diz. – Ampelio foi o último.

– Tentei fazer com que fosse indolor – murmuro. – Era o mínimo que eu podia fazer. Mas ele já estava com tanta dor... que não sei se ajudou.

Blaise assente com a cabeça, mas não diz mais nada. Senta-se a meu lado no chão, cruza as pernas e de repente quase sinto como se fôssemos crianças outra vez em nossas aulas, esperando que os professores dessem algum sentido ao mundo à nossa volta. Mas nada no nosso mundo faz sentido.

– Theodosia – fala ele outra vez. – Você precisa dizer.

Engulo em seco quando as sombras tornam a se aproximar. Mas não posso deixar que elas me dominem. Não agora.

– Eu sou Th... Theodosia Eirene Houzzara – digo a ele. – E sou a única esperança do meu povo.

Por um momento, ele me fita. Ele vai dizer não e eu nem tenho certeza se ele está errado.

Em vez disso, ele suspira longa e dolorosamente e desvia o olhar. De repente parece muito mais velho do que seus 17 anos. Parece um homem que já viu demais do mundo.

– Que tipo de informações? – pergunta por fim.

Meu sorriso é frágil.

– Eles não são infalíveis, não importa no que o kaiser goste de acreditar. A revolta do mês passado, na mina do Ar?

Ele desvia o olhar de meu rosto.

– A que matou uma centena de astreanos e feriu mais que o dobro disso? – indaga.

– Desencadeada por um terremoto, entre todas as coisas. Os astreanos viram uma oportunidade para se revoltarem e aproveitaram. O kaiser disse que Ampelio a provocou, mas ele era um Guardião do Fogo, não da Terra. É claro que o kaiser não se baseia na lógica nem nos fatos. Ele disse que Ampelio a provocou e isso basta para os kalovaxianos – informo. – Além disso, morreu quase a mesma quantidade de kalovaxianos – acrescento.

Suas sobrancelhas espessas se erguem.

– Não ouvi falar disso.

– O kaiser deve ter mantido em segredo. Ele não ia querer que ninguém soubesse quanto dano um grupo de rebeldes astreanos podia causar. Você conhece o theyn?

O rosto de Blaise se torna sombrio e ele dá um grunhido de confirmação.

– A filha dele me considera uma amiga e ela tem a língua solta – digo, enquanto a culpa forma um nó em meu estômago.

Cress é minha amiga, mas também é a filha do theyn. É mais fácil pensar nelas como duas pessoas separadas.

– Estou surpreso que permitam que ela fique perto de você – comenta ele.

Balanço a cabeça.

– Para eles sou apenas uma garota destruída, um troféu ensanguentado de mais uma terra que eles conquistaram -- afirmo. – Eles não me veem como uma ameaça.

Ele franze o cenho.

– E o kaiser? Você não sabe nada sobre ele?

– É difícil – admito. – Ele toma cuidado para parecer mais deus do que humano. Até mesmo os kalovaxianos morrem de medo da ira dele para se arriscarem a fazer fofocas, pelo menos onde alguém possa ouvi-los.

– E o prinz? – prossegue ele.

O prinz. Søren, como ele me pediu que o chamasse. Ouço-o recitar de novo para mim os nomes dos astreanos que ele matou em seu décimo aniversário, embora eu tenha certeza de que houve muitas outras matanças desde então. Ele não se lembra de todos os nomes, não é?

Empurro para longe esse pensamento e encolho os ombros.

– Não o conheço muito bem. Ele esteve em treinamento no mar nos últimos cinco anos. É um guerreiro, e dos bons, pelo que ouvi – prossigo, pensando mais sobre nossa conversa no banquete, como ele me seguiu após a execução de Ampelio para ter certeza de que eu estava bem, quando ninguém mais pensou duas vezes em mim. – Mas ele tem um fraco pelo heroísmo. Suponho que isso venha de seu desejo de proteger a mãe. O kaiser não parece particularmente ligado a ele, nem como herdeiro. Acho que se sente intimidado por ele. Como eu disse, os kalovaxianos não amam o kaiser, eles o *temem*. Tenho certeza de que muitos deles estão esperando o dia em que o prinz o substituirá.

A expressão de Blaise é cautelosa, mas posso ver sua mente trabalhando.

– Você ouviu algo sobre *berserkers*?

A palavra é estranha, mas com certeza é kalovaxiana.

– *Berserkers*? – repito. – Acho que não.

– É uma espécie de arma – explica ele. – Houve... boatos sobre eles, mas ninguém conseguiu descobrir em primeira mão o que fazem. Ou, pelo menos, ninguém conseguiu sobreviver para contar.

– A filha do theyn pode saber de alguma coisa – sugiro, o desespero transparecendo em minha voz. Preciso ficar, preciso ser útil, preciso fazer *alguma coisa*. – Posso tentar descobrir mais.

Ele solta o ar ruidosamente, apoiando a cabeça na parede. Está fingindo considerar a ideia, mas sei que o convenci. Não ofereço muito, mas ele não tem outras opções.

– Vou precisar encontrar um jeito de ficar em contato – diz ele por fim.

O alívio me inunda e não consigo conter uma risada.

– Com certeza você não pode drogar minhas Sombras de novo.

Ele parece surpreso por eu ter descoberto seu truque, mas dá de ombros.

– Eles vão pensar que exageraram no banquete e sem dúvida não vão querer que o kaiser saiba disso.

– O kaiser acaba sabendo de tudo – comento. – Desta vez, as Sombras podem levar a culpa, mas se houver um padrão... mesmo que seja uma pontinha de padrão... ele vai dar um jeito de me responsabilizar.

Ele pensa por um momento, mordendo a parte interna da bochecha.

– Acho que tenho uma ideia, mas primeiro preciso encontrar ajuda – diz. – Pode demorar alguns dias. Eu vou encontrar você... Não se arrisque vindo me procurar. Nesse meio-tempo, veja o que pode fazer quanto ao prinz.

– O que é que você quer dizer com isso?

Ele me olha de cima a baixo, avaliando-me de novo, mas dessa vez de um jeito diferente, que não consigo identificar.

– Você disse que ele gosta da ideia de ser um herói – diz ele, um sorriso cruel surgindo em seus lábios. – Você não é uma donzela precisando ser salva?

Não consigo evitar uma risada.

– Dificilmente eu despertaria o interesse dele. O kaiser jamais permitiria.

– E prinzes mimados sempre querem o que não podem ter. Você percebe muitas coisas, mas notou a maneira como ele olhou para você?

Penso em como ele me observava no banquete, como perguntou se eu estava bem, mas a ideia ainda parece ridícula.

– Do mesmo jeito que ele olhou para todos, imagino. Com uma expressão esculpida em pedra e gelo.

– Não foi o que pareceu – retruca ele. – O prinz poderia ser uma fonte de informações inestimável.

A ideia de o prinz Søren nutrir sentimentos por alguém é risível. Duvido que haja um coração em seu peito. No entanto, não consigo deixar de pensar em como ele me pediu que o chamasse pelo nome.

– Vou ver o que posso fazer – declaro.

Blaise pousa uma das mãos em meu ombro. Sua pele é quente, apesar da adega gelada. Perto assim, posso ver o pai nele, na boca carnuda e no queixo quadrado. Mas ele guarda muita raiva, mais raiva do que nossos pais jamais conheceram. Isso deveria me assustar, mas não assusta. Eu compreendo.

– Um mês – diz ele depois de um instante. – Em um mês partiremos, de qualquer maneira.

Mais um mês sob o jugo do kaiser parece uma eternidade. Porém, também sei que não é muito tempo para virar o jogo, não é tempo suficiente para fazer muitas coisas. Mas terá de bastar.

– Um mês – concordo.

Blaise hesita por um instante, parecendo querer dizer mais.

– Essa gente destruiu nossas vidas, Theo – afirma finalmente, a voz falhando ao pronunciar meu nome.

Dou um passo na direção dele.

– É uma dívida que vamos cobrar – prometo.

As palavras não me chocam tanto quanto a veemência por trás delas. Não pareço eu mesma, nem para meus ouvidos. Ou pelo menos não pareço Thora. Mas, quando os olhos de Blaise se suavizam e ele me puxa para si e me abraça, eu me pergunto se estou começando a parecer Theodosia.

Faz muito tempo desde que alguém além de Cress me tocou desse jeito, com amor e consolo genuínos. Por pouco não me afasto, mas ele cheira a Astrea. E me dá a sensação de que estou em casa.

TRAMA

CADA UM DOS MÚSCULOS EM MEU corpo grita quando Hoa cruza meu quarto e abre as cortinas para deixar o sol entrar. Quero virar para o outro lado e implorar que me deixe voltar a dormir, mas não quero arriscar nada que possa parecer suspeito depois do golpe que Blaise aplicou nos guardas. Fiquei acordada até quase o amanhecer esfregando minha pele para limpar a sujeira e enfiando a camisola irrecuperável em um buraco na parte de baixo do colchão, apavorada com a possibilidade de a qualquer momento aqueles três conjuntos de roncos pararem e eu ser apanhada. Felizmente, porém, eles ainda estavam dormindo quando por fim adormeci.

Hoa vai dar falta da camisola em breve, mas existem explicações muito mais simples para isso do que traição.

Ontem parece ter sido um sonho – ou mais um pesadelo –, mas não foi. Pode ter sido o único dia real que vivi na última década. Esse pensamento me dá energia bastante para sentar-me e tentar me livrar do sono. Arrasto-me pelo processo de me aprontar e, se Hoa nota meu torpor ou a diferença entre a camisola que estou usando e a outra com que ela me vestiu ontem à noite, não dá qualquer sinal.

Enquanto ela envolve meu corpo na seda laranja-vivo e a prende em meu ombro com um alfinete de lápis-lazúli, minha mente está tudo, menos inativa. Se Blaise estiver certo e o prinz estiver interessado em mim, não tenho certeza por onde começar. Vi rituais kalovaxianos de cortejo se desenrolarem muitas vezes, terminando em casamento ou morte, sem meio-termo, mas, seja lá o que o prinz quer de mim, não será casamento. Seu pai nunca permitiria. O kaiser pode ter me dado um título e outros luxos, mas nunca me concederá nenhum direito a mais que a qualquer outro escravo astreano.

– Mais baixo – digo a Hoa.

Sua testa se enruga, denunciando sua confusão, então abaixo eu mesma o alfinete. São apenas uns 2 centímetros, mas deixa o decote mais profundo e expõe mais meu colo. Vi cortesãs mostrarem muito mais pele – Dagmær mesma usa com frequência coisas muito mais escandalosas. Ainda assim o olhar de Hoa é de reprovação. Se soubesse o que estou fazendo, ela me aplaudiria, não? Ou talvez me denunciasse ao kaiser antes que eu pudesse dar um suspiro.

Assim que Hoa termina de arrumar meu cabelo e de pintar meu rosto, alguém bate à porta e, sem esperar resposta, Crescentia entra usando um vestido de seda azul-celeste. Ela traz na mão um livrinho com capa de couro. Como meu vestido, o dela está arrumado à moda astreana. Embora eu tenha sentido falta durante anos dos modelos soltos e leves enquanto era obrigada a suar dentro dos veludos justos kalovaxianos, sempre embrulha meu estômago ver qualquer uma, até mesmo Cress, usar vestidos astreanos. Sinto como se fosse mais uma coisa tirada de mim. Eu me pergunto se ela sabe que o vestido é solto a fim de facilitar os movimentos, que ele é feito para dançar, montar e correr. Aqui ele é meramente ornamental, assim como eles esperam que nós sejamos.

– Olá, querida – gorjeia ela, os olhos fitando rapidamente meu decote mais baixo. Aguardo um comentário incisivo, uma farpa das que ela solta quando Dagmær veste alguma coisa ultrajante, mas ela apenas sorri. – Pensei em darmos um passeio ao ar livre hoje, talvez até a praia. Sei quanto você ama o mar e também queria ajuda com estes poemas. Lyriano é mais difícil do que eu imaginava.

Eu tinha 6 anos e era solitária quando conheci Crescentia. Ninguém falava comigo e eu não tinha permissão para falar com ninguém. Era obrigada, porém, a comparecer às refeições no salão de banquetes e às aulas com os filhos dos nobres.

Não que as aulas realmente importassem, uma vez que meu kalovaxiano era, na melhor das hipóteses, tosco e a professora falava rápido demais para eu acompanhar. Eu praticamente desaparecia dentro de meus pensamentos, fantasiava repetidas vezes que era resgatada e encontrava minha mãe viva. Quem quisesse me trazer de volta das fantasias tinha trabalho, embora o kaiser tivesse dado permissão para qualquer pessoa com sangue kalovaxiano me bater.

As outras crianças eram as mais cruéis. Elas me beliscavam, me batiam e me chutavam até eu ficar cheia de sangue e hematomas negros e azuis, sem que ninguém as impedisse. Até mesmo a professora só observava com um olhar atento, pronta para interferir se parecesse que algum dano irreparável estivesse sendo causado. Era onde o kaiser estabelecia o limite. Eu não teria utilidade para ele se estivesse morta.

O pior era Nilsen, dois anos mais velho que eu, que parecia um bloco de madeira clara; era amarelo e durão e tão largo quanto alto. Até seu rosto me lembrava as espirais e os anéis na textura da madeira. Ele tinha uma fascinação pela água que não era incomum entre os kalovaxianos, mas assumia um viés sádico do qual não sei nem se o theyn seria capaz.

Na primeira vez, ele empurrou minha cabeça dentro de uma bacia d'água e me segurou ali, os dedos grossos fincando-se em minha nuca enquanto eu me debatia contra ele. Tive o bom senso – ou talvez tenha sido insensatez – de chutá-lo entre as pernas e me libertar quando ele se dobrou, ambos lutando para respirar.

Felizmente, recuperei o fôlego primeiro e corri.

Infelizmente, ele aprendeu com seu erro.

No dia seguinte, seus dois amigos me seguraram e, por mais que eu lutasse e tentasse chutar, não consegui me soltar. Meus pulmões queimavam e meus pensamentos começaram a ficar indefinidos. Quase desejei desmaiar – talvez até para ver minha mãe outra vez, no Além – quando de repente as mãos desapareceram e fui puxada por uma força muito mais gentil.

Minha mente nublada pensou a princípio que ela fosse uma deusa. O deus do fogo astreano, Houzzah, tinha uma filha chamada Evavia, que era a deusa da segurança. Às vezes, ela assumia a aparência de uma criança para fazer seu trabalho e eu certamente precisava de sua ajuda. Tive um vislumbre de Nilsen e seus amigos fugindo da sala tão depressa quanto suas pernas curtas e grossas eram capazes de carregá-los.

– Você está bem? – falou ela devagar em kalovaxiano para que eu pudesse entender.

Eu não conseguia falar, só tossir, mas ela massageou minhas costas em círculos de maneira tranquilizadora – um gesto maternal que depois considerei estranho, posto que sua mãe havia morrido quando ela era bebê.

– Eles não virão atrás de você – continuou ela. – Disse a eles que meu pai os queimaria de dentro para fora, dos ossos até a pele, se voltassem a encostar um dedo em você. – Ela precisou fazer uma mímica enquanto falava, mas eu entendi direitinho.

Houzzah era mais do que capaz de tal feito, mas, quando as manchas sumiram de minha visão e minha mente retornou à terra, percebi que a garota não era uma deusa. Evavia podia assumir a aparência de uma criança, mas nenhum de meus deuses jamais se pareceria com um kalovaxiano e aquela garota era o epítome deles, desde a pele clara e os cabelos louros até os traços pequenos e delicados.

Enquanto recuperava o fôlego, ela me disse seu nome e proclamou que éramos amigas, como se fosse simples assim. Para Crescentia, era. Ela faz amizades tão facilmente quanto respira, e por razões que ainda não compreendo tornei-me sua preferida. Há momentos em que me pergunto se foi o pai dela que a pressionou a agir assim, a fim de me vigiar melhor, mas também sei que ela se importa comigo de um jeito que nunca vou conseguir retribuir. Eu a adoro, mas hoje não consigo olhar para Cress sem ver seu pai passando a adaga na garganta de minha mãe.

Estranhamente, acho que parte do que nos uniu foi a perda que compartilhávamos – ambas éramos órfãs de mãe.

Dou uma olhada no vestido dela, com pequenas águas-marinhas costuradas ao redor da bainha e do decote, combinando perfeitamente com seus olhos.

– Ah, não, Cress – digo com um sorriso malicioso. – Você está bonita demais para ir só até a praia hoje. – Faço uma pausa como se a ideia estivesse me ocorrendo agora, embora eu venha elaborando um plano desde ontem à noite. – Você sabe o que o prinz está fazendo? Poderíamos só passar... – Ergo as sobrancelhas significativamente.

As bochechas de Cress ficam rosadas e ela morde o lábio inferior.

– Ah, eu não ousaria.

– Muitas outras garotas ousariam – digo a ela. – Ele ficou bonito, não acha? Até Dagmær pode decidir que ele é um prêmio melhor do que aquele velho duque que ela está bajulando.

Ela morde o lábio com mais força e sorri.

– Ele é lindo que dói, não é? Mais alto do que pensei que ficaria. Da última vez que vi o prinz, eu era mais alta que ele alguns centímetros, mas agora ele me ultrapassou e muito. Meu pai diz que ele é um excelente guerreiro também, o melhor que ele viu em anos.

– Quanto tempo ele vai ficar aqui, você sabe? – pergunto.

– Meu pai diz que ele voltou para ficar – responde ela, as covinhas surgindo em seu rosto quando seu sorriso se alarga. – Ele ainda vai partir quando precisarem dele numa batalha, mas agora sua casa será aqui. O kaiser está insistindo para que ele se junte à corte. Deve estar perto de se casar agora que tem 17 anos.

– E tenho certeza de que todas as outras garotas da corte estão com essa mesma ideia na cabeça, Cress. Seria esperto de sua parte se adiantar a elas. Então, onde está o prinz hoje? – pergunto de novo.

Ela hesita por mais um instante, mas sei que a convenci.

– Inspecionando os novos navios de guerra – admite ela. – No porto Sul.

– Perfeito – digo com alegria, pegando a mão dela na minha e levando-a para fora do quarto. – Vamos ver o mar também, então, exatamente como você queria.

Navios de guerra. Por que os kalovaxianos precisariam de mais navios de guerra? Houzzah sabe que eles já dispõem de muitos.

Afasto meus pensamentos daquela ideia enquanto deixamos Hoa para trás. A presença dela não é permitida em espaços públicos, então apenas as duas criadas de Crescentia nos acompanham. E minhas Sombras, é claro, embora mantenham uma distância cuidadosa.

Dessa vez, obrigo-me a olhar para as escravas. Não vou continuar a igno-rá-las, elas merecem mais de mim do que isso. Quem eram elas antes do cerco? Nem sei seus nomes. Crescentia nunca se dirige a elas, apenas estala os dedos quando precisa de ajuda.

A mais jovem das duas ergue os olhos e encontra os meus brevemente, e algo faísca neles antes que ela os desvie. Só não sei se é deferência ou ódio.

DRÁCAR

Lembro-me de caminhar até o porto Sul com minha mãe quando era criança. São apenas uns quinze minutos a pé, mas Crescentia prefere ir de carruagem. Suas escravas vão do lado de fora, ao lado do cocheiro, para deixar mais espaço interno para nós duas. Não sei para que precisamos de tanto espaço. A carruagem é suficientemente grande para permitir que nós duas nos deitássemos nos bancos e ainda sobrasse espaço para as duas garotas se sentarem.

– Meu cabelo está bom, Thora? – pergunta Crescentia, ajeitando-o futilmente enquanto olha pela janela.

– Está lindo – asseguro a ela.

E está mesmo. Tudo em Crescentia é lindo. Mas, depois de meu encontro com Blaise, cada palavra que dirijo a ela tem o vestígio de uma mentira.

– Você está muito bonita também – diz ela, lançando um olhar a meu decote antes que seus olhos voltem a meu rosto.

Ela fica em silêncio por um momento, mas seus olhos estão sondando, como se pudesse ver todos os meus segredos expostos. Por um segundo, eu poderia jurar que ela sabe de meu encontro com Blaise, mas sei que isso é impossível.

– Você está estranha hoje – comenta ela pouco tempo depois. – Está tudo bem?

A verdade borbulha dentro de mim. É claro que não estou bem, tenho vontade de lhe dizer. Eu matei meu pai, oitenta mil pessoas de meu povo morreram e estou arriscando minha vida tramando uma traição. Como posso estar bem?

Nunca precisei ter segredos com Cress antes; ela é a primeira pessoa a quem corro para contar qualquer coisa. Mas não sou tola. Cress pode me amar, mas ama seu país ainda mais. Ama o pai ainda mais. É até estranho, mas não posso nem me ressentir dela por isso. Afinal, o mesmo não pode ser dito de mim?

– Estou bem – respondo, forçando um sorriso, mas ela não se deixa enganar.

– Não tem nada a ver com aquele julgamento horrível, tem? – pergunta ela.

Mais uma vez, o fato de ela usar o termo *julgamento* me arranha a pele como unhas pontiagudas. Eu ignoro e faço um breve aceno com a cabeça. O *julgamento* não é a melhor explicação para dar a Cress pela diferença em meu comportamento, mas pelo menos é uma verdade parcial.

– Foi bem assustador.

Trata-se de um eufemismo tamanho que chega quase a ser risível, mas não há nada de engraçado nisso. Espero que ela entenda a mensagem e mude de assunto, porém, em vez disso, ela se inclina em minha direção.

– Ele era um traidor, Thora. – Sua voz é gentil, mas há nela um tom de advertência. – A lei da traição é clara e decretada pelos próprios deuses. O kaiser não teve escolha, nem você.

Não a minha lei, penso. *Não os meus deuses.*

E, além do mais, o que ela tem a dizer sobre a traição do kaiser? Ele usurpou o trono de minha mãe, que fora concedido a ela pelos deuses. O pai de Crescentia cortou a garganta de minha mãe, uma garganta abençoada pelos deuses. Se traição fosse uma questão a ser julgada pelos deuses, por que homens como o pai dela e o kaiser ainda estão vivos, enquanto minha mãe e Ampelio estão mortos?

– Você tem razão. – Minto com um sorriso. – Não sinto culpa alguma em relação à morte daquele homem, de verdade. Não mais do que sentiria se pisasse em uma barata.

As palavras têm um gosto horrível, mas as rugas em sua expressão se suavizam quando ela toma minhas mãos nas dela.

– Meu pai me disse que o kaiser ficou impressionado com sua lealdade – conta ela. – O kaiser acha que chegou a hora de encontrar um marido para você.

– Ele acha? – pergunto, arqueando as sobrancelhas e tentando esconder minha surpresa e meu horror diante dessa ideia.

Cress e eu costumávamos falar sobre casamento com vários dos garotos de nossa idade. Era uma brincadeira para nós, nossos favoritos mudando com a mesma frequência de nossos vestidos, mas o que havia de constante no jogo era que faríamos isso juntas. Nós nos casaríamos com irmãos ou amigos e criaríamos nossos filhos para serem tão amigos quanto nós. Era uma fantasia linda, mas não passava disso. Esse casamento nunca vai acontecer, eu me dou conta – a essa altura, terei partido há muito. Logo chegará o tempo em que nunca mais verei Cress e não posso deixar de me entristecer por isso. Ela vai sempre pensar em mim como uma traidora. Os filhos que porventura um dia viermos a ter crescerão nos lados opostos de uma guerra.

– O que mais eles disseram? – indago, embora não creia que queira de fato saber.

Algo sombrio passa rapidamente por sua expressão e ela torna a se recostar, soltando minhas mãos.

– Ah, nem consigo me lembrar. Mais do mesmo, na verdade, sobre como você está provando que tem o coração de um verdadeiro kalovaxiano.

Eu me pergunto o que mais foi dito que ela se recusa a repetir. Eles se vangloriaram da morte de minha mãe? Ou fizeram comentários sobre meu leito de núpcias? Talvez tenham me chamado de selvagem ou sangue do demônio. Não seria a primeira vez que eu ouviria essas coisas, mas Crescentia foi protegida demais, nunca escutou coisas assim. Tudo em seu mundo é tão bonito e brilhante e cheio de boas intenções. Eu não tenho coragem de despedaçar isso.

– É muita gentileza deles – digo, com o que espero que passe como um sorriso recatado. – Tinham alguém particular em mente? – pergunto, já apavorada com a resposta. Afinal, quem quer que o kaiser escolha para mim não será um dos garotos sobre quem Cress e eu fofocávamos.

Ela hesita por um momento, os olhos desviando-se dos meus, confirmando meu medo. Ela se ocupa alisando as dobras de sua saia já imaculada.

– Parece que lorde Dalgaard expressou um grande interesse em você.

Ela se esforça para manter um tom descontraído, mas não consegue. Eu não a culpo. Qualquer que fosse o nome horrível que eu estivesse esperando, lorde Dalgaard é infinitamente pior.

Na casa dos 70 anos, lorde Dalgaard já teve seis mulheres, cada nova esposa mais jovem que a anterior – e todas morreram de forma suspeita em menos de um ano de casamento. A primeira viveu tempo suficiente para lhe dar um herdeiro antes que seu corpo aparecesse no litoral do país que os kalovaxianos tinham invadido na época. Estava mutilada demais para que soubessem exatamente o que lhe tinha acontecido. Outras esposas foram levadas por incêndios, cachorros loucos, quedas de precipícios. Mesmo antes de morrer, exibiam hematomas da mesma forma que outras mulheres usavam joias, enroscando-se em seu pescoço e braços e se espalhando em qualquer fragmento de pele exposto. A riqueza e a proximidade de lorde Dalgaard com o kaiser o tornaram intocável, mas sua reputação estava dificultando a tarefa de encontrar uma sétima esposa.

Naturalmente, um casamento entre nós dois conviria a todos. Ele teria uma mulher a quem poderia fazer o que quisesse sem que ninguém se importasse, o kaiser receberia um dote elevado e eu viveria mais prisioneira do que nunca.

Volto minha atenção para fora da janela para esconder meu rosto, mas imediatamente me arrependo. Lá fora, a capital passa zumbindo e, embora eu tenha visto a cidade assim a maior parte da minha vida, essa visão faz meu estômago se revirar.

Antes, lindos casarões de arenito polido erguiam-se, orgulhosos, ao longo da costa, reluzindo ao sol como o próprio oceano. As ruas eram amplas e cheias de vida, protegidas por esculturas dos deuses feitas em arenito, elevando-se alto o bastante para serem vistas das janelas do palácio. Antes, a capital era um belo cenário onde até mesmo os bairros mais pobres eram, pelo menos, inteiros, limpos e apreciados.

Agora, por causa do cerco, os casarões estão em estado de degradação. Mesmo após dez anos, faltam pedaços nas paredes e nos telhados, remendados miseravelmente com palha e gesso. A pedra calcária não brilha mais como costumava brilhar, agora coberta pelo sal marinho fosco. Ruas antes movimentadas estão praticamente abandonadas, embora de vez em quando eu veja uma figura espectral e emaciada nos espiando através de uma janela quebrada ou desaparecendo em um beco.

Esse é meu povo e eu falhei com ele por causa de meu medo, de minha inércia. Enquanto eu me acovardava, eles morriam de fome – e minha mãe me observa do Além envergonhada.

Quando a carruagem enfim vira para entrar no porto e para, solto o ar que não tinha me dado conta de que estava prendendo.

Aqui, há vida novamente. Navios atravancam o porto, com outros observando do mar, à espera. Dezenas de gatos malhados espreitam as docas como se estivessem no comando, mesmo enquanto imploram por restos de peixe aos marinheiros. As tripulações kalovaxianas trabalham duro, cabeças louras reluzindo ao sol, mas pelo menos estão todos bem alimentados. Suas vozes roucas, prazerosamente bêbadas, entoam cantigas do mar enquanto eles constroem, esfregam e raspam a craca dos cascos dos navios. É estranho que não haja escravos astreanos para fazer o trabalho pesado, embora eu deva admitir que essa é uma escolha sábia. Os canhões enfileirados de ambos os lados dos navios podem facilmente aniquilar um navio inimigo – ou um kalovaxiano, dependendo de quem os esteja manejando.

Ver isso eleva meu ânimo. Se o kaiser não confia em meu povo no que diz respeito a armas, ainda deve nos temer.

Registro mentalmente os navios para que possa fazer um relatório sobre eles a Blaise. São três os drácares no porto, equipados com cabeças de dragão esculpidas em madeira na proa e grandes o suficiente para levar cem guerreiros cada um. Mais distante no mar, há um navio tão grande que duvido que caiba no porto. Tem o dobro do tamanho dos drácares e eu estremeço ao pensar em quantos guerreiros ele pode abrigar.

Há também uma dúzia de pequenos navios balançando-se nas ondas, mas, por mais modestos que pareçam perto do navio grande, não devem ser subestimados. Eles não foram projetados para serem grandes, mas, sim, rápidos. Cada um deles pode conter cinquenta pessoas, talvez menos, dependendo do que mais estiver carregando.

Blaise mencionou uma nova arma, algo chamado *berserker*, mas talvez seja um tipo de navio. Os kalovaxianos têm tantos nomes para seus navios que não consigo guardar todos os detalhes de cada um.

Somo os navios e os homens que seriam necessários para equipá-los – quase dois mil guerreiros em sua capacidade máxima, muito mais do que é preciso para uma de suas costumeiras batidas. E esses são apenas os navios novos. Há outros no porto Leste, mais antigos, porém ainda eficientes, que poderiam triplicar esse número. O que o kaiser está planejando que requer tantos? Mesmo enquanto me pergunto, sei exatamente como vou descobrir.

À primeira vista, o prinz Søren se mistura ao restante da tripulação. Ele está ajudando a manejar uma vela dourada decorada com o brasão kalovaxiano de um dragão carmesim. Sua camisa simples de algodão branco está enrolada até os cotovelos, expondo antebraços fortes e pálidos. O cabelo cor de palha de milho está amarrado atrás, afastado do rosto, enfatizando o maxilar e os malares angulosos.

Crescentia também deve tê-lo visto, porque deixa escapar um suspiro a meu lado.

– A gente não deveria estar aqui – diz ela, as mãos unidas com força na frente do corpo.

– Bem, agora é tarde demais, eu acho – declaro com um sorriso travesso. Passo meu braço pelo dela e o aperto em um gesto tranquilizador. – Venha, pense nisso como uma forma de levantar os ânimos de nossos bravos guerreiros antes de embarcarem para... onde? Você sabe?

Ela ri, balançando a cabeça.

– O Norte, mais do que provável. Levando pedras preciosas.

Mas esses não são navios de carga. Se estivessem carregados com Pedras do Espírito, além daqueles canhões e da munição que os acompanha, afundariam antes de deixarem o porto. Crescentia não entende nada disso e eu não posso culpá-la por isso. Se o cerco não houvesse acontecido e eu tivesse crescido como uma princesa ingênua e mimada, duvido que tampouco teria qualquer interesse em navios. Mas a maior parte dos kalovaxianos ama seus navios mais do que alguns de seus filhos e eu havia pensado que talvez o conhecimento sobre suas embarcações fosse algo que Ampelio e os outros rebeldes poderiam usar contra eles quando me resgatassem.

Atraímos os olhares das tripulações quando nos aproximamos, provocando gritos de saudação e alguns comentários vulgares que fingimos não ouvir.

– O prinz está olhando? – sussurra Crescentia.

Seu rosto está corado e ela sorri docemente para os navios por que passamos.

Eu também colo um sorriso no rosto, embora alguns desses homens devam ter lutado no cerco e aqueles que são jovens demais para isso devam ter pais que lutaram. *Restam vinte mil.* As palavras de Blaise ecoam em minha mente e meu estômago se revira. Essas pessoas assassinaram dezenas de milhares do meu povo e eu tenho de sorrir e acenar, flertando com eles, como se não os odiasse com cada parte de mim. Mas é o que faço, por mais enojada que isso me deixe.

O prinz Søren está tão focado nos cordames da vela que não ergue os olhos com o restante de seus homens. Sua expressão está tensa, concentrada, a testa franzida e a boca contraída, enquanto ele dá voltas intricadas com a corda. Quando aperta o nó e finalmente levanta a cabeça, seus olhos encontram primeiro os meus, onde se demoram um pouco, antes de passar para Crescentia. Blaise pode ter razão, por mais ridículo que seja. Eu posso ser uma donzela em perigo, mas o prinz não pode me salvar de sua própria gente, pode? De seu pai, de si mesmo? Um monstro não pode fazer também o papel de herói.

Ele passa o cordame para um membro da tripulação e se aproxima da borda do barco, pulando agilmente para o cais e aterrissando a nossa frente. Antes que ele possa se endireitar, Crescentia e eu nos curvamos em uma profunda reverência.

– Thora, lady Crescentia – diz ele quando nos levantamos. – O que as traz ao cais hoje?

– Eu ansiava pelo ar marinho, Vossa... – Eu me interrompo quando ele me lembra, pelo olhar, de nosso acordo da noite anterior. – Søren. – No entanto, ao som de seu nome de batismo, Crescentia me lança um olhar agudo, desconfiado. Parece que não tenho saída, então rapidamente desvio o foco: – Não sabíamos que estaria tão movimentado por aqui. Para que todos esses navios?

A expressão dele vacila ligeiramente.

– Nada importante. Dragonsbane está dando um pouco de trabalho ao longo da rota comercial. Afundou alguns de nossos navios mercantes na semana passada. Vamos capturá-lo, assim como alguns de seus aliados – informa ele.

Não acredito em suas palavras. Não completamente, pelo menos. Não com toda essa artilharia. O theyn mantém mapas feitos à mão pendurados nas paredes de sua sala de estar e, embora nunca tenham tido nenhum interesse prático para Cress ou para mim, costumávamos nos maravilhar com a beleza deles e observar as diferenças entre os desenhos dos artistas, a maneira como um riacho estreito em um era representado como um rio largo em outro. Mas me lembro muito bem que em nenhuma das versões a rota comercial tinha largura suficiente para conter um navio do tamanho daquele parado ao largo da costa. Em todos os mapas, a rota era como um pedaço de barbante serpenteando através das montanhas Haptain.

– Lamento que tenhamos interrompido seus planos – prossegue Søren. – Não imagino que o ar marinho fresco passe por essa área sem azedar.

– Não seja bobo. É uma honra ver tantos kalovaxianos trabalhando com tanto empenho pelo país – digo a ele.

Talvez eu esteja exagerando um pouquinho. Até Crescentia me lança um olhar atônito.

– E é você quem os conduzirá? – pergunta ela, tornando a dirigir a atenção a Søren.

Ele assente com a cabeça.

– Será minha primeira vez liderando a minha tripulação – admite ele, a voz carregada de orgulho. – Partiremos em uma semana. Esses são apenas os retoques finais. A tripulação verifica tudo pessoalmente, como uma forma de nos sintonizarmos com o navio. É um antigo costume kalovaxiano – explica para mim.

– Bem, o *antigo* costume kalovaxiano é a própria tripulação construir o navio – observa Crescentia com um sorriso de covinhas. – Mas foi adaptado porque os barcos estavam sempre quebrando. Guerreiros não são os melhores construtores de navios.

Os olhos de Søren cintilam com um riso que não chega exatamente a sair dele, mas Cress parece satisfeita. Suas covinhas se acentuam.

– Isso eles não são – concorda ele. – Mas podem nos confiar o equipamento e o acabamento. E olhe lá. Querem conhecer o navio? – pergunta.

Crescentia abre a boca para declinar educadamente, mas eu sou mais rápida.

– Sim, por favor – digo. – Parece fascinante.

Ela belisca a parte interna de meu braço, mas tenta esconder do prinz sua irritação. Ela não pretendia exatamente passar o dia inspecionando navios e até eu tenho de admitir que *navios* e *fascinantes* não combinam. Mas essa é uma oportunidade para obter informações.

Søren nos conduz até a estreita e instável escada fixada no casco e ajuda Crescentia a subir primeiro. Sobre o ombro, ela me lança um olhar aborrecido e eu tento responder com um encorajador. Ela tem uma tendência a enjoar no mar e entre os kalovaxianos isso é visto como um motivo de grande vergonha. Mais tarde terei de dar uma explicação para aplacar sua irritação. Se ela quer tanto uma coroa, vou dizer, terá de suportar algum desconforto.

Quando Søren me ajuda a subir em seguida, deixo meus dedos se demorarem na pele nua de seu braço alguns segundos a mais do que o necessário, como vejo Dagmær fazer nas festas. É um toque breve, mal digno de nota, mas a pressão de sua outra mão em minha cintura aumenta. Sinto seus olhos em mim, mas não posso olhar para ele. Minhas bochechas ficam quentes quando alço o corpo para o navio e depois ajeito o vestido. Cress se remexe a meu lado, alisando os cabelos e arrumando o decote, as bochechas em um tom vivo de cor-de-rosa.

Segundos depois, Søren está conosco, gesticulando e apontando para um lado e outro do navio.

– Cada drácar comporta uma centena de pessoas – explica ele, confirmando minha estimativa – e é equipado com vinte remos e doze canhões – acrescenta, enquanto oferece um braço a cada uma de nós.

Seguimos em direção à proa, o navio oscilando gentilmente sob nossos pés. Estive em navios kalovaxianos apenas umas poucas vezes ao longo desses anos e não posso deixar de admirar a maneira como são construídos – embarcações simples e lustrosas, projetadas para serem velozes, movidas por um complexo conjunto de velas, cordames e remos. São muito diferentes dos veleiros astreanos que recordo das viagens de minha infância pelo país, acompanhando minha mãe. Aqueles eram brinquedos. Esses são armas.

Os marinheiros interrompem seu trabalho quando nos aproximamos e fazem uma grande mesura.

– Homens, temos a honra de receber uma visita de lady Thora e lady Crescentia, a filha do theyn – anuncia Søren.

Há um murmúrio de cumprimentos educados, embora todos pareçam dirigidos a Crescentia, o que não é surpresa alguma. Esses homens veneram o pai dela como um deus vivo.

– E esta, senhoras, é a melhor tripulação do mundo – diz Søren com um sorriso.

Um dos homens, pouco mais velho que Søren, com cabelos surpreendentemente escuros e pele dourada, revira os olhos.

– Ele sempre diz isso.

– Como devo, Erik – responde Søren, retribuindo o sorriso. – Eu mesmo reuni todos vocês, não foi? Por que quereria alguém que não fosse o melhor para a minha tripulação?

– Não existe explicação para o mau julgamento, Søren – devolve Erik –, mesmo quando se é um *prinz*.

– Principalmente quando se é um *prinz* – acrescenta, com uma gargalhada, um homem mais velho de rosto vermelho queimado de sol e uma barriga protuberante.

A diferença entre Søren e o pai é chocante. Já vi seu pai mandar executar homens por atitudes muito menos insubordinadas, mas a risada de Søren se junta à de seus homens, e isso é ainda mais perturbador. Søren é tão fisicamente parecido com o kaiser que é fácil pensar neles como semelhantes – assim como esses guerreiros são mais ou menos iguais àqueles que, há tantos anos, invadiram o palácio.

– Está se sentindo bem, lady Crescentia? – pergunta Søren, preocupado.

Olho para minha amiga e percebo que ela ficou um tanto verde nos poucos minutos em que estamos a bordo, apesar de o navio estar bem amarrado e mal se balançar.

– Ah, meu Deus – intervenho, porque suspeito que, se ela abrir a boca para falar, algo inteiramente diferente de palavras poderá sair e o prinz já teve sua cota de vômito esta semana. – Eu não quis dizer nada antes, mas Crescentia não está se sentindo bem hoje. Pensamos que a proximidade do mar lhe faria bem, mas parece que esse não é o caso. Acho melhor voltarmos para o castelo. – Passo o braço por seus ombros, oferecendo-lhe conforto, e ela se apoia em mim.

– Talvez seja uma boa ideia deixá-la melhorar um pouco antes da acidentada viagem de carruagem – raciocina Søren. – Se me permite, há um local fresco para sentar-se debaixo das árvores, ali adiante. Importa-se?

Apesar de seu enjoo, Crescentia apressa-se a concordar. Faço menção de segui-los, mas Søren me detém.

– Fique mais alguns minutos – diz ele. – Erik vai continuar a visita. Você parecia muito interessada.

– Eu estava. *Estou* – concordo, um pouco rápido demais. – Você está bem, Cress?

Crescentia assente com a cabeça ao mesmo tempo que se empertiga, de modo a não se apoiar mais em mim. Seus olhos têm quase duas vezes o tamanho normal enquanto se movem entre mim e Søren. Ela parece ainda mais verde, mas acho que isso tem mais a ver com o nervosismo de ficar sozinha com o prinz do que propriamente com o mar. Eu lhe dirijo um sorriso tranquilizador quando Søren a ajuda a desembarcar.

Eu deveria estar seduzindo o prinz, não entregando-o a Crescentia, mas isso pode ficar para outro dia. Esses navios foram construídos com um propósito, e tenho uma forte suspeita de que não foi para defender uma rota comercial de um pirata que estava – segundo meu encontro com Blaise na noite anterior – escondido perto de uma floresta de ciprestes a menos de dois quilômetros da capital.

– Quais partes do navio está interessada em ver, lady Thora? – pergunta Erik.

Quando começamos a andar, o restante da tripulação volta a seus afazeres, não me dirigindo nenhum outro olhar. Se Cress ainda estivesse aqui, estariam atentos a cada palavra e cada gesto, mas, com roupas finas ou não, ainda sou astreana e, portanto, indigna de sua atenção. O que só tornará mais fácil minha tarefa de obter informações.

Exibo meu sorriso mais inocente e passo meu braço pelo de Erik.

– Ouvi histórias sobre os *berserkers*. Eles são tão assustadores quanto parecem? Eu adoraria ver um.

A testa de Erik se franze e ele leva alguns segundos para responder.

– Desculpe, lady Thora. Não temos nenhum a bordo no momento e... bem, não tenho certeza se o kaiser aprovaria se lhe mostrássemos algum, se não se importa que eu diga isso.

– Ah, claro – replico, mordendo o lábio e brincando com a ponta de minha trança. – Na verdade, fico lisonjeada por me verem como uma pessoa assim tão perigosa.

Ele ri, a tensão desaparecendo de sua testa.

– Mais alguma coisa que gostaria de ver?

Penso por um momento, inclinando a cabeça de lado e tentando parecer lenta de raciocínio, embora minha mente esteja agitada.

– Não tenho certeza. Faz muito tempo desde a última vez que estive em um barco, sir – digo por fim.

Dá para ver que Erik não tem títulos. Ele tem o cabelo e a pele muito escuros e a palma das mãos é áspera e dura por causa de calos. Suas roupas foram rasgadas e remendadas uma dezena de vezes. Se eu tivesse de adivinhar, diria que não é totalmente kalovaxiano, mas, sim, um produto do cerco de Goraki – o último país que os kalovaxianos conquistaram antes de Astrea –, gerado por algum homem bem-nascido que se compadeceu dele.

Seu pescoço fica vermelho com o tratamento que lhe dirijo e logo Erik dispensa o termo.

– Não há sirs, lordes ou mesmo prinzes em um navio, lady Thora – diz ele.

– Então talvez não devam existir ladies também – replico, fazendo-o rir.

– Justo. Por que não começamos com a proa e fazemos o caminho inverso? – sugere ele.

– Ah, sim, por favor – concordo, seguindo-o em direção à frente do navio. Mantenho os olhos arregalados e ávidos, pronta para me agarrar a cada palavra dele. Se estiver se sentindo confiante e importante, é mais provável que deixe escapar alguma coisa que não deveria. – Eu adoraria ver melhor o dragão da proa. É verdade que eles são tão populares no Norte quanto as aves aqui?

– Não sei, la... *Thora*. No Norte, nunca fui além de Goraki – conta ele, confirmando minhas suspeitas.

– Bem, devem ser magníficos, de qualquer forma, mas não sei se vale enfrentar o clima frio para vê-los – observo.

De repente, uma ideia me ocorre, embora eu saiba que é perigosa e que pode dar errado em um instante, ainda mais depois de minha pergunta sobre o *berserker*, que já deve tê-lo deixado desconfiado. Mas a ameaça de uma união com lorde Dalgaard me assombra.

– Espero que não esteja frio demais em... ah, aonde foi que Søren disse que vocês estavam indo? Nunca fui muito boa em geografia – digo, esforçando-me para parecer encabulada.

Ele me dirige um olhar enviesado, mas, se acha alguma coisa estranha na pergunta, não diz. Pigarreia antes de responder.

– Os nomes tendem mesmo a se confundir – concorda. – Mas não se preocupe... as ilhas de Vecturia são apenas um pouco ao norte daqui.

Foi mais fácil do que eu esperava. Fácil *demais*, não posso deixar de pensar – mas por que Erik pensaria que minha pergunta era outra coisa senão uma pergunta fútil de uma mente fútil? Esta é uma conversa inocente.

As ilhas de Vecturia. Repito o nome inúmeras vezes em minha mente, determinada a não o esquecer. Alguma coisa nele instiga minha memória, mas não consigo identificar o quê. Com sorte, Blaise vai saber na próxima vez que o vir.

Caixotes de munição empilham-se ao lado dos canhões. Faço os cálculos rapidamente de cabeça. Pelo que posso ver, parece que cada caixa contém cerca de dez balas de canhão e há cinco caixas ao lado de cada canhão. Søren disse que eram doze canhões... Isso dá um total de seiscentos tiros. E há uma frota desses navios de guerra, com o maior deles operando como a nau capitânea, de onde Søren dará as ordens.

– Há uma quantidade enorme de canhões – comento quando passamos por mais um grupo deles.

– Os vecturianos são bárbaros – afirma Erik, dando de ombros, embora aquela palavra incomode. É a mesma palavra que os kalovaxianos usam para descrever os astreanos, embora sejam os kalovaxianos a prosperar com a guerra e o derramamento de sangue. – Não estamos antevendo grandes problemas, mas precisamos estar preparados.

Decido arriscar a sorte.

– Isso parece perigoso – digo, mordendo o lábio. – Não consigo imaginar o que faria uma viagem dessas necessária.

Ele abre a boca para responder, mas, após um segundo de hesitação, torna a fechá-la.

– Ordens do kaiser – declara por fim, com um meio sorriso. – Tenho certeza de que ele tem suas razões.

– Sempre tem – replico, torcendo para que meu sorriso pareça mais natural do que é.

ELPIS

A ESCRAVA MAIS JOVEM DE CRESCENTIA ESTÁ a minha espera no cais quando desembarcamos. Antes de me despedir, digo a Erik que vou rezar por sua segurança.

Quando me aproximo da garota, seus olhos se desviam depressa em um esforço para evitar os meus.

– O prinz acompanhou lady Crescentia de volta ao palácio – diz ela –, mas prometeram mandar a carruagem nos buscar sem demora.

Ela é tão magra que beira a desnutrição, embora suas bochechas ainda guardem o arredondado infantil. Seus olhos grandes e escuros são fundos no rosto, fazendo-a parecer bem mais velha do que certamente é.

Ela não faz uma mesura, mas escravos astreanos não fazem mais reverência para mim. O gesto pode ser facilmente interpretado como demonstração de deferência a um soberano e não foram poucos os que perderam a vida por isso. O kaiser fez de tudo em seu grande poder para me isolar de meu povo. Mesmo quando há escravos astreanos por perto, nunca podemos nos falar e a maioria deles nem mesmo olha para mim. Eu não entendia isso. Pensava que ele era simplesmente cruel ao erguer tantos muros a meu redor. Mas, se eu não tivesse ficado tão só, se não tivesse me sentido tão isolada, talvez não me tornasse tão desesperada para me transformar no que ele queria que eu fosse.

Ninguém pode dizer que o kaiser não é inteligente. Mas agora estou determinada a ser mais.

O kaiser nunca teria aprovado o fato de me deixarem a sós com uma astreana, mesmo com minhas Sombras por perto. Mas talvez isso seja uma das migalhas de liberdade que a execução de Ampelio me granjeou. Não vou desperdiçá-la.

– Eu preferiria caminhar, se não se importa – digo-lhe. – Qual é o seu nome?

Ela hesita, os olhos de corça correndo a nossa volta por um breve momento. Ela também sabe que minhas Sombras estão aqui.

– Elpis – responde, tão baixo que mal a ouço.

– Você se importa de caminhar, Elpis? – pergunto-lhe.

Ela mastiga o lábio inferior por alguns segundos, a tal ponto que temo que ele vá sangrar.

– Teremos de atravessar o bairro dos escravos, minha senhora – avisa ela. – Vai estar vazio a esta hora do dia, na maior parte, mas...

– Não me importo, se você não se importar.

– Eu... eu não me importo – diz ela, a voz ganhando força. – Mas não temos um guarda.

– Temos minhas Sombras – declaro, embora elas estejam ali mais para me manter vigiada do que segura, e duvido que interferissem, a menos que parecesse que eu estivesse prestes a ser morta ou desfigurada. Com certeza elas não levantariam um só dedo para ajudar Elpis. Ela deve saber disso também, porque me olha com cautela.

– É... é claro, minha senhora.

Não posso culpá-la por seu desconforto. Ela era mais jovem do que eu quando fomos sitiados. Astrea é pouco mais do que uma história de fantasmas para ela. Não tenho certeza se isso faz dela uma pessoa mais ou menos digna de confiança. Há muito mais em jogo desta vez do que algumas chicotadas nas costas. Preciso estar segura em relação a Elpis.

Sinto-me tentada a olhar ao redor em busca de minhas Sombras enquanto caminhamos, mas a esta altura sei que não as verei e esse gesto só vai me fazer parecer suspeita. Talvez eu tenha um vislumbre de uma ponta de tecido preto passando depressa por uma viela próxima ou ouça o som de passos leves, nada mais. Elas são treinadas para não serem vistas nem ouvidas e tenho certeza de que possuem Pedras do Espírito em abundância para ajudá-las nisso. Ouvi dizer que mantos forrados com Pedras do Ar podem deixar quem os usa temporariamente invisível e quase totalmente silencioso.

Elas vão contar ao kaiser sobre esta aventura, embora eu duvide que ousem se aproximar o suficiente para ouvir nossa conversa. Ele não vai ficar nada satisfeito de saber que troquei palavras – não importa quão inocentes sejam – com uma escrava astreana. A voz de Thora soa de novo em minha mente, instigando-me a permanecer em segurança, mas a de Blaise é mais alta. *Vinte mil.*

– Você mora aqui com seus pais? – pergunto a ela enquanto andamos.

– Sim, minha senhora – responde Elpis, cautelosa. – Bem, com minha mãe e meu irmão mais novo. Meu pai morreu na Conquista.

A Conquista é como os kalovaxianos chamam o cerco. Faz com que soe mais honroso, suponho, conquistar algo indômito do que fazer cerco a algo indefeso.

– Sinto muito – digo a ela. – O que sua mãe faz?

– Antes ela era botânica, mas agora é costureira para o theyn e para lady Crescentia.

– Quantos anos tem seu irmão?

Ela hesita.

– Vai fazer 10 anos em pouco tempo – responde, um tom duro surgindo em sua voz. – Ele é meu meio-irmão.

– Ah – digo, olhando-a com incerteza.

Mesmo na corte existem mulheres que têm filhos fora do casamento e isso é muito menos vergonhoso para uma viúva do que para uma donzela. Se minhas contas estão certas, o cerco tinha acabado de chegar ao fim quando a mãe dela engravidou. As peças se encaixam e percebo o que Elpis não está dizendo.

Os Direitos dos Conquistadores permitiam que os guerreiros aterrorizassem, roubassem e escravizassem meu povo sem medo de punição, mas eu nunca tinha pensado em tudo que isso acarretaria. *Estupro*. Não vou contornar a palavra nem usar um dos muitos eufemismos para tentar amenizá-la. Outra injustiça que meu povo enfrentou. Outra dívida que eu juro que será cobrada.

Elpis não tem tanta prática quanto eu em esconder a própria raiva, que estampa em seu rosto como palavras em uma página, evidente na tensão de sua mandíbula e no intenso foco de seus olhos. Com um olhar desses, ela poderia transformar alguém em pedra. É uma raiva que conheço bem demais.

Elpis não é leal ao kaiser, tenho certeza. Mas isso não significa que será leal a mim. Não sou sua rainha, afinal. Sou uma menina mimada e protegida que é amiga daquele que a mantém acorrentada.

Preciso de um momento para traduzir minhas palavras para o astreano em minha mente antes de pronunciá-las.

– Ele é parecido com eles? – pergunto suavemente, a voz quase um sussurro.

Mantenho o sorriso firme para que minhas Sombras pensem que estou tagarelando sobre alguma coisa boba e irrelevante. Felizmente, depois de passarem anos a me observar fazendo nada de interessante, elas não vão esperar nada diferente agora.

Estou pondo o dedo na ferida. Elpis se encolhe com minhas palavras, mas não recuo. Preciso da sua raiva, preciso que saiba que ela não tem que suportá-la sozinha, que estou do lado dela.

Seus olhos se estreitam e ela abre a boca para responder antes de fechá-la com força de novo.

– Parece – responde ela concisamente em kalovaxiano antes de mudar para astreano e baixar a voz de tal forma que mal consigo ouvi-la: – O que quer de mim, minha senhora? – pergunta, a voz tensa.

As ruas estão desertas, embora haja olhos fundos observando de janelas quebradas. Crianças pequenas demais para trabalhar, doentes, idosos. Hoa deve morar em algum lugar por aqui quando não está comigo. A ideia me parece estranha, não é algo que eu já tivesse me perguntado.

– O que *você* quer? – pergunto a Elpis.

Ela olha ao redor, à procura das Sombras também, os ouvidos que estão sempre escutando, os olhos que estão sempre observando. Elas, porém, não estão aqui, asseguro a mim mesma. Não perto o bastante, pelo menos. Mas não creio totalmente nisso. Já me enganei muitas vezes antes.

– Isso é algum truque, minha senhora? – pergunta ela, voltando para o kalovaxiano.

Ela não confia em mim. E por que confiaria? Ela me vê há anos com Cress. Seria uma tola se confiasse e tem uma vida difícil demais para ser tola.

Ao menos o fato de ela não confiar em mim me faz confiar nela.

– Não, não é um truque.

Olho em volta de novo e vejo um brilho revelador no ar, a uns bons 6 metros de distância, à espreita nas sombras de um prédio em ruínas. Elas não podem me ouvir, mas forço um riso alto e falso, mantendo meu sorriso e falando em astreano como uma medida extra de segurança.

Elpis está confusa.

– Sorria – digo, e ela obedece na mesma hora, apesar do toque de medo em seus olhos. – Eles tentaram me destruir, Elpis, e quase conseguiram. Deixei que meu medo me intimidasse, deixei que *eles* me intimidassem.

Mas acabou. Vou fazer com que eles paguem. Por tudo que fizeram conosco, com nosso país. Com nossos pais e nossas mães. Você me ajuda?

Prendo a respiração. Elpis cresceu neste mundo, nunca conheceu nada diferente. Ela poderia se virar contra mim em troca de sua liberdade e de comida suficiente para manter a família saciada, e eu não poderia condená-la por isso. Este é um mundo em que é difícil para os astreanos sobreviverem, e não vi o pior dele. Não sou sua soberana mais do que o kaiser e, na verdade, por que ela se importaria, desde que esteja segura, aquecida e alimentada?

Mas, quando seus olhos encontram os meus, estão queimando com malignidade. O olhar dela é letal, mas não para mim. Sua raiva só alimenta a minha, até estarmos emparelhadas, ódio com ódio.

– Sim, Vossa Majestade – sussurra ela, tropeçando nas palavras em astreano. Fico surpresa por ela sequer as conhecer.

Vossa Majestade. Os kalovaxianos não usam esse termo, de modo que a única pessoa que ouvi ser chamada assim foi minha mãe. Sei que a intenção de Elpis foi a melhor, mas ouvir isso agora faz doer meu coração.

Não sou majestade de ninguém, tenho vontade de dizer a ela.

– Você tem pessoas em quem confia cegamente? – pergunto.

– Sim – responde ela sem hesitar.

– Resposta errada. Não confie em ninguém até que conquistem sua confiança. Cometi esse erro antes e sofri por isso. Mas o kaiser vai achar que punir você não vale o tempo dele. Ele vai matá-la, entendeu?

Ela morde o lábio antes de se lembrar de que estamos sendo vigiadas.

– Sim, entendi a piada – responde, com uma risada que soa surpreendentemente natural.

Ela não se dá ao trabalho de baixar a voz nem em falar em astreano. Boa garota, dando algo a eles, mesmo que seja nada.

– A única pessoa em quem quero que você confie é um garoto. Ele estava servindo no banquete de ontem. É um pouco mais velho do que eu, de cabelos pretos bem curtos. Mais alto do que a maioria dos homens, de olhos verdes vivos. E uma cicatriz aqui – acrescento, traçando com o dedo uma linha da minha têmpora ao canto da boca, mas fazendo parecer que estou coçando o rosto.

Elpis assente com a cabeça devagar.

– Acho que eu o conheço – diz.

– Você acha ou você conhece? – insisto.

– Eu... eu conheço – responde ela, parecendo mais certa. – Não são muitos os garotos que trabalham no palácio, mas um começou há dois dias. Ele tinha documentos liberando-o das minas.

Forjados, tenho certeza, e provavelmente não vai demorar muito para que descubram isso.

– É ele – digo em kalovaxiano.

Ela sorri de leve.

– A senhora poderia ter dito só "o mais bonito". As garotas estão todas suspirando por ele.

Reprimo uma gargalhada.

– Pode dar um recado a ele?

– Posso, não deve ser difícil. Lady Crescentia não presta atenção em muita coisa, principalmente quando tem um livro novo para ocupar a cabeça. O pai dela vigia a gente bem de perto, mas ele viajou para inspecionar as minas ontem à tarde.

Outra informação útil, ainda que não seja boa. Não posso imaginar o que a visita do theyn às minas vá acarretar, mas tenho certeza de que haverá um grande número de baixas.

– Muito bem – digo. – Apresente-se a ele. Diga-lhe que mandei você. – Sei que ele não vai acreditar nela, é exatamente o que um espião do kaiser diria para nos apanhar. – Passamos a infância juntos no palácio, antes do cerco. A nossa babá se chamava Sofia, mas nós a chamávamos de Passarinho porque tinha a voz mais linda de todas. Se ele questionar sua história, pode dizer-lhe que contei isso a você.

– E que recado devo dar a ele? – pergunta ela.

– Diga... diga que tenho novidades e que a gente precisa se encontrar pessoalmente.

JARDIM

OS DIAS SE PASSAM CHEIOS DE medo de que a qualquer momento minhas Sombras contem ao kaiser que conversei com Elpis. Não importa que elas não tenham escutado o que dissemos, vou pagar por isso da mesma maneira. Valeu a pena – sei que valeu –, mas isso não torna mais fácil esperar que a guilhotina caia sobre minha cabeça. Durmo pouco e, quando chego a sonhar, tudo que vejo é Ampelio morrendo repetidamente. Às vezes, Blaise toma o lugar dele. Outras, Elpis. Às vezes é Crescentia caída a meus pés, implorando por sua vida enquanto pressiono uma lâmina em sua garganta.

Seja quem for, o sonho sempre acaba do mesmo jeito e eu sempre acordo gritando. Minhas Sombras não reagem. Já estão acostumadas agora.

Passaram-se quatro dias desde a visita ao navio. Cinco dias desde o encontro com Blaise. Tudo que tenho feito é esperar que ele faça contato como disse que faria. É quase fácil escapar para a vida de Thora novamente, frequentando almoços e bailes e passando tardes com Cress na biblioteca de seu pai. Mas me obrigo a me lembrar de quem eu sou.

Mantenho a mente ocupada e penso nas ilhas de Vecturia. O que poderia estar acontecendo lá que requer uma esquadra de navios de guerra e o prinz em pessoa como comandante? *Podia* ser que o prinz estivesse dizendo a verdade e Erik tivesse apenas se confundido – que Dragonsbane está mesmo criando problemas na rota comercial. Mas quanto mais penso nisso, menos sentido faz. Eles não iriam precisar de tantos navios, com tanta munição, se estivessem se preparando para combater apenas a pequena esquadra de Dragonsbane. O pirata pode ser um espinho no pé do kaiser, mas para retirá-lo seria preciso uma faca, não uma bala de canhão.

No entanto Vecturia não é Astrea, lembro a mim mesma. Seus problemas não são meus e tenho meu povo, com quem de fato devo me preocupar.

E pode, no fim, não ser nada. O prinz Søren e Erik estão cheios de segredos, sim, mas talvez seja para esconder outra coisa. Ouvi histórias sobre as habilidades do prinz Søren nas batalhas, mas sempre contadas por terceiros, portanto elas poderiam ser muito exageradas a fim de endeusar o prinz.

Se eu pudesse falar com Blaise de novo, poderia contar-lhe o que sei e ver o que ele pensa a respeito. Talvez ele até tenha outra peça do quebra-cabeça para ajudar a entendê-lo. Mas não tive mais notícias dele desde nosso encontro na adega. Ele disse que tinha uma ideia sobre como poderíamos nos falar mais, mas começo a perder a esperança. Houve até momentos mais sombrios em que me perguntei se eu não o teria inventado.

Uma batida soa na porta – forte e formal, não a batida leve e melódica de Cress. Como Hoa está esquentando na lareira um par de ferros de modelar o cabelo, eu mesma vou abrir. Meus pés são feitos de pedra. As únicas pessoas que batem desse jeito são os guardas e não preciso adivinhar o que eles querem. Meus vergões resultantes da revolta da mina ainda não cicatrizaram totalmente. Não consigo controlar os estremecimentos por todo o corpo que a ideia de um chicote reabrindo-os provoca em mim.

Eu não deveria ter falado com Elpis. Não deveria ter me encontrado com Blaise.

Trêmula, respiro fundo uma última vez antes de abrir a porta. Um guarda austero está de pé do outro lado, vestindo casaco vermelho, e meu coração quase para de bater. No entanto, não é um dos homens do kaiser. Apesar de numerosos, eu reconheceria seus rostos em qualquer lugar. Estão gravados a ferro e fogo em minha memória, tão profundamente que assombram até mesmo meus pesadelos. Esse homem não é um deles, mas não sei se isso é melhor ou pior.

Ele tira um envelope quadrado do bolso do casaco e o entrega a mim, sua boca congelada em uma linha reta e estreita.

– De Sua Alteza Real, o prinz Søren – diz, como se a insígnia real estampada na frente do envelope não fosse um indício claro o bastante. – Ele pediu que eu aguardasse a resposta.

Entorpecida pelo alívio e o choque, rasgo o envelope com o canto da unha do dedo mínimo e passo os olhos nas palavras do prinz escritas apressadamente.

Thora,

Minhas desculpas por abandoná-la no outro dia, mas espero que tenha apreciado a visita. Você me permitiria compensá-la com um convite para um almoço antes de minha partida?

Søren

Leio as palavras duas vezes, procurando sentidos ocultos, mas só vejo exatamente o que está escrito. É o tipo de carta que Cress recebe dos garotos que estão tentando cortejá-la. Será que Blaise estava certo sobre a maneira como o prinz olhou para mim? A carta não tem a habitual poesia e adulação de uma carta de amor, mas isso não é surpresa, considerando o comportamento de Søren. Duvido que ele reconhecesse um poema, ainda que estivesse escrito nas velas de seus preciosos navios. Mas não posso ignorar a última linha – o convite para passarmos um tempo a sós.

Sei que não posso desperdiçar essa oportunidade de obter mais informações, mas ainda me sinto culpada. Imagino Cress andando de um lado para outro em seus aposentos nos últimos dias, esperando ansiosamente uma carta como esta do prinz. Nas poucas vezes em que a vi desde o dia no porto, ela estava atordoada e com os olhos brilhantes, revivendo cada momento do tempo que passaram juntos em detalhes tão minuciosos que eu poderia jurar que eu mesma estava lá. Mas o que não contei a ela foi que, embora Søren tenha sido educado com ela e tido todas aquelas atitudes cavalheirescas – abriu portas, ajudou-a a subir na carruagem, acompanhou-a de volta a seus aposentos e despediu-se educadamente à porta –, parecia que ele estava cumprindo sua obrigação e nada mais.

Diferente deste caso. Almoçar comigo certamente não é uma obrigação e o pai dele vai ficar furioso quando descobrir. Søren devia saber disso quando escreveu a carta, mas mesmo assim foi em frente.

Por um longo momento, só consigo olhar para o papel em minhas mãos, pensando no que devo responder, no que devo vestir, sobre o que devo conversar com ele, o tempo todo ciente dos olhos do guarda em mim. Só depois de certo tempo percebo qual é o melhor caminho a seguir, aquele que mais seguramente vai manter as rédeas em minha mão. Blaise disse que Søren iria me querer ainda mais porque eu não podia ser sua.

Ergo os olhos para o guarda e dirijo-lhe meu mais doce sorriso, embora não pareça surtir muito efeito. Seu rosto permanece impassível.

– Não tenho resposta – digo a ele. – Tenha um bom dia.

Com uma mesura rápida, fecho a porta com firmeza antes que ele possa protestar.

•••

O ar do outono é denso e pesado em minha pele enquanto caminho por onde antes ficava o jardim de minha mãe. Minha lembrança dela é nebulosa, mas sinto sua presença mais forte aqui do que em qualquer outro lugar. Lembro-me de cores e de um aroma tão inebriante que me envolvia como um cobertor – o cheiro de flores, grama e terra. Era o perfume de minha mãe, mesmo quando ela passava o dia todo na sala do trono ou andando pela cidade.

Aqui era o lugar onde ela se sentia mais feliz, com a terra sujando suas saias e a vida em suas mãos.

"As menores sementes podem gerar as maiores árvores com o cuidado e o tempo suficientes", ela me dizia, colocando as mãos sobre as minhas para guiá-las enquanto plantávamos sementes e as cobríamos com terra úmida.

Ampelio costumava dizer que, se ela não fosse rainha, teria sido uma formidável Guardiã da Terra, mas as leis astreanas impediam que ela fosse as duas coisas. Evidentemente os favores dos deuses não eram hereditários. Embora ela tenha me dado um pequeno canteiro do jardim para trabalhar a seu lado, eu não conseguia nem que ervas daninhas crescessem ali.

Nada mais nasce em lugar nenhum do jardim. Sem o cuidado diligente de minha mãe, ele cresceu descontrolado e, se existe algo que o kaiser não suporta, é descontrole. Ele ateou fogo no jardim quando eu tinha 7 anos. Vi as chamas e senti o cheiro da fumaça da janela de meu quarto e não conseguia parar de chorar, por mais que Hoa tentasse me acalmar. Era como se eu estivesse perdendo minha mãe outra vez.

Nove anos se passaram e o ar aqui ainda tem gosto de cinzas para mim, embora os restos carbonizados tenham sido limpos há muito e o solo tenha sido pavimentado com pedras cinzentas e quadradas. Minha mãe não reconheceria o lugar agora, com seu piso de pedra e as poucas árvores que irrompem em meio a rachaduras, oferecendo dedos esqueléticos de sombra. Não existem cores – até as árvores têm o bom senso de não brotar folhas.

Antes, o jardim sempre foi um lugar movimentado. Lembro-me de brincar com Blaise e com as outras crianças do palácio quando o tempo estava bom. Dezenas de cortesãs passeavam entre as árvores e os arbustos, usando vestidos tipo túnica tingidos com uma miríade de cores vivas. Artistas com suas tintas, instrumentos ou cadernos, sentados sozinhos enquanto trabalhavam. Casais escapando para encontros não tão secretos.

Agora está deserto. Os kalovaxianos preferem os pavilhões construídos em varandas públicas para aproveitar melhor a luz e a brisa do mar. Estive aqui algumas vezes com Crescentia e, embora os kalovaxianos brinquem, trabalhem, tagarelem e flertem aqui também, não é a mesma coisa. Mesmo tendo sido queimado e destruído, é a única parte do palácio em que ainda me sinto em casa.

No entanto, não é a sensação reconfortante que me traz aqui hoje. Tenho tentado descobrir locais para me encontrar com Blaise – quando ele entrar em contato –, mas não consigo ir à adega outra vez sem levantar as suspeitas de minhas Sombras. Existem poucos e preciosos lugares no palácio onde realmente me sinto sozinha. Até mesmo aqui – trinta janelas do palácio dão vista para o jardim e de vez em quando vislumbro minhas Sombras vigiando-me lá de dentro, os capuzes negros de seus mantos puxados para que eu não possa ver seus rostos.

O jardim é exposto, mas isso pode não ser ruim para um possível local de encontro. Pessoas nos *veriam* juntos, mas, se ele estiver trabalhando podando as árvores ou esfregando as pedras do chão, não vai parecer estranho, já que os kalovaxianos têm o mau hábito de ignorar os escravos. Não seríamos ouvidos de nenhum ponto e é isso que realmente importa.

É claro que esse é um plano imperfeito. Não conseguiríamos trocar mais do que umas poucas palavras sem levantar suspeitas. Mesmo imperfeito, porém, é a melhor opção até agora.

– Lady Thora.

A voz masculina me causa um sobressalto. Ao contrário de Crescentia, não sou acompanhada por criadas para manter minha reputação imaculada. Minhas Sombras observam a distância, é claro, mas seu trabalho é mais me manter vigiada do que segura.

No entanto, conheço essa voz e desde sua carta na manhã de hoje estou à espera de que ele venha me encontrar.

O prinz Søren cruza o jardim de pedra vindo em minha direção, ladeado por dois guardas cujas ordens são certamente muito diferentes das dos meus. Embora eles sejam de Søren, e não do kaiser – não os que me arrastam pelos corredores para responder por crimes que não cometi, não os que se revezam no chicote –, seus olhos são igualmente duros e contenho um tremor.

Eles não estão aqui por minha causa. Não hoje.

Faço uma reverência.

– Alteza – digo ao me erguer –, o que o traz aqui?

Ele me dirige um olhar de reprovação.

– *Alteza...* Pensei que tivéssemos falado sobre isso.

– Você me chamou de lady primeiro – argumento.

Søren faz uma careta, mas seus olhos sorriem. Parece ser o mais perto que ele consegue chegar de qualquer sinal de humor.

– Velhos hábitos, suponho. Vamos recomeçar. Olá, Thora – diz ele, curvando de leve a cabeça.

O nome faz arrepiar minha pele, embora me seja mais familiar do que meu nome verdadeiro.

– Olá, Søren. O que o traz aqui? – repito, inclinando a cabeça de lado.

Ele olha ao redor do jardim de pedra com desinteresse. A seus olhos, imagino, este lugar não passa de uma ruína.

– Na verdade, estava procurando por você – responde ele, oferecendo-me o braço. Não tenho alternativa a não ser aceitá-lo.

– Por mim? – pergunto.

Embora estivesse esperando que ele viesse falar comigo, não posso deixar de lembrar que da última vez que Søren me procurou foi para me levar para a execução de Ampelio. Poderia ser a vez de Blaise agora? Ou a de Elpis?

Não devo ter disfarçado bem minha preocupação, porque ele pousa a mão livre em meu braço e o aperta de leve. Acho que quer me tranquilizar, mas o gesto acaba sendo estranho e inseguro. Creio que nenhum dos dois esteja habituado à compaixão. Ainda assim, aprecio a tentativa.

– Não dessa forma – diz ele, e os batimentos enlouquecidos de meu coração imediatamente desaceleram. – Você está... – Ele pigarreia. – Esse vestido é muito bonito.

– Ah, obrigada – digo, olhando para outro lado, como se estivesse nervosa. Como se mais uma vez minha intenção não fosse mostrar um pouquinho mais de pele do que o comum. Desta vez, a parte superior é bastante conservadora, com a seda amarelo-açafrão envolvendo os dois ombros em faixas largas e um decote fechado o bastante para cobrir minhas clavículas. Mas pedi a Hoa que prendesse o tecido ao redor de meu torso mais apertado do que normalmente uso, a fim de realçar a curva de minha cintura. Ela o prendeu com um alfinete de rubi no lado esquerdo dos quadris, como a instruí – mais alto do que o habitual, para que a fenda também começasse mais para cima. Agora, cada passo que dou deixa ver de relance metade de minha perna. Hoje de manhã, passei quase uma hora andando com o vestido em frente ao espelho, tentando encontrar o equilíbrio ideal entre o sedutor e o vulgar. Se o modo como ele me olha é uma indicação, fui bem-sucedida.

– Você vai partir em breve, não? – pergunto, decidindo testá-lo. – Para defender a rota comercial de Dragonsbane?

– Sim, em quatro dias – diz ele. E lá está: seus olhos se desviam, revelando a mentira.

Então minha intuição estava certa – eles não vão defender a rota comercial. Não posso fazer nada com essa informação até saber com certeza aonde estão indo, mas ainda assim sinto uma onda de orgulho por estar certa.

– Estou um pouco nervoso com isso, para ser sincero – admite ele.

– Não vejo por quê. Pelo que ouvi falar, você é excelente em combate e Dragonsbane tem só uma pequena esquadra. Tenho certeza de que se sairá bem.

Ele dá de ombros, mas desvia o olhar novamente.

– É a primeira vez que estou no comando de uma missão, sem a orientação do theyn. Existe uma grande expectativa em relação a isso e eu não estou...

Ele deixa a voz morrer e pigarreia, parecendo perturbado com sua admissão de fraqueza. Antes que eu consiga pensar em uma resposta, ele muda de assunto:

– Sinto muito por não ter continuado eu mesmo a lhe mostrar o navio.

– Ah, não se preocupe – digo, com indiferença. – Foi muito gentil de sua parte cuidar de Crescentia e Erik foi um substituto maravilhoso. É um lindo navio. Ele já tem nome?

– Na verdade, tem. A tripulação... – Ele desvia os olhos. – Depois que você saiu, eles, ou melhor, *nós* decidimos batizá-lo de *Lady Crescentia*.

Eu não ligava a mínima para o nome que escolheu para o navio, mas ele está observando minha reação, e quem sou eu para desapontá-lo? Deixe-o acreditar que estou preocupada com uma coisa tão boba. Comprimo os lábios ao sorrir, para que pareça vagamente forçado.

– É um bom nome. Ela foi, afinal, a primeira dama a ir a bordo, não foi?

– Foram vocês duas – diz ele. – Mas... – Ele se cala novamente, incapaz de terminar.

– Mas eu não sou uma dama – completo. – Não de verdade. Foi o que eles disseram, não é?

Ele sacode a cabeça, mas não nega.

– Eles acharam que traria má sorte. Discordei disso, Thora, e Erik também. Mas...

– Entendo – digo, fazendo parecer o contrário.

Percebi que o truque com Søren é fazê-lo acreditar que ele está vendo através de mim, além do ato que enceno para as outras pessoas. Mas ele não é capaz disso, não de verdade. Precisa haver pelo menos uma camada a mais para que ele continue olhando.

Resolvo baixar a voz para intensificar o efeito.

– Ouvi o que disseram sobre mim – continuo, fingindo pôr minhas cartas na mesa. – Eles acham que sou sua amante. Só que usaram uma palavra mais vulgar que não vou repetir.

Ele acredita facilmente na mentira. Seu braço fica rígido sob meus dedos e ele franze a testa.

– Quem disse isso? – pergunta, zangado e com uma nota de receio.

Imagino que a última coisa que ele deseja é que esse rumor chegue até seu pai.

– Isso importa? – pergunto por minha vez. É claro que acham isso. Seus guardas provavelmente acham também. Dou uma olhada na direção deles, que mantêm educadamente os olhos para outro lado. – O que entregou sua carta com certeza achou – acrescento, sabendo que tal guarda não está presente. – Até eu acreditaria, se não fosse comigo. Por que você me procuraria desse jeito? Convidando-me para almoçar?

Espero ansiosa pela resposta. Ele não responde por alguns segundos e me preocupo se puxei a vara antes que ele mordesse a isca. Ele se vira para seus guardas e faz um sinal com a mão. Sem uma palavra, eles se viram e entram, embora eu esteja certa de que ainda estão observando.

– Isso não vai ajudar – digo, cruzando os braços sobre o peito. – Não tenho acompanhante e...

Suas orelhas ficam vermelhas e ele se volta novamente para mim.

– Então você recebeu minha carta – interrompe ele. – Mas não respondeu. Mordo o lábio.

– Não achei que seria apropriado aceitar seu convite, mas não estava certa se me seria permitido recusar. A ausência de resposta me pareceu a melhor opção.

– Claro que poderia recusar, se quisesse – sugere ele, com ar surpreso. – Você *queria*?

Deixo escapar um suspiro desolado e olho para longe.

– O que eu quero não importa – digo. O fato de não responder vai deixá--lo ainda mais louco. – Deveria ter convidado Crescentia. Ela gosta de você e é uma companhia mais adequada.

Espero que ele negue, mas isso não acontece.

– Gosto da sua companhia, Thora – declara. – E era apenas um almoço.

É fácil agir como uma donzela que precisa ser salva. Só preciso de olhos arregalados, sorrisos hesitantes e um lobo em meu encalço.

– Acho que seu pai não aprovaria – digo.

Ele franze a testa e baixa os olhos.

– Não estava planejando contar a ele – admite Søren.

Não consigo deixar de rir.

– Alguém contaria – comento. – Você está fora há muito tempo, mas pergunte a qualquer um... Seu pai vê tudo que acontece neste palácio. Especialmente no que diz respeito a mim.

Søren franze ainda mais a testa.

– Faz dez anos que você está conosco – diz ele. – A esta altura, você é mais kalovaxiana que qualquer outra coisa.

Creio que com essas palavras ele tem a intenção de me confortar, mas elas me atingem como punhais.

– Você pode ter razão – admito, em vez de discutir. Está na hora de lançar a carta que Cress me deixou, a que fará de mim uma donzela mais des-fortunada do que nunca para ele. – Ele está planejando me casar com um kalovaxiano em breve.

– Onde ouviu isso? – pergunta ele, alarmado.

Reprimo um sorriso e tento parecer perturbada, mordendo o lábio e tor-cendo as mãos.

– Crescentia ouviu o pai dela e o seu falando sobre isso. Acho que faz sentido. Estou na idade de me casar e, como você disse, sou kalovaxiana há mais tempo do que astreana.

– Casar você com *quem*?

Dou de ombros, mas deixo minha expressão nublar.

– Ela mencionou que lorde Dalgaard ofereceu muitíssimo para ter a última princesa de Astrea – digo, deixando um leve toque de acidez na voz.

O simples fato de usar aquele título para descrever a mim mesma configura traição, mas Søren parece gostar de lampejos de franqueza. É um jogo, sim, mas tudo isso na verdade é um jogo. Um único movimento errado me sepultará.

Søren engole em seco e baixa os olhos. Provavelmente ele esteve em mais batalhas do que sou capaz de enumerar, mas a ameaça de lorde Dalgaard deixou-o sem fala. Ele olha por cima de meu ombro para onde seus guardas estão esperando, fora do alcance da voz.

Estendo a mão para tocar seu braço de leve e falo mais baixo:

– Fiz tudo que seu pai me pediu que fizesse, Søren, dei a ele tudo que ele exigiu, sem me queixar, tentando mostrar que posso ser uma cidadã leal aqui. Mas, por favor, *por favor,* não o deixe fazer isso – suplico. – Você sabe sobre lorde Dalgaard e suas pobres esposas. Não tenho dote, nem família, nem posição. Ninguém se importaria com o que acontecesse comigo. Tenho certeza de que isso é parte do que o atrai.

A expressão dele endurece, transformando-se em granito.

– Não posso ir contra meu pai, Thora.

Deixo cair minha mão e balanço a cabeça. Respiro fundo, como se tentasse me equilibrar, e me empertigo um pouco. Quando torno a olhar para Søren, coloco outra camada em minha expressão, essa fria feito gelo.

– Minhas desculpas, Vossa Alteza – digo formalmente. – Eu me excedi e não deveria ter feito isso. Apenas pensei que você fosse... Eu queria... – Balanço a cabeça e deixo meus olhos se demorarem nos dele, cheios de decepção, antes de desviá-los e piscar com força, como se eu fosse chorar a qualquer instante. – Preciso ir.

Viro-me para ir embora, mas, exatamente como eu esperava, ele estende a mão e segura meu braço. Nesse momento, basta apenas uma pequena contração muscular, uma queda infinitesimal do ombro que faz com que a manga já frouxa do meu vestido deslize, dando a ele um rápido vislumbre das cicatrizes que cobrem minhas costas. Ele sabia que elas estavam ali, ele estava presente quando algumas das mais antigas foram feitas. Ainda assim, ouço seu arquejo ao vê-las. Puxo meu braço de sua mão e rapidamente subo a manga para cobri-las, mantendo os olhos baixos, como se as cicatrizes me envergonhassem.

– Desculpe – diz ele enquanto me afasto depressa dali.

Não tenho certeza do que exatamente ele está se desculpando, mas não importa. Não preciso olhá-lo para saber que o tenho onde preciso que esteja: pronto para saltar em meu socorro, mesmo que isso cave um abismo entre ele e o pai. Tudo que preciso fazer agora é esperar pelos resultados e torcer para que eles não me custem caro demais.

PAREDES

HOA NÃO ESTÁ EM MEU QUARTO quando volto, mas não estou só. As portas dos quartos de minhas Sombras raspam o chão ao se abrir e fechar, seguidas pelos sons que as três produzem ao se acomodar: espadas embainhadas sendo tiradas, elmos batendo no chão. Eu as ignoro, como sempre, e fico à janela, olhando o jardim vazio, para que não possam ver meu rosto.

Quanto tempo terei de esperar pelo próximo movimento de Søren? Se é que vai haver algum.

Penso na expressão em seus olhos quando me afastei. Isso só está começando. Ele vai procurar o pai com alguma razão urgente para terminar meu noivado antes mesmo de ele ter começado. Ele não vai dizer que é para me proteger – Søren é inteligente demais para isso –, mas existem outros caminhos, outras razões para um acordo de casamento ser desfeito. Crescentia teve três pedidos de casamento bons demais para serem rejeitados de cara, mas os acordos nunca foram oficializados por causa da interferência de Cress.

Posso apenas torcer para que o kaiser não suspeite que tive alguma coisa a ver com o súbito interesse de Søren em meu acordo. Na melhor das hipóteses, isso vai significar mais chicotadas. Na pior, ele vai realizar meu casamento com lorde Dalgaard imediatamente. E depois, quanto tempo levaria até que minha mente de fato não suportasse? Não haveria volta a partir desse ponto. Eu morreria como Thora.

– Quando você recusou o convite dele para almoçar, pensei que estivesse mesmo louca – diz uma voz. O terror gela meu sangue. Eu me viro, mas o quarto está vazio. – Mas ele parece mais interessado do que nunca – continua a voz. – Muito bem.

Blaise. Sua voz está abafada, mas é ele, sem dúvida. É ele o louco, ao vir aqui sabendo perfeitamente que minhas Sombras vigiam cada movimento meu.

– Aqui, Theo – chama ele.

Há uma risada ali que me faz recordar quando éramos crianças, antes de o riso se tornar uma raridade.

Sigo o som, andando até a parede leste, até onde uma de minhas Sombras fica do outro lado, vigiando. *Uma Sombra.*

– Parece que subestimei você também – admito. – Espio pelo buraco da parede e encontro o olho verde de Blaise me fitando. – Apesar de ter certeza de que você se recorda de que tenho três Sombras.

– Diga olá para Artemisia e Heron – sugere ele, parecendo satisfeito consigo mesmo. – Art, Heron, a rainha Theodosia Eirene Houzzara. É um pouco difícil de falar. Você os mandaria decapitar se abreviássemos seu nome para Theo, por enquanto?

Ouvir essa palavra de novo – *rainha* – ainda é estranho, sobretudo em astreano. É o título de minha mãe, ou era. Toda vez que eu o ouço não consigo evitar o impulso de olhar em torno à procura dela, certa de que é a ela que estão se referindo.

– Desde que não me chamem de Thora – respondo, erguendo-me e olhando para as outras paredes, agora ocupadas por outros astreanos. – Artemisia, Heron, prazer em conhecê-los.

– O prazer é nosso – diz uma voz grave e suave por trás da parede norte. Heron, suponho.

– Você não *parece* doida – comenta a terceira voz de trás da parede sul, determinada e musical. Artemisia.

– Art... – adverte Heron.

– Eu não disse que ela era doida – intervém Blaise depressa. – Eu disse... *sensível.*

– Você disse *desequilibrada.*

Abro a boca para protestar mas logo a fecho. Não sei qual dos dois termos me incomoda mais, mas não posso negar a verdade em nenhum deles. Blaise me viu perder o controle na adega. Ele deve se perguntar quão forte realmente sou.

– O que aconteceu com minhas Sombras verdadeiras? – pergunto em vez de responder.

Blaise pigarreia, mas é Heron quem responde, com cuidado:

– Elas foram... dispensadas de suas funções.

Artemisia ri com ironia.

– Entre outras coisas.

Fico aguardando que a morte delas me afete, que eu sinta *algo*, seja alívio, felicidade ou algum luto inexplicável, mas não sinto nada. Nunca vi o rosto delas nem falei com elas. Não lamentarei sua morte, mas tampouco as odeio o suficiente para comemorar.

– E se forem encontradas? – pergunto.

– Não serão – responde Artemisia. – Amarramos pedras nos corpos e os jogamos ao mar. Devem estar a uns 30 metros de profundidade, pelo menos. Daqui a alguns dias não terá sobrado nada além de ossos.

Ela diz isso de uma maneira distante, como se não estivesse falando de pessoas. Por outro lado, ouvi kalovaxianos se referirem a astreanos como coisas, e não como pessoas; não posso exatamente culpá-la por ter a mesma opinião que eles.

– Algum progresso, Theo? – pergunta Blaise. – Vimos aquele lindo encontro com o prinz, mas não conseguimos ouvir nada. O que você está planejando?

– Você me disse que ele está interessado em mim porque não posso ser dele, não foi? – digo. – Então, estou me tornando mais interessante. E semeando tensão entre ele e o kaiser, o que, imagino, só pode ser bom para nós.

– Por quê? – pergunta Artemisia.

Dou de ombros, mas meu sorriso é feroz.

– Os kalovaxianos têm todas as vantagens. São mais numerosos, estão mais bem armados e mais bem treinados, têm a vantagem de já dominar o território. Blaise estava certo quando me disse que não temos chance contra eles em um combate de igual para igual. Mas, se pudermos voltar Søren contra o pai, a corte vai tomar partido e eles vão se distrair, lutando uns contra os outros, e talvez nossas chances melhorem. Ainda teremos de reunir mais dos nossos e mais armas, é claro. Não é grande coisa como plano – admito. – Mas me parece um bom ponto de partida.

– Se der certo – diz Blaise com cautela.

Seu ceticismo faz minha nuca formigar.

– Vai dar certo – afirmo, embora minhas dúvidas se acumulem. – Søren é fácil de persuadir, só tenho de convencê-lo de que preciso ser salva, e é de seu pai e de seu povo que ele precisa me salvar. Se eu puder voltar Søren contra eles, pelo menos metade da corte o seguirá avidamente, na esperança de colocar Søren no trono sem aguardar a morte do kaiser. – Como ninguém fala nada, eu continuo: – Vocês viram o rosto dele no jardim. *Vocês* acham que deu certo?

– Eu acho – admite Artemisia. – Ele tinha sangue nos olhos. A manga escorregando foi um bom toque. Suponho que tenha sido intencional...

Dou de ombros.

– Ele quer uma donzela e estou lhe dando uma. Há quanto tempo vocês estão me observando? – pergunto.

– Hoje foi o primeiro dia – responde Blaise. – Sua amiga nos encontrou uns dias atrás. Elpis. Já estávamos tentando descobrir um jeito de substituir seus guardas, as Sombras, mas Elpis tinha visto de perto os movimentos deles e sabia como eles trabalhavam, com que frequência faziam relatórios ao kaiser, quando seria mais fácil surpreendê-los. O relatório mensal para o kaiser vai ser apresentado amanhã à noite, então sabíamos que tínhamos que fazer tudo antes disso ou contariam a ele que você conversou com Elpis. Eles dormem em turnos, foi simples substituir suas Sombras uma a uma.

Substituir suas Sombras. Ele diz isso com a mesma naturalidade de Artemisia, como se matar fosse fácil. Talvez para ele seja, talvez nem tenha sido a primeira vez que matou. Na verdade, provavelmente não foi, se ele escapou das minas e acompanhou Ampelio por tanto tempo. É estranho me dar conta disso. Não consigo deixar de pensar em Blaise como ele era quando criança, quieto e curioso. Ele não matava nem insetos nessa época.

Coloco esse pensamento de lado e me concentro no aqui e agora.

– Mais cedo ou mais tarde alguém vai dar falta deles – digo, irritada com a falta de visão deles. – E o que exatamente vocês estão planejando fazer quando se encontrarem com o kaiser amanhã? Eu nunca vi o rosto deles, mas ele com certeza já.

– Na verdade, não é tão arriscado quanto parece – afirma Heron. Sua voz é baixa, mas tem uma qualidade tão sólida que não preciso fazer esforço para ouvi-lo. É o tipo de voz que reverbera pelo corpo todo. – A única função dos seus guardas é vigiá-la. O kaiser é muito exigente quanto a isso, não admite erros. Eles não têm família nem participam de eventos sociais aos quais você não comparece. Ninguém vai sentir falta deles.

– E esse encontro com o kaiser? – insisto.

– Ah, sim – prossegue Blaise, mas não parece preocupado. Parece triunfante. – Artemisia e Heron também trabalhavam nas minas antes de Ampelio nos tirar de lá. Por que você acha que ele libertou a gente, entre tantas pessoas?

– Vocês são Guardiões – digo, no momento em que me dou conta disso.

– Não tecnicamente – observa Artemisia. – Não passamos por um treinamento formal, embora Ampelio tenha tentado compensar isso.

– Mesmo assim, os deuses julgaram por bem nos abençoar com seus dons. Ao contrário da maioria dos outros forçados a trabalhar lá embaixo – explica Heron.

Não preciso ver seu rosto para saber quanto lhe custa dizer aquelas palavras. Vi muitas coisas horríveis desde o cerco, mas, pelo que ouço, nada se compara ao pesadelo das minas. Ouvi dizer que uma dúzia de pessoas enlouquecem lá a cada semana. Elas são executadas de imediato diante dos amigos e da família, que têm que assistir sem dizer uma palavra ou se arriscariam a compartilhar o mesmo destino.

– A magia pode ser boa, mas não vai fazer de vocês três páreo para os guardas do kaiser quando ele descobrir quem vocês são – assinalo.

– É esse o ponto. O kaiser não vai descobrir nada. Apenas uma Sombra se encontra com ele de cada vez, para que as outras duas possam ficar com você. E Artemisia tem o Dom da Água – explica ele.

As peças se encaixam.

– Que inclui criar ilusões – concluo.

– Dei uma boa olhada nos guardas quando os dominamos, boa o bastante para imitá-los. A magia não vai durar muito sem uma pedra preciosa para fazer a canalização – admite ela. – Quinze minutos? Vinte, talvez. Mas, pelo que ouvimos sobre os relatórios ao kaiser, isso deve ser mais do que suficiente.

Boa o bastante. Deve ser. Essas não são exatamente declarações convictas e encorajadoras.

– Você não tem uma pedra preciosa? – pergunto. – Algum de vocês tem?

O silêncio que se segue já é a resposta.

– Ampelio tinha – diz Blaise por fim. – Mas ele foi apanhado com ela. Não que ela fosse beneficiar qualquer um de nós. Como eu disse, Artemisia tem o Dom da Água, Heron tem o Dom do Ar...

– E você, o da Terra? – termino por ele.

– Isso – responde Blaise, depois de uma ligeira hesitação. – Mas os encontros com o kaiser são breves. Artemisia pode sustentar uma ilusão por esse tempo sem uma joia. Eu a vi fazer isso.

Por um momento, não sei o que dizer. Nada disso é incrivelmente animador e muitas coisas podem dar errado no plano deles. Não preciso perguntar para saber que Ampelio não teria concordado com a ideia de eles substituírem minhas Sombras, caso contrário ele mesmo teria feito isso anos atrás. Se ele estivesse aqui agora, iria querer esperar para ter certeza de que tudo estava perfeito antes de agir. Por outro lado, Ampelio esperou por dez anos e o momento perfeito nunca chegou. Ele aguardou o momento propício até que o mataram.

Sacudo a cabeça.

– Deve ter um jeito melhor de mantermos contato enquanto estou aqui.

– Como convidar uma menina de 13 anos para ser nossa mensageira? – retruca Blaise.

Ele já falava assim quando éramos crianças. Como se o ano que ele tinha a mais o tornasse infinitamente mais sábio do que eu jamais poderia esperar ser. Eu *nem* tenho certeza se envolver Elpis nisso foi a coisa certa a fazer, mas sei que era a única coisa que eu *podia* fazer.

– Confio em Elpis – afirmo, levantando levemente o queixo e tornando a voz mais enérgica. – Admito que cometi erros. Confiei nas pessoas erradas e paguei caro por isso. O kaiser gosta de preparar armadilhas para mim. Tanto que desconfiei de *você* quando surgiu do nada, mas acabei confiando.

– Foi uma boa escolha – diz Artemisia. – Elpis é uma garota inteligente e observadora. Não poderíamos ter dominado as Sombras sem ela.

– Poderíamos, sim – insiste Blaise, soando como um irmão mais velho irritado. – E não teríamos tido de arriscar a vida de uma criança.

– Você não estava agindo rápido o bastante.

As palavras saem antes que eu possa pensar nelas, mas, no passado, discutir com Blaise sempre exercia esse efeito em mim. Ele era muito calmo e condescendente e isso sempre me levava ao comportamento de uma criança petulante, que era como ele me tratava.

E é por esse motivo que decido que não vou falar sobre a ameaça de lorde Dalgaard que paira sobre minha cabeça agora. O medo de me tornar sua próxima noiva me fez agir de forma precipitada e, comparado a tudo que sofreram, não tenho o direito de me queixar.

Pigarreio.

– Eu deixei que ela escolhesse. Elpis quis ajudar.

– Ela é uma *criança*. Não sabia com o que estava concordando – insiste Blaise, a voz se tornando um rosnado.

– Ora, Blaise – Artemisia tenta apaziguar –, uma garota de 13 anos não é mais criança.

A respiração de Blaise se prolonga por alguns momentos.

– Ela é sua responsabilidade, Theo. Se alguma coisa acontecer com ela, a culpa vai ser sua – declara ele.

Concordo com a cabeça, embora a irritação ameace me dominar. Mesmo que eu esteja paralisada pela dúvida, não posso deixar transparecer. Não vou me desculpar.

Ele fica calado, mas através da parede que nos separa posso sentir sua raiva prestes a explodir.

– Você não pode falar com a nossa rainha assim, Blaise – diz Heron.

Não posso ter certeza porque não vejo seu rosto, mas ele parece um pouco assustado.

Nossa rainha. O título soa estranho e tenho de lembrar a mim mesma que ele está falando de mim, que *eu sou* sua rainha. Tento não pensar em Ampelio me chamando assim antes que eu cravasse a espada em suas costas. Suspiro, liberando minha raiva também.

– Ele pode falar comigo como achar melhor – digo baixinho. – Todos vocês podem... e devem.

Heron se remexe por trás da parede, depois dá um grunhido de aceitação.

– A garota disse que você tinha novidades – sugere Blaise, não mais parecendo aborrecido.

– Ah, sim – replico. Em meio a tantas emoções, esqueci o principal motivo por que eu precisava falar com ele. – Onde exatamente ficam as ilhas de Vecturia? – pergunto.

– Já ouvi esse nome antes... – diz Blaise.

– É um grupo de ilhas a nordeste daqui – informa Artemisia, parecendo entediada. – Por quê?

– Acho que o prinz está levando uma tropa de pelo menos dois mil soldados para essas ilhas dentro de alguns dias, armados até os dentes com canhões – informo. – Não acho que seja uma visita social.

– Você acha ou você sabe? – pergunta Artemisia.

Hesito, ponderando as evidências em minha mente – os tipos de navio, a artilharia pesada, o fato de que Dragonsbane não poderia ter chegado até a rota comercial se na semana passada estava próximo da capital. Penso em Søren no jardim, desviando o olhar ao me dizer novamente que estava a caminho da rota comercial, em como era óbvio que ele estava mentindo. É tudo circunstancial, nada que eu possa provar, mas sinto isso no fundo do coração.

– Eu sei – afirmo, esperando soar mais confiante do que realmente estou.

– Eles tinham *berserkers*? – pergunta Blaise.

Começo a balançar a cabeça, mas me detenho.

– Bem, não posso afirmar, ainda não tenho ideia do que sejam *berserkers*.

– Mesmo apenas com canhões e guerreiros, ele vai destruir Vecturia – diz Artemisia, mais alerta agora. – São cinco ilhas, mas cada uma não deve ter mais do que umas poucas centenas de pessoas. Somente uma fração disso é de soldados treinados e estão todos espalhados. Se não estiverem prontos para um ataque, os kalovaxianos vão abatê-los ilha por ilha, sem derramar uma gota de suor sequer.

– Deve haver alguma coisa que a gente possa fazer para ajudar essas pessoas – digo.

Blaise balança a cabeça.

– Os vecturianos não levantaram um só dedo para nos ajudar durante o cerco. Se tivessem... bem, provavelmente teríamos perdido de qualquer forma, mas teríamos tido uma chance.

– Exato – diz Heron. – É cruel dizer que me importo mais com a sujeira debaixo das minhas unhas do que com eles? Isso é o que eles merecem. Se tivéssemos nos unido, talvez não estivéssemos nesta situação. Com certeza não vou chorar por eles agora.

Por mais duras que pareçam essas palavras, não posso deixar de concordar com elas.

– Ainda assim – pondero –, pode ser que a gente precise da ajuda dos vecturianos quando começarmos a reunir aliados para enfrentar os kalovaxianos. Não vamos cometer o mesmo erro deles. Além disso, quando conseguirmos retomar Astrea, não vamos nos manter por muito tempo se os kalovaxianos tiverem dominado nosso vizinho também. Eles vão simplesmente se reorganizar lá e voltar.

Blaise solta um suspiro cansado e tenho quase certeza de que ele está revirando os olhos.

– Vecturia deixou claro que não é nossa aliada e precisamos poupar a pouca força que temos para nós mesmos.

Parte de mim sabe que ele tem razão. Ele me apresentou os números. Mil de nós contra as dezenas de milhares de kalovaxianos em Astrea.

– Se ajudarmos Vecturia, poderemos estabelecer uma nova aliança. Você mesmo disse: com os nossos números, não temos a menor chance contra eles, mas se adicionarmos algumas centenas vindo de Vecturia...

– Ainda não vai ser o suficiente, nem de perto – afirma Heron. Embora eu saiba que ele está tentando ser gentil, posso perceber a impaciência transparecendo em sua voz. – E você está falando de uma *hipótese*. É muito mais provável que estivéssemos enviando guerreiros de que *nós* precisamos para morrer em uma luta que não é nossa. Vecturia vai cair de qualquer forma e a gente não vai ficar muito atrás.

O que minha mãe faria?, eu me pergunto. Mas, mesmo enquanto me faço essa pergunta, já sei a resposta.

– Não é justo. Existem pessoas naquelas ilhas e nós as estamos condenando à carnificina e à escravidão. Se alguém deveria entender o que está em risco, somos nós.

Artemisia dá uma risada de zombaria.

– Blaise tinha razão. Você está trancada em sua gaiola de luxo há tempo demais e isso enfraqueceu sua mente – diz ela. – Vimos mais carnificina do que você jamais verá. Passamos fome e sangramos e pairamos à beira da morte tantas vezes que não dá nem para contar. Sabemos exatamente a que estamos condenando Vecturia, mas eles não são Astrea e, portanto, não são preocupação nossa.

– É o que a minha mãe teria feito – afirmo.

Mais uma vez Artemisia ri em tom de zombaria e, se pudesse alcançá-la através do buraco na parede, eu a teria esbofeteado. No entanto, antes que ela possa dizer qualquer coisa sobre minha mãe, Blaise intervém:

– Que os deuses abençoem a rainha Eirene para sempre no Além, mas, até o fim, ela foi rainha de um país em paz. Seu reinado não foi posto à prova, ela nunca precisou enfrentar a guerra até os kalovaxianos virem e cortarem sua garganta. Ela teve o luxo de ser uma rainha compassiva. Você não o tem.

Não há farpas em sua voz. É um fato calmamente declarado e, por mais que eu gostasse de discuti-lo, neste momento não posso. De seu lugar no Além, espero que minha mãe compreenda. Um dia serei uma governante magnânima. Serei tudo que o kaiser não é, serei tão generosa quanto minha mãe foi. Mas, primeiro, preciso ter certeza de que meu país vai sobreviver.

– Muito bem – concordo após um instante. – Não faremos nada.

– Boa decisão – replica Artemisia.

Embora eu não saiba qual é sua aparência, tenho certeza de que ela tem um ar presunçoso por trás dessa parede. Sou grata por tê-los aqui, de verdade, mas não posso deixar de sentir que estou carregando um peso maior do que carregava essa manhã e que um número ainda maior de pessoas agora está à espera de que eu falhe. Eles são meus aliados – os únicos que tenho –, mas isso não significa que estaremos sempre do mesmo lado.

– Vocês precisam estar preparados – digo a eles. – Por mais luxuosa que minha gaiola pareça, minha vida aqui não são só flertes, vestidos bonitos e festas. Se alguma coisa me acontecer... vocês vão deixar acontecer. Não importa o que seja ou que senso de dever leve vocês a querer tentar me defender. Sua tentativa não vai dar certo e, então, vocês também vão estar comprometidos... e isso não vai ser bom para ninguém.

– Theo... – começa Blaise em tom grave.

– Ele não vai me matar. Sou valiosa demais para ele para que faça isso. O que quer que ele faça comigo, vou me recuperar. O mesmo não se pode dizer de vocês. Jurem.

Faz-se um prolongado e obstinado silêncio e me preocupo com a possibilidade de eles não concordarem. Eu me dou conta de que estou indo contra os últimos desejos de Ampelio. Ele queria me ver em segurança, mas meu país precisa que eu resista.

– Eu juro – diz Artemisia, a quem Heron faz eco um instante depois.

– Blaise? – insisto.

Ele emite um grunhido que interpreto como aceitação, mas não é uma promessa.

• • •

Hoa retorna alguns minutos depois com um cesto de roupa lavada nos braços e minhas Sombras se calam. Eles não têm a mesma prática das antigas Sombras. Posso ouvi-los se mexendo mais, respirando mais alto. No entanto, se Hoa percebe alguma coisa, não demonstra, e eu me pergunto se só ouço porque sei a verdade. Afinal, eu não fazia ideia de que havia algo de diferente com minhas Sombras esta manhã.

Parte de mim deseja confessar tudo a Hoa, mas, por mais que eu queira acreditar que posso confiar nela, não posso. E, depois de tudo que Hoa sofreu nas mãos do kaiser, pedir-lhe que o enfrente seria uma crueldade também de minha parte.

Janto sozinha enquanto Hoa dobra as roupas, mas o silêncio me parece insuportavelmente alto. Eu deveria estar acostumada a ele. A maioria das refeições é como esta e eu mais ou menos parei de notar, mas esta noite é diferente. Tudo é diferente. Blaise está muito perto, Artemisia e Heron também, e eles estão me vigiando como uma rainha. Estou dolorosamente ciente de quão inadequada devo parecer.

Depois que Hoa leva meu prato e vai até meu armário escolher uma camisola, o pânico toma conta de mim. Ela vai trocar minha roupa. O que significa que minhas Sombras vão ver tudo.

Nunca pude me dar ao luxo de ser recatada. Pelos últimos dez anos, as antigas Sombras me observaram trocar de roupa duas vezes ao dia e nunca dei muita importância a isso. Era como eu sempre vivera. E meu vestido foi rasgado para expor minhas costas diante de centenas – às vezes milhares – de pessoas. Era parte da punição, um modo de me humilhar e desumanizar ainda mais. Afinal, como pode alguém olhar para uma garota sangrando, com o vestido rasgado, e vê-la como líder? Mas Blaise, Heron e Art me verem nua é diferente.

Enquanto Hoa remexe em meu armário, aproveito a oportunidade para lançar meu olhar mais autoritário na direção de cada Sombra e girar o dedo no ar, gesticulando para que se virem. Não tenho como saber se estão obedecendo, mas confio neles. Não tenho opção.

Ainda assim, fico de costas para eles e de frente para a janela com as cortinas fechadas enquanto Hoa solta os ombros de meu vestido e o deixa escorregar para o chão. Seus dedos quentes tocam uma das feridas que estão cicatrizando, fazendo com que eu me encolha. Ela solta um ruído abafado de reprovação, quase gutural, e sai do meu lado, voltando segundos depois com um pote de pomada que cheira a algo podre e a terra, dada a ela por Ion para ajudar na cicatrização. Depois de aplicá-la com cuidado,

109

Hoa passa a camisola por minha cabeça. O algodão fino gruda na pomada, provocando uma comichão, mas sei que não devo coçar.

– Obrigada – agradeço.

A mão dela roça meu ombro brevemente antes de se afastar. Sem um ruído sequer, ela sai do quarto, deixando-me sozinha.

Mas, pela primeira vez em uma década, estou cercada por aliados. Não estou só, digo a mim mesma. E, se tudo der certo, nunca mais estarei.

KAISERIN

PASSA UM POUCO DO MEIO-DIA QUANDO a batida seca e oficial soa na porta e acelera meu coração. Meu pensamento imediato é que o kaiser está me convocando. Se tudo correu como eu esperava, Søren encontrou um meio de questionar a decisão do pai sem que o kaiser atribua o pedido a mim – se ele suspeitar que tive alguma coisa a ver com isso, vai me castigar e realizar meu casamento com lorde Dalgaard de qualquer maneira.

Minha boca está seca por mais que eu engula e não consigo parar de tremer enquanto Hoa se dirige à porta. Escondo as mãos nas dobras do vestido e luto para não deixar os pensamentos confusos e o pânico transparecerem em meu rosto.

Estou plenamente ciente da presença de Blaise e dos outros por trás das paredes. Não posso permitir que me vejam com medo. Preciso mostrar a eles que posso ser forte e segura.

Cruzo o quarto para ficar perto do posto de Blaise, reduzindo a voz a um sussurro enquanto Hoa está distraída, escutando o guarda.

– Lembre-se do que conversamos. A humilhação no banquete foi uma pequena inconveniência comparada ao que vai acontecer agora. Os castigos do kaiser são brutais, mas não letais, então vocês vão deixar que aconteça e vão ficar em silêncio. Entendeu?

Não me permito mencionar lorde Dalgaard, como se não falar sobre ele apagasse a ameaça.

Blaise não responde, mas quase posso sentir sua objeção se formando.

– Sou valiosa demais para ser morta – asseguro a ele, abrandando a voz. – Isso me protege o suficiente.

Ele solta um grunhido como resposta e não tenho alternativa senão tomá-lo como uma aceitação.

Hoa volta depressa ao quarto, os passos leves, a expressão inescrutável. Imediatamente, começa a ajeitar meu vestido e alisar o amarrotado que se formou nele por eu ter passado a manhã inteira sentada.

– É o kaiser? – pergunto, um medo real infiltrando-se em minha voz.

Seus olhos encontram os meus por um instante antes de se voltarem para o chão. Ela balança a cabeça. O alívio toma conta de mim, afrouxando a serpente que apertava meu estômago. Tenho de fazer um esforço para não explodir em uma gargalhada inexplicável.

– O prinz, então? – tento adivinhar enquanto ela penteia meu cabelo para trás e o prende com uma fivela incrustada de pérolas.

Outro meneio negativo de cabeça.

Franzo a testa, perguntando-me quem mais poderia deixá-la em tal frenesi. Por um instante considero a possibilidade de ser o theyn, o que provoca outro tremor em meu corpo antes que me lembre de que ele está inspecionando as minas. No entanto, deve ser alguém importante, mas ninguém, com exceção de Crescentia – e agora, aparentemente, Søren – presta atenção em mim.

Hoa passa os olhos sobre mim uma última vez, do alto da cabeça aos pés calçados com sandálias, antes de balançar a cabeça afirmativamente em aprovação e me dar um empurrão não muito gentil na direção da porta, onde dois guardas esperam.

• • •

Sei que é melhor não perguntar aos guardas aonde estamos indo. A maioria dos kalovaxianos, mesmo aqueles sem título, me trata como se eu fosse um animal, e não uma garota. Embora essa comparação não seja muito exata, pois vi muitos kalovaxianos falarem com seus cães e cavalos de maneira gentil.

Meus deuses astreanos são nebulosos em minha mente, sobretudo as dúzias de deuses e deusas menores, mas estou bem certa de que não há um deus dos espiões entre eles. Delza, a filha de Suta e deusa do engano, é provavelmente a mais próxima disso, embora eu tenha dúvidas se ela será capaz de me proteger do chicote.

O ruído dos passos de minhas Sombras é tão comum que quase deixei de ouvi-lo por completo, mas agora estou mais do que ciente dele. Apesar de sua promessa, duvido que, no caso de eu ser açoitada ou sofrer algum outro castigo, Blaise consiga ficar em silêncio.

Os guardas me guiam pelos corredores e tenho de forçar meus pés a continuarem a se mover adiante. Quando me dou conta de aonde estamos indo, meu peito se aperta até que mal posso respirar. Não venho à ala real do palácio desde antes do cerco, desde que ali era meu lar.

As botas dos guardas estalam contra o chão de granito e tudo em que consigo pensar é em minha mãe correndo atrás de mim neste corredor, tentando me convencer a tomar banho. As janelas de vitrais estão quebradas e sujas agora, mas eu me lembro de como a luz da tarde costumava atravessá-las, fazendo com que as paredes de pedra cinzenta parecessem o interior de um porta-joias. Quadros, paisagens e retratos de meus ancestrais, pintados com ricas tintas a óleo, com molduras douradas costumavam cobrir as paredes, mas agora todos se foram. Eu me pergunto o que terá acontecido com eles. Foram vendidos ou simplesmente destruídos? Imaginar aqueles quadros em uma pilha com uma tocha ateando fogo a eles parte meu coração.

Este não pode ser o mesmo corredor no qual cresci, onde vivi com minha mãe. Aquele corredor permanece em minha memória, perfeitamente intacto, mas, agora que vejo o que foi feito dele, me pergunto se algum dia serei capaz de lembrá-lo do mesmo jeito de novo.

No entanto, por mais que o local em minha memória seja diferente deste aqui, está assombrado pelo fantasma de minha mãe e a presença dela pesa em meus ombros como a mortalha fúnebre que nunca lhe deram. Ouço seu riso no silêncio, como costumava ecoar pelos cômodos, de modo que era a última coisa que eu ouvia toda noite antes de pegar no sono.

Passamos pela porta da biblioteca, da sala de jantar real privativa, de meu antigo quarto e, então, os guardas me fazem parar em frente ao que fora outrora a porta para a sala de estar de minha mãe. Não sei o que é agora, mas estou certa de que só pode ser o kaiser à minha espera do outro lado com um chicote na mão.

Os guardas me empurram pela porta para um cômodo mal iluminado e imediatamente faço uma reverência, sem levantar os olhos, o coração batendo forte contra a caixa torácica. Qualquer pontinha de desrespeito vai me custar caro. Passos se aproximam – mais leves e lentos do que os que eu estava esperando. Saias de seda vermelha e sapatos dourados enchem minha visão enquanto o perfume enjoativo de rosas faz cócegas em meu nariz, e me dou conta de que não foi o kaiser que me convocou, mas sim a kaiserin.

Embora ela seja uma opção relativamente mais atraente do que o kaiser, não sei se me sinto grata por isso. Ao menos do kaiser sei o que esperar. Entendo as regras do jogo dele, mesmo que ele normalmente trapaceie. Mas nem imagino o que a kaiserin quer de mim e temo que olhar para ela será como olhar para meu futuro se não conseguir ganhar minha liberdade. Quanto tempo mais até que meus olhos também fiquem tão vazios e distantes?

Os delas sempre foram assim, penso, mesmo quando ela chegou ao palácio após o cerco, com 20 e poucos anos, a pele macia, os cabelos louros soltos e Søren, então com 7 anos, agarrado em sua mão. Ela se encolheu quando o kaiser a cumprimentou com um beijo no rosto, os olhos disparando pelo salão de um jeito ao qual eu já tinha me acostumado. Ela procurava uma ajuda que nunca encontraria.

– Deixem-nos – diz ela agora. Sua voz não passa de um sussurro, mas os guardas obedecem, fechando a porta atrás deles com um baque que ecoa na sala de estar quase totalmente vazia. – Suas costas não estão machucadas a ponto de impedi-la de se manter ereta, estão? – pergunta.

Apresso-me em me erguer, alisando minhas saias. A sala é grande, mas escassamente decorada. Cinco janelas enormes enfileiram-se em uma das paredes, mas todas têm grossas cortinas de veludo vermelho que impedem a entrada de qualquer traço da luz do sol. Mas há velas acesas: um círio de mais de 1 metro encontra-se junto à porta e uma dúzia de outras velas, do tamanho de um polegar, lotam a mesa baixa no centro. O pesado candelabro de bronze acima de nós também está aceso, mas a sala ainda parece escura e sombria. Há uma miscelânea de assentos espalhados ao redor da mesa, entre os quais cadeiras capitonê de veludo vermelho, um sofá e uma chaise-longue, todos com estrutura dourada. Apesar da quantidade de chamas, a sala está gelada.

É um lugar inteiramente diferente de quando era a sala de estar de minha mãe. Eu me lembro dela clara e leve, com a luz do sol filtrada pelos vitrais e um tapete espesso e estampado que cobria a maior parte do chão. Cadeiras confortáveis e sofás cercavam um braseiro de Pedra do Sol e era ali que ela se sentava no fim do dia com os amigos mais íntimos e conselheiros. As lembranças não são nítidas, mas me recordo dela rindo com Ampelio, uma taça de vinho tinto na mão, enquanto eu brincava com meus brinquedos no tapete. Eu me lembro dele sussurrando algo no ouvido dela e ela descansando a cabeça em seu ombro. Não sei se a lembrança é real, mas acho que não importa. Não posso perguntar isso a eles.

Pisco os olhos, afastando o pensamento, e me obrigo a focalizar a kaiserin Anke. Faz anos desde que estive tão perto dela, exceto em ocasiões oficiais, quando sua pele está coberta por cremes e tinturas preparados pelo boticário. O tempo não foi generoso com ela: seu rosto lembra uma vela derretida pela metade e o cabelo é fino e cheio de falhas. O vestido de seda vermelha é muito bonito, mas está largo em seu corpo magro e faz sua pele parecer ainda mais amarelada. Ela ainda é jovem – não tem mais que 35 anos –, mas parece muito mais velha, apesar das Pedras da Água em seu pescoço.

– Vossa Alteza mandou me chamar?

Seus olhos pequenos e leitosos me examinam do alto da cabeça aos dedos dos pés e ela comprime os lábios.

– Achei melhor falarmos em particular antes que você faça alguma bobagem – diz ela.

A aspereza em sua voz me pega de surpresa. Nas raras ocasiões em que a ouvi falar em público, ela sempre soou mais como uma criança do que como uma mulher.

Corro os olhos pela sala. Não há ninguém aguardando atrás dela, ninguém agachado atrás do conjunto de cadeiras nem da poltrona. Não há ninguém atrás de mim tampouco; os guardas e minhas Sombras permanecem do outro lado da porta espessa. No volume em que ela está falando, ninguém mais pode ouvi-la. Mesmo assim, meu estômago revira.

– Não sei do que está falando, Alteza.

Seus olhos se demoram sobre mim por mais um momento antes que a boca se torça em um sorriso tenso e ela junte as mãos a sua frente. Cada dedo tem um anel com Pedras do Espírito – todas elas, com exceção da Pedra da Terra. O kaiser tem o cuidado de proibir à mulher qualquer tipo de força, embora isso certamente fosse ajudá-la.

– Você é uma mentirosa e tanto, tenho de admitir. Mas ele é sempre melhor, não é?

Luto contra a vontade urgente de engolir ou olhar para outro lado. Sustento seu olhar.

– Quem? – pergunto.

O sorriso dela é débil.

– Muito bem, cordeirinho. Vamos fazer o seu jogo.

O apelido faz minha nuca formigar, como um inseto inconveniente que não posso ignorar. Ela costumava me chamar assim quando chegou ao palácio após o cerco. Isso foi antes de eu entender a magnitude de tudo que havia acontecido. Isso foi antes de os castigos do kaiser começarem. Isso foi quando confundi sua covardia com bondade.

– Não sei o que quer dizer, Alteza – retruco, mantendo o nível da minha voz.

Ela se vira e se afasta de mim, deslizando na direção da chaise-longue com a graça de um fantasma antes de afundar nela.

– Alguém já lhe contou como me tornei kaiserin, cordeirinho? – pergunta ela.

– Não – minto.

Ouvi uma dúzia de versões da história, todas diferentes. Mesmo quem estava lá, que viu acontecer com os próprios olhos, tinha uma versão própria do fato, pintando-o com tintas que iam do triunfo à tragédia.

Ela se recosta na chaise-longue e ergue o queixo uma fração de centímetro. Seus olhos estão distantes, mesmo enquanto ela olha diretamente para mim.

– Você também pode se sentar – diz.

Hesitante, cruzo a sala e me sento na cadeira mais próxima dela. Tento imitar sua linguagem corporal afetada, cruzando as pernas na altura dos tornozelos e pousando as mãos no colo. É desconfortável, mas é assim que ela sempre se senta, até mesmo agora, quando não há ninguém para vê-la além de mim.

– Nasci printsessa de Rajinka, um pequeno país no mar Oriental. A décima criança a nascer e a quarta menina, de pouca importância, exceto pela promessa de um casamento forte. Felizmente, um dos nossos maiores aliados tinha um filho com idade próxima à minha. Nosso acordo de casamento foi selado antes do meu segundo aniversário.

– O kaiser? – perguntei.

Sua boca se contrai em algo que pode ser um sorriso.

– Não naquele tempo. Eu o conheci como prinz Corbinian. Todos o chamavam de Corby, para seu grande desagrado. Só o encontrei quando eu tinha 12 anos, mas daquele momento em diante eu estava irremediavelmente apaixonada.

Ela ri suavemente e balança a cabeça.

– É difícil imaginar agora, suponho, mas ele era um menino desajeitado e de sorriso fácil. Ele me fazia rir. Trocávamos cartas tão sentimentais que você não acreditaria.

Sei que essa história muda, com o tempo, para o kaiser que só fala com ela com crueldade e a kaiserin que enlouquece de medo e ódio. Pensar nele como um menino escrevendo cartas de amor melosas é impossível, é como tentar imaginar um cão dançando valsa.

– O dia do meu casamento foi lindo. Não havia uma nuvem no céu e acho que eu nunca tinha me sentido tão feliz. Era o que eu havia sonhado por três anos, era tudo para o que eu fora educada. Você e eu fomos educadas em mundos muito diferente nesse ponto – diz ela, mantendo o olhar em mim até eu desviar os olhos. Ela pigarreia e continua: – Nós nos casamos na capela do palácio da minha família, na qual me consagrei ao meu deus quando era criança. Só tínhamos um deus em Rajinka. Era muito menos confuso.

Ela faz uma pausa para respirar, ou talvez para recuperar o equilíbrio. Eu sei, mais ou menos, o que vem em seguida. Em nenhuma das versões a história é agradável – pelo menos não para a kaiserin.

– Trocamos nossos votos sob a vigilância dos deuses dele e do meu e o tempo todo ele não tirava os olhos de mim. Era como se... como se fôssemos as duas únicas pessoas na capela... como se fôssemos as duas únicas pessoas no mundo. E, assim que estávamos oficialmente casados, ele ergueu a mão e fez um sinal que não entendi.

Embora eu saiba o que aconteceu, ainda aguardo que ela conte, mal conseguindo respirar.

– Os homens do pai dele voltaram suas espadas para o kaiser, a kaiserin e todos os seus irmãos e irmãs, por segurança. Até os pequeninos, mal saídos das fraldas. Alguns dos nobres também... qualquer um cuja lealdade Corbinian não podia garantir. E, quando acabou e o chão da capela estava lavado pelo sangue kalovaxiano, eles avançaram sobre minha família e meus amigos. Como levar armas para dentro de um lugar de culto é pecado, meu povo não pôde nem mesmo se defender. Foi uma chacina.

A voz dela começa a tremer e não posso deixar de me perguntar se esta é a primeira vez que ela conta essa história. Quem mais a teria escutado?

A kaiserin não tem confidentes, não tem amigos, absolutamente ninguém que tenha uma ligação sincera com ela. E, assim como acontece comigo, há partes suas que ela precisa esconder a todo custo do kaiser.

– Meus pais, minhas irmãs, meus irmãos, as garotas com quem eu tinha estudado, minhas tias, meus tios, meus primos e primas. Todos eles estavam mortos antes que eu tivesse tempo de gritar. E, quando terminou, sabe o que meu amor me disse?

– Não. – Minha voz sai rouca.

– *Eu lhe dei dois países para governar, meu amor. Agora, o que você vai me dar?*

As palavras disparam um arrepio que percorre meu corpo.

– Por que está me contando isso? – pergunto.

Ela fecha os olhos e leva um momento para se acalmar. Seu tremor diminui e, quando torna a abrir os olhos, a névoa dentro deles se foi, dando lugar a um ardor do qual eu não a achava capaz.

– Porque conheço a centelha da rebelião quando vejo uma. Houve um tempo em que conheci essa centelha muito bem. Mas preciso que entenda que você está fazendo um jogo perigoso com um homem perigoso. E existem consequências quando você perde... e você vai perder. Sei disso também.

Olho ao redor da sala, esperando ver buracos nas paredes, esperando ouvir guardas invadindo a sala prontos para nos prender por falar contra o kaiser. Ela percebe isso e sorri.

– Não, cordeirinho, eu me livrei das minhas Sombras anos atrás. Precisei apenas de uma década de docilidade e submissão para Corbinian dispensá-las... ou, suponho, dá-las a você. Depois de um tempo, você vai perdê-las também. Depois que Corbinian parar de vê-la como ameaça ou que você tiver alguém que ele possa usar contra você do modo como usa Søren contra mim.

– Ainda não tenho certeza do que a senhora quer de mim – digo, mas sei que não pareço convincente.

Ela dá de ombros.

– Meu filho veio falar comigo ontem à noite. Ele tinha algumas... preocupações sobre os planos de Corbinian casar você e esperava que eu pudesse fazê-lo mudar de ideia. Ele foi inteligente de·vir até mim em vez de ir direto ao pai. Naturalmente, você foi ainda mais esperta ao buscar a ajuda dele em primeiro lugar.

Faço um esforço e finjo uma expressão de inocência, embora comece a achar que seja inútil com ela.

– O prinz e eu nos tornamos amigos, Vossa Alteza. Eu fiquei... compreensivelmente perturbada quando ouvi dizer que o kaiser pretendia me casar com lorde Dalgaard e recorri a Søren. Como um amigo.

Ela permanece em silêncio por um longo momento.

– Tomei a liberdade de arranjar um casamento alternativo para lorde Dalgaard – diz ela enfim. – Um que ele considerou plenamente aceitável.

– Fico muito grata, Alteza – murmuro.

Deve ter sido a primeira verdade que disse a ela.

Suas sobrancelhas finas se arqueiam.

– Não está curiosa para saber quem teve o bem-estar trocado pelo seu?

Tento parecer humilde, mas não consigo administrar isso. A verdade, por pior que me faça parecer, é que não me importo nem um pouco por qual garota kalovaxiana mimada e cruel a kaiserin me trocou. Eu assistiria à morte de todas sem piscar.

Até mesmo a de Crescentia?, uma vozinha pergunta no fundo de minha mente, mas eu a ignoro. Cress é valiosa demais para se casar com alguém como lorde Dalgaard. Isso nunca aconteceria.

– Eu imagino, Alteza, que a escolha mais sábia seria lady Dagmær – digo. – Essa combinação agradaria a todos. O pai de Dagmær provavelmente protestaria por causa do histórico de lorde Dalgaard, mas, como foi um pedido seu, e supondo que Vossa Alteza também tenha acrescentado um extra à proposta de lorde Dalgaard, ele deve ter cedido com bastante facilidade.

Ela franze os lábios.

– Você tem uma mente perspicaz, cordeirinho, e ainda mais por mantê-la oculta. Mas não se engane: haverá outro pretendente para você, provavelmente mais cruel.

– Não vejo quem poderia ser mais cruel do que lorde Dalgaard – declaro, sustentando o olhar dela.

– Não vê? – pergunta ela, inclinando a cabeça para o lado. – Meu marido dificilmente seria o primeiro kaiser a se livrar da esposa para tomar uma noiva mais jovem. Afinal, não me resta mais nada para dar a ele – diz ela com naturalidade. – Mas você é jovem. Poderia lhe dar mais filhos e fortalecer seu domínio sobre o país. E vi como ele olha para você. Imagino que toda a corte já viu... inclusive meu filho tolo e cavalheiro. Corbinian não é exatamente sutil, é?

Tento falar, mas as palavras me faltam. A serpente está de volta, enrolando-se em meu estômago e em meu peito com tanta força que tenho certeza de que vai me matar. Quero refutar as palavras dela, mas não posso.

Ela se levanta e sei que devo me levantar também e fazer uma reverência, mas estou paralisada.

– Quer um conselho, cordeirinha? Da próxima vez que fechar uma janela, tenha certeza de que não está abrindo um alçapão sob seus pés.

Ela está a meio caminho da porta quando recobro a voz.

– Não sei o que estou fazendo – admito, pouco mais alto do que um sussurro.

No entanto, a kaiserin escuta. Ela se vira e me fita com aquele olhar desfocado e desconcertante dela.

– Você é um cordeiro na toca do leão, criança. Está sobrevivendo. Não é o bastante?

PEDRAS PRECIOSAS

ESTOU TREMENDO AO ATRAVESSAR O CORREDOR, embora tente esconder. Sorrio cordialmente para a barreira de cortesãos que por acaso passeiam perto da ala real, mas não os vejo de fato – apenas um borrão de feições kalovaxianas insípidas e pálidas se misturando até se tornarem um único rosto. A voz da kaiserin ecoa em minha mente: "Você está fazendo um jogo perigoso com um homem perigoso." Não que eu não soubesse disso, mas ouvir de outra pessoa – da kaiserin, entre todos – coloca tudo sob uma nova luz.

Eu havia pensado que as piores coisas que poderiam me fazer já tivessem ficado para trás – os açoites públicos, a execução de Ampelio, ver minha mãe morrer. Eu nunca havia imaginado que algo pior fosse possível. Mas ser forçada a me casar com o kaiser seria justamente isso. Eu me enterraria tão fundo dentro de mim mesma que não sei se um dia conseguiria sair de lá.

Eu morreria primeiro.

Não tem importância, digo a mim mesma, não vai chegar a esse ponto. Daqui a um mês terei ido embora deste lugar e nunca mais terei de olhar novamente para o kaiser. Ainda assim, medo e repugnância percorrem meu corpo diante da perspectiva de partilhar minha cama com o kaiser.

Os passos de minhas Sombras ressoam uma boa distância atrás de mim e resisto à urgência de me virar e olhar para eles. Sinto seus olhos em mim, mas não posso deixar que saibam quanto medo estou sentindo. Tampouco posso deixá-los saber sobre essa nova ameaça. Blaise insistiria para que deixássemos a cidade imediatamente. Ele me esconderia em algum lugar seguro enquanto Astrea se transformava em pó.

Quando entro de volta em meu quarto, Hoa está alisando a colcha em minha cama, mas para e me olha, alarmada. Tento mudar minha expressão para algo neutro, mas não consigo. Hoje não.

– Saia – digo a ela.

Seus olhos disparam para as paredes – um lembrete silencioso ou um velho hábito, não sei bem – e, por um segundo, ela parece querer fazer alguma coisa, mas desiste, assente com a cabeça e desaparece pela porta.

Vou para junto de minha janela, menos pela visão do jardim cinzento e mais porque é a única forma de esconder meu rosto das Sombras. Ainda assim, o peso de seus olhares é insuportável. Posso praticamente ouvir outra vez a risada debochada e gutural de Artemisia e a voz atormentada de Heron, com seu tom de sermão. Imagino Blaise revirando os olhos e decidindo me tirar daqui esta noite porque, afinal, eu não posso fazer isso e não sei por que achei que pudesse. Sou apenas a Princesinha das Cinzas derrotada, que não consegue salvar nem a si mesma, que dirá seu país.

Tento me acalmar, mas as palavras da kaiserin se repetem sem parar em minha cabeça. Lembro-me do jeito que o kaiser vem me olhando nos últimos meses. Eu nunca me permito pensar a esse respeito, como se assim evitasse que essa fosse a verdade, mas sei que ela tem razão. Sei como essa história vai se desenrolar.

Lágrimas queimam meus olhos e logo as enxugo, antes que os outros possam ver.

Heron me chamou de rainha ontem e rainhas não vacilam, não ficam amedrontadas, não choram.

A porta se abre silenciosamente e eu enrijeço, enxugando bem rápido os olhos úmidos com a manga do vestido. Quando olho sobre o ombro, um sorriso falso pronto, Blaise está fechando a porta a suas costas e puxando o capuz para trás.

– Blaise...

Ele agita a mão no ar, dispensando minhas palavras.

– Não tinha ninguém no corredor, eu me certifiquei. – Os olhos dele deslizam sobre meu rosto e sei que não escondi as lágrimas tão bem quanto esperava. Ele remexe as mãos e baixa os olhos. Quando volta a me olhar, há uma suavidade em seus olhos que o faz parecer uma pessoa completamente diferente. – O que aconteceu, Theo? Você está mais pálida que uma kalovaxiana.

Ele está tentando me fazer rir, mas o som que sai de minha boca está a meio caminho entre o riso e o soluço. Baixo os olhos para meus pés, concentrando-me em fazê-los parar de tremer. Passam-se alguns segundos e algumas respirações profundas antes que eles se aquietem e eu confie em mim mesma para falar.

– Preciso de uma arma – digo, mantendo a voz calma.

Ele parece surpreso.

– Por quê?

Não posso contar a ele. Por mais que as palavras arranhem minha garganta, não posso dividir esse fardo. Posso não conhecer Blaise tão bem quanto antes, mas sei exatamente o que ele fará se eu lhe contar sobre o aviso da kaiserin. E, se fugirmos, não teremos outra chance de atacar o kaiser assim de perto.

– Só preciso de uma arma – insisto.

Blaise balança a cabeça.

– É arriscado demais – diz. – Se alguém encontrasse você com uma arma...

– Não vão encontrar – afirmo.

– Sua criada vê você sem nada toda manhã e toda noite – observa ele. – Onde exatamente pretende manter essa arma escondida?

– Não sei – admito em um sussurro.

A náusea toma conta de mim outra vez e me sento na borda da cama. O colchão cede quando ele se senta a meu lado, sua perna sem tocar a minha.

– O que foi que aconteceu? – pergunta ele de novo, a voz desta vez mais suave.

– Eu disse a você – afirmo, forçando um sorriso. – A kaiserin é louca. – Expulso de minha mente os pensamentos sobre a kaiserin e seu aviso e me concentro nas informações positivas. – Mas meu teste funcionou. O prinz se importa comigo o suficiente para ir contra o pai, mesmo que o faça de uma maneira tortuosa. Posso me aproximar e pressioná-lo ainda mais, sei que posso. Se conseguirmos fazer com que se posicione contra o pai publicamente, vai acontecer uma cisão na corte.

Enquanto ainda pronuncio essas palavras, um plano começa a se formar em minha mente. Blaise provavelmente consegue ver para onde estou indo, porque um sorriso sombrio se expande em seu rosto.

– Uma cisão – repete ele devagar, e posso ver que seus pensamentos espelham os meus. – Uma cisão como essa se tornaria incontornável se... digamos... o prinz fosse assassinado em circunstâncias misteriosas após confrontar o pai.

– Ou não tão misteriosas – acrescento. – Certas pistas talvez apontem para um membro da guarda pessoal do kaiser.

Já estou pensando no que podem ser essas pistas: um pedaço da manga de uma roupa de baixo com a insígnia do kaiser, arrancado na briga; uma das fitas de couro que os homens kalovaxianos usam para prender o cabelo; uma Pedra do Espírito caída da bainha de uma espada. É claro que, para que o plano seja convincente, alguém precisaria escolher um dos guardas do kaiser para incriminar. Sua camisa precisaria ser rasgada, sua fita de couro roubada, uma pedra arrancada da bainha de sua espada. Heron poderia ficar invisível e fazer isso sem dificuldade, assim como Art, se mostrasse um rosto diferente, mas poder controlar seus dons por dez a vinte minutos não seria o suficiente dessa vez. Eles precisariam de pedras preciosas.

– Como a corte reagiria a isso? – pergunta Blaise, tanto para si mesmo quanto para mim.

Franzo os lábios enquanto reviro a questão em minha mente.

– Os kalovaxianos valorizam a força, mas o kaiser tornou-se preguiçoso desde que Astrea foi conquistada. Ele só fica no palácio, deixando que outros lutem por ele. Deixando que Søren lute por ele. O povo kalovaxiano ama o prinz. Ele é exatamente o que eles acreditam que um governante deva ser. Se pensassem que o kaiser o matou, pelo menos metade da corte se revoltaria. Já aconteceu antes na história kalovaxiana, de um governante fraco ser derrubado, uma nova família lutar para se apossar da coroa. Sempre começa com uma guerra civil, aqueles que estão contentes com o atual regime versus aqueles que não estão. Podemos fugir do país depois de matar o prinz e, enquanto eles acabam uns com os outros, reunimos aliados suficientes para voltar e destruir todos eles.

O pensamento faz um sorriso surgir em meus lábios.

– Você seria capaz de fazer isso? – indaga Heron por trás da parede.

– Fazer o quê? – pergunto.

Heron pigarreia, mas não responde.

– Acho que o que Heron está perguntando é... – começa Blaise, mas as palavras morrem.

Ele abre a boca e torna a fechá-la, desviando o olhar do meu.

– Eles querem saber se de fato você é capaz de matar alguém – diz Artemisia. – Mas não acho que eles tivessem a intenção de mencionar o assunto, já que a única vez que você tirou uma vida foi a de Ampelio. Duvido que o prinz vá se deitar aos seus pés e deixar você fazer isso, e é pouco provável que você consiga dominá-lo à força, não é mesmo?

Ela tem razão, embora eu não esteja disposta a admitir.

– Esse é justamente o passo seguinte em um plano que já começamos a elaborar – explico, no entanto. – Se eu conseguir dominá-lo, vocês acham que o resto do plano poderia funcionar?

Os três ficam em silêncio por um momento. A meu lado, os olhos de Blaise estão fixos na parede a sua frente, sem enxergar nada. Posso praticamente vê-lo pensando, examinando o cenário sob todos os ângulos.

– Eu acho que sim – diz ele pouco tempo depois.

– Pode mesmo funcionar – admite Artemisia, parecendo um tanto impressionada.

– *Vai* funcionar – afirmo, ganhando confiança.

De repente, tenho a sensação de flutuar, como se meus pés mal tocassem o chão. Podemos fazer isso – tomar nosso país de volta. Sinceramente, há apenas uma pequena chance de funcionar, mas isso é bem mais do que tínhamos antes, agora que contamos com um plano. É uma centelha de esperança na mais absoluta escuridão.

Não me permito pensar muito sobre o que, exatamente, acabo de me oferecer para fazer. Søren é meu inimigo, embora tenha sempre se mostrado bondoso comigo. E agora eu sei o que significa tirar uma vida, que é algo mais do que uma lâmina e sangue e um coração que não bate mais. Agora eu sei que esse ato tira alguma coisa também de quem o pratica.

Há algo mais me incomodando. Pigarreio.

– Uma outra coisa: andei pensando um pouco mais sobre Vecturia...

Blaise geme.

– Theo, nós concordamos...

– Eu nunca concordei – interrompo, endireitando os ombros. – Não estou contente em lavar minhas mãos diante da morte e da escravização de milhares de pessoas, como se isso não fosse nada mais que poeira.

– Foi o que eles fizeram com a gente quando os kalovaxianos desembarcaram nas nossas praias – diz Heron.

– E tenho certeza de que eles vão lamentar essa decisão quando Søren e seus homens atacarem. Mas permanece o fato de que quanto mais o kaiser aprofundar suas raízes nesta área, mais difícil será removê-lo. Quando a guerra vier para valer, nós vamos ter, de qualquer forma, uma batalha difícil, mas, se eles tiverem um bastião em Vecturia também, poderão atacar de ambos os lados e nos esmagar com facilidade. Não vai ser uma luta, vai ser um massacre.

Espero pelos protestos, mas todos os três ficam calados. Os olhos de Blaise correm pelo quarto, os lábios apertados. Eu não falo como minha mãe desta vez, me dou conta. Falo mais como o kaiser ou o theyn ditando estratégias de batalha, e tenho certeza de que minhas Sombras também percebem a diferença. Blaise procura um contra-argumento, então eu pressiono antes que ele o encontre:

– E vamos acabar indo embora daqui. Quando formos, vamos precisar reunir mais forças, fazer alianças mais fortes. Sei que os vecturianos não são suficientes, mas são um começo. São mais do que temos agora e podem fazer mais do que nós podemos daqui. Não estou sugerindo que enviemos os poucos que temos para uma batalha impossível, mas Artemisia disse que a fraqueza de Vecturia está na distância entre suas ilhas, certo? Se conseguirmos mandar um aviso e dar a eles a chance de se unirem, seria uma luta mais difícil do que Søren está prevendo.

Blaise assente devagar com a cabeça.

– Talvez ele até retorne assim que perceber que perdeu o elemento surpresa.

– Existe uma forma de mandar um aviso? – pergunto.

A testa de Blaise se franze e ele olha para a parede de Artemisia.

– Sua mãe pode fazer isso? – Ele soa cauteloso.

Ela hesita.

– Pode ser preciso um certo esforço para convencê-la – diz ela. – E eu ainda não tenho certeza de que essa é a melhor ideia.

– Se você tiver outras melhores, estou aberta a considerá-las – replico.

Silêncio. Então:

– Vou tentar.

– Obrigada – digo, sentindo-me alguns centímetros mais alta.

A ameaça do kaiser recua um pouco em minha mente. Eu posso fazer isso. Posso agir como uma rainha.

Leva alguns segundos para que as implicações do que eles disseram me alcancem.

– Espere. O que sua mãe tem a ver com isso? – pergunto a ela.

Artemisia dá uma gargalhada.

– Ela é a mais temida pirata no mar Calodeano. Talvez você a conheça melhor como Dragonsbane.

Por um momento, só consigo ficar olhando para a parede atrás da qual ela está escondida. O pirata rebelde astreano é notório, mas sempre ouvi se referirem a Dragonsbane como *ele*. Jamais passou por minha cabeça que ele poderia ser, na verdade, uma mulher. Uma *mãe*.

Uma onda de esperança borbulha em meu peito e não posso deixar de rir. Se Dragonsbane está do nosso lado, nossas chances aumentam consideravelmente. Mas, quando me volto para Blaise, seu maxilar está cerrado e ele parece tudo, menos aliviado. Eu me lembro do que ele disse sobre Dragonsbane na adega. Ela não está do nosso lado, não de verdade, mesmo que nossos interesses às vezes se alinhem.

Mas Astrea deve ser nosso interesse em comum, certo? Este é o país dela também, e ela já fez muito para ajudá-lo. Temos que estar do mesmo lado. Afinal, que outro lado existe para nós?

Antes que eu possa fazer mais perguntas a Blaise, ele se levanta e estende a mão para mim.

– Não podemos ficar aqui de conversa o dia todo – diz, ajudando-me a levantar, de modo que me vejo de frente para ele.

Assim tão perto, posso sentir o calor emanando de sua pele. Embora ele não tenha saído ao ar livre há dias, seu cheiro é de terra após a chuva. Ele segura meu rosto com delicadeza, deslizando os polegares sob meus olhos para enxugar os vestígios das lágrimas. É um gesto surpreendentemente íntimo, ainda mais vindo de Blaise, e ouço Heron tossir, constrangido, para nos lembrar de sua presença. Blaise pigarreia e recua um passo.

– Você tem um prinz para enfeitiçar – lembra-me ele. – Se puder esconder uma arma onde ninguém vá encontrar, posso arranjar alguma coisa para você. Um punhal, talvez?

O alívio me inunda, embora duvide que saiba o que fazer com uma faca se for preciso. Ainda assim, tê-la vai fazer com que eu me sinta melhor.

– Um punhal seria perfeito – declaro no momento em que uma rajada de vento sopra pela janela e arrepia minha pele, trazendo com ela uma ideia. – A estação está mudando. Em breve precisarei do meu manto.

A testa dele se franze.

– Imagino que sim – diz ele.

Eu sorrio.

– Como são suas habilidades de costura, Blaise?

– Péssimas – admite ele, embora seus olhos se iluminem. – Mas os dedos de Heron são excepcionalmente ágeis para um camarada tão grande. Ele tem parte com gigantes, não é, Heron?

– Sou grande o bastante para esmagar você – dispara Heron de trás de sua parede, mas há apenas bom humor em sua voz.

– Você poderia costurar um punhal na bainha do meu manto? – pergunto a ele.

– Fácil, fácil – responde Heron.

– Obrigada – digo a ambos antes de alisar minha saia com as mãos. – Como estou? – pergunto a Blaise.

– Abaixe um pouco esse decote e ele não terá a menor chance – comenta Blaise com um sorriso irônico.

Eu o empurro, irritada, em direção à porta, mas, quando ele sai, é o que faço.

• • •

Antes de procurar Søren, passo nos aposentos de Crescentia. Eu raramente a visito ali, com medo de encontrar seu pai, mas o theyn ainda está *inspecionando* a mina da Água, certificando-se de que todos se lembrem de seus lugares. Ele trará algumas pedras preciosas novas para Cress, como sempre faz. Não é por acaso que sua coleção de Pedras do Espírito rivaliza até mesmo com a da kaiserin.

Motivo por que tenho esperanças de que ela não vá sentir falta de algumas. Se nosso plano tem ao menos uma mínima chance de sucesso, minhas Sombras precisam de pedras preciosas.

Elpis atende à porta e me dirige um sorriso tímido antes de me conduzir através do labirinto dourado de quartos que compõem a suíte do theyn. Aqueles já foram os aposentos da família de Blaise, mas duvido que mesmo ele os reconhecesse agora. A suíte inteira é uma cripta viva de todos os países que o theyn levou à ruína.

A maior parte dos objetos ali vem de Astrea – o candelabro de bronze polido pendendo do teto que já fez parte do gabinete de minha mãe, o espelho de moldura de ouro coroada com o rosto de Belsimia, a deusa do amor e da beleza, que guardava a casa de banhos da cidade –, mas havia outras peças que Crescentia precisou explicar para mim. Castiçais de Yoxi, tigelas pintadas de Kota, um vaso de cristal de Goraki. O theyn não é um tipo sentimental, ninguém diria isso, mas ele gosta de seus suvenires.

Uma vez perguntei a Cress há quanto tempo a corte saíra de Kalovaxia, porque ninguém nunca fala sobre o assunto, mas ela não sabia. Disse que devia fazer alguns séculos e que, efetivamente, Kalovaxia não existia mais. Os invernos haviam se tornado mais frios e longos, até que não havia outras estações, até que nada conseguia crescer lá, até que os rebanhos pereceram, até que os kalovaxianos carregaram seus barcos e partiram em busca de terras melhores. Não importava que pertencessem a outras pessoas, eles as tomavam à força, colhiam tudo que tinham a oferecer – escravos, comida, recursos – e, depois de arrasarem a nação e de não restar mais nada, encontravam outro lugar e recomeçavam o processo. E outra vez, e outra, e mais outra.

Astrea foi o primeiro país com magia que encontraram. Talvez seja por isso que estão se mantendo aqui por mais tempo, embora eu imagine que até mesmo Astrea esteja começando a sofrer com a escassez, tanto de pedras preciosas quanto de pessoas para garimpá-las.

Elpis me conduz pelo corredor até o quarto de Crescentia, nenhuma de nós ousando falar. No pequeno espaço do corredor, sinto-me segura de nossa privacidade o suficiente para estender a mão e dar um aperto encorajador em seu braço.

– Você se saiu muito bem – sussurro.

Mesmo à meia-luz, posso ver seu rosto corar de prazer.

– Posso fazer mais alguma coisa, minha senhora? – replica ela.

Elpis é o recurso perfeito – uma garota para quem ninguém olharia duas vezes instalada na casa do theyn. Minha mente gira só de pensar no tipo de coisas que ela poderia ouvir, o que poderia fazer. No entanto, o theyn não chegou a theyn sendo tolo.

A voz de Blaise ecoa em minha mente: *Ela é sua responsabilidade, Theo.*

– Por ora, nada – digo a ela.

A decepção cintila em seus olhos, mas ela assente com a cabeça e bate timidamente à porta.

– Lady Thora está aqui para vê-la, minha senhora – anuncia, elevando a voz apenas o suficiente para se fazer ouvir do outro lado da grossa porta de madeira.

– Thora? – Posso sentir a animação na voz de Crescentia. – Entre! – chama ela.

Dirijo um sorriso de agradecimento a Elpis antes de empurrar a porta, abrindo-a, e entrar.

O quarto de Crescentia é grande o suficiente para abrigar uma família inteira e o espaço é dominado por uma cama com um diáfano dossel de seda branca. A colcha, eu sei, é bordada com fios de ouro, mas neste momento ela se encontra soterrada por tantos vestidos em tom pastel que é impossível ver o bordado. Cress está sentada à penteadeira, com potes de cosméticos abertos e pincéis espalhados por todos os lados. Seu porta-joias pintado – outro artefato vindo de um país derrotado, tenho certeza – está aberto e seu conteúdo, espalhado.

A própria Cress está afogueada e seus olhos estão arregalados, embora, até onde eu saiba, ela ainda não tenha saído do quarto hoje. Há uma bandeja com o café da manhã parcialmente consumido abandonada em cima da cama e ela ainda está de camisola. Os cabelos louros estão soltos em uma massa de ondas frisadas que ainda não foram domadas e trançadas por suas criadas.

– Manhã agitada? – pergunto, tirando um vestido descartado de uma chaise-longue perto da janela e me sentando.

Um sorriso se abre em seu rosto.

– Finalmente tive notícias do prinz! Ele mandou uma carta esta manhã me convidando... bem, *nos* convidando para um almoço. Ele é inteligente para evitar a impropriedade de sermos vistos juntos sozinhos, suponho. Não é empolgante?

– É – digo, tentando corresponder a seu entusiasmo.

Søren, parece, não se deixa dissuadir facilmente, e tenho de admitir que essa é uma jogada esperta da parte dele. Ter Crescentia lá como cortina de fumaça pode não impedir que outros cortesãos fofoquem, mas pelo menos a maior parte deles não vai fofocar sobre mim. Ainda assim, parece cruel usar Cress como escudo, sobretudo quando ela já está se imaginando meio apaixonada por Søren. Mas, com meu novo plano zumbindo ruidosamente em minha cabeça, não posso dedicar aos sentimentos de Cress mais do que um pensamento fugaz. Afinal, ela está mais enamorada da ideia do que ele representa do que de qualquer outra coisa e, se o plano der certo, ele estará morto antes que ela se dê conta disso. Cress vai se sentir como uma das trágicas heroínas sobre as quais tanto gosta de ler e acho que vai gostar disso quase tanto como de uma coroa.

– Suponho que esteja tentando decidir o que usar... – insinuo.

– Não tenho nada – diz ela com um suspiro dramático seguido por um gesto amplo abarcando o restante do quarto, por onde dezenas de vestidos se espalham em uma variedade de cores e estilos. Alguns são túnicas astreanas leves e soltas, com delicados bordados e fivelas incrustadas de joias. Outros são modelos kalovaxianos tradicionais, com cintura marcada e saias em formato de sino que requerem armações de aço e camadas de anáguas, confeccionados em tecidos mais pesados como veludo ou lã. São tantos os vestidos que contá-los parece o mesmo que tentar contar as estrelas no céu, embora eu tenha certeza de que só a vi usar uma fração deles.

Pego o vestido que empurrei para o lado e o ergo. Trata-se de um modelo cor de lavanda que nunca a vi usando, com corte simples e uma faixa de tecido transparente que cruza sobre o corpete de veludo e cai em um drapeado sobre um dos ombros. O decote e a bainha são cobertos por centenas de minúsculas safiras dispostas para parecerem flores.

– Que tal este? – pergunto.

– Horrível – proclama ela sem nem mesmo olhá-lo.

– Acho que a cor iria ficar linda em você – insisto. – Pelo menos experimente.

– Não tem sentido. É tudo horrível. Do que o prinz gosta? Você sabe? Qual a cor favorita dele?

– Sei tanto dele quanto você – respondo com uma risada, esperando que a mentira não seja óbvia.

Posso não saber a cor favorita de Søren ou que tipo de moda feminina o agrada, mas sei que ele é gentil e que é mais próximo da mãe do que do pai, ou não teria procurado a kaiserin para impedir meu noivado. Sei que, embora ele seja um grande guerreiro, não tem prazer no ato de matar, como a maioria dos kalovaxianos tem. Afinal, ele lembrava o nome dos astreanos, nove anos depois de o pai tê-lo obrigado a matá-los.

Afasto esses pensamentos. Eu disse a Art e aos outros que seria capaz de matá-lo quando chegasse a hora e não posso fazer isso se o vir como uma pessoa boa.

– Mas você se sentou com ele no banquete – observa Cress, um tom delicadamente afiado surgindo em sua voz. – E vocês pareciam íntimos no porto... Você até o chamou pelo primeiro nome.

Ela está com ciúme, percebo, e a ideia me parece quase engraçada. Naturalmente, nada tem de engraçada. Eu *deveria* estar fazendo Søren se apaixonar por mim, e parece de fato que ele está demonstrando mais interesse em mim do que em Cress, mas o ciúme ainda parece estranho vindo dela. Essa é a garota que me deu seus vestidos usados, que furtivamente me dava pedaços de pão quando o kaiser suspendia meu jantar, que lançava mão do próprio status para garantir que outras garotas da corte não me insultassem abertamente. Tenho vivido protegida por sua piedade a maior parte de minha vida; a ideia de ela sentir ciúme de mim parece absurda.

No entanto, ela *está* sentindo ciúme e eu venho lhe dando razões suficientes para isso. A culpa se aloja fundo em meu estômago. Não o suficiente para me fazer mudar de ideia, mas ainda assim está lá.

Abro a boca, mas logo torno a fechá-la, incerta sobre o que dizer, exatamente, para convencê-la de que não sou ameaça alguma. Cress, porém, sempre sabe quando estou mentindo.

– Após a execução do rebelde – digo após um instante, escolhendo as palavras com cuidado –, eu estava perturbada. Havia sangue por toda parte, o que me deixou nauseada. Søren me encontrou depois no corredor e acho que ficou com pena de mim. Foi quando ele me disse que o chamasse de Søren. E então agradeci vomitando em cima dele.

Cubro o rosto com as mãos em uma demonstração de angústia.

– Ah, Thora – murmura e suspira Cress, e sua expressão se transforma. Ela parece aliviada, embora tente esconder. – Que horrível! Constrangedor.

Ela pega minha mão e dá tapinhas tranquilizadores, mais uma vez sentindo pena de mim.

– Foi – concordo. – Mas ele foi muito amável. Foi sobre isso que falamos no banquete. Eu me desculpei e ele disse que eu não precisava me preocupar. Ele é muito gentil.

Cress morde o lábio.

– Mas você não gosta dele, gosta?

– Claro que não. – Eu rio, me esforçando para parecer surpresa. – Ele é um amigo, eu acho, e só. E com certeza não está interessado em mim. Você acha que algum garoto iria gostar de uma garota depois de ela vomitar nele?

Cress sorri, o alívio tomando conta de seu rosto antes que ela olhe mais uma vez para os vestidos espalhados e franza a testa.

– Mas você não tem a menor ideia da cor favorita dele? – pergunta.

– Ele provavelmente gosta mais de preto. Ou cinza. Algo sombrio e sério – digo e faço minha melhor imitação do impassível Søren franzindo a testa e comprimindo os lábios. É o suficiente para fazer Cress rir, embora ela rapidamente cubra a boca com a mão.

– Thora! – exclama ela, tentando fazer soar como uma repreensão, mas fracassando totalmente.

– Mas, falando sério, você já o viu sorrir?

– Não – admite ela. – Mas ser guerreiro é um negócio terrivelmente sério. Meu pai também não sorri muito.

Por mais insignificante que seja, ouvir Søren ser comparado ao theyn é o suficiente para me lembrar quem ele é e do que é capaz. Ele até pode ser amável, mas quanto sangue existe em suas mãos? Quantas mães *ele* matou?

Dou um sorriso forçado.

– Só estou dizendo que você merece alguém que a faça feliz – afirmo de maneira gentil.

Ela pensa por um momento, mordendo o lábio inferior.

– Ser uma prinzessin vai me fazer feliz – afirma, categórica. – E ser uma kaiserin um dia vai me fazer ainda mais feliz.

Ela parece tão certa do futuro a sua frente que eu quase a invejo, embora, no que depender de mim, ela nunca venha a tê-lo. A culpa me atinge novamente, mas tento ignorá-la. Não posso me sentir mal por Cress não ter seu final feliz quando meu povo está morrendo. Então estendo a mão para outro vestido, esse um modelo kalovaxiano azul-claro, bordado com flores de ouro. Eu o sacudo e ergo.

– Este é lindo, Cress – digo a ela. – A cor vai destacar os seus olhos.

Ela o examina por um momento, os olhos indo do vestido para mim e voltando a ele. As rodas de sua mente estão girando.

– É sem graça – comenta por fim, antes de olhar para meu vestido. – Mas eu adoro o seu.

– Este? – Olho para a túnica astreana laranja-avermelhada que estou usando. – Você me deu este vestido há meses, não se lembra? Disse que a cor não ficava bem em você.

Era algo que ela fazia sempre: ordenar que o costureiro fizesse vestidos que ela sabia que não combinariam com ela, de forma que tivesse uma desculpa para passá-los para mim. A maior parte de meus vestidos tinha sido de Cress e era bem mais adequada do que os que o kaiser me enviava, em geral desenhados para manter minhas costas nuas e minhas cicatrizes visíveis.

– Dei? – pergunta ela, franzindo a testa. – Acho que talvez eu possa desfazer isso. – Sua boca se franze antes de se abrir em um sorriso. – Tenho uma ideia esplêndida, Thora. Por que não experimento o seu vestido e você experimenta um dos meus? Só para ver como fica...

Não consigo imaginar o que pode haver de divertido nisso, mas a única resposta que posso dar é concordar calorosamente.

O laranja de meu vestido parece berrante nela, em choque com sua pele rosada e os cabelos louros – razão por que ela nunca o usou quando era dela –, mas Cress não se deixa dissuadir. Ela se vira para todos os lados diante do espelho, olhando seu reflexo de todos os ângulos com uma ruga crítica na testa e um brilho nos olhos que eu acharia assustador se não a conhecesse tão bem quanto conheço. É um olhar que ela herdou do pai, mas, enquanto o theyn exibe o seu no calor da batalha, Crescentia mostra o seu em um tipo diferente de guerra.

É somente quando ela me faz vestir um modelo kalovaxiano de veludo cinza, que me cobre do queixo aos punhos e aos tornozelos em um amontoado disforme, que me dou conta de que é contra mim que ela está travando a guerra. Não duvido que ela tenha acreditado em mim em relação ao prinz, mas creio que Cress não é do tipo que deixa qualquer coisa ao acaso.

– A cor fica tão linda em você, Thora – diz ela. Seu sorriso é doce, mas falso. Ela inclina a cabeça, pensativa, deixando o olhar cinza-azulado percorrer o meu corpo. – Bem, você parece positivamente kalovaxiana, se quer saber.

Suas palavras me irritam, mas tento não demonstrar forçando um sorriso.

– Nem de perto tão bonita quanto você, é claro – afirmo, dizendo o que ela quer ouvir. – O prinz não vai conseguir tirar os olhos de você.

Seu sorriso se torna um pouco mais cálido quando ela chama Elpis para vir arrumar seu cabelo. Seu já minúsculo senso de sutileza desaparece quando ela instrui a garota a fazê-lo parecer o meu. Elpis me lança um olhar breve e furtivo antes de começar a esquentar um par de ferros de frisar nas últimas brasas da lareira de Crescentia.

– Você vai precisar de algo bonito para prendê-lo para trás – digo a Cress, aproveitando a oportunidade para abrir a tampa de seu porta-joias e vasculhar sua profusão de enfeites preciosos.

Como acontece com a maior parte das mulheres da corte, sua coleção é composta principalmente de Pedras da Água e do Ar, que oferecem beleza e graça, com algumas Pedras do Fogo misturadas para proporcionar calor durante os meses de inverno. Diferentemente da maioria das mulheres, Crescentia tem uma ou duas Pedras da Terra também. Geralmente elas são engastadas em punhos de espada ou em armaduras, para dar força extra aos guerreiros, e as mulheres da corte não as usam, mas não era de surpreender que o theyn quisesse que sua única filha tirasse força extra de onde ela pudesse.

Encontro um grampo de cabelos de ouro com Pedras da Água tão escuras que são quase pretas e o mostro a ela.

– Isto complementaria bem o vestido, não acha?

Ela olha para o grampo em meu cabelo, enfeitado com pérolas simples, comprimindo os lábios, pensativa.

– Se gosta tanto, você usa. Vou usar o seu.

Fácil demais, penso, me esforçando para parecer aborrecida. Tiro o grampo do cabelo e o entrego a ela, substituindo-o pelo das Pedras da Água. Eu não posso usar Pedras do Espírito, o kaiser deixou isso claro há uma década, mas ou Crescentia se esqueceu ou não está preocupada com isso no momento. Seja como for, não sou eu que vou lembrá-la.

As Pedras da Água fazem uma vibração correr sob minha pele, indo até os dedos dos pés. O poder dança sob a ponta dos dedos das mãos, implorando para que eu faça uso dele. Não tenho razão alguma para mudar minha aparência, nenhuma sede de água, mas a necessidade de usar as pedras me atrai até preencher minha mente com um zumbido agradável que não parece ser suficiente.

Essa tentação nunca existiu antes do cerco, quando somente os Guardiões levavam uma única pedra cada um, mas me lembro de segurar a Pedra do Fogo de Ampelio e sentir seu poder percorrer meu corpo. Eu me lembro de ele me advertir para nunca usá-lo, sua expressão, geralmente jovial, de repente ficando sombria e pesada.

Empurro para o lado a lembrança e me concentro na tarefa em questão, revirando o porta-joias novamente, fingindo procurar brincos para Cress. Por mais feio que seja o vestido, sinto-me grata pelas mangas compridas.

Elas permitem que eu deslize um brinco e um bracelete por uma delas às escondidas. Pressionadas contra meu pulso, as Pedras do Espírito encontram um ritmo constante que não posso ignorar, ecoando os batimentos de meu coração.

Meus dedos se demoram em uma Pedra do Fogo, embora eu saiba que não preciso dela. Se as outras pedras zumbem através de mim agradavelmente, a Pedra do Fogo me dá a sensação de entrar em um sonho familiar. Tudo a meu redor se torna suave, leve e reconfortante. Ela me envolve como os braços de minha mãe e, pela primeira vez em uma década, me sinto segura. Sinto-me no controle. Preciso mais dela do que do ar que respiro. Com apenas esse pequeno poder, apenas um toque do fogo, talvez eu pudesse resistir nesse pesadelo. E, se de fato sou descendente de Houzzah, por que evocar seu poder seria considerado um sacrilégio? Mas fiz essa mesma pergunta a minha mãe uma vez e ainda me lembro da resposta dela:

Um Guardião deve se dedicar ao seu deus acima de tudo, mas ser rainha significa dedicar-se ao seu país acima de tudo mais. Não se pode fazer as duas coisas. Você pode amar os deuses, pode me amar, pode amar quem você quiser neste mundo, mas Astrea virá sempre primeiro. Todos e tudo mais recebem apenas as sobras. Esse foi o presente de Houzzah para a nossa família, mas também sua maldição.

Eu sei que ela estava certa, mesmo querendo que não estivesse. Seria muito mais fácil se eu pudesse evocar o fogo na ponta dos dedos, como Ampelio podia, mas eu não seria diferente de meus inimigos. Não sou treinada, assim como os kalovaxianos, e na maioria dos dias não penso muito nos deuses. Só rezo para eles quando preciso de algo. Se pusesse os pés nas minas e tentasse buscar o favor deles, se tentasse treinar para manejar uma Pedra do Espírito, os deuses sem dúvida acabariam comigo.

Ver os kalovaxianos exercerem um poder que não fizeram por merecer, porque não se sacrificaram, sempre me deixou doente. Não irei contra meus deuses, arriscando sua ira. Além disso, já sou semelhante aos kalovaxianos em muitos aspectos. Essa é a linha que não vou cruzar.

ALMOÇO

Søren preparou o terraço privativo da família real para nosso almoço sem economizar no luxo. A mesa é de mármore entalhado, tão pesada que estou certa de que foi preciso um pequeno exército – e uma quantidade razoável de Pedras da Terra – para arrastá-la da sala de jantar, onde ela normalmente fica, para cá. Sobre a mesa posta para quatro, com talheres de ouro, há um vaso pintado contendo cravos recém-colhidos, no auge da floração. Tudo isso pertenceu a minha mãe e, se me esforçar, consigo vê-la sentada a minha frente, tomando café com mel e especiarias e conversando sobre bobagens, como o tempo e minhas aulas, alegremente alheia aos batalhões que começavam a nos cercar.

Quando Cress e eu entramos no pavilhão, o sol está alto no céu e se infiltra pelo toldo de seda vermelha, mergulhando o espaço em uma luz extravagante. Mas a vista daqui é de tirar o fôlego – o oceano ondulante, o céu sem nuvens e alguns barcos tão pequenos que são do tamanho da unha de meu dedo mínimo.

Uma distância tão grande, penso. Em dez anos, o máximo que me afastei do palácio foi até o porto. É fácil esquecer quão grande o mundo realmente é, mas daqui posso ver milhas e milhas de oceano em três direções.

Um dia, em breve, serei livre outra vez.

O prinz Søren e Erik se levantam quando Cress e eu nos aproximamos, ambos vestidos com trajes tradicionais kalovaxianos. Eu não estava esperando a presença de Erik, mas estou contente por vê-lo. Ele me tratou como uma pessoa, o que é mais do que posso dizer da maioria dos kalovaxianos. É difícil dizer qual dos dois, Erik ou Søren, parece mais desconfortável sob as camadas de seda e veludo, embora eu suponha que deva ser Erik. Pelo menos o traje de Søren foi feito sob medida. O de Erik é claramente de segunda mão, muito apertado em alguns lugares, muito largo em outros.

– Senhoras – diz Søren, curvando-se quando fazemos a reverência. – Estou contente por terem se juntado a nós. Lembram-se de Erik? Do navio?

– Claro – respondo. Não preciso olhar para Cress para ver a expressão vazia em seu rosto. Ela só teve olhos para o prinz naquele dia. Duvido que fosse capaz de reconhecer Erik em uma multidão se pedissem isso a ela. – É bom revê-lo, Erik. – Acrescento com um sorriso.

Seus rápidos olhos azuis passam de Cress para mim, achando graça.

– Igualmente, lady Thora. As duas estão lindas, é claro – declara ele, puxando uma das cadeiras para mim. Ao empurrá-la de volta, enquanto me sento, ele baixa a voz de tal modo que somente eu posso ouvi-lo: – Perdeu algum tipo de aposta?

Contenho um sorriso.

– Crescentia foi muito gentil e me emprestou um de seus vestidos.

– Sim – diz ele, mal conseguindo segurar o riso. – *Muito* gentil.

– E deixe-me adivinhar – prossigo, com ironia, olhando para Cress, que já puxou Søren para uma conversa sobre uma carta que ela recebeu do pai. – Nosso prinz foi muito gentil e convidou você para desfrutar de uma boa refeição antes da partida para Vecturia?

Ele ergue as sobrancelhas escuras e baixa a voz também:

– Eu estava enganado, Thora. São apenas problemas na rota comercial. Muito menos interessante.

Ele mente tão mal quanto Søren, incapaz de olhar para mim enquanto fala. Finjo uma risada.

– Rotas comerciais, Vecturia. Para mim, uma é tão interessante quanto a outra. Nem sei onde fica Vecturia – minto.

Ele sorri, aliviado.

– Não vou mentir para você, Thora. Tenho mais ou menos um mês de biscoitos secos de marinheiro e cerveja aguada pela frente. Søren me ofereceu uma última boa refeição como uma distração hoje e eu mais que depressa aceitei.

Ele dá uma olhada incisiva para a outra extremidade da mesa, onde Crescentia e Søren estão conversando sobre o theyn, embora os olhos de Søren constantemente passeiem pelo recinto, como se procurassem uma saída. Eles encontram os meus rapidamente antes de deslizarem para longe outra vez.

Torno a virar-me para Erik, erguendo as sobrancelhas.

– Eles formam um casal encantador, não acha?

– Não sei se *encantador* é a palavra que Søren usaria – responde Erik. Então baixa a voz para um sussurro: – O kaiser vem forçando essa união desde que Søren voltou.

Søren pigarreia alto do outro lado da mesa, lançando a Erik um olhar suplicante.

– Na verdade, Erik começou comigo também sob o comando do seu pai – diz ele a Cress. – Não foi, Erik?

– O dever me chama – murmura Erik para mim antes de se inclinar para Cress. – Isso mesmo, lady Crescentia. Eu tinha 12 anos na época. Foi como se eu estivesse conhecendo um deus. Na verdade, a senhora me daria a honra de me acompanhar em um passeio pelo pavilhão enquanto aguardamos a comida? Posso lhe contar histórias sobre ele que a senhora vai achar muito divertidas.

Cress franze as sobrancelhas, estreitando os olhos. Ela está prestes a recusar com uma desculpa qualquer, mas Søren a interrompe:

– Erik é o mais talentoso dos contadores de histórias, lady Crescentia. Acho que vai gostar de caminhar um pouco com ele.

As narinas de Crescentia se estreitam – o único sinal exterior de seu desprazer, o qual provavelmente passa despercebido a Søren e Erik. Com um sorriso gracioso, ela se levanta e toma o braço que Erik lhe oferece, permitindo que ele a acompanhe até a beira do pavilhão, dirigindo a mim um olhar sério por sobre o ombro.

Søren estende a mão para o decanter de vinho de cristal e move sua cadeira alguns centímetros para mais perto da minha enquanto me serve uma taça, o líquido vermelho como sangue fresco. Ele não olha para mim; em vez disso concentra-se no que está fazendo, sem se apressar. Uma mecha de cabelos dourados cai em seus olhos, mas ele não faz movimento algum para afastá-la.

Estou extremamente ciente de Cress apenas a alguns metros de nós. Embora ela esteja fora do alcance da voz e educadamente escutando a história de Erik sobre sua primeira batalha sob o comando do theyn, seus olhos se desviam para mim constantemente, cautelosos e desconfiados.

Parece que toda a corte quer ver Søren e Cress casados. Cress e seu pai certamente sim, e Erik disse que o kaiser estava pressionando para isso também. O único protelando é Søren e não entendo por quê. Os casamentos kalovaxianos nunca são baseados em amor – para isso existem os casos extraconjugais. Casamentos têm a ver com poder e, como tal, casar-se com Cress seria muito conveniente para Søren.

– Obrigada – digo a ele quando minha taça está cheia.

Seus olhos azuis vívidos encontram os meus e se demoram por um momento, antes de ele sacudir a cabeça e baixar o olhar. Ele sabe que não estou agradecendo o vinho, mas o fato de ter falado com sua mãe para impedir que eu fosse a próxima vítima de lorde Dalgaard.

– Nem fale nisso – devolve ele.

Eu não saberia dizer se é modéstia ou uma ordem.

Caímos mais uma vez em um silêncio tenso, cheio de coisas que não podem ser ditas, mentiras que temo que ele perceba. Há pouco mais de uma hora eu estava calmamente planejando matá-lo, mas, sentada ao lado dele agora – uma pessoa viva, que respira –, isso parece impossível. Temo que meus planos estejam estampados em meu rosto. Por fim, o silêncio se torna insuportável e me decido por meias verdades.

– Acho que jamais tinha falado com sua mãe em particular antes. Foi... esclarecedor. Gosto dela.

– Ela gosta de você também – diz ele.

Do outro lado do pavilhão, os olhares de Cress estão se tornando mais enfáticos, cravando-se em mim, não importa quantos sorrisos tranquilizadores eu lhe dirija. Eu me afasto de Søren, decidindo parar de olhar para ele também, o que torna meu trabalho ainda mais difícil. Søren vai partir de novo em breve, então meu tempo está contado.

Posso compensar Cress mais tarde, cobri-la de desculpas, elogios e ilusões sobre Søren estar realmente interessado nela. Pela primeira vez em dez anos, deixo minhas necessidades terem prioridade sobre as de Cress.

Bancar a donzela em perigo sempre me deixa um gosto amargo na boca, mas não posso negar a eficácia da estratégia.

– Exigi muito de você quando lhe pedi que evitasse meu noivado – sussurro, com uma voz fraca e fragmentada, como uma represa prestes a se romper. – Sou muito grata pelo que fez, muito mesmo, mas detestaria pensar que isso lhe causou problemas. Só quero me desculpar...

– Você nunca precisa se desculpar para mim – interrompe ele, espantado, e baixa a voz: – Depois de tudo que fizeram a você, as cicatrizes nas suas costas, as coisas que ele fez a você. Você deve odiá-lo. Você deve *me* odiar.

– Não odeio você – digo, e estou surpresa por me dar conta de que é verdade.

Seja o que for que sinto por Søren, não é ódio.

Pena, talvez.

A voz de Heron ecoa em minha mente, perguntando-me se eu seria capaz de matar Søren. Sim, eu havia respondido a ele na ocasião, e a resposta ainda tem de ser a mesma. Com ou sem pena.

Os olhos de Søren examinam meu rosto, mas agora não posso olhar para ele. Mantenho meu olhar voltado para a toalha de mesa de seda dourada, lembrando as mãos morenas e sardentas de minha mãe alisando-a, puxando-a nos cantos para que ficasse bem esticada. Ela sempre se remexia quando estava nervosa e eu herdei esse seu hábito. Preciso de todo o meu autocontrole para manter imóveis as mãos em meu colo, para não torcer meu guardanapo ou girar o pé da taça. As Pedras do Espírito ainda estão firmemente presas entre a manga do vestido e minha pele, mas receio que qualquer movimento as solte. Eu não teria uma explicação para isso.

Crescentia parou de fingir prestar atenção a Erik, embora ele esteja gesticulando freneticamente enquanto conta uma história exagerada. Os olhos dela fitam os meus, penetrantes, desconfiados e um tanto ressentidos.

Sento-me um pouco mais ereta e viro o rosto para o lado oposto do rosto surpreso de Søren.

– Cress – digo, enchendo a voz de simpatia e camaradagem, na esperança de que isso seja o bastante para que ela me perdoe por monopolizar a atenção de Søren. – Venha contar ao prinz sobre o livro que seu pai trouxe para você da viagem a Elcourt. Aquele sobre o cavaleiro com uma só mão.

Crescentia deixa Erik para trás sem hesitação, apressando-se a voltar para a mesa e retomando seu lugar ao lado de Søren, enquanto Erik retoma o seu um momento depois. O rosto dela está corado de deleite e ela se lança em uma descrição das lendas e ilustrações que o acompanham. Søren, por sua vez, ouve com interesse, mas eu mal consigo prestar atenção a uma palavra que ela está dizendo. A pequena distância entre Søren e eu não parece mais cheia de coisas não ditas. Agora, está ocupada por promessas não ditas.

Tento não olhar para ele, querendo evitar qualquer tensão entre mim e Cress, mas é impossível. Quando nossos olhos se encontram na metade do almoço, meu coração dispara.

Porque está dando certo, digo a mim mesma. Ele está agindo como quero e em breve – muito em breve – eu estarei livre. Mas não é isso, não totalmente. Existem mais coisas a respeito de Søren do que me permito pensar e, por mais que isso me torne uma traidora, eu gosto dele.

Quando chegar a hora, vou matá-lo, de qualquer maneira. Só é provável que eu me sinta um pouco mais culpada do que pensei que me sentiria.

BELISCÃO

DE VOLTA A MEU QUARTO, TIRO o grampo do cabelo e o examino. As Pedras da Água brilham à fraca luz das velas, um azul-escuro denso, como as partes mais profundas do oceano. É mais arriscado ficar com ele do que com as outras joias que peguei, pois Cress sabe que ele está comigo, mas eu não ficaria surpresa se esse detalhe escapasse pelas consideravelmente espaçosas grades da mente de Crescentia.

Assim que esse pensamento aflora, a culpa se acumula em meu estômago. Embora seja kalovaxiana, Cress é minha única verdadeira amiga entre eles. Seu comportamento de hoje pode não ter sido gracioso, mas, se nossa amizade fosse posta em uma balança, o dia de hoje seria uma gota de chuva contra um oceano, e eu nem posso culpá-la por isso.

A vida toda de Cress, seu pai a empurrou na direção do prinz, enchendo-lhe a cabeça de ideias de si mesma como uma prinzessin e, mais tarde, como kaiserin. É um caminho que desde o berço está sendo aberto para ela, portanto é claro que ela vai lutar por ele. De uma maneira estranha, eu a respeito por isso. A Crescentia que pensei conhecer não era exatamente uma lutadora.

Sento-me na borda da cama e tiro, da manga do vestido, as outras joias que peguei do porta-joias de Cress. Vinte Pedras do Ar formam o brinco de candelabro, cada uma delas do tamanho de uma sarda, e as Pedras da Terra no bracelete são ainda menores, partículas de poeira praticamente, que se integram à corrente de ouro do bracelete com emendas quase invisíveis. As peças são suficientemente pequenas para, junto com o grampo, caber em uma das mãos, mas posso sentir a leve vibração de poder lambendo a pele da palma de minha mão. Para alguém dotado pelos deuses, elas serão muito mais poderosas.

– Eu não sabia que você era tão fã de joias, Theo – a voz de Blaise vem da parede.

Olho pelo pequeno buraco e sorrio.

– Na verdade, são presentes para vocês – declaro a ele, levantando-me e caminhando na direção de sua parede. Enfio o bracelete pelo buraco.

– Não faz o meu estilo – diz ele antes de inspirar com força quando o poder o atinge.

– Olhe melhor.

– Como foi que você... – A voz dele morre.

– Crescentia tem uma senhora coleção. Espero que ela não perceba algumas coisas faltando. Dá para você usar isso? – pergunto.

Ele hesita por alguns instantes.

– Acho que sim – responde.

– O que está acontecendo? – indaga Artemisia.

Vou até a parede dela.

– Não se preocupe. Não esqueci de vocês dois – digo, deslizando o grampo pelo buraco da parede dela e em seguida o brinco pelo da de Heron.

– É um pouco pequeno, mas vai servir – informa Artemisia. – Mas é uma peça estranha, não é?

– Os cortesãos kalovaxianos gostam de usá-las como joias – explico. – Pedras da Água para a beleza, Pedras do Ar para a graça, Pedras do Fogo para o calor, Pedras da Terra para força.

– Você está brincando – diz Heron, cuspindo as palavras como se fossem venenosas. – Eles usam as pedras como *joias*?

– Joias muito *caras*, pelo que entendo – acrescento. – Eles as vendem por uma fortuna para os países do Norte.

– Acreditem, eu odeio os kalovaxianos tanto quanto vocês, mas não sei se entendo a diferença – comenta Artemisia. – Ampelio usava sua pedra como um colar e todos os outros Guardiões faziam a mesma coisa.

– Um pendente – corrijo, ao mesmo tempo que Blaise e Heron.

– Eram pedras *conquistadas*, não compradas – afirma Blaise. – E significavam algo, não eram só enfeite. Eram uma honra concedida, não uma tendência da moda.

– Eram símbolos do favor dos deuses – acrescenta Heron, com mais força na voz do que eu já ouvira dele antes. – Se já houve alguma dúvida sobre ser negada aos kalovaxianos uma Além-vida... – Sua voz morre, as pedras do brinco tilintando levemente quando ele o vira nas mãos.

Artemisia bufa.

– Se os deuses se importassem com isso... ou se sequer existissem... certamente a esta altura já teriam intervindo.

O desdém casual de suas palavras me pega de surpresa e, a julgar pelo silêncio perplexo que se segue, sei que não estou sozinha nisso.

– Você é uma Guardiã – observo por fim. – Com certeza acredita nos deuses.

Ela fica calada por um longo momento.

– Acredito em sobreviver – afirma, mas há em sua voz uma veemência que me impede de perguntar mais. – Isso já é bastante difícil.

– Mas você foi abençoada – diz Blaise. – Todos nós fomos. Fomos agraciados com o poder.

– Não sei se um dia me senti abençoada – admite ela. – Recebi poder, não posso negar, mas acho difícil imaginar que tenha sido dado por deuses. Deduzi que fosse algo mais químico. Alguma coisa no meu sangue e no de vocês fez de nós receptores melhores do que outras pessoas para a magia nas minas.

– Você acredita que foi mero acaso? – pergunta Heron, perplexo. – Fomos escolhidos mais ou menos ao acaso e outros não?

Eu a ouço se remexer atrás de sua parede.

– É melhor do que a alternativa, do meu ponto de vista – diz ela bruscamente. – Por que os deuses escolheriam abençoar a mim dentre todas as outras pessoas naquela mina? Havia crianças lá que sucumbiram à loucura das minas. Não posso acreditar que haja deuses que me poupariam e as matariam, e, se de fato existem, não quero ter nada a ver com eles. – Sua voz é toda arestas afiadas, mas há uma subcorrente de dor ali também.

Posso não conhecer bem Artemisia, mas sei que, se perguntasse a ela o porquê, ela me cravaria aquele grampo de cabelo antes que eu pudesse terminar a pergunta.

Através da parede, posso quase sentir os pensamentos de Blaise seguindo o mesmo caminho que o meu. Durante a última década, a ideia do Além tem sido tudo que me mantém seguindo em frente e não preciso perguntar a Blaise para saber que uma parte dele anseia por isso também. Imagino minha mãe lá, à minha espera. Sonho com seus braços me envolvendo outra vez, o cheiro das flores e da terra ainda grudado nela, como quando estava viva.

É uma das coisas em que penso para lutar contra a tentação de usar uma Pedra do Fogo. Por mais tentador que esse poder possa ser, usar uma pedra sem o treinamento apropriado – sem ser eleita pelos deuses – é um sacrilégio, e almas sacrílegas não têm permissão para entrar no Além. Estão condenadas a perambular pela Terra como sombras pelo resto da eternidade.

Mas não posso negar que as palavras de Artemisia se alojaram fundo em minhas entranhas. Há alguma verdade nelas que não posso negar – por que os deuses nos permitiram sofrer como sofremos ao longo da última década? Por que não abateram os kalovaxianos assim que eles puseram os pés em solo astreano? Por que não nos protegeram?

Não gosto de me fazer essas perguntas. Não gosto de não ter respostas. Blaise e Heron devem estar igualmente perdidos, porque mergulhamos no silêncio.

Quando esse fica pesado demais, pigarreio.

– Bem, tenho certeza de que vocês estão felizes em saber que o trabalho que fizeram nas minas foi por uma boa causa – digo, mudando de assunto. Deve estar perto da hora do chá agora, o que significa que Hoa chegará em breve com uma bandeja de chá e lanche, visto que não tenho outros planos para a tarde. – Todos vocês, virem de costas. Preciso me livrar desta coisa horrível.

Puxo o vestido. Vai ser difícil despi-lo sem ajuda, mas a gola e as mangas são tão apertadas que é difícil respirar e o veludo pesado dá coceira. Hoa deve demorar apenas mais alguns minutos, mas não sei se quero esperar nem mesmo isso.

– Eu não vestiria nada confortável demais – sugere Blaise, a voz abafada. Torço para que seja porque seu rosto está voltado para outro lado. – Tenho a sensação de que o prinz vai lhe fazer uma visita esta noite.

Minhas mãos se congelam nos botões na base do pescoço.

– O que quer dizer com isso?

– Depois do almoço, ele me puxou de lado e me perguntou se havia outras entradas para o seu quarto – diz Blaise.

– Ele puxou você de lado? – pergunto, alarmada.

– Eu estava de capuz... ele não viu meu rosto – garante Blaise.

Faço uma pausa.

– E existem outras entradas para o meu quarto? – pergunto, olhando a minha volta.

– Uma – responde Blaise. – Ampelio me contou. Ele planejava usá-la para resgatar você assim que conseguisse pensar em uma maneira de passar pelo porto sem ser visto.

– Ah. – Sinto uma pontada de melancolia. Até que ponto minha vida teria sido diferente se ele tivesse encontrado uma maneira de vir? – Por que Søren iria querer entrar furtivamente no meu quarto? – indago antes que possa pensar a respeito.

Heron ri, um som tão profundo que praticamente sacode as paredes.

– Ele está indo embora amanhã, sabe-se lá por quanto tempo, e vocês dois mal tiveram chance de conversar no almoço. Ele tinha mais para lhe dizer e duvido que seja do tipo que espera semanas ou até mesmo meses para isso.

– Bom – digo, conseguindo abrir os botões no pescoço. Com a gola frouxa, eu deveria poder respirar normalmente outra vez, mas a perspectiva de ver Søren esta noite faz com que isso continue sendo difícil. Por alguma razão, duvido que ele vá querer apenas conversar, mas a ideia de fazer qualquer outra coisa a mais dá nós em meu estômago. Pigarreio e tento disfarçar meu desconforto. – Também tenho mais coisas para dizer a ele, se quero voltá-lo contra o pai.

Estou fazendo o jogo, lembro a mim mesma, e, se uma pequena parte de mim acreditar na mentira, isso só a torna mais eficaz. Desde que a maior parte de mim se lembre do que é real. Vou reunir informações. Jogá-lo contra o pai. E, quando chegar a hora certa, cortarei sua garganta e darei início a uma guerra civil. Essa ideia me deixa enjoada, mesmo tendo partido de mim, mas espero que quanto mais eu pense nela, mais fácil ela se torne.

– Tomara que vocês façam mais do que apenas conversar, é claro – diz Artemisia lentamente, cada palavra gotejando condescendência. – Você precisa fazer com que ele se apaixone por você, e isso pede mais do que só palavras.

– Sei disso – garanto, mantendo a voz cuidadosamente distante.

Ela está tentando me irritar e eu não vou deixar que veja quanto estou irritada.

Procuro em meu guarda-roupa algo mais apropriado. Algo que pareça casual, como se eu não estivesse esperando companhia, mas que seja bonito. Escolho uma túnica azul-turquesa simples, amarrada na cintura com uma larga faixa dourada. Abro o restante dos botões do vestido de Cress e o deixo cair no chão antes de passar a túnica pela cabeça e prendê-la no lugar.

– Podem olhar agora.

– Suponho que Art esteja certa – diz Blaise, embora pareça desconfortável. Ouço quando ele muda de posição por trás da parede, o ruído de seus pés no chão de pedra. – Esse é o objetivo, não é?

Levo alguns instantes para perceber que ele está fazendo uma pergunta genuína, mas, antes que eu possa responder, Heron intervém:

– Um beijo não deve ser um grande sacrifício. Ele é bem bonito para um kalovaxiano.

Sacudo a cabeça.

– Não é isso. Eu vou fazer o que tiver que fazer. É só que.. – Sinto-me constrangida de dizer em voz alta. – Acho que não sei o que estou fazendo.

– O que quer que esteja fazendo parece estar funcionando bem – responde Blaise.

– Mas são só palavras. Isso é só correr e acreditar que ele virá atrás de mim. Nunca parei para pensar de fato o que fazer quando ele me pegar – admito.

O silêncio segue-se a minha confissão, rompido afinal por Artemisia:

– Você já beijou algum garoto?

A pergunta me pega desprevenida e faz meu rosto queimar.

– Não – confesso. – Não tive exatamente muitas oportunidades. Afora Crescentia e agora Søren, os kalovaxianos quase nunca são gentis comigo. Certamente não têm qualquer interesse romântico.

O sorriso malicioso do kaiser aflora em minha mente e posso ouvir o eco das palavras da kaiserin. *Vi como ele olha para você... Ele não é exatamente sutil, é?* Mas, o que quer que seja *aquilo*, não é nem remotamente romântico. É outra coisa que talha em meu estômago, como leite azedo. Devo parecer tão nauseada quanto me sinto, porque Heron dá outra risada.

– Ora, vamos, beijar o prinz não vai ser tão ruim assim, com certeza – comenta ele.

– Não sei – acrescenta Artemisia. – Eu não ia querer que a primeira pessoa que eu beijasse fosse o filho do homem que arruinou meu país. Eu também ia ter ânsias de vômito.

– Ele não é – diz Blaise, a voz tão baixa que não compreendo a princípio.

– Você não pode estar defendendo o kaiser, Blaise – declaro, afundando em minha cama e desabando para trás, olhando o teto do dossel. – A síntese de Artemisia é, no mínimo, espantosamente gentil.

Blaise pigarreia.

– Não. Estou dizendo que não vai ser seu primeiro beijo.

Demora um pouco para que as palavras façam sentido e mais outro tanto para que eu entenda exatamente o que ele está falando. Foi há tanto tempo que tudo que me recordo é do jardim em plena floração, do rosto mais redondo e sem cicatrizes de Blaise e da curiosidade. Eu me ergo, apoiando-me nos cotovelos, e olho na direção da parede de Blaise, desejando poder ver seu rosto agora. Não parece justo que ele possa ver o meu. Será que ele está enrubescendo? Seu rosto costumava ficar vermelho-vivo quando ele estava zangado, mas não sei se já o vi encabulado.

– Isso não vale – digo a ele.

– O que não vale? – indaga Artemisia.

Blaise não responde, então eu o faço:

– Quando éramos pequenos... uns 5 anos... víamos outras pessoas se beijando, você sabe, nos jardins e nos banquetes. Astrea não era nem de perto tão pudica antes da invasão dos kalovaxianos. E... bem... acho que resolvemos experimentar...

– Não, não vale – concorda Artemisia antes que eu possa terminar.

– Um beijo é um beijo – murmura Blaise.

– Dito por alguém que também nunca deu um de verdade – observa ela dando uma bufadela.

– Muito bem – diz Blaise, e eu posso quase perceber a carranca em sua voz. – Já chega de conversa-fiada. Artemisia, você tem o encontro com o kaiser esta noite e, com o presente de Theo, deve ser fácil passar por isso.

– Posso fazer isso dormindo – sugere ela. – Vou só dizer a ele que Theo, quero dizer, *Thora*, está sendo uma boa menina e não está fazendo nada de muito interessante. Deve ser rápido.

– Depois disso, preciso que você vá furtivamente até o bosque de ciprestes e encontre sua mãe, para ver se ela já tomou uma decisão. Você sabe como ela é. Se quiser chegar a Vecturia antes do prinz, vai precisar partir no máximo esta noite – informa Blaise.

– O navio da minha mãe é mais rápido do que qualquer embarcação kalovaxiana – afirma ela, fungando.

– Ela vai ter de ir mais longe se for avisar todas as ilhas. Prefiro não correr riscos. Heron, você pode usar as Pedras do Ar para ficar invisível? – indaga ele.

– Moleza – responde Heron.

– Ótimo. Por que você não explora o castelo esta noite? Veja o que consegue ouvir.

– Finalmente – diz ele com um sonoro suspiro. – Sem ofensas, Theo, mas este quarto é pequeno demais para mim.

– Não estou nem um pouco ofendida – asseguro a ele.

– Enquanto estiver fora, Artemisia, pode conseguir um punhal para Theo? Algo fino e leve que possa ser escondido sem dificuldade? – continua Blaise.

– Claro que posso – retruca ela, parecendo quase ofendida que ele precisasse perguntar.

– Se nenhum dos dois estiver de volta ao amanhecer... – A voz dele some. Aguardo que termine o pensamento. O que ele vai fazer? Mandar alguém atrás deles? Ir ele mesmo? Blaise também não parece saber porque, após um momento, suspira. – Apenas estejam de volta ao amanhecer.

– Sim, senhor – diz Heron.

Artemisia faz eco a ele um instante depois e de forma bem mais sarcástica.

Ouvem-se alguns movimentos e o som das portas de pedra deslizando ao se abrirem e se fecharem. Passos suaves ecoam pelo corredor em direções opostas. E então somos somente Blaise e eu, e sinto uma aguda consciência de sua presença. Posso quase ouvir sua respiração, seus batimentos cardíacos.

– Você não precisa levar isso a cabo – diz ele após um momento. – Basta você dizer, Theo, e tiro você deste lugar. Podemos embarcar e ir para longe daqui, fazer aliados, reunir forças e atacar quando soubermos que estamos fortes o bastante.

É uma oferta tentadora, mas balanço a cabeça.

– Você já ouviu falar de Goraki? – pergunto. Seu silêncio me diz que não, então prossigo: – É um país pequeno, a leste daqui, menor do que Astrea. Ou era. Era onde os kalovaxianos estavam antes de virem para Astrea. Eles não falam muito disso, acho que a maior parte deles já quase esqueceu seu nome a esta altura. Crescentia, porém, ainda se lembra um pouco e me contou algumas coisas. É onde ela nasceu... e o prinz também, imagino.

Paro para organizar minhas recordações e continuo:

– Cress disse que eles não tinham magia lá, mas que eram conhecidos pela qualidade de suas sedas. Então os kalovaxianos vieram e invadiram, exatamente como fizeram com a gente. Escravizaram as pessoas que não mataram de imediato e obrigaram a maior parte delas a produzir a seda para vender para diversos lugares do mundo até que não existisse mais nada para vender. Quando foram embora, atearam fogo a tudo que puderam e partiram em busca de um lugar novo para levar a ruínas. E nos encontraram.

– Theo... – começa Blaise.

– Eles sabem o que estão fazendo, Blaise – digo, a voz trêmula. – Fizeram isso com outros países, mais países do que eu posso nomear. E vão fazer isso com a gente. Goraki durou dez anos. Quanto tempo você acha que vamos durar até que as minas se esgotem e nos tornemos inúteis para eles?

Ele não responde.

– Meu plano é um bom ponto de partida. Você sabe disso e sabe que pode funcionar, e, se funcionar, os kalovaxianos vão ficar divididos, lutando uns contra os outros até que outra família real surja e triunfe. Quando reunirmos um exército e atacarmos, eles serão os fracos. É a nossa melhor chance e pode ser a única que vamos ter.

Blaise não diz nada por um momento e me pergunto se vai rebater.

– Estou indo até aí – avisa ele.

Eu não protesto. Não é o que quero. Por mais perigoso que seja, tê-lo perto de mim também é reconfortante. Quando posso vê-lo e tocá-lo, sinto-me um pouco mais confiante de que ele não é algo que uma parte de minha mente enlouquecida criou.

Posso ouvi-lo escapar de sua sala de vigília, a espada retinindo de encontro ao chão e as pesadas botas tropeçando nas pedras do piso. Minha porta se abre, rangendo, quando ele entra. Eu não tenho fechaduras, mas ele a fecha com firmeza ao passar, antes de se virar para me olhar.

– Você está escondendo alguma coisa – diz ele.

Estou escondendo muitas coisas. A advertência da kaiserin, meus sentimentos crescentes por Søren, a natureza genuína de minha amizade por Crescentia. Mesmo que eu quisesse dizer a ele o que há de errado, não saberia por onde começar. É mais fácil para nós dois se eu continuar mentindo.

Dou uma risada trêmula.

– Só estou preocupada. Você pode me culpar por isso? Tenho a sensação de estar pendurada na borda de um precipício e que até uma brisa de nada pode me derrubar. – Ele abre a boca e sei que vai se oferecer para me tirar dali novamente. Não tenho certeza se vou conseguir dizer não duas vezes. – Mas tenho tudo sob controle. Você mesmo viu. Todos eles me subestimam e não saberão o que está acontecendo até meu punhal se cravar em suas costas.

Quando éramos crianças, brincávamos de um jogo em que beliscávamos o outro na parte posterior do braço, que é mais macia, para ver quem reagia primeiro – quem gritaria, puxaria o braço ou mesmo piscaria. Tenho a sensação de estar fazendo essa brincadeira. Qual dos dois vai mostrar o medo primeiro? Não serei eu. Sustento seu olhar e ergo o queixo, tentando irradiar uma confiança que não sinto.

Ele suspira e baixa o olhar.

– Você está se saindo bem, mas não posso deixar de pensar que, se Ampelio estivesse aqui, ele me esfolaria vivo por concordar com esse plano. Eu prometi a ele que a manteria em segurança, e não que a enviaria para os braços do inimigo.

– Søren foi sua ideia, Blaise, e foi uma ótima ideia. – Eu hesito, focando o olhar na parede atrás dele. Se olhar para ele, tenho certeza de que verá meus segredos desnudados. – Ele não é igual ao pai. Não é cruel.

– Acho que você tem razão – declara ele após um suspiro. – Mas Artemisia também tem razão. Seu primeiro beijo não deveria ser com ele.

Olho para ele, surpresa. Seus olhos subitamente estão presos aos meus com tamanha intensidade que não consigo desviar o olhar. E não quero.

– Você disse que meu primeiro beijo foi com você – observo, surpresa com a velocidade com que de repente meu coração começou a bater.

– Bem – diz ele, dando um passo em minha direção. Depois outro. Ele só para quando poucos centímetros nos separam. Quando volta a falar, sua voz é pouco mais que um sussurro e sinto seu hálito quente em meu rosto:

– Alguém me disse que aquele não valeu.

Sua boca se aproxima da minha. Quero empurrá-lo, mas ao mesmo tempo quero puxá-lo para mais perto, embora esse desejo me surpreenda. Quando foi que isso aconteceu? Ele é meu amigo – o mais antigo e, de certa forma, o mais verdadeiro que tenho. Mas há algo mais entre nós também. Blaise me aterroriza, ao mesmo tempo que me faz sentir segurança. Ele faz com que eu me lembre de minha vida anterior, quando eu era cuidada, protegida e vivia incólume e cercada por pessoas que eu amava. Como alguém pode ser tantas coisas diferentes? Como ele pode me fazer sentir tantas coisas diferentes?

Antes que eu possa me convencer do contrário, inclino a cabeça para cima para roçar meus lábios nos dele. Porque ele está certo e Artemisia está certa: meu primeiro beijo não deve ser com Søren. Mesmo que ele seja diferente do pai, ainda é um deles e existem partes de mim que não vou dar a eles.

Por um segundo, Blaise não se move e a sensação é quase a mesma de quando nos beijamos ainda crianças, como se estivéssemos cumprindo um ritual sem nenhum desejo real. Justamente quando estou prestes a me afastar, sua boca se suaviza junto à minha e ele me beija de volta. Suas mãos quentes agarram minha cintura e me puxam para mais perto dele, seu calor penetra através da seda do vestido. Quando ele afasta a cabeça, permanece perto o bastante para que eu sinta sua respiração em meus lábios.

– Acho que até Artemisia concordaria que *esse* valeu – comento com leveza, erguendo a mão para tocar seu rosto.

Ele solta minha cintura e pega minha mão. Alguma coisa sombria perpassa sua expressão e sua mão aperta a minha até quase doer.

– O prinz logo estará aqui, tenho certeza – diz ele, soltando minha mão. – Não faça nenhuma estupidez esta noite.

As palavras saem duras, mas estou começando a entender Blaise o suficiente para saber que sua intenção é me provocar, como ele fazia quando éramos crianças. Os anos transcorridos desde então lhe roubaram aquela leveza, instilando tudo a sua volta com um peso que parece sufocante quando se chega perto demais.

Rio, mas sua expressão continua indecifrável, o que é duplamente injusto, considerando como minhas dúvidas e dor devem estar claramente impressas em meu rosto. Cress e eu muitas vezes falamos sobre beijos – quem gostaríamos de beijar, como queríamos que fosse. Ela sonhava com um primeiro beijo com o prinz no dia de seu casamento, como em um de seus livros. Minhas fantasias eram menos pitorescas, mas certamente eram mais do que isso que acabara de acontecer. Nunca pensei que quem quer que eu beijasse se arrependeria, como parece ser o caso de Blaise. Ele nem mesmo me olha.

O constrangimento sobe quente até minhas faces, mas forço um sorriso, tentando não deixá-lo ver meu sentimento.

– Não se preocupe, eu estava guardando a *estupidez* para amanhã, ou talvez para a próxima semana. Ainda não decidi – replico.

Ele consegue abrir um sorriso, mas ainda não olha para mim. Quando se vira para sair, sinto-me tentada a chamá-lo, mas seu nome morre em minha garganta. Duvido que ele ouvisse, de qualquer forma, seja eu sua rainha ou não.

VISITANTE

Blaise costumava detestar que eu o seguisse por toda parte quando éramos crianças. Ele corria, se escondia, me xingava, mas ainda assim eu não o deixava em paz. Estávamos explorando um túnel nas masmorras abandonadas sob o palácio quando sua paciência finalmente se esgotou. Ele me fechou no túnel e trancou a porta. Eu estava ali havia apenas dez minutos quando Birdie me encontrou chorando, mas foi uma encrenca das grandes para Blaise, a maior em que ele já se metera.

"Ela vai ser sua rainha um dia", disse o pai dele mais tarde. Não me lembro do pai de Blaise como um homem raivoso. Ele era o raro tipo de pessoa que ouvia mais do que falava e nunca elevava a voz. Nesse dia, porém, foi quando o vi mais feroz. "Se quer ser um Guardião, você deve protegê-la de todas as formas, porque sem ela não existe Astrea."

Não posso deixar de pensar nesse dia agora, depois que Hoa trouxe e levou tanto o chá quanto o jantar. Agora a única coisa que tenho a fazer é esperar para ver se Søren vai aparecer. Artemisia e Heron ainda estão fora, então resta apenas Blaise atrás da parede e não nos falamos desde que ele deixou meu quarto há algumas horas. O silêncio é desconfortável e pesado, como um manto de lã no auge do verão. Sinto-me outra vez como aquela criança, agarrando-me a ele quando ele não quer nada comigo, embora eu saiba que isso não é verdade. Ele está aqui, está me ajudando, não faria isso se não se importasse. Mas talvez esteja pensando na ordem do pai para que me protegesse. Talvez seja sua lealdade a meu sangue real que o mantém aqui, não minha pessoa.

A ideia é frustrante para mim.

Fora *ele* que viera a meu quarto – até despachando os outros primeiro. Fora *ele* que mencionara o beijo de nossa infância. Fora *ele* quem começara. Quero dizer alguma coisa sobre isso, mas só levaria a outra briga e estou cansada de discutir com ele.

Minha mãe sempre descartava seus romances, escolhendo um novo favorito para cada estação, embora Ampelio em geral estivesse por perto e nunca fosse totalmente dispensado.

Não pela primeira vez, eu me pergunto como ela fazia isso. Eu só tenho de me preocupar com os sentimentos de dois garotos e já me sinto como se estivesse sendo dilacerada. Deveria ser simples: um é meu aliado, outro é meu inimigo. Em um mundo perfeito, nenhum dos dois passaria disso, a fim de manter as coisas descomplicadas, mas não parece haver esperança de que isso aconteça agora. Ainda posso sentir os lábios de Blaise, quentes e macios sobre os meus, mesmo enquanto olho meu reflexo no espelho e me pergunto o que Søren vai pensar quando me vir.

Se me vir. Afinal de contas, já deve ser quase meia-noite e não há o menor sinal de que Søren virá. Blaise e os outros devem ter se enganado.

– Por que você não gosta de Dragonsbane? – pergunto a Blaise quando o silêncio fica pesado demais.

– Não tenho nada contra ela – diz ele, claramente surpreso.

– Mas não gosta – pressiono. – Todas as vezes em que alguém fala sobre ela, você parece pouco à vontade. Ela é sempre sua última opção. Você não confia nela. No entanto, ela salvou tantas vidas...

– Se elas pudessem pagar para ser salvas – completa ele antes de suspirar. – Eu não... eu entendo. Custa muito dinheiro manter seu navio em movimento e a tripulação alimentada. Não posso criticar Dragonsbane por precisar de uma compensação financeira, mas vi pessoas morrerem porque não podiam pagar pela ajuda dela. E os ataques ao kaiser...

– Ela é um espinho no pé dele desde o cerco, isso você não pode negar.

– Não posso? Aqueles navios que ela atacava, os de carga... Quem você acha que os tripulava? Um punhado de kalovaxianos e dez vezes mais escravos astreanos. Quem você acha que pegava os barcos salva-vidas antes que os navios afundassem? Quem você acha que se afogava acorrentado? – Sua voz soou mais dura e furiosa do que eu jamais ouvira.

Meu estômago se contrai diante da ideia de astreanos se afogando acorrentados, indefesos e apavorados.

– Nunca pensei nisso – admito baixinho.

Ele solta o ar devagar.

– Ela faz muitas coisas boas, não vou negar isso. Mas o preço... Ampelio achava que era alto demais e eu concordo com ele.

Antes que eu possa responder, ouço uma batida, suave e hesitante.

– Theo? – sussurra Blaise, subitamente imóvel atrás de sua parede.

– Eu ouvi – digo em voz igualmente baixa, rolando para fora da cama e alisando meu vestido antes de me dirigir à porta.

Estou a meio caminho quando a batida torna a soar, um pouco mais alta e agora claramente vindo de outro ponto que não a porta. Vem de meu armário. Agarro o objeto mais próximo, um castiçal de bronze na mesa de cabeceira, com o coração batendo de encontro às costelas. A outra entrada. Søren deve tê-la encontrado.

Mas há quanto tempo ele está ali? E o que ouviu? Esse pensamento renova o meu pânico e seguro o castiçal com mais força.

A maçaneta de porcelana se move, então a porta do armário se abre e Søren sai aos tropeços, mal conseguindo cair em pé. Por mais desajeitada que seja, há uma surpreendente graça em sua saída, especialmente considerando que o armário não parece grande o bastante para conter seus ombros largos. Meus vestidos foram empurrados para ambos os lados e, por trás dele, no fundo do armário, posso distinguir a abertura de um túnel.

Certamente é útil saber da existência de um túnel em meu armário, embora eu me sinta constrangida por nunca tê-lo descoberto. Não que tenha havido muitas oportunidades de bisbilhotar antes, com minhas antigas Sombras sempre me vigiando.

Mas há quanto tempo ele estava ali? Se ouviu Blaise conversando comigo, vou ter muita dificuldade em explicar.

– Søren? – pergunto, me esforçando ao máximo para parecer surpresa. Deixo cair o braço ao lado do corpo e tento esconder o pânico que me percorre. – O que é que você está fazendo aqui?

Ele se endireita e seus brilhantes olhos azuis vão de meu rosto a meu vestido e ao castiçal em minha mão. Não há qualquer suspeita ali, percebo. Se ele tivesse me ouvido falando sobre Dragonsbane como aliada, não estaria nem de perto tão distraído. Quase vergo de alívio, mas consigo manter minha expressão de surpresa.

– Desculpe, minha intenção era que isso fosse um pouco mais tranquilo. – Ele coça a nuca e me dirige um sorriso encabulado. – Você estava falando com alguém?

Olho para a parede de Blaise e dou de ombros, olhando para Søren.

– Minhas Sombras – explico, gesticulando para as paredes. – Ouvi um barulho e fiquei um pouco assustada.

Ele franze a testa e olha, por sua vez, para as paredes.

– Suas Sombras ficam aqui? Mesmo enquanto você dorme?

Minha risada é leve e sedutora.

– Sou uma garota muito perigosa, Alteza. O kaiser quer ter certeza de que não vou incitar rebeliões nem me encontrar às escondidas com prinzes da coroa.

– Ah – diz ele, e, embora o quarto esteja iluminado apenas pelo luar entrando pela janela, posso quase jurar que vejo suas faces corarem. – Você acha que elas podem ser persuadidas a olhar para outro lado por uma noite? – pergunta ele.

– Talvez, se você pedir com jeitinho – falo antes de baixar o tom de voz: – Por quê? Você está planejando incitar uma rebelião esta noite?

Os olhos de Søren brilham cheios de divertimento ao luar antes que ele volte a atenção novamente para as paredes.

– Vou levar lady Thora para um passeio. Estaremos de volta daqui a algumas horas. Cuidarei de mantê-la longe de problemas até lá – avisa em uma voz que agora reconheço como sua voz autoritária de prinz.

– Tem certeza? – provoco. – É uma tarefa considerável.

– De que lado você está? – pergunta ele.

Sei que Søren está brincando, mas as palavras, de qualquer forma, me causam um choque, lembrando-me que preciso ter cuidado.

– O kaiser não vai gostar disso – interrompe Blaise. Ele baixou mais o tom da voz, que soa mais áspera. Se eu não soubesse que era ele, presumiria que a voz pertencia a alguém mais velho. Alguém que não estava acostumado a falar.

– O kaiser não precisa saber – replica Søren. – E vou cuidar para que vocês sejam generosamente recompensados.

Blaise hesita, como se estivesse de fato considerando.

– Duas horas – exige por fim.

Søren assente com a cabeça, triunfante, e caminha até mim, pega o castiçal de minha mão e vai quase até a lareira, cujo fogo está apagado. Ele se agacha, de costas para mim. Quando se levanta, a vela está acesa.

– Venha, então – diz, indo até onde estou, deslizando a mão em torno da minha e me puxando na direção do túnel no fundo do armário. – Não temos muito tempo e quero mostrar uma coisa a você.

– Ah, o que poderia ser? – pergunto inocentemente. – Tropas? Armas? O que mais é preciso para uma rebelião?

Ele olha para as paredes antes de me lançar um olhar de advertência.

– Cuidado, ou eles podem mudar de ideia – avisa, mas sem que seus olhos percam o humor.

Contra minha vontade, posso sentir uma dose de vertigem correndo em mim também. O entusiasmo dele é contagioso e sua mão calejada em torno da minha está provocando deliciosos arrepios em minha pele. Espero que Blaise não possa ver o efeito que Søren está exercendo sobre mim ou, se puder, que pense que é apenas fingimento.

Está vendo?, quero dizer. *Posso flertar com quem eu quiser, beijar quem eu quiser. Não significa nada com ele e não significou nada com você.*

Preciso fugir dele o mais rápido possível, então sigo Søren para o armário. Ele segura a porta aberta para que eu passe, mas, antes que eu entre, ele me puxa para ele, me protegendo do olhar de Blaise. Sua cabeça se abaixa de modo que nossas testas quase se toquem.

– Você está linda – elogia ele, sua voz quase um sussurro.

Diz isso timidamente, de uma forma que faz com que eu me pergunte se ele já disse isso a alguém antes. Uma onda de triunfo me envolve. Afinal, não há como confundir um comentário como esse com algo platônico. Ele de fato gosta de mim. Tento ignorar as outras reações que suas palavras despertam em mim – o calor que sobe a meu rosto, os arrepios que percorrem meus braços.

– É mesmo? – pergunto, inclinando a cabeça e erguendo uma sobrancelha. – E aqui estava eu justamente pensando que deveria ter ficado com aquele vestido cinza.

Ele dá uma bufadela e me faz passar por uma portinha no fundo do armário, tão pequena que precisamos engatinhar para atravessá-la.

AMINET

O TÚNEL CONTINUA ESTREITO POR UNS BONS cinco minutos, durante os quais temos de rastejar, antes de se tornar alto o suficiente para andarmos curvados, um na frente do outro. Dez minutos depois, fica do tamanho de um corredor comum, como o túnel que usei quando me encontrei com Blaise pela primeira vez. Søren acerta o passo a meu lado. Vemos entradas para mais túneis enquanto caminhamos, túneis que se espraiam sabe-se lá para onde. Túneis que Blaise e eu nunca descobrimos quando éramos jovens, mas que podem ser úteis agora.

Embora a luz da vela não seja forte o suficiente para iluminar todo o túnel, ela lança um pequeno círculo de luz ao redor de mim e de Søren. É o bastante para ver que ele tem sujeira no rosto e nos cabelos louros. A julgar pela maneira como sorri para mim, sei que não estou diferente, mas não me importo. Prefiro sujeira a cinzas, pelo menos. Tento ignorar o frio no estômago que seu sorriso me provoca, mas é uma visão tão rara nele que não posso deixar de retribuir o sorriso.

– Você está com alguma coisa... – começo, estendendo a mão para limpar a sujeira de sua bochecha.

A pele dele é fria sob a ponta de meus dedos e áspera por causa da barba que começa a crescer. Seus olhos encontram os meus e de repente fico tímida. Deixo cair a mão e aperto o passo.

– Como você encontrou este túnel, afinal? – pergunto.

– O palácio é cheio deles – responde ele, alcançando-me. – Basta procurá-los. Este também vai para o meu quarto e para alguns outros na ala norte. Tem um túnel que acho que vai para a masmorra, mas não o testei.

– Estou um pouco envergonhada por nunca ter percebido que havia uma porta no meu guarda-roupa – admito.

– Bem, acho que, com suas Sombras vigiando, é pouco provável que você possa fazer grandes explorações – argumenta ele. Como não posso contar-lhe que explorei bastante antes do cerco, fico calada e, depois de um momento, ele continua: – Elas estão sempre lá? Suas Sombras?

– Sempre – respondo com um suspiro que espero que pareça pesaroso, mas não choroso. – É por isso que são chamadas de Sombras.

– Mesmo quando você está dormindo? Mesmo quando muda de roupa? – Ele franze a testa.

– Não posso fazer muita coisa quanto a isso – respondo, esperando que ele não leve seu cavalheirismo para o próximo nível e tente me livrar deles. Não tenho certeza de como eu poderia demovê-lo da ideia sem parecer suspeita. – De qualquer maneira, há rumores de que são eunucos. O kaiser não quer correr o risco de alguém danificar sua propriedade – acrescento com um olhar significativo.

Mesmo sob a luz quente da vela, Søren parece um pouco verde. Eu me pergunto se ele notou o interesse de seu pai por mim, como a kaiserin disse que existia, mas não tenho coragem de indagar.

– Aonde estamos indo, Søren? – pergunto em vez disso.

– Um pouco mais além – responde ele, caminhando alguns passos a minha frente e tateando as paredes de pedra.

Franzo a testa.

– É tudo que você vai me dizer? – questiono.

Ele olha para mim por cima do ombro e sorri.

– Pensei que o elemento surpresa despertaria seu senso de aventura – responde ele.

– O que lhe dá a certeza de que tenho senso de aventura?

– Vamos dizer que seja um palpite.

Ele encontra a pedra que está procurando e a empurra. Ela se move muito mais facilmente do que a que usei no encontro com Blaise.

O ar exterior beija minha pele, surpreendentemente frio e cheirando a sal.

– O porto? – indago, surpresa. Saio do túnel. Sob meus pés, o chão muda de pedra para areia. As ondas quebram a distância. – Não. A praia – concluo, estreitando os olhos na direção do horizonte.

Não sei o que eu estava esperando, mas não era isso. Não havia nem imaginado que sairíamos do palácio.

– Você disse que gosta do mar – afirma Søren, aproximando-se de mim.

Ele se abaixa, espetando a vela na areia com a chama para baixo a fim de apagá-la e deixando-a ali. – Eu também gosto. Mas a surpresa não é essa.

Ele pega minha mão com a mesma facilidade com que respira, como se tivesse feito isso mil vezes antes. Meus dedos estão entrelaçados nos dele, sua palma calejada pressionando a minha enquanto ele me puxa atrás dele. Embora eu saiba que tudo isso faz parte de um jogo que estou orquestrando, uma parte de mim quer desistir, não porque o toque dele seja repulsivo, mas porque *deveria* ser e não é. Exatamente como Artemisia apontou, esse é o filho do homem que destruiu tudo e todos que eu amava. O garoto que matou nove pessoas de meu povo porque o pai dele mandou. Eu não devia gostar da sensação da mão dele na minha, mas gosto.

Ele me conduz por uma duna, na direção da praia, onde as ondas batem na areia e uma pequena forma escura balança a poucos metros de distância. Um barco, se é que pode de fato ser chamado assim. Não é um drácar nem uma escuna. É um saveiro com um grande mastro, casco pequeno e uma vela vermelha fechada.

– Você prometeu para minhas Sombras que eu estaria de volta em duas horas – lembro a ele. – O que você planejou exatamente?

– É só uma viagem curta. Não se preocupe, o barco é surpreendentemente veloz, vamos ter tempo de sobra.

Preciso puxar meu vestido até os joelhos para que não se molhe quando andamos dentro d'água, mas, ao avançar mais para o fundo, desisto e solto o tecido. Søren não parece se importar nem um pouco se suas roupas vão se molhar. A água está batendo nos meus quadris quando chegamos à parte de trás do barco oscilante e Søren tem de me segurar pela cintura para me ajudar a subir no barco. A saia de meu vestido está encharcada, mas faço o possível para torcê-la. Um segundo depois Søren se ergue para dentro do barco. Ele me dirige um sorriso tímido ao ver minha saia.

– Desculpe, não tinha pensado nisso – diz. – Tenho algumas roupas lá embaixo, se você quiser se trocar enquanto seu vestido seca. São minhas roupas de velejar, então não são do tipo a que você está habituada, mas... – Søren se cala ao se dar conta de que está falando demais.

Noto que ele está nervoso, apesar de a ideia ser risível. Søren é estoico e imperturbável, um guerreiro kalovaxiano até os ossos. Como pode estar nervoso justamente perto de mim?

– Obrigada. Você vai se trocar também?

Ele faz que sim com a cabeça.

– Em um minuto – informa. – Vou nos colocar em movimento primeiro.

Ele vai até o mastro e acende dois lampiões pendurados ali, inundando a área com um tênue brilho dourado. Então me entrega um deles antes de largar a vela.

Eu o deixo trabalhando e vou para a cabine. O barco é pequeno e austeramente construído, no típico estilo kalovaxiano, mas há um cobertor de lã grossa estendido no convés, com uma cesta de vime e outro lampião em cima para evitar que seja carregado pelo vento.

A porta se abre apenas com um empurrão e desço com cuidado uma pequena escada até a cabine escura. Com a luz do lampião consigo distinguir um quarto tão pouco decorado quanto o restante do barco, com uma única cama estreita e uma cômoda frágil. O pouco que há na cabine está bagunçado. A cama está por fazer e há roupas jogadas ao acaso no chão. Não consigo evitar um sorriso malicioso diante de mais esse lado inesperado de Søren. Na corte ele está sempre impecável, sem um fio de cabelo fora do lugar ou uma única ruga nas roupas, mas aqui no mar ele é relaxado.

Passo cautelosamente sobre roupas amontoadas no chão e algumas taças e pratos de metal vazios e virados, indo em direção à cômoda. Nela, encontro calças simples de linho e uma camisa branca de algodão com botões na frente. Ambas são grandes demais para mim e tenho de enrolá-las nos tornozelos e cotovelos para conseguir me movimentar, mas são confortáveis e, embora estejam limpas, ainda têm o cheiro de Søren – água salgada e madeira recém-cortada.

Quando saio de novo para o convés, a vela está totalmente aberta e Søren se encontra ao leme, de costas para mim. Ao ouvir minha aproximação, ele se vira e imediatamente ri quando me vê.

Minhas bochechas ficam quentes.

– Foi o melhor que pude fazer – comento, me sentindo desconfortável com a situação e puxando a camisa enorme e certificando-me de que as calças não desceram muito por meus quadris.

– Não, não é isso – diz ele, sacudindo a cabeça. – É só que... é estranho ver você vestindo minhas roupas.

– Não tão estranho quanto me sinto – completo, olhando para as calças. Acho que jamais me acostumaria a usar roupas de homem.

Sua risada desaparece.

– Você continua linda – declara ele, fazendo o calor em meu rosto dobrar. – Se quiser, pode voltar para a cabine, que é um pouco mais quente.

É a minha vez de rir.

– Não quero ofendê-lo, Søren, mas nunca vi um quarto tão bagunçado quanto sua cabine – provoco.

Agora é ele quem cora.

– Além disso – continuo, virando o rosto para cima a fim de ver o céu aberto –, gosto daqui de cima.

Quando torno a olhar para ele, Søren está me observando com uma expressão peculiar que faz meu estômago se contrair.

– Precisa de ajuda? – pergunto.

Ele sacode a cabeça.

– Essa é a beleza do *Wås*. Ele não precisa de tripulação, só de mim – diz, antes de me atirar uma caixa de fósforos.

Por menor que seja, é a coisa mais perigosa que já me confiaram sob tão pouca supervisão. Não posso nem usar uma faca para carnes quando como sozinha em meus aposentos, embora eu não saiba quem eles acham que vou tentar matar. Hoa? Ou talvez estejam preocupados que eu possa tentar o suicídio.

– Pode acender aquele lampião? – pede ele, fazendo um gesto de cabeça para o que está sobre o cobertor.

Digo a ele que posso, apesar de não ter certeza. Vi outras pessoas acenderem fósforos, mas eu mesma nunca o fiz. Minhas primeiras tentativas são desajeitadas. Quebro alguns palitos até que um finalmente acende e me assusta tanto que quase o deixo cair. Consigo acender o pavio pouco antes que ele queime meus dedos.

– *Wås* – repito, depois que o pavio está aceso.

Eu me estico ao lado do lampião e me deito de costas, olhando para o céu de veludo negro cravejado de milhares de diamantes. O ar está frio, mas apenas o suficiente para atenuar uma noite quente.

– Você batizou seu barco em homenagem à deusa dos gatos?

– É uma longa história.

– Ainda temos perto de uma hora e meia – lembro a ele, apoiando-me nos cotovelos e observando enquanto ele ajusta o ângulo da vela para pegar o vento.

Sua camisa branca ondula e se levanta com a brisa, mostrando os músculos rijos da barriga. Tento não reparar, mas ele surpreende meu olhar e sorri.

– Está bem. Só um minuto.

Ele ajusta a vela mais uma vez e se assegura de que estamos indo na direção certa, depois desce para a cabine para se trocar.

Enquanto isso, eu me deito de costas e olho para as estrelas acima de mim. Pela primeira vez em uma década, estou sozinha. Estou fora do palácio, com o céu a meu redor e ar fresco em meus pulmões. É uma sensação que não quero esquecer jamais.

Poucos minutos depois, Søren volta e se senta a meu lado, mais perto do que acho que ele ousaria se estivéssemos em outro lugar. Eu me sento e me inclino para trás, apoiando-me nas mãos. Ainda há uns 2 centímetros entre nós, mas sinto esse pequeno espaço como se fosse o ar um segundo antes de um raio cair.

– E então... *Wås* – insisto.

Suas orelhas ficam vermelhas.

– Meu pai me deu este barco no meu sétimo aniversário, mas era pouco mais que um casco. É tradição o menino construir sua primeira embarcação. Demorou quatro anos antes que ele estivesse em condições de navegar e mais dois antes de ser algo de que eu me orgulhasse. Agora é o barco mais veloz do porto.

– Impressionante – digo, passando a mão sobre o deque de madeira envernizada, na beira do cobertor. – Mas o que isso tem a ver com gatos?

Seus dedos pegam um pelinho na lã.

– As docas estão infestadas de gatos, como você certamente já viu. É claro que os marinheiros mais experientes sabem espalhar cascas de laranja no convés para manter os gatos longe dos barcos, mas ninguém pensou em me contar isso. Devem ter achado engraçado ver um prinz arrogante pisar em seu barco infame e encontrar dezenas de gatos deitados à espera. O pior: os gatos começaram a gostar de mim. Alguns me seguiam pelo cais, como patinhos atrás da mãe. Os homens começaram a me chamar de *Wåskin*.

Filho de Wås. Dificilmente o mais feroz dos apelidos. Dou uma risada e tento escondê-la antes de perceber que Søren também está rindo. Acho que nunca o ouvi rir antes, mas algo mudou nele desde que saímos do palácio. Ele está mais suave, mais aberto aqui.

Eu queria que ele não estivesse, porque isso faz com que ele seja fácil de se gostar.

Ele balança a cabeça e sorri. É a primeira vez que o vejo sorrir de verdade, as defesas baixadas, e isso faz com que todos os pensamentos sobre planos e assassinatos saiam completamente de minha cabeça por um instante. Por esse instante, permito-me imaginar como seria se eu fosse apenas uma garota tendo um encontro secreto com um garoto de quem ela pode gostar. É um caminho perigoso para meus pensamentos, mas, se vou fazer com que ele se apaixone por mim, ele precisa acreditar que eu gosto dele também. Então eu posso me permitir, apenas por esta noite, acreditar que é simples assim.

– Foi um apelido merecido, admito – diz ele, as faces corando. – E eu tinha começado a gostar dos bichinhos. Eles não estavam incomodando ninguém. O barco apenas era aquecido e cheirava a peixe.

Ele encolhe os ombros. Tenta manter a história leve, mas há uma sombra em seus olhos que não desaparece.

– Seu pai não gostou de seu herdeiro ser associado à deusa dos gatos – arrisco.

Sua boca se retesa.

– Ele achava que era impróprio para qualquer kalovaxiano, quanto mais para um prinz. E me disse que eu poderia cuidar disso ou ele o faria. Eu tinha 9 anos, mas já sabia o que *aquilo* significava. E tentei, mas as cascas de laranja não funcionaram. Eles estavam tão acostumados comigo, tão ligados, que não tinha nada que eu pudesse fazer para mantê-los longe.

– Então ele mandou matarem os gatos – adivinho.

Søren hesita antes de sacudir a cabeça.

– Fui eu – admite. – Foi o que me pareceu... mais nobre. Eles eram minha responsabilidade. E fiz do modo mais indolor que pude. Envenenei a água que dava para eles. Ninguém me chamou de *Wåskin* depois disso, pelo menos não na minha cara.

Ele está olhando para a frente, os olhos azuis vazios e a expressão de volta ao habitual cenho franzido e severo.

É a triste história de uma criança protegida. Animais de estimação mortos não são tão trágicos quando você viu sua mãe ser abatida, quando você esfaqueou seu pai nas costas enquanto ele lhe cantava uma canção de ninar. No entanto, a dor de Søren era real. Assim como sua desilusão. Aquele foi o momento em que ele deixou de ser criança. Quem sou eu para dizer que não foi horrível?

– Sinto muito – digo a ele.

Ele sacode a cabeça e força um sorriso.

– Meu pai não chegou a kaiser sendo um homem bom. Você deve saber disso melhor do que ninguém.

– E eu que pensava que ele era o kaiser porque nasceu na família certa.

Ele me olha de lado.

– Como terceiro filho – informa ele. – Nunca ouviu a história?

– Sua mãe me contou sobre o casamento dela. Foi parte disso? – pergunto, franzindo a testa.

A kaiserin havia falado que ele matou os irmãos, mas por algum motivo eu os imaginei mais jovens. Vi como segundos e terceiros filhos se movem pelo mundo. Eles têm fome de atenção e afeto de qualquer um à sua volta ou tentam ao máximo se misturar à paisagem. O kaiser não faz nem uma coisa nem outra. Ele é dono do chão em que pisa, do ar que respira. Acho que imaginei que tivesse nascido assim.

Søren dá de ombros.

– Quando meu pai quer alguma coisa, ele a toma. Os outros que se danem.

As palavras causam um choque que percorre meu corpo. Ninguém se atreve a falar assim do kaiser e a última pessoa de quem eu esperava isso era Søren. Eles podem não ser íntimos, mas ainda é o pai dele. Pensei que fosse dar mais trabalho fazer Søren se virar contra o kaiser, mas parece que o kaiser fez um bom trabalho por conta própria.

– Como capitão deste belo barco, tenho o direito de estabelecer algumas regras – diz Søren com um suspiro, interrompendo meus pensamentos.

– Regras? – pergunto, erguendo uma sobrancelha.

– Bem, uma regra – corrige ele. – Não se fala mais do meu pai.

Eu rio, embora minha mente esteja girando, tentando descobrir como instigar ainda mais os sentimentos de Søren contra o pai e como voltá-los mais a meu favor. Mas tenho tempo para pensar nisso mais tarde. Esta noite preciso ser apenas uma garota sozinha em um barco com um garoto de quem ela gosta. Esta noite preciso ser Thora.

– Gosto dessa regra – digo, surpresa ao descobrir que é verdade.

Eu deveria tentar extrair mais informações dele, mas a perspectiva de uma conversa que não seja obscurecida pela sombra do kaiser é boa demais para deixar passar.

– O que acontece se a quebrarmos?

A expressão de Søren se abranda e um sorriso leve abre seus lábios.

– Bem, temos uma prancha – responde. Ele se senta e abre a cesta de vime, tirando uma garrafa de vinho. – Mas não temos taças.

Eu rio, sentando-me também.

– À moda dos bárbaros – provoco.

– Está se referindo à prancha ou à falta de taças? – pergunta ele, tirando a rolha da garrafa com os dentes.

Penso por um momento.

– À falta de taças. A prancha é tolerável, acho, desde que esteja bem polida. – Ele me passa a garrafa de vinho aberta e tomo um gole antes de devolvê-la. É um gole mínimo, pois preciso manter as ideias claras. – O que mais você trouxe? – pergunto, apontando para a cesta.

Ele toma um gole significativamente maior antes de passar a garrafa de volta para mim e começa a mexer no conteúdo da cesta. Tira um pequeno bolo de chocolate, ainda quente, recém-saído do forno, e dois garfos.

– Garfos! – exclamo, batendo palmas de alegria. – Se você não tivesse garfos, acho que escolheria a prancha com prazer.

Ele estende um para mim, mas puxa de volta quando faço menção de pegá-lo.

– Prometa que não vai me furar com isto – diz.

Seu tom de voz é de provocação, mas a culpa dá nós em meu estômago.

– Deixe de ser bobo – digo, mantendo a voz leve. – Se eu matasse você aqui, como voltaria para a praia?

Ele sorri e me passa o garfo. Não sei se é o bolo em si ou todo o resto – o mar, a sensação de liberdade, o jeito de Søren olhar para mim –, mas é a melhor coisa que já experimentei. Embora o bolo seja grande o bastante para pelo menos quatro pessoas, em questão de minutos não há nada mais que migalhas e nós dois estamos empanturrados e deitados de costas, as cabeças próximas.

Eu me dou conta de como é fácil fingir ser o tipo de garota que gosta dele. Isso me faz pensar em quanto é de fato fingimento. Sinto-me à vontade com ele. Conversar com ele assim, dizendo coisas que não deveríamos, parece tão natural quanto respirar.

Ele deve se sentir do mesmo jeito, porque vira o rosto ligeiramente para mim.

– Como se diz bolo em astreano? – pergunta.

É uma pergunta perigosa. Depois do cerco, me batiam sempre que eu falava astreano. Um tapa forte no rosto, um soco nas costelas que deixava um hematoma, um chute no estômago que me tirava o ar. Eu não falava uma só palavra de kalovaxiano naquela época, mas aprendi depressa. Conversar em astreano agora com minhas Sombras é uma coisa, mas me parece uma armadilha falar minha língua materna com um prinz kalovaxiano. Quando me viro para olhar para Søren, porém, seu rosto é franco e sincero.

– *Crâya* – informo depois de um segundo, antes de franzir a testa. – Não, não é isso. *Crâya* é um bolo mais leve, geralmente de limão ou outra fruta cítrica, que é mais comum. Esse seria chamado de... – Faço um esforço. Não comíamos bolo de chocolate com muita frequência, talvez uma ou duas vezes, pelo que me recordo. Fecho os olhos, tentando me lembrar da palavra. – *Darâya* – digo finalmente.

– *Darâya* – repete ele, com um sotaque horrível. – E vinho?

Levanto a garrafa. O vinho é leve e fresco e, embora eu tenha bebido apenas metade do que Søren bebeu, já posso senti-lo exercendo seu efeito, fazendo minha mente zumbir.

– *Vintá* – respondo. – Este seria um *pala vintá*. Se fosse tinto, seria *roej vintá*.

– *Pala vintá*. – Ele pega a garrafa de mim e toma outro gole. – Barco?

– *Baut*.

– Vento?

– *Ozamini*. Porque nossa deusa do ar se chamava Ozam – explico.

– Cabelo? – Ele estende a mão para tocar o meu, torcendo um cacho em seus dedos. Olho para ele, enlevada. Chego mais perto, sem pensar. Estes são sentimentos de Thora. Não podem pertencer a mim, podem?

– *Fólti* – respondo um segundo depois.

– Oceano?

Sinto sua respiração em minha bochecha quando ele se aproxima ainda mais. Seu rosto toma minha visão inteira, encobrindo o céu, as estrelas, a lua. Tudo que vejo é ele.

– *Sutana*. – A palavra é quase um sopro. – A mesma origem que *ozamini*, mas com a deusa da água, Suta.

– Beijo?

Seus olhos não se desviam dos meus.

Engulo em seco.

– *Aminet.*

– *Aminet* – repete ele, saboreando cada sílaba.

Eu deveria estar preparada para quando sua boca viesse na direção da minha. Apesar de minha pouca experiência, sei o que virá. É no que venho trabalhando, afinal. Mas não estou pronta para quanto quero que isso aconteça. Não como Thora, a garota destroçada, nem como Theodosia, a rainha vingativa. Simplesmente Theo, as duas e nenhuma delas. Simplesmente eu. E talvez aqui, sem ninguém para nos ver além das estrelas, eu possa ser essa garota por apenas um momento.

Então, quando ele me beija, eu me permito retribuir, porque *eu quero.* Quero sentir sua boca na minha e sentir o gosto de seu hálito. Quero sentir suas mãos calejadas na minha pele. Quero mergulhar em seu abraço até me esquecer de Blaise, Ampelio, minha mãe e as dezenas de milhares de pessoas que precisam de mim. Até sermos duas pessoas sem nome e sem passado, somente com futuro.

Mas não consigo esquecer, nem mesmo por um minuto.

– *Aminet* – murmura Søren junto a meus lábios antes de rolar e se deitar de costas novamente. – Você sabe que eu não a trouxe aqui para isso.

– Eu sei – digo, tentando recobrar o juízo. – Se seu objetivo fosse sedução, não teria começado com a história dos gatos.

Ele ri e empurra meu ombro de leve.

– Eu só... Eu me dei conta de que não iria vê-la por algumas semanas, pelo menos. E não gostei de pensar nisso. – Faz uma pausa. – Odeio a corte. Todos ali usam máscaras. São todos cheios de bajulações, mentiras e manipulações, em troca de qualquer benefício que possam conseguir. É exaustivo. Acho que você é única pessoa sincera naquele palácio deplorável. Vou sentir sua falta.

A culpa cria um nó em minha garganta, impossível de ignorar. Apesar do que ele pensa, sei que uso tantas máscaras quanto a maioria dos cortesãos – mais até, provavelmente. Eu o manipulei tanto quanto qualquer outra pessoa. Estou fazendo isso agora. Mas é diferente, acho. Não estou buscando benefícios nem tentando ascender socialmente. O que estou fazendo é necessário, embora saber disso não faça com que eu me sinta melhor.

Deito-me de lado para olhar de frente para ele, apoiando-me no cotovelo. À luz tremeluzente da lanterna, seu traços ficam mais suaves, inocentes.

– Vou sentir sua falta também, Søren – digo em voz baixa.

Ao menos isso não é mentira.

Ele franze a testa.

– Vai? – Ele segura minha mão, traçando as linhas da palma distraidamente com o indicador. Apesar da leveza do gesto, estremeço. – Como?

– Como o quê?

– Como você pode olhar para mim e não ver *ele*?

Sua boca se franze quando diz essas palavras. Não preciso perguntar a quem ele se refere, mas a abrupta menção a seu pai faz com que eu me sinta como se tivesse sido afundada em água gelada. Søren parece se sentir da mesma forma, afrouxando a mão que segura a minha.

Eu me dou conta de que ele o odeia. Não é tão simples como um filho que se rebela contra o pai ou como o ressentimento de um pai ególatra contra seu jovem e forte herdeiro, que um dia tomará seu lugar. É ódio. Talvez não forte o bastante para se igualar ao ódio que sinto pelo kaiser, mas é semelhante.

Essa compreensão retorce minhas entranhas, porque é mais uma coisa que me faz entender Søren melhor – e gostar mais dele. E não posso me dar ao luxo de gostar mais dele.

– Bem, agora você tem de caminhar na prancha – digo, puxando minha mão da dele. – Você pode ser o capitão, mas não pode sair quebrando as próprias regras.

– É sério, Thora.

Embora esse nome doa como uma facada, fico grata. Preciso me lembrar de que esta bolha que criamos não é real, que a pessoa que ele vê quando olha para mim não é real.

Depois de pensar um momento, decido dizer a verdade, porque acho que ele não vai acreditar em mais nada agora.

– Eu via – admito. – Todos eram iguais para mim: você, o kaiser, o theyn. – Sacudo a cabeça e respiro fundo. – Consegue imaginar o que foi acordar em um mundo onde você está seguro, é amado, feliz e ir dormir em outro, onde todos que você ama estão mortos e você está cercado de estranhos que só deixam você viver porque é conveniente?

– Não.

– Não – repito. – Porque você era só um ano mais velho do que eu quando aconteceu. Não foi sua culpa, e eu sei disso. – Faço uma pausa para tomar fôlego. – Você não é seu pai.

– Mas...

– Você não é seu pai – repito, com mais firmeza.

É verdade, mas dá para notar que ele não acredita.

Mesmo assim, sua expressão se suaviza e percebo quanto ele precisava escutar essas palavras, ainda que não acredite nelas. Talvez seu interesse em mim não seja apenas o de salvar a donzela. Parte dele também quer ser salva. Se ele está manchado pelos pecados do pai, então talvez eu seja a única pessoa capaz de absolvê-lo.

Aproximo-me mais um pouco e levanto a mão, pousando-a em seu rosto. Seus olhos estão escuros como a água que nos cerca.

– *Yana crebesti* – digo.

Ele engole em seco.

– O que isso significa? – pergunta.

Poderia significar qualquer coisa e ele não saberia. Eu poderia ter dito que estava planejando matá-lo, que odiava todos os kalovaxianos em Astrea – inclusive ele – e que não me contentaria até vê-los todos mortos. Ele não saberia a diferença.

– Significa "confio em você".

– *Yana crebesti* – repete ele.

Transponho a pequena distância entre nós e roço meus lábios nos dele, primeiro de leve, mas, quando sua mão mergulha em meus cabelos soltos, puxando-me para ele, toda a suavidade desaparece. Nós nos beijamos como se estivéssemos tentando provar alguma coisa, embora eu não saiba exatamente o quê. Não consigo mais lembrar quem sou. Meus contornos estão indistintos. ThoraTheoTheodosia. Tudo desaparece, até que só o que resta são bocas, línguas, mãos e o ar, que não parece ser suficiente. Meus cabelos caem a nossa volta como uma cortina, isolando-nos do restante do mundo. É mais fácil do que nunca fingir que nada mais existe além disso, além de nós.

Ele deve se sentir assim também, porque, quando não conseguimos mais prosseguir com os beijos, apenas me abraça, meu rosto encaixado na curva de seu pescoço, e murmura em meu ouvido:

– Podemos continuar navegando. Dentro de um dia estaremos perto de Esstena. Em uma semana estaremos além de Timmoree. Em um mês, Brakka. E depois, quem sabe. Podemos navegar até chegarmos a algum lugar onde ninguém nos conheça.

Embora isso me torne uma traidora, posso imaginar como seria. Uma vida na qual uma coroa – de ouro ou de cinzas – não pesa em minha cabeça. Uma vida na qual não sou responsável por milhares de pessoas que estão famintas e fracas, que são espancadas todos os dias. Uma vida na qual posso ser apenas uma garota, beijando um garoto porque ela quer, em vez de uma rainha beijando um prinz porque ele é a chave para que ela reconquiste seu país. Seria uma vida mais fácil em muitos aspectos. Mas não seria a minha e, embora ele odeie seu pai e seu mundo, tampouco seria a dele.

Mesmo assim, fazer de conta é bom.

– Ouvi dizer que Brakka tem uma iguaria chamada *intu nakara* – digo. Ele ri.

– Serpente do mar crua. Só é uma iguaria porque é rara, não porque é boa, acredite. Tem exatamente o gosto que você imagina.

Enrugo o nariz e beijo o pequeno pedaço de pele à mostra em seu ombro, logo acima do colarinho da camisa.

– E se eu quiser provar mesmo assim? – pergunto.

– Então você terá toda *intu nakara* que quiser – responde ele. Seus dedos estão enfiados em meu cabelo, penteando-o preguiçosamente. – No entanto, lamento dizer que não haverá *aminets*.

– *Amineti* – corrijo-o. – O plural é *amineti*. – Como em "Acordei hoje sem nunca ter dado um único *aminet*, mas agora minha contagem está em três *amineti*". Com dois garotos diferentes. Afasto os pensamentos sobre Blaise e seu beijo confuso e me concentro em Søren. – Mas por quê?

– Porque a *intu nakara* é famosa por provocar um hálito horrível.

– Verdade? – pergunto, apoiando-me em meu braço de novo para olhá-lo. – Acho que você não conseguiria evitar.

Ele solta meus cabelos e sua mão desce para minha cintura.

– Acho que você está subestimando o fedor. Dizem que dá para sentir a meio quilômetro de distância.

– Que nojo – digo, enrugando o nariz.

Ele ri e me abraça, fazendo-nos rolar e ficando sobre mim, o cabelo louro na altura do ombro fazendo cócegas em meu rosto enquanto ele me beija, lenta e demoradamente. Quando ele se afasta, vou junto alguns centímetros antes de desfazer o beijo.

– Algum outro dia eu a levarei a Brakka e você poderá comer quantas *intu nakara* quiser, mas está quase na hora de levá-la para casa.

Eu me sento e o observo voltar para a roda do leme e dar meia-volta no barco, seguindo para a praia. Sob a luz da lua cheia, as linhas angulosas de seu rosto ficam mais suaves, mais jovens do que parecem durante o dia. Ele não é mais a mesma pessoa que era para mim quando entramos no barco esta noite, e acho que não há como voltar ao que era antes.

Eu disse a minhas Sombras que poderia matá-lo e dar início a uma guerra civil, e agora estou ainda mais segura de que o plano funcionaria. Já existem tensões tão grandes entre ele e o kaiser que eu não precisaria fazer muito para atiçá-las. Mas também duvido que seria capaz de matar Søren quando chegasse a hora. Fui sincera quando disse que ele não é o pai dele. E acho que não consigo voltar a fingir que é.

A estação está mudando e a noite ficou surpreendentemente fria. Levo comigo o cobertor quando me levanto, passando-o sobre os ombros e andando atrás de Søren. Vejo que os pelos de seus antebraços estão eriçados, então passo o cobertor ao redor dele também. Se eu ficar na ponta dos pés, fico alta o suficiente para descansar o queixo em seu ombro.

– Você promete? – pergunto.

– O quê?

Ele vira a cabeça ligeiramente para mim e sua respiração toca meus lábios.

– Que vai me levar para longe daqui?

Ao dizer isso, não sei qual parte de mim está falando.

Algo duro perpassa nos ângulos acentuados de seu rosto e de repente me pergunto, preocupada, se não o interpretei errado, se na verdade não sei absolutamente nada sobre ele. Falar astreano e este passeio de barco à meia-noite podem contar como traições, mas são pequenas. Perdoáveis, embora não sem um custo. Fugir, porém – não só um plano frágil, mas uma promessa real –, é totalmente diferente. Søren é bastante inteligente para saber que o que estou de fato perguntando é se ele me colocaria acima de seu dever como prinz.

Ele suspira e beija minha testa.

– Um dia – diz.

Não é o bastante, mas é um começo.

TESTE

TROCAMOS BEIJOS RÁPIDOS, DESESPERADOS, DURANTE TODO o caminho de volta, por pouco não ultrapassando o prazo de duas horas que Blaise havia estabelecido. Søren e eu levamos a sério o toque de recolher por razões diferentes – ele teme que uma de minhas Sombras nos denuncie ao kaiser, ao passo que meu temor é de que Blaise pense que estou em apuros e tome alguma atitude precipitada. Mesmo quando Søren me beija diante da porta que dá para meu armário, não consigo não pensar no beijo de Blaise mais cedo. Eles se misturam em minha cabeça até eu não poder distinguir muito bem quem é quem.

– Vejo você na volta – promete Søren. – Vou lhe trazer uma lembrança.

Uma lembrança de Vecturia, digo a mim mesma. Uma lembrança de um país não muito diferente do meu que Søren e seus homens vão conquistar. Porque é isso que eles são. É isso que *ele é*. Não posso me permitir esquecer isso.

Beijo-o uma última vez antes de abrir a porta da passagem e engatinhar por ela de volta até o armário. Meu vestido ainda está desconfortavelmente molhado, mas usá-lo é preferível ao que aconteceria se ele fosse encontrado no barco de Søren ou as roupas dele em meus aposentos.

Meu quarto está silencioso quando chego, exceto pelo ronco alto vindo da parede de Heron.

– Ele é meu – digo a quem quer que esteja escutando. – Ou quase. Já está meio apaixonado por mim. Quando voltar de Vecturia, posso completar o trabalho.

Não acrescento que acho que também estou me apaixonando por ele.

– E as outras coisas? Estão avançando? – pergunto.

Blaise pigarreia.

– A mãe de Art partiu esta noite e o barco dela é rápido. Deve chegar lá uns dois dias antes deles. Não é tempo suficiente para preparar muita coisa, mas pelo menos os vecturianos serão avisados. Eles podem reunir suas tropas na ilha mais próxima e interceptá-los lá. Provavelmente os kalovaxianos vão estar em maior número, mas os vecturianos têm a vantagem defensiva e devem conseguir mantê-los longe. Os kalovaxianos acham que será um cerco fácil. Se for mais problemático do que vantajoso, eles devem dar meia-volta.

Assinto com a cabeça.

– Os outros estão dormindo?

– Sim, o sol está quase nascendo – avisa ele.

Meu corpo está exausto, mas minha mente vibra, cheia de pensamentos sobre Dragonsbane, liberdade e o som do riso raro de Søren. Tento não pensar em Blaise e em seu beijo e no fato de ele não querer olhar para mim.

Um bocejo me surpreende e me dou conta de quanto estou cansada.

– Acho que vou me juntar a eles – anuncio, subindo na cama sem me preocupar em tirar o vestido. – Você deveria fazer o mesmo.

– Não estou cansado – diz ele. – Além disso, alguém precisa ficar de vigia.

Estou prestes a protestar quando sinto algo rígido debaixo de meu travesseiro. Levo a mão até lá e sinto não um, mas dois itens, e os puxo. O primeiro é uma lâmina fina de prata polida, embainhada. Levanto-a à fraca luz da lua que entra pela janela ao lado de minha cama para admirá-la. Tinha me esquecido de como as armas astreanas eram elegantes, com punhos filigranados e lâminas estreitas, tão diferentes das espadas de ferro grosseiras que os kalovaxianos preferem.

O segundo item é um pequeno frasco de vidro contendo não mais que uma colherada de um líquido perolado.

– Imagino que isto não seja para meu consumo – digo.

Um calor atravessa o vidro quando viro o frasco em minhas mãos.

– Não, a menos que *você* queira ser transformada em cinzas de dentro para fora – responde Blaise.

Quase derrubo o frasco, o que teria sido uma catástrofe. *Encatrio*. Fogo líquido. Ouvi rumores sobre ele, mas a receita é um segredo muito bem guardado que apenas uns poucos conhecem. Nem mesmo o kaiser conseguiu pôr as mãos nela, embora não por falta de tentativas.

– Uma coisa que pensamos que você poderia dar à sua amiga e ao seu pai encantador – continua ele, alongando sarcasticamente a palavra *amiga*.

– Outro jeito de enfraquecer os kalovaxianos, para que eles fiquem com medo da gente. Se somos capazes de matar seu guerreiro mais forte, vão pensar que podemos chegar a qualquer um e isso vai fazer com que o kaiser pareça fraco.

Minha mão aperta mais a poção com desejo e pavor. Ele está certo: se matássemos o theyn, seria um golpe quase tão forte no kaiser quanto matar Søren. Além disso, o theyn povoa meus pesadelos com a mesma frequência que o kaiser. Ele é o homem que matou minha mãe, que me espancou e aterrorizou, sem culpa alguma. Não sou eu que vou me sentir culpada por matá-lo.

Já quanto a Cress... Apesar do que Blaise pensa, ela é minha amiga de verdade, mesmo quando não deveria. Ela me protegeu diversas vezes, me ergueu quando eu não conseguia ficar de pé sozinha. Ela me deu um motivo para sair da cama pela manhã quando eu só queria morrer. Sem Cress, não restaria nada de mim até Blaise aparecer. Como posso matá-la?

Eu sabia que chegaria esse momento, de traí-la por meu país. Mas nunca imaginei que fosse tão longe. Penso na luz abandonando os olhos de minha mãe, em como o aperto de sua mão na minha ficou frouxo. Penso na espada se cravando nas costas de Ampelio, em como ele estremeceu ao exalar seu último suspiro antes de ficar imóvel. Cress os substitui em minha mente. Vejo seus olhos, sinto sua mão, observo sua alma sendo arrancada de seu corpo.

Mais de uma vez ela me chamou de irmã do coração, uma expressão kalovaxiana para uma amizade mais profunda que os laços de família, tão profunda que duas pessoas compartilham o mesmo coração. Eu costumava achar isso uma bobagem, considerando que o pai de Cress era o motivo pelo qual eu não tinha mais uma família, mas agora isso parece dolorosamente exato. Perder Cress, *matá-la*, abriria um buraco necrosado em meu coração que jamais cicatrizaria.

É a fraqueza de Thora, digo a mim mesma, mas não é. Não totalmente.

– Theo – diz Blaise, uma advertência na voz da qual não preciso. Não quero.

Aperto com mais força o veneno e me sinto tentada a atirá-lo na parede atrás da qual Blaise se encontra.

Ele me deu esperança quando eu já não tinha nenhuma e é minha tábua de salvação nesta tempestade, mas, neste momento, queria que ele nunca tivesse voltado. Queria estar sozinha neste quarto, cercada por minhas verdadeiras Sombras e abençoadamente ignorante de tudo que se passa fora do palácio. Queria ser Thora de novo, porque Thora nunca precisou fazer escolhas.

Mas eu também não tenho escolha agora. Não de fato. É o que mais dói.

– Estou cansada, vou dormir – digo, enfiando o veneno e a adaga embaixo do travesseiro de novo.

– *Theo.* – A voz dele estala como uma vela ao vento.

– Ouvi você – replico, usando o mesmo tom dele. – Não posso fazer isso hoje à noite, posso? Atacar o theyn é arriscado e precisamos de um plano se vamos fazer isso.

O silêncio dele paira pesadamente por um longo momento.

– Mas você vai fazer – declara ele.

Odeio a dúvida presente em sua voz, a certeza de que ele ainda não confia completamente em mim. Mas, na verdade, não posso culpá-lo. Eu também não sei se posso confiar em mim mesma.

Não respondo e ele não insiste, mas sei que sua paciência não vai durar muito. Ele vai querer uma resposta logo e eu não sei se tenho essa resposta para lhe dar.

DÚVIDA

O THEYN RETORNA DAS MINAS NO DIA em que Søren parte, mas o veneno permanece guardado em meu colchão, junto com a camisola arruinada do dia em que encontrei Blaise pela primeira vez. Mesmo assim, sinto seu peso constantemente, me pressionando por todos os lados.

Matar o theyn é correto, é necessário, disso eu não tenho dúvidas. Mesmo a uma certa distância, posso quase sentir o cheiro de sangue fresco nele. Sangue astreano. Se fosse apenas ele, eu não hesitaria. Poderia despejar veneno por sua goela abaixo sem nem uma migalha de culpa. Poderia observar a luz deixar seus olhos e sorrir. Matá-lo talvez até me trouxesse uma certa medida de paz.

No entanto, quanto mais penso a respeito, mais certeza eu tenho: não posso matar Cress mais do que poderia arrancar meu coração.

Uma semana se passa e minhas Sombras devem perceber minha hesitação em agir. Elas não tecem qualquer comentário, mas ainda assim ouço seu julgamento, pairando em cada conversa, escondendo-se em cada segundo de silêncio. Eles estão esperando e cada dia em que hesito me custa um pouco mais de seu respeito.

Ela não é sua amiga, repito de maneira incessante para mim mesma, mas sei que não é verdade. Eu me lembro da menina que me salvou dos garotos que me torturavam, que transformou a vergonha da coroa de cinzas em pintura de guerra mesmo sabendo que seria punida por isso, que me distraiu da dor de meus vergões lendo para mim seus livros favoritos. A garota que é minha amiga mesmo quando tem mil razões para me evitar.

Ela é sua inimiga. Mas não é. Crescentia pode ser muitas coisas – egoísta e calculista, entre elas –, mas não é cruel. Ela não tem sangue nas mãos e não cometeu crime algum, exceto nascer no país errado, do pai errado. É válido matá-la por isso? Isso não me igualaria ao kaiser?

Mais de uma vez durante os últimos dias, acordei encharcada de suor frio, embora agora não seja o rosto coberto de cicatrizes do theyn que me assombra, nem mesmo os olhos cruéis do kaiser, mas o sorriso de Crescentia. Ela estende a mão para mim, como fez durante todos esses anos. *"Somos amigas agora"*, diz, só que em meus sonhos sua pele rosada se torna cinzenta quando sua boca se escancara em um grito silencioso. Seus olhos, injetados de sangue em torno das íris cinza, estão presos nos meus, acusadores, assustados, traídos. Eu quero ajudá-la, mas estou paralisada, e tudo que posso fazer é olhar enquanto a vida deixa seus olhos, exatamente como deixou os da minha mãe.

Quando meus gritos acordam as Sombras, ofereço a elas mentiras que são fáceis demais para acreditar: que sonhei com o theyn matando minha mãe ou com os castigos do kaiser. Eles não acreditam.

Embora eu não possa ver seu rosto, posso ouvir a dúvida na maneira como Blaise respira, as advertências no arrastar indolente de seus pés. É o jogo do beliscão novamente – qual de nós vai admitir primeiro? Pela primeira vez me sinto feliz pela parede que nos mantém separados, porque sei que, se ele me olhasse nos olhos e perguntasse o que há de errado, eu desmoronaria. Por causa de uma garota kalovaxiana.

Talvez eles me abandonassem por isso, me declarassem um caso perdido e fossem embora. Eles poderiam deixar que o kaiser ficasse com minhas partes despedaçadas e ir travar a guerra deles em outro lugar. Não sei se os culparia por isso. Que tipo de rainha sou eu se coloco meu inimigo acima de meu povo?

Tento evitar Cress também. Na manhã em que Søren partiu, acordei com suas batidas melódicas na porta.

– Você está horrível – disse ela em tom alegre ao entrar impetuosamente antes do café da manhã.

Ela não tinha a intenção de ser cruel e eu não podia negar a verdade em suas palavras. Eu me *sentia* péssima. Tinha voltado de meu encontro com Søren apenas cinco horas antes e a maior parte dessas horas eu havia passado rolando de um lado para outro na cama, a imagem do veneno e as palavras de Blaise pesando em minha mente.

– Não estou me sentindo bem – expliquei, o que em parte era verdade. – Acho que não posso tomar café com você hoje.

O sorriso dela fraquejou.

– Então vou mandar trazer o café para você – insistiu ela. – E vou ficar para lhe fazer companhia. Meu pai me trouxe um livro novo, sobre o folclore astreano, que tenho certeza que você vai amar e...

– Não.

A palavra saiu mais dura do que eu pretendera, afiada pela menção ao theyn, pela ideia de vê-la lendo um livro sobre a história de meu povo que eu mesma não tinha permissão de ter e pela consciência de que o veneno escondido em meu colchão era destinado a ela.

Os olhos de Cress se arregalaram como os de uma criança e seu queixo tremeu. Ela parecia tão magoada que quase me desculpei, quase implorei que ficasse e me fizesse companhia, qualquer coisa que a deixasse feliz, mas resisti e, após um momento, ela assentiu com a cabeça.

– Entendo – disse ela, embora estivesse claro que não entendia.

Suspirei.

– Só não quero que você fique doente, Cress. Eu nunca me perdoaria. Vou encontrar você assim que estiver me sentindo melhor.

Ela assentiu, mas eu podia ver que não tinha acreditado em mim. Ela abriu a boca para dizer alguma coisa, mas rapidamente tornou a fechá-la.

– Espero que se sinta melhor logo, Thora – disse ela com suavidade antes de me deixar sozinha.

Dois dias depois, ela me enviou uma carta me chamando para ir com ela ao costureiro e respondi que tinha uma aula de dança que não poderia perder. Ela veio me ver novamente ontem, mas implorei a Hoa que não atendesse a porta e fingisse que estávamos fora. Ela me dirigiu um olhar desconfiado, porém aquiesceu.

Mas, se há uma coisa que sei sobre Crescentia, é que ela é teimosa e sempre encontra uma forma de conseguir o que quer.

Sua próxima tentativa ocorre hoje, quando estou tomando café, na forma de um convite para um *maskentanz* – um baile de máscaras – que ela está oferecendo para celebrar o retorno de seu pai das minas. Não creio que possa recusar o convite, embora isso signifique usar novamente aquela abominável coroa de cinzas, que vai tornar inútil qualquer máscara.

Mostro o convite a Hoa e seus olhos escuros o examinam, o espaço entre suas sobrancelhas se franzindo. Ela olha para mim, a expressão confusa, antes de assentir com a cabeça e deixar o quarto correndo. Um *maskentanz* exige muitos preparativos, tenho certeza, e não há muito tempo para isso.

É típico de Crescentia inventar uma coisa de última hora sem pensar em quem acabaria de fato fazendo todo o trabalho. Mas nem mesmo essa demonstração de inconsequência me irrita como de costume. Tudo em que consigo pensar é no veneno.

– Algo interessante? – pergunta Blaise quando Hoa sai.

– Um *maskentanz* que Cress está organizando esta noite para celebrar o retorno do theyn de sua *inspeção* das minas – digo, tornando a dobrar a carta.

Eles não respondem e me dou conta de que provavelmente nunca ouviram a palavra *maskentanz* antes. Duvido que houvesse festas nas minas.

– Um baile de máscaras, uma festa – explico.

Ainda assim, não dizem nada, mas sua expectativa é sufocante.

– Vai haver gente demais para usar o veneno – declaro antes que alguém possa sugerir o que sei que estão pensando. – Seria muito fácil cometer um erro e matar a pessoa errada.

– São todos kalovaxianos. Não existe pessoa errada – diz Artemisia, a intenção perversa na voz. – E, com tantas pessoas, ninguém saberia quem é o autor do envenenamento.

Eu entendo a acidez de suas palavras, embora não esteja certa se concordo com elas tanto quanto antes. Se pudesse envenenar todos os kalovaxianos no palácio esta noite, eu faria isso? Fico quase feliz de não ter essa opção, porque não sei que escolha faria. Sim, isso significaria me livrar do kaiser e do theyn e de todos os outros guerreiros com suas mãos manchadas de sangue e seus olhos frios, mas também há crianças aqui cujo único crime é ter nascido no país errado.

Mas sei que não adianta dizer isso a Artemisia.

– Um veneno *astreano*? Isso por si só lançaria a culpa em mim, e o theyn é o amigo mais próximo do kaiser... Ele pode ficar furioso o bastante para me matar por isso. E, se o veneno acabar com o kalovaxiano errado, duvido que vocês conseguiriam encontrar mais para o theyn com tanta facilidade, caso contrário já teriam envenenado todo o castelo – replico, e ela silencia.

Esfrego as têmporas. A conversa – e o caminho que sei que ela tomará – já está me dando dor de cabeça.

– Eu vou fazer isso em breve, mas precisamos primeiro de um plano e ainda não conseguimos elaborar um – afirmo.

– *Você* não conseguiu elaborar um ainda – diz Artemisia. – E todos nós sabemos que na realidade você não está nem tentando, não é?

Não posso responder. Mesmo através da parede, consigo sentir seu ressentimento. Ela está com a cabeça quente, mas parece que há algo mais aí.

– Recebemos notícias de um espião na mina da Terra – informa Heron após um segundo. – O theyn cortou suas rações pela metade e começaram a mandar crianças, mais cedo do que nunca, para trabalhar nas minas. Algumas de 8 anos. Ainda não tivemos notícias das outras minas, mas é difícil acreditar que isso esteja acontecendo só na mina da Terra.

– Punição pelos motins?

– Sim e não – responde Blaise, a voz pesada e cansada. Eu me pergunto quando ele dormiu pela última vez. – Isso não ajudou exatamente e com certeza é o motivo para o racionamento da comida, mas as crianças... Os kalovaxianos estão ficando sem escravos para trabalhar e a produção de pedras preciosas não é mais a mesma de antes. Provavelmente essa é outra razão para o ataque às ilhas de Vecturia. Eles precisam de mais escravos.

Não posso deixar de pensar em Goraki e em como os kalovaxianos queimaram todo o país e partiram quando se esgotaram os recursos. Eu me pergunto se Blaise está pensando a mesma coisa. Nosso tempo está acabando.

Meu estômago se contrai.

– E o theyn deu a ordem como parte de suas inspeções – adivinho em voz alta. Eles não me contestam. – Acreditem em mim: não há nada que eu gostaria mais de fazer do que matá-lo hoje à noite, mas seria uma jogada tola e só vai tornar as coisas piores quando falharmos.

– Tem certeza de que é isso que está deixando você indecisa? – pergunta Artemisia, sua voz ácida tão baixa que eu quase não a ouço.

– Artemisia! – sibila Heron.

– Não, está tudo bem – digo, dando um passo em direção à parede de Artemisia, igualando meu tom de voz ao dela. Não posso mostrar dúvida, não posso mostrar medo. – Se tem alguma coisa que você gostaria de dizer, Artemisia, por favor, não esconda. Quero muito saber o que você está pensando.

Minhas palavras são recebidas apenas pelo silêncio, mas isso não faz com que me sinta melhor, porque *eu* tenho dúvidas. Não em relação a minhas lealdades, exatamente, mas a mim mesma. Aquelas são as pessoas que tiraram tudo de mim – minha mãe, meu país, minha mente. Desde a morte de Ampelio, venho esperando o momento em que poderei me vingar e enterrar

Thora para sempre. Agora esse momento chegou e eu não tenho certeza se posso fazer isso.

• • •

Após almoçar sozinha – ou pelo menos tão sozinha quanto me é permitido ficar – em meus aposentos, ouço uma batida leve e rápida à porta. Não é a batida melódica de Crescentia nem a pancada forte dos guardas e não posso imaginar quem mais possa ser. Hoa está recolhendo a louça do almoço, então vou atender.

Abro a porta com cautela e não encontro ninguém do outro lado. Inclino-me para fora e espio o corredor em ambas as direções, mas ele está vazio. Quase torno a fechar a porta antes de perceber o pedaço de pergaminho enrolado no chão diante da porta.

Eu o apanho e levo para dentro comigo, fechando a porta com firmeza atrás de mim. A carta está lacrada com o selo de Søren, representando um *drakkon* lançando fogo, então a enfio no bolso do vestido.

– Deve ter sido o vento – digo a Hoa.

No entanto, ela não parece acreditar em mim. Quando sai do quarto um momento depois, equilibrando a bandeja com os restos do almoço nos braços, ela me lança um olhar de suspeita. Sorrio para ela, como se nada estivesse acontecendo, mas não acho que isso a engane.

Não é a primeira vez que eu me pergunto como ela me vê. Hoa me conhece desde meus 6 anos, é ela quem me abraçava quando eu chorava, quem me colocava na cama. Não confio nela – acho que minha parte capaz de confiar nas pessoas está irremediavelmente avariada –, mas eu a amo, de certa forma. É uma sombra do amor que sinto por minha mãe, grosseiramente no mesmo formato, mas sem a cor ou o calor. Hoa olha para mim às vezes como se estivesse vendo a própria sombra fantasmagórica. Mas não posso perguntar nada sobre isso e ela com certeza não poderia me dizer nada se eu perguntasse.

Quando a porta se fecha com um clique atrás dela, pego a carta no bolso e rompo o selo com a unha do dedo mínimo antes de a desenrolar.

– O prinz? – pergunta Blaise.

Respondo apenas com um gesto da cabeça. A letra de Søren é um garrancho desleixado e apressado, o que faz com que seja difícil lê-la.

Querida Thora,

Sonhei com você na noite passada e, ao acordar esta manhã, poderia jurar que seu perfume pairava no ar à minha volta. Tem sido assim a semana toda. Você persegue minha mente tanto no sono quanto na vigília. Fico querendo partilhar meus pensamentos com você ou pedir sua opinião sobre as coisas. Em geral, mal posso esperar para ficar longe da corte, quando somos apenas minha tripulação e eu no mar. Não existem pressões, nenhuma formalidade, nenhum jogo afora aqueles jogados com cartas e cerveja. Mas agora eu daria qualquer coisa para estar de volta a esse maldito palácio porque você estaria comigo.

Resumindo: sinto terrivelmente a sua falta e me pergunto se você também sente saudade de mim.

Erik zomba de mim sem parar por isso, embora eu suspeite que ele sente um pouco de inveja. Se eu fosse um homem melhor, eu o encorajaria a procurá-la e abriria mão de você, porque sei que ele é uma escolha mais segura para você. Ambos sabemos a ira com que meu pai reagiria se ele soubesse quanto gosto de você. Não sou altruísta o bastante para sair de cena, embora, se você me pedisse, eu certamente tentasse. Se você me pedisse o oceano, eu encontraria uma forma de levá-lo para você.

Os mares estão tranquilos e, se tudo correr tão bem quanto se espera, estarei de volta antes da lua nova com boas notícias que devem deixar meu pai muito feliz. Se você quiser me enviar uma carta, e espero que queira, deixe-a onde encontrou esta e confie que ela chegará a mim.

Sempre seu,
Søren

Leio a carta duas vezes, tentando sufocar a alegria que suas palavras despertam em mim. Se estivesse sozinha, provavelmente abriria um sorriso. Apertaria a carta junto ao coração, aos lábios. Talvez o imaginasse em sua cabine, com a luz de uma única vela, ponderando sobre as palavras e mastigando a ponta da pena enquanto tenta colocar os pensamentos no papel. Talvez eu me perguntasse qual era, exatamente, a essência de seus sonhos comigo.

Mas nunca estou sozinha e, pela primeira vez, me sinto grata por isso. Os olhos de minhas Sombras dissecam cada contração em minha expressão, lembrando-me de quem sou e do que está em risco. Especialmente depois de nossa discussão mais cedo, tenho certeza de que eles estão buscando sinais de que estou tendo dúvidas, e não posso deixá-los saber que isso de fato está acontecendo.

Não posso deixá-los saber que há uma parte de mim se apaixonando pelo prinz que eles querem que eu mate.

– Ele não conta nada interessante, nenhuma menção a Vecturia – digo, amassando o papel nas mãos e começando a rasgá-lo. – É uma carta de amor, nada diz sobre o que ele está fazendo. Os mares estão tranquilos, ele espera que a viagem seja fácil e rápida. Naturalmente, isso foi há alguns dias. Disse que estaria de volta antes da lua nova. Isso é apenas daqui a duas semanas.

– Ele deve estar chegando a Vecturia hoje, se os mares estiverem calmos – conclui Artemisia.

Sua voz ainda tem as arestas afiadas, nossa discussão de antes não foi esquecida.

– É uma pena que nenhum de vocês seja Guardião do Fogo – comento, olhando os pedaços de papel nas mãos e desejando poder queimá-los. Os pedaços não são maiores do que minhas unhas dos dedos mínimos, mas não acharia impossível que o kaiser mandasse alguém vasculhar meu lixo e montasse o quebra-cabeça.

Não pela primeira vez, eu me pergunto se poderia atear fogo a alguma coisa. Se a lenda for verdadeira e o sangue de Houzzah correr mesmo em minhas veias, deveria ser simples, mesmo sem treinamento ou sem uma pedra. Sinto a força de atração da Pedra do Fogo mais intensamente do que a de quaisquer outras, a forte tentação de lançar mão dela e usar o poder que conseguir evocar. Mas não vou testar essa teoria. Nunca. Antes do cerco, eu ouvira muitas histórias de pessoas que haviam se considerado dignas de um poder com o qual não foram abençoadas nas minas. Eu me lembro de como os deuses as puniam por seu orgulho ou imprudência. Não posso correr o risco de ser alvo da ira deles, agora mais do que nunca, quando um erro poderia me arruinar. Poderia arruinar Astrea para sempre.

Ouço novamente as palavras de Artemisia, sua dúvida em relação aos deuses e a seu poder. Isso vem me incomodando, essa suspeita de que talvez ela tenha razão. Por que os deuses não salvaram Astrea se eles nos amam tanto? Se de fato descendo de Houzzah, como ele pode ter permitido que os kalovaxianos me tratassem assim e não ter feito nada? Não gosto de pensar nisso nem de fazer essas perguntas, mas não consigo evitar.

No entanto, minha mãe está a minha espera no Além, tenho de acreditar nisso. Se não estiver – se não existir nenhum Além –, não sei o que vou fazer. A ideia de vê-la outra vez um dia é a única coisa que me faz sair da cama algumas manhãs. A lenda diz que usar uma pedra sem a bênção dos deuses é sacrilégio e almas sacrílegas não têm permissão para entrar no Além. Por mais que eu anseie sentir o fogo na ponta dos dedos e transformar o mundo a minha volta em cinzas, não vou arriscar o Além por isso.

– Art – diz Blaise, arrancando-me de meus pensamentos.

– Posso ajudar nisso – replica ela.

Ouço o movimento de uma porta se abrindo e fechando antes que a porta de meu quarto se abra e Artemisia entre, puxando o capuz para trás e me mostrando seu rosto pela primeira vez. Engulo minha surpresa – ela não é nada como eu imaginava.

É tão pequena que poderia passar por uma criança, embora eu dissesse que tem mais ou menos a minha idade, talvez um pouco mais. Para minha surpresa, ela não é astreana, ou pelo menos não completamente. Tem a mesma pele bronzeada e os mesmos olhos escuros, mas os seus são puxados. Seu rosto em formato de coração é anguloso, tem malares salientes cobertos de sardas e a boca é pequena e redonda. Como sei que Dragonsbane é astreana, eu deduziria que o pai de Artemisia é de algum lugar do Leste, embora eu não tenha conhecido muita gente daquelas terras para arriscar um palpite mais específico.

A coisa mais extraordinária em relação a ela é o cabelo, que desce até as escápulas em uma cascata lisa e espessa, branca nas raízes e de um chocante azul-celeste nas pontas. Ele muda com a luz, como a água, espelhando o grampo com a Pedra da Água que o prende.

Alguns Guardiões apresentam manifestações físicas de seus dons. Havia uma antiga história de um Guardião da Terra cuja pele havia se tornado cinzenta e dura, mas a maioria das marcas é sutil – cicatrizes, por exemplo. Ampelio uma vez me mostrou a dele: uma queimadura vermelho-vivo sobre o coração que parecia recente, mas ele disse que a tinha desde que concluíra o treinamento.

Artemisia me dirige um olhar irritado e percebo que a estou olhando fixamente. Ela sacode os cabelos, lançando-os para trás dos ombros, e eles se apagam, tornando-se de um castanho-avermelhado escuro igual aos meus. Ela está me copiando intencionalmente? Tenho vontade de perguntar, mas Artemisia já está irritada comigo. Não quero enfurecê-la ainda mais.

– Desculpe – digo. – Seu cabelo... Fui apanhada de surpresa.

– Você deveria experimentar acordar com ele – sugere ela, a expressão inabalável.

Não a conheço bem o bastante para dizer se ainda está com raiva ou se ela é simplesmente assim.

– É lindo – afirmo, esperando um sorriso.

Ela se limita a dar de ombros.

– É um fardo – replica. – Quando fugi das minas, todos procuravam uma garota de cabelos azuis e eu não tinha poder suficiente sem uma Pedra da Água para modificá-lo por mais do que alguns minutos. Você tem uma tigela para pôr os pedaços de papel?

Aceno a cabeça na direção da penteadeira, onde há uma tigela vazia, pronta para que Hoa prepare uma mistura de cosméticos. Artemisia a traz até mim e jogo os pedaços de papel ali. Ela estende uma das mãos sobre a tigela, cobrindo-a por completo. As pedras em seu grampo piscam e cintilam quando seus olhos se fecham com força e o ar a nossa volta começa a zumbir com energia. O ruído cessa tão subitamente quanto começou e os olhos dela tornam a se abrir, reluzindo azuis por um segundo antes de voltar ao castanho-escuro. Ela ergue a mão que cobre a tigela e ambas olhamos em seu interior.

Os pedaços de papel desapareceram, reduzidos a um líquido espesso da mesma cor do pergaminho.

– Você os transformou em água? – pergunto.

– Não exatamente – responde ela, cerrando os lábios. – Acelerei o processo de dissolução. Teria acontecido sozinho, um dia. Agora você só precisa se livrar disso, o que deve ser bem mais fácil. Recomendo jogá-lo em seu urinol.

Ela me entrega a tigela e, quando nossos dedos se tocam, vejo que sua pele é fresca e lisa.

– Obrigada – agradeço.

– Agora precisamos pensar na resposta – diz ela, juntando as mãos diante do corpo. – Blaise, Heron, tenho certeza de que isso vai ser chato para vocês. Vão dar uma volta pelo palácio. Vejam se descobrem algo novo.

Blaise hesita.

– Art... – adverte ele.

– Ah, não se preocupe, vou ser boazinha – declara ela com um sorriso tão doce que sei que só pode ser falso.

Os outros sabem também, porque Heron dá uma bufadela alta e Blaise solta um suspiro. Ainda assim, eles cedem, as botas ressoando nas pedras, portas se abrindo e tornando a se fechar. Assim que saem, o sorriso de Art se torna feroz. Eu me ocupo sentando-me à escrivaninha e pegando uma folha de pergaminho e minha pena, mas sua presença pesa sobre meu ombro.

Ela quer me deixar nervosa, lembrar-me de que eu preciso mais dela do que ela de mim, mas não vou lhe dar essa satisfação. Já não aguento mais ser intimidada.

– Não posso escrever se você vai ficar pendurada em mim assim – falo rispidamente.

– Você deveria ficar satisfeita por ter uma plateia para sua encenação – replica ela, sem emoção.

– Para ele acreditar, eu tenho de acreditar. Mas, no fim das contas, eu sei o que é real e o que é falso.

– Sabe mesmo? – pergunta ela, inclinando a cabeça para um lado. – É por isso que está colocando assassinos kalovaxianos acima de seu povo?

Então ela não deixou de lado nossa discussão anterior, só estava ganhando tempo, esperando até que eu estivesse sozinha e sem defesa. Mas eu não preciso de Blaise para me defender.

– Não vou arriscar nossas vidas e agir precipitadamente só para você testar minha lealdade.

Ela ri, mas é um som sem alegria.

– Você acha que isso é só um teste? Você se esqueceu do que o theyn fez com nosso povo? Com a sua mãe?

Suas palavras são como ferroadas, mas não vou deixar que ela me veja vacilar.

– Eu não estava falando do theyn – digo. – Vocês querem saber se sou mais leal a Crescentia do que a vocês.

Ela dá de ombros.

– Ah, eu sabia que não deveria confiar em você desde o início – confessa. – A garota foi ideia de Blaise.

– Não tenho que provar nada. Nem para eles, nem para vocês – declaro, erguendo o queixo. – E não vou destruir tudo por que viemos trabalhando por causa de um plano elaborado às pressas. Quando chegar a hora, eu vou agir.

Seu sorriso é cruel e debochado.

– É claro, *Vossa Alteza*.

Dou as costas para ela e volto à carta, lutando para ignorar a sensação de tê-la lendo sobre meu ombro.

Querido Søren,

Acho difícil acreditar que seus pensamentos estejam tão consumidos por mim quanto os meus estão por você, no mínimo porque não posso imaginar como você consegue comandar um navio nessa condição. Invejo que você tenha Erik para falar sobre isso, porque eu não tenho ninguém. Crescentia não compreenderia nem me perdoaria e eu mesma não compreendo, mas não posso negar que meu coração é seu – independentemente de quanto isso seja inconveniente ou perigoso.

Sobre meu ombro, Artemisia bufa, zombeteira, o que faz minhas bochechas queimarem. Sim, é exagerado, mas não é essa a ideia de uma carta de amor? Eu a ignoro e continuo.

Você me deixou angustiantemente curiosa: sobre o que exatamente foi esse seu sonho? Espero ansiosa o seu retorno para que possamos torná-lo realidade.

Art emite outro som, mas dessa vez parece mais aprovadora, então suponho que eu deva estar fazendo alguma coisa certa, embora me sinta tola escrevendo essas coisas. Hesito antes de continuar, sabendo o que quero dizer a ele agora, mas tendo plena consciência da presença de Artemisia atrás de mim, silenciosamente – e às vezes nem tanto – julgando cada palavra que escrevo. No fim, porém, decido escrever a verdade. Uma parte de mim teme que alguém a encontre, mas Søren escreveu muitas coisas perigosas em sua carta. Se ele não estava preocupado com a possibilidade de ela ser encontrada, eu também não deveria ficar.

Quanto ao que quero de você, não é nada tão extravagante quanto o mar, embora pareça tão vasto e impossível. Eu quero você. Quero poder andar em plena luz do dia com a minha mão na sua, quero beijá-lo e não me preocupar com quem nos vê. E, quando sonho com você – o que acontece com frequência –, sonho com um mundo em que isso é possível.

A isso, Artemisia não diz nada, o que é quase pior. Continuo, apressada, escrevendo algo que sei que ela terá que aprovar.

Por favor, me conte sobre os seus dias e com que você os ocupa. Os meus são simples e monótonos, como de costume, muitas vezes passados lendo em meus aposentos ou ouvindo mexericos sem sentido. A coisa mais interessante que aconteceu foi o falecido lorde Gibraltr ter deixado sua fortuna para o filho bastardo em vez de para a esposa e as filhas. Por favor, me conte algo mais interessante do que isso, eu imploro.

Conto avidamente os dias até a lua nova e aguardo ansiosa o momento de tê-lo em meus braços mais uma vez.

Sempre sua,
Thora

MASKENTANZ

Uma hora antes do Maskentanz, alguém bate à porta. Não é uma batida que eu reconheça, mas, ao abrir, encontro um dos criados da família de Crescentia – um astreano mais velho, de pele curtida e olhos opacos. Sem uma palavra, ele me entrega a grande caixa que está segurando, antes de baixar a cabeça em um gesto de confirmação. Antes que eu possa agradecer, ele desaparece.

Levo a caixa para dentro e a coloco sobre minha pequena mesa de jantar. Quando abro a tampa, meu coração se aperta dolorosamente no peito, embora eu espere que minhas Sombras não percebam.

Dentro da caixa se acha um vestido de chiffon turquesa de babados e, quando o tiro da caixa e o levanto, o tecido é tão leve quanto uma respiração em minha pele. Seria totalmente sem peso se o babado externo da saia não fosse coberto de finas lantejoulas douradas em forma de escamas de peixe. Ou, mais exatamente, escamas de sereia.

Cress e eu sempre amamos sereias. Quando éramos crianças, lemos todos os livros sobre elas que encontramos na biblioteca do theyn, rabiscávamos desenhos delas em vez de fazer as anotações das aulas – Cress chegou a aceitar alguns passeios de barco nauseantes na esperança de encontrar uma delas. Não importava que fossem perigosas nem que os marinheiros nunca sobrevivessem a sua visão. Não queríamos ver sereias, queríamos *ser* sereias.

Se eu tivesse uma cauda em vez de pernas, poderia nadar até as profundezes, onde os homens do kaiser nunca me encontrariam. Poderia entoar uma canção para afogar quem quer que tentasse me ferir. Poderia ficar em segurança. Para Crescentia, que havia sido criada para ser suave, silenciosa e doce, as sereias eram uma coisa feroz, ruidosa e ainda assim irresistivelmente apaixonante. É a diferença entre nós, suponho: Crescentia anseia por amor, eu prefiro a destruição.

Nos dias frios do inverno, quando a babá de Cress descia conosco para as piscinas aquecidas no subsolo do palácio, passávamos a maior parte do tempo espalhando água para todos os lados, fingindo que nossas pernas estavam se transformando em caudas. Nos anos manchados de sangue e dor, aqueles eram momentos que tornavam o resto suportável. Ao me fazer lembrar deles agora, Crescentia parece pedir desculpas por seu comportamento em relação a Søren. Ela deve pensar que é por isso que a venho evitando. Quem dera fosse assim tão simples.

Momentos após a chegada do vestido, Hoa vem para me ajudar a colocá-lo, seus dedos ágeis dançando sobre os minúsculos fechos de colchete que se enfileiram nas costas, iniciando abaixo de minhas escápulas e descendo pela coluna. O alto das cicatrizes ficará exposto acima do corpete, mas pela primeira vez me recuso a me envergonhar delas. São feias, sim, mas significam que sobrevivi.

Você é um cordeiro na toca do leão, criança, disse-me a kaiserin. *Você está sobrevivendo.*

Mas sobreviver não é o bastante. Não mais.

Hoa envolve meu pescoço e meus pulsos com fios de pérolas, trançando mais alguns em meu cabelo. A meia-máscara dourada que Crescentia mandou com o vestido também é cravejada com elas, em desenhos que contornam os olhos.

Hoa solta um murmúrio de aprovação ao me examinar, antes de me virar de frente para o espelho.

O conjunto é perfeito, tão lindo que quase me sinto como apenas mais um membro da corte a caminho de uma festa em vez de me sentir um troféu em exibição pública, que é como me sinto quando o kaiser me veste.

Evidentemente ainda terei de usar a coroa de cinzas, o que vai arruinar o vestido em questão de minutos, contudo, neste momento me sinto bonita.

Soa outra batida na porta, mas desta vez sei quem é. Hoa também, e ela corre para abrir. Um dos criados do kaiser está de pé com outra caixa. A coroa de cinzas.

Hoa pega a caixa com cuidado, coloca-a sobre a penteadeira e começa a abri-la. Aproveito que ela está de costas para mim e procuro a adaga escondida no bolso secreto de meu manto. Enquanto Hoa retira com grande dificuldade a coroa da caixa, escondo a adaga dentro do corpete do vestido.

Não consigo me imaginar tendo de usá-la, mas tê-la a meu alcance me dá a ilusão de segurança, pelo menos.

– Cuidado – sussurra Blaise, tão baixo que mal o escuto.

– Sei o que estou fazendo – sibilo em resposta, o que talvez seja a maior mentira que já falei.

• • •

Minhas Sombras me seguem pelo corredor e estou mais ciente do que nunca da coroa de cinzas soltando flocos a cada passo que dou. Não consigo contar o número de vezes que o kaiser me obrigou a usar uma dessas coisas horríveis, mas desta vez é pior, porque sei que eles estão vendo. Sei que é um insulto para eles tanto quanto para mim. Mais do que nunca, quero arrancá-la da cabeça e transformá-la em pó em minhas mãos, mas isso não vai ajudar ninguém.

Ouço o som de passos a meu lado. Quando me viro, apenas duas Sombras estão atrás de mim.

– Heron – advirto.

Tenho o cuidado de mexer a boca o mínimo possível. O corredor está deserto, mas o kaiser está sempre vigiando, à espera de um deslize meu.

– Terei cuidado – responde ele, a voz mais leve do que nunca. – Peço desculpas por Art, mais cedo, de verdade. Ela tem amigos nas minas.

– Você deve ter também – comento.

Por um momento ele fica em silêncio. Não fosse o farfalhar de seu manto, eu acharia que ele voltara para junto dos demais.

– Não – diz ele finalmente. – Eles já me tiraram todos que eu amava. Meus pais, minha irmã, meus amigos. Meu amor. O nome dele era Leônidas. Você teria gostado dele. Era inteligente.

Ele faz uma pausa novamente e sei que deve ser difícil para ele falar desse assunto. De repente me dou conta do fato de que não sei quase nada sobre Heron. Ele raramente fala, e em geral apenas sobre coisas práticas. Achei que ele era fechado porque não se importava tanto quanto Blaise e eu, ou mesmo Art, mas não é verdade, percebo agora. É porque ele se importou demais no passado e pagou por isso. Abro a boca para lhe dizer que sinto muito, para prometer vingança do mesmo modo que prometi a Blaise quando ele me contou sobre seus pais, mas não consigo falar nada.

Após um momento, ele continua e faço a única coisa que posso. Escuto.

– Assisti aos guardas os matarem ou levarem quando enlouqueceram. Vi tudo, e só posso imaginar como pode ficar pior agora. Mas você viu horrores também.

A princípio não sei o que dizer.

– Cada vez mais penso que Artemisia tem razão – digo por fim. – Os deuses das histórias que minha mãe contava não deixariam que essas coisas continuassem a acontecer. Eles não deixariam que os kalovaxianos vencessem.

Heron faz um ruído gutural.

– Sabe, eu já quis ser sacerdote. Era a única coisa que eu queria, mesmo quando criança, e algumas vezes ao longo da última década me perguntei isso também, quando fiquei com raiva dos deuses.

Olho de lado para ele, esquecendo por um instante que está invisível. Olho para a frente de novo.

– E ainda está com raiva?

Ele leva um instante para responder.

– Eu acho que, se os deuses pudessem interferir, eles o fariam, mas talvez esteja fora do alcance deles. De repente, em vez disso, eles possam nos dar o que precisamos para vencer por nós mesmos.

– Como o seu dom – sugiro. – E os de Blaise e de Art.

Não posso ver Heron, mas tenho a sensação de que ele está fazendo que sim com a cabeça.

– E o seu – completa ele.

Quase dou uma risada, mas consigo me conter.

– Não tenho nenhum dom – respondo.

Não há ninguém no corredor, mas mesmo assim tomo cuidado, sussurrando e movendo os lábios o mínimo possível.

– Talvez *você* seja o dom – insinua ele. – Descendente de Houzzah, a rainha justa.

De novo essa palavra, *rainha*. Não sinto que esse título me pertença e ouvir Heron me descrever como um dom para meu país também acrescenta mais peso a meus ombros. Sei que ele diz essas palavras para me confortar, mas elas me soam mais como uma condenação. Dói mais do que as farpas lançadas cuidadosamente por Artemisia ou os olhares cheios de dúvida de Blaise. Ele acredita em mim e tenho certeza de que vou decepcioná-lo de alguma forma.

Ele aperta meu braço uma última vez antes de diminuir o passo e se juntar aos demais. Viro no corredor que leva ao salão de banquetes sozinha.

Para um baile organizado em um único dia, Crescentia conseguiu muitas coisas – e a multidão ali presente não é a menos importante delas. A aglomeração de corpos brilha sob a luz do grande candelabro, como se todos tivessem sido mergulhados em um tonel de alcatrão e rolados em Pedras do Espírito. Todos se reuniram porque admiram o theyn – ou porque têm medo dele. É difícil dizer com certeza e, no fim, pouco importa. O resultado é o mesmo: devoção temerosa.

Todos estão mascarados como eu, mas consigo distinguir facilmente a maioria deles, depois de anos prestando atenção aos detalhes.

A mulher vestida como um pavão é a baronesa de Frandhold, que se porta como uma mulher dez anos mais nova e duas vezes mais bonita, tagarelando com seu mais recente amante, lorde Jakob, que é apenas uns poucos anos mais velho do que eu e fez uma tentativa fracassada de pedir a mão de Cress assim que ela completou 16 anos. O barão está por perto, mas parece mais indiferente ao comportamento da mulher do que nunca. Está muito ocupado flertando com um soldado.

Embora eu não esteja procurando por ela, meus olhos encontram lady Dagmær – mas, agora que se casou, ela é lady Dalgaard, pois apenas donzelas e membros da família real usam o primeiro nome. O casamento foi apressado, o mais rápido possível para o pai dela receber o dote e lorde Dalgaard, seu brinquedo novo. Apenas alguns dias de casada e já há hematomas marcando seus braços expostos que todos fingem não ver. Ela está sozinha, as pessoas passando ao largo, como se sua infelicidade fosse contagiosa. A Dagmær de que me recordo era a figura mais brilhante de qualquer reunião, sempre rindo mais alto que todos, dançando mais do que todos, flertando escandalosamente o bastante para manter todos falando por semanas. Mas agora seus olhos estão embaçados por trás da máscara e ela se encolhe com a luz e o barulho como um coelho assustado.

Eu não deveria me sentir culpada. Meu povo passou por coisa muito pior. Eu passei por coisa muito pior. Não deveria me sentir culpada, mas me sinto. Eu fiz isso a ela, e saber disso me pesa terrivelmente nos ombros.

Forço-me a desviar os olhos dela e busco Crescentia na multidão. Ela não é difícil de identificar – tudo que preciso fazer é procurar o kaiser no centro de tudo, a coroa de ouro alta e esplêndida como sempre em sua cabeça. Ele não se dá ao trabalho de tentar se disfarçar no espírito do *maskentanz*, e por que o faria? É apaixonado demais pelo próprio poder para fingir ser outra pessoa, ainda que por uma noite apenas.

Mantenho distância, sem querer atrair sua atenção. Mergulhada na conversa com ele, Crescentia está linda. Seu vestido é como o meu, exceto que é cor de lavanda na parte de cima e as escamas embaixo são prateadas. Em vez de pérolas, ela usa coral, que realça os tons rosados de seu rosto. Ela pode ser uma garota e valer pouco para os kalovaxianos além do casamento e da maternidade, mas ninguém pode observá-la junto ao kaiser e não admirá-la por seu talento estratégico. Ela o tem na palma da mão, sem deixar que ele se dê conta disso, oferecendo-lhe um sorriso com covinhas aqui, um olhar tímido ali, mantendo-se altiva – cem por cento a prinzessin que ela tão desesperadamente quer ser. Tudo que ela realmente precisa é do prinz.

A atenção do kaiser se demora nela além do meu limite do confortável, mas ao menos não é da maneira que ele olha para mim. Não há malícia em seu olhar, apenas um cálculo frio. É uma pena que Søren não esteja aqui para ver seu futuro sendo preparado diante dele, mas ele não precisa estar presente. Sinto apenas um pingo de piedade antes de lembrar a mim mesma que Søren jamais se casará com Crescentia. Se depender de minhas Sombras, ambos estarão mortos muito antes que esse dia chegue.

O pensamento azeda em meu estômago.

– Estou quase certo de que Crescentia teve todo esse trabalho mais para tirar você do quarto do que para me homenagear – diz uma voz áspera bem atrás de meu ombro esquerdo. – Ela anda muito aborrecida nesses últimos dias sem você.

Meus piores pesadelos flutuam diante de meus olhos e preciso me controlar para não estremecer. Sou grata por ter meu punhal comigo, mesmo que não consiga me imaginar usando-o de fato. Estar na presença do theyn sempre me dá a sensação de asfixia e me lança em um estado de pânico, com o coração acelerado, pensamentos confusos e suores frios, embora eu tente não demonstrar. De repente tenho 6 anos de novo e assisto enquanto ele mata brutalmente minha mãe. Estou com 7 anos e ele segura o chicote enquanto o kaiser arranca meu nome da minha mente. Tenho 8, 9, 10 anos e ele está de pé a minha frente com um balde de água gelada, um atiçador de fogo – e o que mais o kaiser o instrui a usar para tirar Theodosia de mim, a fim de que só reste Thora.

Ele não me machucaria aqui. Sei disso. Mesmo assim, não consigo evitar rever todos os meus segredos, todos os meus planos, certa de que ele pode lê-los tão claramente como palavras impressas em uma página.

– Ela é muito gentil – forço-me a dizer. – Tenho muita sorte por tê-la como amiga.

– Tem, sim – concorda ele, mas há uma ameaça em seu tom de voz que não me passa despercebida.

Naturalmente, tudo que o theyn me diz soa como ameaça. *O theyn* é uma ameaça, não importa se ele a enuncia ou não.

– Lamento muito pelo problema nas minas – continuo, como se eu tivesse algo a ver com isso. *Quem dera* eu tivesse. Quem dera tivesse sido capaz de realizar algo tão grande. – Sei que Crescentia sentiu muitíssimo sua falta.

Não tenho certeza se isso é verdade, pois Cress nunca fala comigo sobre seus sentimentos em relação ao pai. No entanto, parece ser a coisa certa a dizer.

– E eu senti falta dela – declara ele um instante depois.

– Acho que ela dará uma prinzessin maravilhosa.

É uma luta manter minha voz leve e superficial e evitar que minhas mãos tremam, mas eu consigo. O theyn se alimenta do medo, pode farejá-lo como um cão de caça.

Por um momento, ambos observamos Crescentia enquanto ela dirige ao kaiser um sorriso com covinhas, ampliando seu domínio sobre ele.

– Ela nasceu para isso – afirma o theyn enfim.

Olho-o de relance e imediatamente me arrependo. A maneira como ele está observando Crescentia faz meu peito doer. Como ele se atreve? Como ousa amar a filha quando tirou minha mãe de mim? Por causa dele, nunca verei minha mãe me olhar desse jeito. Ele é uma pedra, incapaz de qualquer sentimento, e não gosto de lembrar que também é humano. Não gosto de lembrar que nós dois amamos a mesma pessoa.

Crescentia se vira em nossa direção e seu sorriso ofuscante se alarga. Ela se desculpa com o kaiser com uma palavra dita em voz suave e um breve toque de sua mão no braço dele. O kaiser acompanha o olhar dela e a expressão em seus olhos comprime meu peito até eu mal conseguir respirar.

– Com licença, por favor – digo ao theyn, afastando-me.

Mesmo enquanto me retiro, sinto o kaiser me observando, sempre me observando. O olhar dele espalha podridão em minha pele e anseio por um banho para esfregar meu corpo e livrá-lo dela.

Sou um cordeiro na toca do leão. Como posso ser uma rainha quando me assusto com tanta facilidade? Artemisia não se acovardaria diante do kaiser, ela não hesitaria em cravar o punhal no peito dele aqui e agora, não importa o que isso lhe custasse.

– Thora! – Crescentia me chama, vindo atrás de mim.

Diminuo o passo, mas não me viro, com medo de encontrar outra vez o olhar do kaiser. Com medo do que verei ali.

Cress me alcança e enlaça o braço no meu.

– Estou tão feliz por você ter vindo! Você está linda.

Seus rápidos olhos cinzentos se erguem para olhar a coroa se esfarelando, as cinzas que sinto cobrirem meu rosto, meu pescoço e meus ombros. A comichão é terrível, mas não ouso coçar. Melhor fingir que ela não está ali.

– Obrigada – digo a ela com um sorriso forçado que espero pareça natural. – Foi muita bondade sua mandar o vestido. Poderíamos passar por irmãs esta noite.

Aperto-lhe o braço e tento ignorar a culpa se infiltrando em minhas entranhas.

– Nós somos irmãs – replica ela com um sorriso, que é como um golpe em meu coração.

Não há nada a dizer. Tudo que posso dar a ela são mentiras, e não posso fazer isso esta noite, não com ela.

Tudo que sou é uma mentira, lembro a mim mesma. *Thora é uma mentira.* Mas essa não é toda a verdade.

Minha boca se abre e não sei bem o que vai sair, mas, antes que eu possa dizer uma palavra, um garoto com uma meia-máscara de carneiro com chifres dourados se aproxima. Mesmo sem a cicatriz e com seus traços embaçados para lhe dar um ar mais nórdico, eu reconheceria Blaise em qualquer lugar. Corro os olhos cautelosamente pelo salão, sabendo que Artemisia deve estar por perto também, para sustentar essa ilusão, mas, se ela está, não consigo vê-la. Há pessoas demais, máscaras demais.

– Dança comigo, lady Thora?

Mesmo sob a máscara posso ver sua boca se torcer com desagrado com meu nome falso, como se fosse uma maldição. Ele nunca precisou me chamar assim antes e posso afirmar que odeia a si mesmo um pouco por isso, mesmo sendo inevitável.

As sobrancelhas claras de Crescentia se arqueiam tanto que quase desaparecem em meio aos cabelos, mas sua boca sorri quando me empurra para ele. Embora ele seja a última pessoa com quem desejo falar, não tenho alternativa a não ser segurar sua mão e deixá-lo me levar até a pista de dança.

– Você é louco? – sibilo, falando em kalovaxiano e movendo os lábios o mínimo possível. – Se pegarem você...

– É um *maskentanz* – diz ele, exagerando as arestas da palavra kalovaxiana de modo que ela soa mais como uma tosse seca. – As chances são pequenas de isso acontecer.

– Pequenas, mas não *inexistentes* – argumento, lutando para manter o tom da voz firme. – Além disso, você nem sabe dançar.

– Observei algumas danças – comenta ele, dando de ombros, descansando a mão na curva de minhas costas e tomando minha mão livre na dele.

É o posicionamento correto para o *glissadant* que a orquestra executa, mas os passos dele são desajeitados. O calor de seu toque se infiltra pelo metal e pela seda de meu vestido.

– Não o bastante – digo, fazendo uma careta quando ele pisa forte em meu pé. – Deixe que eu conduza.

Ele suspira, mas faz o que digo, deixando-me guiá-lo em algo que se assemelhe aos complexos passos da dança. Quase nos misturamos ao rodopio dos outros pares ao nosso redor, mas não sou tola o bastante para acreditar que as pessoas não estão me olhando, perguntando-se quem é o recém-chegado que escolheu dançar com a Princesa das Cinzas, entre tantas outras.

Pergunto-me se ele está pensando em como era este salão de baile antes do cerco, embora fôssemos jovens demais para comparecer aos bailes que aconteciam aqui. Mas nossos pais devem ter vindo. Devem ter dançado juntos e gargalhado neste salão, bebendo vinho nos mesmos cálices dourados que os kalovaxianos usam agora, erguendo brindes a minha mãe e aos deuses e deusas, a Astrea.

Tento me lembrar que eu deveria estar zangada com ele pelo que Artemisia disse, mas tê-lo assim tão próximo é desconcertante. A última vez que ficamos tão perto foi quando ele me beijou. Segurou meus pulsos com firmeza, recusando-se a me olhar nos olhos. Ele também não me encara agora, mas acho que desta vez tem menos a ver com rejeição e mais porque ele pode sentir a raiva brotando de mim.

Ele não sabe o que fazer com ela e temo que, se abrir minha boca, eu seja ríspida com ele e todos olhem, de modo que caímos em um silêncio desconfortável que parece uma versão diferente do jogo do beliscão. Qual de nós vai ceder primeiro?

Desta vez, eu ganho. Ele começa a divagar, os olhos passeando pelo salão como se tivesse medo de olhar para mim.

– Esta era uma ocasião boa demais para desperdiçar e não conseguíamos escutar nada dos lugares das Sombras. Artemisia invocou as ilusões: sou o filho de um duque visitante de Elcourt, Artemisia é uma reclusa lady do interior e Heron decidiu que era melhor ficar invisível e perambular pelos pavilhões a céu aberto...

– Você confia em mim? – interrompo, porque quanto mais ele fala evitando a discussão que evidentemente não estamos tendo, maior ela fica.

Ele franze a testa e me gira sob seu braço, dando-me a oportunidade de inspecionar o salão.

Fico aliviada ao perceber que a maioria das pessoas não está nos observando. Estão muito ocupadas com seus dramas pessoais para se importarem com os meus. Mas algumas ainda olham, inclusive o kaiser. Quando meus olhos encontram os dele no meio de um rodopio, meu estômago se transforma em chumbo.

– Eu... Por que está me perguntando isso? – indaga Blaise quando o giro termina e ele me equilibra novamente com a mão em minhas costas.

Não é uma resposta, mas poderia ser. Baixo a voz, agora um sussurro:

– Não vou pôr tudo a perder por causa de joguinhos, Blaise. Não sou um mico treinado para fazer truques para você se divertir...

– Eu nunca disse... – sua voz se eleva antes que ele se contenha, olhando ao redor para ver se alguém percebeu, mas os outros dançarinos parecem estar todos absortos nas próprias conversas. Mesmo assim, ele baixa a voz:
– De onde você tirou isso?

– Art disse que a ideia de me fazer envenenar Crescentia foi sua. O frasco contém encatrio suficiente para duas pessoas e há muitos outros neste castelo que se mostram uma ameaça muito maior do que uma garota mimada. Então me diga que isso não é só mais uma fogueira que você quer que eu atravesse para provar minha lealdade.

O músculo do ombro dele se retesa sob minha mão e sua pele parece mais quente.

– Não é sua lealdade que me preocupa – diz ele depois de um momento. – É a sua mente. Os kalovaxianos tiveram você por dez anos, Theo. Isso não é algo fácil de deixar para trás.

Ele só está dando voz a meus medos, mas ainda assim as palavras ferem.

– Eu disse a você: estou bem. E você não está em posição de julgar a sanidade de ninguém. Não vá me dizer que cinco anos nas minas não deixaram marcas em você.

Posso sentir que ele está ficando irritado, mas não recuo.

– Cada movimento que fazemos é perigoso, Blaise – continuo. – E preciso de pessoas em quem eu possa confiar. E que confiem em mim.

Ele ri, mas é um som sem alegria.

– E, no entanto, é óbvio que você não confia em mim, Theo.

Quero negar, mas ele está certo. Acredito que queremos as mesmas coisas, acredito que ele daria a própria vida para me proteger. Mas também acredito que é uma lealdade de segunda mão, filtrada pela promessa que ele fez a Ampelio. Está diluída, subordinada ao dever, não necessariamente à escolha. Pensei que talvez ele se importasse comigo quando nos beijamos, como uma pessoa em vez de um símbolo, mas ainda posso sentir suas mãos em meus pulsos mantendo-me longe, o modo estranho de não me olhar nos olhos. Sou um dever para ele, e só.

Ele está certo: não posso depositar minha confiança nele mais do que ele pode depositar a confiança dele em mim.

– Então me dê um motivo – digo. – Um motivo real para envenenar Cress.

Ele passa a língua pelos lábios, os olhos correndo de um lado para outro, em busca de uma resposta.

– Dizem que ela será uma prinzessin em breve.

– Nós dois sabemos que ela jamais será prinzessin. Søren estará morto muito antes que ela tenha a oportunidade de se casar com ele – observo. – Agora me dê um motivo real e eu o farei.

Ele aperta os lábios.

– Ela é kalovaxiana. É a filha do theyn. Esses deveriam ser motivos suficientes – declara ele com rispidez. – Por que você não me dá um motivo para *não* matá-la?

– Ela não tem sangue nas mãos – respondo. – Gosta de ler e de flertar com garotos. Não é uma ameaça.

Uma batalha continua a se desenrolar por trás de seus olhos e ele aumenta a pressão de sua mão em minha cintura.

– Animais cativos acabam amando seus captores. Acontece o tempo todo, mesmo quando eles os espancam. Não me surpreende que você ame um dos seus.

As palavras acendem um fogo em mim, embora eu saiba que, do seu jeito, sua intenção é me confortar.

– Não sou um animal, Blaise. Sou uma rainha e sei quem são meus inimigos. Nascer do homem errado não a torna um deles.

Afasto-me dele quando a música chega ao fim e saio andando, em parte esperando que ele me siga. Mas acho que ele me conhece bem o bastante para não fazer isso.

Ainda não cheguei ao meio do salão quando a forma ampla do kaiser atravessa meu caminho, bloqueando minha passagem. Curvo-me em uma reverência, mas quando me ergo ele ainda está ali, olhando-me do jeito que me olhou a noite toda. Sinto meu estômago queimar.

– Alteza – digo.

Mantenho os olhos baixos. *Sou Thora, dócil e destroçada*, digo a mim mesma. *Não vou irritar o kaiser e ele vai me manter viva.*

– Princesa das Cinzas – responde ele, uma curva feia na boca. – Espero que tenha agradecido ao theyn seus serviços nas minas essas últimas semanas, subjugando a gentalha.

– Evidentemente, Alteza – respondo, embora o pensamento me deixe enjoada.

Quantos mais de meu povo o theyn terá matado em suas *inspeções*?

Ele dá um passo para o lado para me deixar passar, mas, quando o faço, ele roça em mim e corre a mão pela curva de minha cintura e por meu quadril. O choque percorre meu corpo, seguido pela repulsa. Obrigo-me a não estremecer ou me afastar bruscamente, porque sei que é o que ele quer e isso só deixaria as coisas piores. O punhal em meu corpete está a meu alcance e por um momento permito-me imaginar puxando-o e cortando-lhe a garganta antes que ele possa perceber o que está acontecendo. A vontade de fazer isso é tão intensa que é doloroso me conter. Minhas mãos tremem e luto para mantê-las imóveis junto à lateral de meu corpo. Os guardas estariam em cima de mim em um instante se eu tentasse e nossa rebelião nascente seria arrancada pela raiz.

Não vale a pena. Ainda não.

Ele inclina o rosto na direção do meu, perto o bastante para que eu sinta o cheiro de vinho azedo em seu hálito. A bile sobe até minha garganta, mas eu a engulo de volta.

– Você se tornou terrivelmente bonita, para uma pagã – diz ele em voz baixa em meu ouvido.

Mantenho a expressão neutra, embora suas palavras sejam como lodo cobrindo minha pele. *Em breve*, prometo a mim mesma. Em breve vou matá-lo, mas não hoje. Hoje preciso desempenhar um papel diferente.

– Obrigada, Alteza.

As palavras não são minhas, são de Thora, mas mesmo assim queimam minha garganta.

Meu coração está batendo tão forte e alto que tenho a impressão de que todo o salão pode ouvir, apesar da orquestra. O kaiser se demora um pouco mais, a mão em meu quadril apertando mais forte, e então se vai. Solto o ar trêmula e lentamente e sigo na direção oposta o mais rápido que posso.

O olhar de Blaise segue o kaiser, a fúria claramente gravada em sua expressão. Ele não sabe disfarçar as emoções como eu, elas transparecem na linha dura de sua boca, na ruga em sua testa acima da máscara. Quando encontram os meus, os olhos dele se suavizam. Lembramos quem é nosso real inimigo.

Ele faz menção de vir até mim, mas balanço minimamente a cabeça. Ele já chamou bastante atenção ao dançar comigo e as mentiras sobre sua identidade só vão resistir até que alguém lhe faça a pergunta errada.

Há coisas demais em jogo para arriscar por um momento de conforto e, de qualquer forma, não tenho certeza se quero isso dele agora.

A multidão se abre para que eu passe, não por algum tipo de deferência, mas porque ninguém quer que as cinzas caiam em suas belas roupas. Refugio-me no fundo do salão, o mais longe possível deles. O fantasma da mão do kaiser ainda está em mim, seu hálito azedo paira em minhas narinas. A lembrança vai assombrar meus pesadelos esta noite e provavelmente por um bom tempo.

– Ainda fazendo seu jogo, meu cordeirinho? – diz uma voz suave vinda de um recanto escuro atrás de mim.

A kaiserin está ali, sua silhueta esquelética quase desaparecendo em um vestido cinza que a engole. Sua máscara é uma faixa de organza preta que lhe envolve as têmporas, com aberturas para os olhos. Ela é mais um fantasma do que uma mulher.

– Nunca gostei de jogos – replico, surpresa que minha voz saia firme.

Ela ri.

– Todo mundo joga, cordeirinho. O kaiser faz o jogo dele no palácio, o theyn joga no campo de batalha, Søren, em seus navios. Até aquela pessoa ali, sua amiga, joga. Bastante bem também.

Por um segundo em que meu coração para de bater, acho que ela está se referindo a Blaise, mas é de Crescentia que está falando.

– Ela vai ser uma linda prinzessin – digo.

– É tudo que uma prinzessin precisa ser – comenta a kaiserin com deboche. – Ninguém espera delas mais do que beleza e graça. Mas você sabe tudo sobre isso. É o papel que você desempenha desde criança. A linda Princesinha das Cinzas com seus olhos tristes e seu espírito subjugado. Ou, quem sabe, nem tão subjugado assim.

As palavras da kaiserin provocam um choque que percorre meu corpo e que tento ignorar. Finjo não compreendê-las.

– O kaiser foi muito generoso ao me permitir conservar o título – digo.

Ela ri.

– O kaiser é muitas coisas, mas nós duas sabemos que *generoso* ele não é. – Quando ela segura minha mão, seu toque é frio como gelo. Há muito pouco nela além de ossos e pele fina. – Ele sempre vence nos jogos dele. Por isso ele é o kaiser.

Porque ele trapaceia, tenho vontade de dizer, mas essa não é a resposta correta. Não existe uma resposta correta, mas ela parece saber disso.

– Sobreviver é o bastante, cordeirinho.

Ela deposita um beijo gelado em minha testa antes de voltar para a aglomeração de cortesãos, os lábios negros das cinzas.

CORPO

EMBORA O MASKENTANZ SE ESTENDA ATÉ o céu a leste começar a sangrar tons pastel e a lua a desaparecer rapidamente no oeste, passo o restante do baile pelos cantos do salão, na esperança de evitar o olhar do kaiser. Não tenho certeza se é a energia do baile em si ou a ameaça do kaiser pairando sobre minha cabeça, mas o sono parece estar a quilômetros de mim, mesmo quando sinto o corpo pesado e letárgico. Quando os últimos convidados começam a sair pela entrada principal, eu os sigo relutante, pronta para me recolher para o que certamente serão umas poucas horas inquietas na cama, mas, quando chego às portas, Cress está a minha espera, segurando duas canecas fumegantes de café com mel e especiarias.

O alívio me percorre quando vejo minha amiga, mas logo é esmagado pela lembrança aguda do veneno escondido em meu quarto e do que tenho de fazer com ele. A conversa com Blaise ecoa em minha mente, mas eu não dou importância a esse pensamento.

– A noite é uma criança – diz ela com um sorriso, entregando-me uma caneca.

Agradeço e tomo um pequeno gole. Na tradição astreana, o café é misturado com mel, canela e leite. É doce demais para a maioria dos kalovaxianos, mas Crescentia sempre pede assim. Não pela primeira vez, eu me pergunto se é porque ela adora doces ou porque entende quanto esse pequeno gesto significa para mim.

O café tem o gosto do hálito de minha mãe quando ela me dava um beijo de bom-dia e essa recordação me acalma e me quebra de novo.

Crescentia enlaça o braço no meu e me guia não pela saída principal cheia de gente, mas por uma menor, que vai dar na lateral do palácio. Tê-la tão perto e saber o que estou para fazer é como ter uma farpa no coração, afiada e incômoda, por mais que eu tente ignorá-la.

– Eu deveria ir para a cama, Cress – digo a ela. – Estou exausta.

– O café é para isso – retruca ela alegremente, apertando meu braço. – Mal tivemos chance de conversar a noite inteira, Thora.

– Eu sei. Você foi uma anfitriã maravilhosa e eu não quis roubá-la de seus convidados. Mas nós vamos conversar amanhã, prometo.

Crescentia me olha de lado enquanto caminhamos, apesar de não soltar meu braço.

– Está zangada comigo? – pergunta, depois de um longo momento de silêncio.

Ela parece magoada e, contra minha vontade, meu coração dispara.

– Não! – respondo com uma risada. – É claro que não.

– Você vem me evitando – insiste ela. – Esta semana. Esta noite. Até mesmo agora.

– Eu lhe disse: eu estava doente.

As palavras soam ocas, mesmo para mim.

– Só uma hora, Thora. Por favor.

Ela parece tão magoada que minha alma cede e fico tentada a dizer sim. E por que *não deveria* dizer sim? O que está a minha espera em meu quarto? Outra discussão com Blaise e Artemisia, com Heron tentando fazer o papel de mediador? E Blaise vai querer falar sobre o kaiser, sobre o que ele viu, e não posso fazer isso. Estremeço pensando na mão do kaiser em mim, seu hálito em minha pele.

Se Blaise me perguntar sobre isso, vou desmoronar e eles vão perder o pouco respeito que têm por mim.

Crescentia é mais fácil, porque estar perto dela significa tornar-me Thora, e Thora não pensa demais sobre as coisas. Neste momento, Thora parece uma bênção.

– Tudo bem. Vou ficar acordada um pouco mais. – Hesito por um instante. – Senti saudade de você, Cress.

Ela sorri para mim, quase radiante com a própria luz no corredor mal iluminado.

– Senti sua falta também – diz ela antes de empurrar uma porta com o ombro para abri-la.

Percebo aonde ela pretende ir quando o ar frio do início da manhã me atinge. O jardim cinzento. Ele nunca poderia ficar tão lindo quanto era sob os cuidados de minha mãe, mas sob essa luz há algo misteriosamente belo nele. É o fantasma de um lugar, cheio de fantasmas próprios. Os dedos esqueléticos dos galhos das árvores nus se estendem para o alto, lançando sombras esfumaçadas contra a pedra na luz do amanhecer.

A meu lado, Cress franze o nariz em desagrado ao olhar o jardim a sua volta. Não é seu tipo de lugar. Ela prefere cor, música, gente e vida, mas ainda assim, quando seus olhos encontram os meus, ela sorri. Outra coisa que ela faz por mim, porque sabe o que este lugar significa para mim. Porque ela também sabe o que é perder a mãe.

Perceber isso faz cair outra pedra de culpa em minhas entranhas já pesadas.

– É por causa do almoço, não é? – pergunta ela. – Fiz você usar aquele vestido horroroso e depois fiquei cheia de ciúme quando você falava com o prinz. Eu não deveria ter agido daquela maneira. Foi... inadequado. Me desculpe.

O pedido de desculpas me pega de surpresa. Não tenho certeza se alguma vez ouvi Cress se desculpar com alguém antes, ao menos não sinceramente. A menos que fosse simplesmente um modo de obter o que ela queria. Mas não há equívoco no arrependimento na voz dela agora. Sorrio e balanço a cabeça.

– Nada do que você faz é inadequado, Cress. Juro que não estou aborrecida com você. – Como ela não me parece convencida, aperto seu braço e olho em seus olhos ao mentir, esperando que, assim, pareça verdade: – Não estou interessada no prinz. Juro.

Ela morde o lábio e baixa os olhos para seu café.

– Talvez não. Mas ele gosta de você.

Forço uma risada, como se a ideia fosse ridícula.

– Como *amiga* – digo a ela, surpresa com a facilidade com que a mentira rola em minha língua. Eu mesma quase acredito nisso, mesmo tendo a lembrança recente da boca de Søren na minha. – Claro que um garoto pensando em se casar com uma garota vai buscar a amizade de sua amiga mais próxima. Quando conversamos, é sempre sobre você.

Ela sorri ligeiramente, seus ombros relaxando.

– Eu quero muito ser uma prinzessin – admite.

– Você seria uma boa prinzessin – digo a ela, e sou sincera.

As palavras da kaiserin me voltam à mente: tudo que uma prinzessin precisa ser é bonita.

Ela fica em silêncio por um momento e vai sentar-se no banco de pedra sob a maior das árvores, gesticulando para que eu me junte a ela. Quando me sento, ela respira fundo, trêmula, antes de falar.

– Quando eu for kaiserin, Thora, você nunca mais terá que usar aquela coroa horrível – promete em voz baixa, olhando para a frente, para o jardim, agora tingido com a luz pálida do sol nascente.

Suas palavras me pegam de surpresa. Desde o incidente com a pintura de guerra, ela nunca mencionou a coroa de cinzas, nem mesmo a olhou. Pensei que ela tivesse se habituado àquilo e deixado de prestar atenção nela totalmente. Mais uma vez, eu a subestimei.

– Cress – começo, mas ela me interrompe, virando-se para me encarar, tomando minhas mãos entre as dela e sorrindo.

– Quando eu for kaiserin, vou mudar tudo, Thora – prossegue ela, a voz ficando mais forte. – A maneira como ele trata você não é justa. Tenho certeza de que o prinz pensa assim também. Isso parte meu coração, você sabe disso. – Ela me dá um sorriso tão triste que por um momento esqueço que é ela quem está com pena de mim, e não ao contrário. – Vou me casar com o prinz e depois vou cuidar de você. Vou encontrar um marido bem bonito para você e vamos criar nossos filhos juntas, como sempre quisemos. Eles serão melhores amigos, eu sei. Como nós. Irmãs do coração.

Um nó se aperta em minha garganta. Sei que, se pusesse minha vida nas mãos de Crescentia, ela a transformaria em algo bonito, algo simples e fácil. Mas também sei que se trata de uma esperança infantil para crianças protegidas com o mundo a seus pés. Mesmo antes do cerco, minha mãe imprimiu em mim as dificuldades de governar, mostrando como a vida de uma rainha não lhe pertencia – pertencia a seu povo. E meu povo está faminto e castigado e espera que alguém os salve.

– Irmãs do coração – repito, sentindo o peso daquela promessa.

Não são palavras ditas superficialmente, é uma promessa de não apenas amar outra pessoa, mas de confiar nela. Achei que não confiava em ninguém, que eu não era mais capaz disso, mas confio em Cress, sempre confiei e, em quase dez anos de amizade, ela jamais me deu motivo para me arrepender disso. Ela é minha irmã do coração.

Minhas Sombras estão observando, eu sei. Posso adivinhar o contorno de suas figuras nas janelas do segundo andar, espiando-nos aqui embaixo. Mas não conseguirão ouvir nada.

– Cress – digo, hesitante.

Ela provavelmente percebe o nó em minha voz, porque se retesa, virando-se para mim, as sobrancelhas claras arqueadas sobre um sorriso confuso. Meu coração bate com força no peito. As palavras se lançam à superfície e parte de mim sabe que eu deveria reprimi-las, mas Cress sempre foi sincera comigo. Somos irmãs do coração, ela própria disse. Ela tem que me amar o suficiente para me colocar em primeiro lugar.

– Poderíamos mudar as coisas. Não apenas para mim, mas para os outros também.

Ela franze a testa.

– Que outros? – pergunta.

Um sorriso inseguro repuxa seus lábios, como se achasse que estou contando uma piada que ela ainda não entende.

Quero voltar atrás, puxar as palavras do ar entre nós e fingir que elas nunca foram ditas, mas é tarde demais. E, sim, o fato de ser filha do theyn faz de Cress um alvo perfeito, mas poderia torná-la um bem ainda mais valioso. Será que eu poderia trazê-la para o nosso lado? Penso em como mudei a opinião de minhas Sombras sobre Vecturia. Posso convencê-los disso também. Posso salvá-la.

– Os astreanos – respondo a ela lentamente, observando sua expressão. – Os escravos.

O sorriso dela permanece por um momento, um fantasma do anterior, antes de desaparecer.

– Não há como mudar isso – diz ela, a voz baixa.

É um aviso. Eu o ignoro. Estendo minha mão livre e seguro a dela. Ela não retira a mão, mas a deixa inerte na minha.

– Mas poderíamos – insisto, o desespero insinuando-se aos poucos. – O kaiser é um homem cruel. Você sabe disso.

– Ele é o kaiser, pode ser tão cruel quanto quiser – replica ela, olhando em torno, como se houvesse alguém escutando por perto.

Quando seus olhos tornam a encontrar os meus, ela me fita como se eu fosse uma estranha, alguém a ser tratado com cautela. Em todos os nossos anos de amizade, ela nunca olhou para mim dessa maneira.

Estou levemente ciente de quanto estou apertando sua mão, mas Cress não se encolhe. Ela não tenta se afastar.

– Se você fosse kaiserin. Se... se você se casasse com Søren. Você poderia mudar as coisas. As pessoas amariam você, apoiariam você, e não o kaiser, você poderia tirar o país dele facilmente.

– Isso é traição – sibila ela. – Pare, Thora.

Abro a boca para discutir, para dizer a ela que meu nome não é Thora, mas, antes que eu possa fazer isso, algo acima do ombro de Cress captura meu olhar em uma das janelas altas que limitam o jardim para oeste. Vejo uma figura pálida de vestido cinza. Vejo os cabelos louros esvoaçando atrás dela como a cauda de um cometa enquanto ela cai. Ouço um grito que ecoa em meus ossos e termina com um baque nauseante do outro lado do jardim, a uns 30 metros de onde estamos.

As canecas caem de nossas mãos e se estilhaçam nas pedras antes de corrermos na direção do barulho, mas sei que, quando chegarmos lá, será tarde demais. Não há como sobreviver a uma queda como aquela.

O sangue é a primeira coisa que vejo. Formando uma poça ao redor do corpo – em grande quantidade, muito depressa. É a única cor que se vê contra o cinza do vestido, o cinza das pedras, a palidez de sua pele. Seu corpo está destruído, os membros retorcidos em ângulos anormais, como uma marionete cujos fios foram cortados.

No fundo eu sei quem é, mas, quando vejo seu rosto, o choque ainda me sacode por dentro. Estou tão perdida que quase não ouço os gritos de pânico de Crescentia a meu lado. Quase não a sinto agarrar meu braço, em choque e medo, nossa discussão prévia esquecida, como se eu pudesse protegê-la do cadáver da kaiserin.

Eu me desvencilho de Cress e me aproximo do corpo, tomando o cuidado de não pisar no sangue. Então me abaixo e levo a mão ao rosto da kaiserin. Em vida, sua pele era fria, mas parece diferente agora que ela está realmente morta. Seus olhos fitam o nada e eu os fecho, embora tenha certeza de que eles me seguirão em meus pesadelos.

No fim, porém, é sua boca que me despedaça. Seus lábios secos ainda têm as cinzas de quando beijou minha testa com algo semelhante a amor e seu sorriso é mais largo do que jamais a vi sorrir quando estava viva. É o mesmo sorriso de Søren.

– Thora. – Crescentia sacode meu ombro. – Olhe para cima.

Na janela de onde a kaiserin caiu, uma figura nos observa. Está escuro demais para distinguir seu rosto, mas sua coroa dourada brilha aos primeiros raios de sol da manhã.

LUTO

N A SEMANA QUE SE SEGUE À MORTE DA KAISERIN, Crescentia e eu não falamos sobre o que vimos. Tampouco falamos sobre a conversa que a precedeu, mas não posso deixar de me perguntar se tudo não passou de um pesadelo perverso. Porém, não pode ser isso, porque todas as manhãs eu acordo e a kaiserin está mesmo morta.

Apenas segundos depois que a encontramos, os guardas vieram e nos questionaram, mas ambas tivemos juízo suficiente para não apontar o dedo para o kaiser.

Não vimos nada, dissemos a eles, que acreditaram sem hesitação.

Na corte, as pessoas sussurram que a kaiserin finalmente sucumbiu a sua loucura e pulou, algo que a maioria vinha especulando havia anos e alguns tinham até sido suficientemente desrespeitosos para fazer apostas.

Ouvi dizer que o kaiser fez a aposta vencedora, mas isso é apenas um boato, apesar de, para mim, ser muito fácil acreditar nele.

O funeral foi discreto e nem fui convidada, embora Cress tenha sido. Ela foi me ver depois e me contou como o corpo da kaiserin tinha sido apresentado – limpo, mas tão alquebrado quanto o encontramos. Ela me contou que o kaiser se sentou nos fundos da capela, mas que saiu após apenas alguns minutos sem fazer o discurso de hábito. A tradição kalovaxiana diz que quem está de luto deve raspar a cabeça, mas ele ainda usa os cabelos longos, na tradição dos guerreiros, embora faça décadas desde a última batalha de que participou.

Tento perceber alguma amargura na voz de Cress, algum sinal de que as coisas que falamos antes tenham se fixado, mas é como se ela as tivesse esquecido por completo. Talvez isso seja bom. Talvez eu tenha sido uma tola de confiar em Cress, não por causa de quem ela é, mas pelo modo como foi criada. Este é o único mundo que ela conhece e, embora seja um pesadelo para mim, é um mundo em que ela se sente à vontade. Suponho que seja fácil sentir-se à vontade em um mundo no qual você está por cima. É fácil não notar aqueles em cujas costas você pisa para se manter no alto. Eles não são nem vistos.

Blaise tenta me perguntar sobre o que aconteceu no jardim, mas, embora eu não consiga mais me manter zangada por causa de nossa conversa no *maskentanz*, não estou pronta para falar novamente com ele. Se falar, virá tudo de enxurrada – o aviso da kaiserin, os olhares lascivos do kaiser, meus sentimentos por Søren, minha quase confissão a Cress. É melhor que ele não saiba de nenhuma dessas coisas. Blaise me protege à sua maneira e eu o protejo da minha.

Não tenho notícia alguma do kaiser, embora esteja na expectativa de que algo vá acontecer, um jogo novo cujas regras eu terei de aprender antes que ele comece a trapacear. Se a kaiserin estava certa sobre o kaiser querer se casar comigo para cimentar seu poder sobre Astrea, só posso pensar que a proposta não vai demorar. A ideia invade sorrateiramente meus pesadelos e muitos de meus pensamentos. Não importa quantas vezes eu me banhe, a força com que esfrego a pele com esponjas e óleos, não consigo apagar a sensação de suas mãos em mim. Às vezes, nos instantes antes de cair no sono, sou bruscamente despertada, certa de estar sentindo outra vez seu hálito azedo.

Um dia, quando acordo, meus dedos se fecham em torno de algo duro e quente debaixo de meu travesseiro. O frasco de encatrio, percebo, tirando-o dali. Eu o deixei em seu lugar de hábito no colchão, mas alguém deve tê-lo colocado ali para me lembrar – como se eu pudesse me esquecer. Sinto minhas Sombras me observando, mas ninguém diz uma palavra. Ninguém está surpreso por ele estar lá.

Eu deveria dizer alguma coisa, sei disso, mas não consigo elaborar uma defesa novamente. Sei tão bem quanto eles que estou ficando sem desculpas.

Em vez disso, saio da cama, o encatrio na mão, e me ajoelho para guardá--lo de volta no buraco do colchão, sem dizer palavra sobre isso.

Seria imprudente envenenar Cress e o theyn de forma tão precipitada, digo a mim mesma, assim como disse a minhas Sombras inúmeras vezes. Se cometermos um deslize, o kaiser irá me culpar e eu provavelmente vou ser decapitada antes que Søren retorne. Nosso plano se esfacelará por algo que não vale a pena. Mas sei que essa é apenas uma fração da verdade. Há uma parte muito maior de mim que fica repassando vezes sem conta na mente a conversa com Cress no jardim, tentando imaginar o que teria acontecido se a kaiserin não tivesse caído naquele momento, o que Cress teria dito.

Tenho medo demais para tocar no assunto novamente com ela. Fico lembrando da expressão cautelosa em seu rosto, ainda a ouço me dizendo que não há como mudar a situação de escravidão dos outros astreanos. Mesmo assim, existe uma parte de mim que ainda não abriu mão da esperança de que eu esteja errada.

• • •

Todas as manhãs, antes de Hoa chegar, verifico em vão a porta em busca de outro bilhete de Søren. Ele devia ter voltado há uns dois dias e, embora eu imagine que isso deva significar que Vecturia ainda está lutando, não posso deixar de me preocupar que ele possa simplesmente não voltar.

E, se voltar, o que irá encontrar? Um mundo repentinamente sem sua mãe, a única pessoa neste palácio que ele amava. Ele não pôde nem se despedir dela. Eu compreendo esse sentimento mais do que gostaria, razão por que decido escrever outra carta para ele.

Não digo a minhas Sombras o que estou fazendo quando me sento à escrivaninha – não suporto a ideia de ter Artemisia respirando em minha nuca novamente. Não desta vez, quando não há qualquer estratégia oculta em minhas palavras, nenhuma artimanha e nenhum subterfúgio, somente a sinceridade.

Querido Søren,

Estou certa de que, a esta altura, a notícia da morte de sua mãe já chegou até você. Gostaria de estar aí para oferecer o conforto que me fosse possível. Sua mãe era uma boa mulher e bem mais forte do que acho que a maioria a julgava. Falamos por alguns minutos naquela noite e ela me disse quanto se sentia orgulhosa de você e do homem que você se tornou. Sei que não é muito, mas espero que isso o conforte um pouco. Ela o amava muito, Søren.

Se esta carta for encontrada, sei que o kaiser irá me punir severamente pelo que estou prestes a dizer, mas acho que você precisa ouvir isto.

Minha mãe foi morta há dez anos e eu gostaria de poder dizer a você que dói menos com o tempo, mas essa não seria a verdade. Acho que nunca vou me acostumar a respirar em um mundo no qual minha mãe não mais respira. Acho que jamais vou fechar os olhos à noite sem rever o momento de sua morte. Não creio que vá deixar de querer recorrer a ela quando precisar de conselho ou tiver perguntas. Não creio que jamais vá deixar de ter a sensação de que existe uma parte de mim faltando.

Primeiro, você não vai acreditar. Vai ter que se lembrar frequentemente de que ela se foi. E, embora saiba que isso é impossível, parte de você ainda vai esperar vê-la ir receber seu navio quando voltar para casa. Ela não estará lá e eu sinto muitíssimo por isso.

Em seguida, você vai viver o luto. Vai ser preciso recorrer a todas as suas forças para sair da cama de manhã e continuar com sua vida, mas você fará isso porque esse é o tipo de homem que você é. Há milhares de pessoas dependendo de você agora e você é um líder demasiadamente bom para deixar que isso o destrua.

Depois disso – ou talvez mesmo durante –, você vai sentir raiva. Vai ter raiva dos deuses por tirá-la de você, vai ter raiva do seu pai e da corte por levá-la à loucura. Pode até sentir raiva de mim por ter testemunhado e não ter sido capaz de evitar. Está tudo bem se você sentir, eu entendo.

Se existe uma etapa após a raiva, eu ainda não cheguei lá.

Sempre sua,
Thora

Começo a enrolar a carta, mas nisso uma ideia me ocorre e me paralisa.

– Se eu disser a Søren que o kaiser matou sua mãe, seria o suficiente para tornar a cisão entre eles definitiva – digo em voz alta, em parte para que minhas Sombras possam me ouvir e em parte para que eu mesma possa ouvir as palavras ditas em voz alta. – Ele ficaria furioso o bastante para agir contra o kaiser publicamente.

Por um momento, ninguém diz nada.

– Como você pode ter certeza? – pergunta Blaise por fim.

– Porque vou fazer com que ele pense que não tem escolha.

Desenrolo a carta e mergulho a pena no frasco de tinta mais uma vez, as peças do plano se encaixando. Parece inevitável, de certa forma, tão fácil quanto fazer desmoronar uma pirâmide de frutas removendo uma delas.

Tão fácil quanto cravar um punhal em seu coração?, sussurra uma voz em minha mente, mas tento ignorá-la. Eu sabia que chegaria esse momento. Foi ideia minha, inclusive. É a única maneira que consigo ver para retomar Astrea e não vou mudar de ideia agora porque me importo com Søren mais do que imaginei.

• • •

No dia seguinte, atendo à porta e encontro Elpis, enviada para me acompanhar até onde tomarei um café com Crescentia. Por um momento, penso em dizer não, porque todas as vezes em que estou com ela a culpa se torna pesada demais para eu suportar, mas há uma parte de mim que sempre espera e teme que essa será a ocasião em que falaremos sobre o que foi dito na noite do *maskentanz*.

– Só um pouquinho – digo a Elpis, o coração disparado no peito.

Deixo-a na porta e volto ao quarto, ao esconderijo no colchão, para pegar o frasco de encatrio. Não vou usá-lo, mas levá-lo deve me fazer ganhar mais algum tempo com minhas Sombras, mostrar a elas que estou disposta a usá-lo. Sinto os olhos deles em mim quando o enfio no bolso do vestido de luto de brocado cinza. Eles não dão sinal algum de advertência nem de incentivo – até Artemisia se mantém misericordiosamente calada. Talvez saibam, como eu sei, que este é um gesto vazio.

Elpis me dirige um sorrisinho quando retorno à porta e seguimos pelo corredor, a caminho do pavilhão. Não dá para falar muita coisa, pois os corredores estão lotados. Ainda assim, tê-la por perto me ajuda a ter foco. É por causa de Elpis que estou fazendo tudo isso, que estou neste jogo em que tenho dificuldade de me ver vencedora, que estou carregando um frasco de veneno no bolso, destinado a minha melhor amiga. Elpis e todas as pessoas que ela representa, todos os outros que foram escravizados desde que podem se lembrar. Todos os outros que estão acorrentados, famintos e são espancados, mas ainda têm a ousadia de sonhar com um mundo melhor. Vou construí-lo para eles, mas não com os ossos de pessoas inocentes.

Viramos em um corredor vazio que leva à ala leste do palácio. Falar ainda é um risco grande demais, mas, assim que tem certeza de estarmos sozinhas, Elpis agarra minha mão. Seus dedos são só ossos e outra onda de culpa me assola. Comi uma refeição de cinco pratos na noite passada, mas qual foi a última vez que ela comeu algo mais do que uma tigela de caldo?

Ela deposita algo em minha palma antes de baixar a mão. Quando olho, é uma florzinha amassada, feita de retalhos de seda cor-de-rosa que reconheço de um dos vestidos de Cress. Cada pétala foi meticulosamente cortada e arrumada em torno de uma única pérola, pouco maior que uma sarda. A lembrança está ali, mas escorrega entre meus dedos como fumaça.

– Feliz Belsiméra, Vossa Alteza – murmura ela, o sorriso raro e largo.

Fecho a mão com a flor e a enfio no bolso, escondendo-a. Minha mãe e eu costumávamos fazer, juntas, dúzias de flores de seda para aqueles mais próximos de nós, em celebração a Belsiméra, embora meus dedos minúsculos fossem desajeitados e a maior parte de minhas flores saísse sem forma e imprestável. Mamãe recrutava costureiras para fazer outras centenas, suficientes para todos os Guardiões e os funcionários do palácio.

Belsiméra – o aniversário de Belsimia, deusa do amor e da beleza. Na história que mamãe costumava me contar, a deusa da terra, Glaidi, sempre detestou o outono, quando suas flores morriam e suas árvores se tornavam esqueléticas. Ela lamentava a perda da cor no mundo, a perda da beleza.

Um ano, quando a estação mudou e Glaidi se tornou melancólica e distante, a deusa da água, Suta, animou-a confeccionando uma centena de flores de seda e dando-as de presente para a amiga. Quando Glaidi as viu, ficou tão comovida com a demonstração de amor e beleza que começou a chorar lágrimas de alegria. Uma lágrima caiu em uma das flores de seda e, daquela flor, Belsimia nasceu.

Para celebrar Belsimia e a profunda amizade que a criou, costumávamos confeccionar flores de seda e presentear com elas amigos e pessoas queridas durante todo o dia. À noite, havia uma comemoração na capital, com danças e doces e flores de seda por toda parte.

Eu me lembro de fazer as flores com minha mãe e distribuí-las para todos que trabalhavam e moravam no palácio. Lembro-me do festival, quando Ampelio me pegava no colo e, dançando, rodopiava comigo até eu não conseguir parar de rir, delirante. Lembro que era minha noite favorita do ano, mais do que aquelas em que recebia presentes.

– Obrigada, Elpis – digo, olhando para a garota, cujas bochechas enrubescem. – Me desculpe, eu não... – Minha voz falha e eu mordo o lábio, envergonhada. – Eu havia esquecido.

Ela assente, os olhos solenes.

– Nós ainda celebramos no bairro dos escravos, mas temos de ser bem silenciosos. Se alguém soubesse... – Ela balança a cabeça. – Eu queria dar uma a você. Vai mantê-la escondida, não vai?

– É claro – garanto, sorrindo. – Obrigada.

Viro-me para prosseguir pelo corredor, mas Elpis toca meu braço, me detendo.

– Preciso fazer alguma coisa – sussurra.

– Elpis... – começo, mas ela me interrompe.

– *Qualquer coisa*, por favor. Eu posso ajudar, se me permitir.

Seus olhos escuros são tão sérios que é fácil esquecer que ela tem apenas 13 anos. Na antiga Astrea, ainda seria considerada uma criança.

– Preciso que você fique em segurança – digo a ela gentilmente.

– Mas...

– Está chegando a hora – murmuro em astreano, lançando um olhar pelo corredor, procurando alguém que possa estar ouvindo. – Preciso de sua paciência.

Ela morde o lábio e solta meu braço.

– Eu só quero ajudar – afirma, parecendo ainda mais jovem do que é.

O desespero em sua voz faz meu coração se apertar.

– Você está ajudando – asseguro-lhe. – Você já fez muito.

Seus olhos correm para os meus, em busca de algum sinal de que eu esteja sendo indulgente. Por fim, ela inclina a cabeça ligeiramente.

– Obrigada, Vossa Alteza – diz.

Elpis não pronuncia o título da mesma forma que os outros. Com ela, não há reservas. Tenho toda a sua confiança nas mãos e é uma coisa terrivelmente frágil. Eu não vou quebrá-la.

AMEAÇA

O CAFÉ FOI SERVIDO EM UMA DAS mesas de ferro forjado no pavilhão público. Toldos listrados de seda violeta e branca pendem sobre a grande varanda, drapejando com o vento, enquanto velas douradas dão um ar aconchegante a cada mesa, auxiliadas pelas Pedras do Fogo cravejadas nos castiçais. Embora o inverno esteja se aproximando rapidamente e o sol vá se tornando uma visão cada vez mais rara, o espaço ainda está fervilhando com a atividade da corte. Se a morte da kaiserin teve algum efeito, esse foi o de reanimar os cortesãos. Eles estão entusiasmadíssimos com as novas fofocas a respeito de quem o kaiser tomará como esposa agora e cada família importante tem uma filha que eles estão ávidos em sacrificar por uma porção extra de favores.

Conto doze delas agora, algumas mais jovens do que eu e todas com vestidos reveladores demais para o clima. Todas, exceto eu, ao que parece, já deixaram para trás o cinza do luto, embora ainda restem três semanas do tradicional período de luto dos kalovaxianos. Elas tremem em suas sedas e bebericam o café com as mãos trêmulas enquanto esperam, no centro de círculos de alvoroçados membros da família, para o caso de o kaiser decidir aparecer.

À minha frente, Cress estuda um livro de poemas, raramente erguendo os olhos, embora tenha me convidado para o café. Ainda não falamos sobre nossa conversa no jardim, mas posso senti-la erguendo-se entre nós e lançando uma sombra sobre cada palavra que proferimos. Quero voltar ao assunto agora, empurrá-la na direção a que não tive oportunidade naquela ocasião, mas, a cada vez que tento, as palavras morrem na garganta.

– Pobres garotas – murmura Cress, mal tirando os olhos do livro de poemas lyrianos, a pena na mão. – Todo esse trabalho para nada. Meu pai diz que o kaiser já escolheu sua noiva. Ele acha que o noivado já será oficial quando papai partir para Elcourt, daqui a quatro dias.

Fico paralisada, a xícara nos lábios, o pavor empoçando no fundo do estômago.

– Suponho que você não saiba quem é ela... – digo casualmente, pousando a xícara no pires.

Ela sacode a cabeça com um muxoxo e rabisca alguma coisa.

– Papai não quis me dizer, como sempre. Parece que ele acha que não pode confiar os seus segredos a mim.

Forço uma risada.

– Bem, ele tem razão, não é? – brinco com ela.

Espero que ela ria também, mas, quando me olha, seus olhos estão sombrios.

– Eu consigo guardar segredos, Thora.

As palavras são inócuas, mas soam pesadas. O que eu falei no jardim era crime de traição e ela podia ter usado aquilo para garantir uma coroa para si. Mas não fez isso, o que significa alguma coisa, não é?

– É claro que consegue – afirmo baixinho. – Você é minha irmã do coração, Cress. Eu confiaria minha vida a você.

O frasco de veneno está quente junto a minha pele.

Ela faz que sim com a cabeça e volta a seu poema.

– *Ch'bur* – diz ela, girando a pena enquanto pensa. – Você acha que está relacionada à palavra oriânica *chabor*? Com garras?

– Não sei – admito. – Leia em voz alta.

Ela morde o lábio inferior por um momento.

– *No vale de Gredane...* o termo deles para o mundo inferior... *meu amor me espera, ainda envolto nas garras da Morte, que me abraça.* Não. Não pode ser isso, pode?

Tento responder, mas tudo que posso ver é o corpo cinza e inerte de Cress preso na garra de um pássaro gigante.

– Além disso, não vejo que importância isso pode ter – continua ela, me arrancando de meus pensamentos e escrevendo mais alguma coisa em seu livro. – Não que a garota, quem quer que seja ela, vá dizer não, certo?

Levo um momento para me dar conta de que ela não está mais falando do poema ou aludindo a minha traição. Voltamos ao kaiser agora e ela parece muitíssimo indiferente em relação a isso, considerando que é tão elegível ao posto quanto qualquer outra garota. Mas não será ela e imagino que ela saiba disso. Seu pai não deixaria isso acontecer. Ele pode ser o cão de ataque do kaiser, mas até mesmo ele tem um limite, e esse limite sempre foi Cress.

– Não que ela *possa* dizer não – observo, angariando um olhar de advertência de Cress.

– Não tenha tanta pena dela assim, Thora – retruca ela. – Acho que eu poderia tolerar o kaiser se a coroa viesse com ele.

Acho que a kaiserin Anke discordaria, tenho vontade de dizer, mas consigo me segurar. Cress e eu temos um acordo tácito de não mencionar o que vimos naquela noite e não sou eu que vou rompê-lo. Ela sabe, tanto quanto eu, que foi o kaiser que empurrou a kaiserin daquela janela, mas nenhuma de nós duas tem a coragem de dizer isso em voz alta, como se não falar fosse suficiente para pôr fim ao perigo do que vimos. Afinal, se o kaiser assassinou a esposa porque ela era uma inconveniência, o que o impediria de fazer o mesmo conosco?

Ainda assim, tenho vontade de contar a alguém as coisas que a kaiserin disse antes de morrer – antes de ser assassinada. Quero contar a alguém sobre meus sentimentos por Søren e como isso complica o plano que elaborei com minhas Sombras. Quero falar sobre esse plano e quanto ele às vezes me parece frágil.

Mas posso ouvir a voz dela sussurrar em minha mente: *"Isso é traição. Pare, Thora."* E não consigo nem imaginar qual seria a reação dela se soubesse sobre mim e Søren.

Não sei se sequer posso ficar zangada com ela por sua reação no jardim. Pedi que ela escolhesse entre mim e seu país – para não mencionar seu pai. Eu deveria saber o que ela escolheria. Sei o que *eu* estou escolhendo, afinal.

O veneno parece mais pesado do que nunca em meu bolso.

– E – continua Cress, sem tirar os olhos do poema – vai ser um partido melhor do que você poderia ter esperado.

Fico paralisada, a xícara a meio caminho dos lábios. Com as mãos trêmulas, eu a coloco de volta no pires.

– O que foi que você disse? – pergunto.

Ela ergue o ombro em um gesto blasé.

– Ninguém precisou me contar quais são os planos do kaiser, Thora. Simplesmente faz todo o sentido. Ouvi alguns boatos sobre os motins e que alguns países ainda se recusam a reconhecer o domínio do kaiser sobre

Astrea. Se ele se casasse com você, seria uma boa solução para esse problema. Além disso, a kaiserin não tinha mais nenhuma utilidade para ele... ela lhe deu seu herdeiro, cumpriu seu propósito. E eu sempre me perguntei, acho, a razão de ele manter você viva.

Ela fala isso com tanta calma, os olhos ainda fixos no livro. Mas não é porque ela não ligue. Posso perceber isso em sua voz. É porque ela está com medo de me olhar.

– Então, quando você o viu empurrá-la por aquela janela, deve ter confirmado suas suspeitas – replico, adotando seu tom trivial, como se estivéssemos falando dos planos para o jantar e não de um assassinato.

Ela estremece diante de minha fala, mas de maneira tão sutil que quase não percebo. Depois de um instante, ela finalmente olha para mim, pousando a pena na mesa.

– Vai ser para o seu bem, Thora – diz com firmeza. – Você será a kaiserin. Terá poder.

– Como a kaiserin Anke tinha? – pergunto a ela. – Você diz que sou sua irmã do coração e é isso que quer para mim? Que eu acabe como ela?

O estremecimento desta vez é mais pronunciado e seus olhos cinzentos correm pelo pavilhão. Ela suspira.

– Melhor assim do que como uma traidora no cepo do carrasco – comenta ela baixinho.

Sinto o veneno em suas palavras como se fosse um tapa e me esforço para não recuar, não me afastar dela. Engulo em seco.

– Não sei do que você está falando, Cress – minto, mas minha voz treme e sei que não a engano.

Por mais que ela tente fingir o contrário, Cress não é nenhuma tola.

– Não me insulte – diz ela, recostando-se na cadeira.

Ela leva a mão ao bolso e pega um pedaço de papel dobrado. O selo foi rompido, mas fora antes um *drakkon* lançando fogo pela boca. O selo de Søren. Aquela visão abre um buraco em meu estômago e mil justificativas sobem até meus lábios, mas já sei de antemão que não há desculpa para o que está naquela carta.

– Onde você pegou isso? – é o que pergunto, como se de alguma forma pudesse virar a situação contra ela, fazer com que fosse ela a ter me traído.

Ela me ignora, abrindo a carta devagar. A mágoa perpassa sua expressão enquanto ela começa a ler.

– "*Querida Thora.*" – Sua voz monocórdia e sem emoção. – "*Não consigo encontrar as palavras para expressar quanto sua carta me deixou feliz. Sei que não disse tão claramente em minha última carta, embora tenha certeza de que você deve ter deduzido, mas meu coração também é seu.*

"*Em sua carta, você disse que queria uma maneira de ficarmos juntos sem ter que nos esconder. Eu quero o mesmo. Quero contar para todo mundo, quero poder me gabar de suas cartas da mesma maneira que meus homens se gabam das cartas que suas amadas lhes enviam, quero um mundo em que haja um futuro para nós que não seja atravessando furtivamente túneis escuros (por mais divertido que isso possa ser). Mas acho, mais do que qualquer outra coisa, que quero viver em um mundo melhor do que o que meu pai criou. Tenho esperanças de que um dia, quando eu for kaiser, poderei criar esse mundo. E agora tenho esperanças de que, quando eu fizer isso, você estará ao meu lado.*"

Ela volta a me olhar enquanto dobra a carta de novo.

– Tem mais, é claro. Informações sobre as atividades no navio, como a batalha está se desenrolando... coisas terrivelmente maçantes, para falar a verdade, embora eu imagine que seja essa a parte em que você está interessada.

Não há nada que eu possa dizer, então apenas observo enquanto ela guarda a carta. Deve ter chegado recentemente. Eu havia presumido que ele estava ocupado demais com a batalha para responder a minha carta, mas Cress deve tê-la encontrado debaixo de meu capacho.

– Não é o que você está pensando – consigo falar finalmente, embora seja ridículo o quanto soa falso.

– Estou pensando que você mentiu para mim, Thora – declara ela de maneira suave, mas em sua expressão não há qualquer traço de suavidade. Ela agora é toda arestas e olhos furiosos. Pela primeira vez, parece o pai. – Estou pensando que você roubou minhas Pedras do Espírito, o que significa que está trabalhando com outros. Você não teria se tornado assim tão rebelde sozinha. Três, imagino, com base no número de peças que pegou de mim...

Um suor gelado escorre por minha espinha e meu coração bate ruidosamente. Ela não pode saber de minhas Sombras, não assim. Corro os olhos ao redor e as vejo ao lado do pavilhão, observando, mas longe demais para ouvir qualquer coisa. Eles ainda estão lá, o que significa que ela ainda não contou a ninguém sobre suas suspeitas. Não posso deixar que ela faça isso.

– Sinto muito – digo, inclinando-me para a frente. – Sinto muito mesmo, Cress, mas não é o que você está pensando.

– O que estou *pensando* é que tudo é muito conveniente – replica ela, franzindo os lábios. Há um brilho perigoso em seus olhos que me faz lembrar de seu pai. – Esses outros com quem você está trabalhando aparecem e você consegue as Pedras do Espírito para eles e, ao mesmo tempo, decide começar um romance com o prinz. Você deve saber que uma união entre ele e você jamais seria permitida e é inteligente demais para fingir que não sabia. O que significa que tinha outra coisa em vista.

Ela olha a carta, que está novamente em suas mãos.

– *"Eu a enganei antes, quando disse que estávamos partindo para resolver alguns problemas que Dragonsbane estava causando na rota comercial, mas, se você está mesmo tão entediada que quer saber o que está acontecendo aqui, vou lhe contar."*

Ela torna a se interromper e ergue os olhos para mim. Não há emoção alguma neles, por sorte. Meu corpo inteiro está dormente.

– Você não se importa com nenhuma missão que o kaiser possa ter dado a ele. Acho difícil acreditar que você quisesse ouvir sobre isso, mas suponho que essas pessoas com quem você está associada, sejam elas quem forem, elas, sim, estão interessadas e lhe disseram que seduzisse o prinz para obter o máximo de informações que pudesse para elas. Estou errada? – pergunta ela, inclinando a cabeça para um lado enquanto me observa.

Sim, quero dizer. *Mas não sobre o que de fato importa.*

Cress deve tomar meu silêncio por um não, porque continua:

– Eu entendo, Thora – diz ela, sua voz mudando para aquela a que estou acostumada: gentil e bondosa. Lembra a maneira como o theyn falou comigo depois de matar minha mãe, perguntando se eu estava com fome ou com sede, enquanto o sangue dela ainda nem havia secado em suas mãos. – Eu falei sério quando disse que sua vida é injusta. A maneira como ele a trata é injusta. Mas não é essa a forma de consertar isso.

Quero gritar que não se trata de mim absolutamente, que a injustiça de minha vida não é nada se comparada aos sofrimentos suportados pelos outros astreanos na cidade, os outros astreanos nas minas, os outros astreanos que fugiram para se tornar cidadãos de terceira classe em outros países.

Respiro fundo e me obrigo a sustentar o olhar dela em vez de gritar da maneira que quero tanto fazer. Porque não sou sua amiga e nunca fui. Sou seu bichinho de estimação e ela me ama como se eu fosse inferior a ela. A consciência disso me dá a sensação de ter eu mesma bebido o frasco de encatrio. Como se eu estivesse me transformando em cinzas de dentro para fora.

Quando falo, minha voz soa suave e uniforme. Pareço arrependida, apesar do ressentimento que toma conta de mim.

– Como eu conserto, então? – pergunto a ela.

É exatamente o que ela quer ouvir. Seu sorriso é genuíno, aliviado. Ela estende as mãos sobre a mesa e toma as minhas nas dela.

– Fazendo o que é esperado de você – diz, como se fosse simples. Para Cress, é. Ela sempre fez o que é esperado dela e vai conseguir uma coroa por causa disso. Mas nós não somos iguais. Vivemos em mundos diferentes e o que é esperado de nós são coisas distintas. – Você dá ao kaiser o que ele quer. Você se mantém viva até eu poder salvá-la.

Engulo a bile que sobe até minha garganta. Ela tem boa intenção, o que torna tudo muito pior.

– Você vai contar ao kaiser?

Ela recolhe as mãos e pigarreia.

– Não vejo por que ele precisa saber. Você tropeçou, era de esperar. Mas nenhum mal foi feito, foi? – indaga, como se eu tivesse quebrado uma peça de porcelana em vez de tramado um esquema de traição.

– Não.

Ela assente com a cabeça, comprimindo os lábios, pensativa. Um segundo depois, me dirige um sorriso afiado, capaz de cortar o aço.

– Bem, então acho que posso guardar para mim, desde que essa história pare. – Ela faz uma pausa, tomando um gole do café. Está participando de um jogo no qual tem todas as cartas e sabe disso. Está avaliando quanto pode ganhar com sua vitória. – Você vai pôr um ponto-final com o prinz quando ele voltar. O kaiser vai arranjar nosso noivado quando Søren chegar e não quero que ele recuse por causa da sua intromissão.

– É claro – digo, obediente.

– E os outros? Aqueles para quem você deu minhas pedras? – pergunta ela. – Foram eles que meteram você nisso tudo, eu sei. Você nunca teria feito isso sozinha. Eles tiraram você do trilho e vamos ter que entregá-los ao kaiser.

Cress escreveu a própria versão dessa história e é bem fácil fingir que ela está certa. De longe, melhor do que a verdade. Ela não teria me perdoado tão facilmente se soubesse que meus sentimentos por Søren são genuínos ou que eu agi por vontade própria. Mas, se ela me vê como um bichinho de estimação, treinada para executar truques para sua diversão, por que esperaria que alguém mais me visse de outra maneira?

– Eles foram embora – digo a ela. Está ficando mais fácil mentir para Cress. Desta vez não sinto nem o estômago se contrair. Sei que preciso convencê-la, porém, pela segurança dos outros, portanto continuo: – Souberam reconhecer uma causa perdida quando viram uma. Depois que lhes dei as pedras, eles foram embora. Disseram que iriam trocar por passagens em um navio para Grania. Eles se ofereceram para me levar com eles, mas eu... eu não podia ir embora.

O sorriso de Cress se suaviza, tornando-se um pouco mais natural.

– Fico feliz que não tenha ido – afirma. – Eu teria sentido saudade de você. – Ela torna a pegar a pena e olha para o livro antes de se voltar para mim. Hesita por um segundo. – Isso é o melhor para você, Thora. De outra forma, ele a mataria. Você sabe disso.

As palavras emperram em minha garganta, mas forço sua saída:

– Eu sei.

Ela estende o braço por cima da mesa para dar tapinhas em minha mão antes de retornar ao poema. Sua mente está tranquila novamente, desfeita a única ruga em sua vida. É simples para ela, como as partidas de xadrez que ela e o pai jogam. Ela me deu um xeque-mate, então o jogo chegou ao fim. Ela venceu.

Mas não é tão simples assim. Tudo em mim parece despedaçado e sei que não existe como me emendar.

Eu me concentro na vela entre nós, na dança constante da chama à medida que ela encolhe e cresce no mesmo ritmo de meu coração acelerado. Eu a observo agitar-se mais devagar e uma estranha calma se espalha por mim. Eu não deveria estar calma. Deveria querer me enfurecer e gritar e esbofetear seu lindo rosto.

Eu não deveria estar calma, mas estou. Há um único caminho a minha frente agora e posso vê-lo claramente iluminado. É um caminho horrível, um que odeio. Jamais me perdoarei por percorrê-lo. Não sairei do outro lado a mesma que era ao entrar nele.

Mas é o único caminho que posso tomar.

Cress ergue os olhos e abre a boca para falar, mas então avista alguma coisa sobre meu ombro e se levanta de supetão, a postura reta como uma vara. Um segundo tarde demais, percebo que todo mundo se pôs de pé também e me apresso em fazer o mesmo, embora meu estômago se revire. Com a kaiserin morta e Søren ainda no mar, só existe uma pessoa cuja presença poderia provocar tal reação.

No instante antes de eu me curvar em reverência, vejo o kaiser de pé ao lado da porta dupla da entrada, vestindo um traje de veludo com botões de ouro esticado sobre a barriga redonda. Como se isso já não fosse ruim o bastante, o theyn está a seu lado, o que só pode significar uma coisa.

De fato, eles estão vindo em nossa direção. O theyn tem a expressão pétrea de sempre, mas os olhos do kaiser brilham com o tipo de alegria maliciosa que assombra meus pesadelos. Eu luto para não estremecer sob o peso de seu olhar.

Em breve, lembro a mim mesma. Em breve não terei nada que temer em relação a nenhum dos dois. Em breve estarei longe de ambos. Em breve, com sorte, eles estarão mortos. Em breve eles nunca mais poderão me tocar. Mas *em breve* não é *agora*. Agora eles ainda podem me machucar. Agora eu ainda tenho que fazer o jogo do kaiser.

Mais uma vez meus olhos encontram a vela, porque é mais fácil olhar para ela do que para eles. Embora meus batimentos cardíacos estejam se acelerando novamente, o bruxulear da vela ainda os acompanha.

– Lady Crescentia, lady Thora – diz o kaiser, não me dando outra escolha senão olhar para ele.

Sua nova jogada está se aproximando, seu último jogo, mas, pela primeira vez, estou um passo adiante dele e vou usar isso para minha vantagem.

Em minha mente, Thora é uma mistura desordenada e confusa de pânico e medo. Ela se lembra das mãos dele, se lembra do chicote, se lembra de seu sorriso nauseante quando ele a chamou de boa garota. Mas eu não terei medo, porque tenho um frasco do veneno mais mortal que se conhece em meu bolso e posso pôr fim a sua vida com metade dele.

– Alteza, theyn – cumprimento, mantendo a voz suave e estável. *Sou uma garota simples que pensa apenas em coisas simples.* – Que bom ver vocês. Não vão se juntar a nós para um café? – pergunto, apontando a mesa, como se eu tivesse algum poder de decisão sobre o assunto.

O olhar do kaiser pousa em Crescentia.

– Na realidade, lady Crescentia, se não se importa, eu gostaria de ter uma palavra em particular com lady Thora – explica ele e, embora as palavras sejam cordiais, são um comando veemente. Cress deve ter percebido também, porque hesita um instante e seus olhos encontram os meus. Neles, um lembrete do qual eu não preciso. Suas ameaças de um momento atrás ainda ecoam em minha mente.

– Cress – diz seu pai, estendendo um braço para ela.

Após um último olhar em minha direção, ela enlaça o braço no dele e o deixa levá-la dali.

O kaiser ocupa o lugar dela e eu retomo o meu, tentando acalmar meu coração disparado. A vela ainda o acompanha, embora um rápido olhar para as outras mesas me diga que as demais chamas se mantêm calmas e sólidas. Somente a minha é errática e eu não posso tentar entender o porquê disso, não agora, com o kaiser me encarando dessa forma. Estou dolorosamente consciente dos outros cortesãos observando e cochichando. Eu os afasto de meu pensamento, concentrando-me no kaiser, no bule de café entre nós e no frasco em meu bolso. Se eu conseguir matar o kaiser, Blaise e os outros vão ver a missão como um sucesso, mesmo que Cress e o theyn ainda estejam vivos. Talvez eu até consiga ir embora antes que Cress descubra o que fiz, antes que ela conte tudo ao pai e eles me prendam. Mas, mesmo que eu seja executada por isso, terá valido a pena. Minha mãe e Ampelio me receberão no Além com orgulho.

Deslizo o frasco do bolso para a manga comprida do vestido de modo que a tampa de cortiça fique presa entre a pele de meu pulso e o punho do vestido. Quando o coloquei no bolso essa manhã, nunca imaginei que o usaria de fato. Foi um gesto para apaziguar minhas Sombras, mas agora posso me ver despejando o veneno na xícara do kaiser quando ele não estiver prestando atenção. Eu o vejo bebendo. Vejo-o queimando vivo, de dentro para fora. E não hesito diante desses pensamentos, por mais sanguinários que sejam. Se existe alguém que merece morrer com encatrio, esse alguém é o kaiser.

– Café, Alteza? – pergunto com um leve sorriso, erguendo o bule.

Se eu fingir coçar o pulso, posso tirar a rolha e despejar o veneno sem que ninguém perceba...

Mas o nariz dele se franze.

– Nunca gostei dessa coisa – responde, agitando a mão em um gesto de dispensa.

A frustração cresce em meu peito, mas me obrigo a deixá-la de lado. Tão perto, mas não posso simplesmente enfiar-lhe o veneno goela abaixo.

– Muito bem – digo, tornando a pousar o bule na mesa. – O que posso fazer por Vossa Alteza?

Embora isso me cause náuseas, olho para ele através dos cílios e invoco meu sorriso mais doce.

Seu sorriso se abre e ele se recosta na cadeira, que range sob seu peso.

– O theyn e eu andamos discutindo o seu futuro, Princesa das Cinzas, e achei que você gostaria de ser ouvida a esse respeito.

Tenho de sufocar uma gargalhada. Ele já traçou meu futuro e nada do que eu disser poderá mudar isso. É a ilusão da escolha, assim como a que ele me deu quando me pediu que matasse Ampelio.

– Tenho certeza de que sabe o que é melhor para mim, Alteza – replico. – Tem sido tão generoso comigo até agora. Deve saber quanto sou grata.

A mão dele desliza sobre a mesa em direção à minha e me forço a não retirá-la. Deixo-o colocar seus dedos gordos e pegajosos sobre os meus e finjo que seu toque não me causa repulsa. Finjo acolhê-lo, mesmo enquanto a bile sobe até minha garganta.

– Talvez você possa me mostrar sua gratidão – murmura ele, inclinando--se em minha direção.

Não consigo olhar para ele, então fico observando sua mão. Sua manga está tocando a base da vela, a poucos centímetros da chama. Se não é minha imaginação ou coincidência – se estou mesmo controlando a chama de forma não intencional –, o que mais eu posso fazer? Que dificuldade haveria em fazer uma centelha saltar e atear fogo a sua manga? Seria um gesto inofensivo, mas faria com que ele parasse de me tocar.

Eu daria qualquer coisa para pôr fim a esse toque. Qualquer coisa.

Até mesmo sua chance de entrar no Além? Até mesmo sua mãe? Até mesmo o futuro de seu país?

As perguntas me refreiam.

De repente, um estalo corta o ar e o kaiser é lançado para trás, desabando no chão, a cadeira quebrada debaixo dele, a estrutura de ferro claramente partida ao meio. Chocada, ponho-me de pé em um salto, assim como todos no pavilhão.

Caído de costas, ele me lembra uma tartaruga com o casco virado. A barriga inchada estica a camisa enquanto ele se contorce, tentando sentar--se em vão. Seus guardas correm até ele para protegê-lo, mas, quando fica claro que não houve ataque algum, somente o peso do kaiser quebrando a cadeira, mesmo eles têm de se esforçar para se manterem sérios enquanto o ajudam a se levantar. Os cortesãos reunidos no pavilhão são menos eficazes em ocultar as risadinhas, o que faz o rosto do kaiser ir se tornando cada vez mais vermelho de fúria e constrangimento.

Procuro minhas Sombras à espreita nos cantos, Blaise em particular. Somente o peso do kaiser não seria suficiente para quebrar a cadeira de ferro forjado, não sem um toque de magia da Terra. Mas é difícil acreditar que Blaise tenha feito algo tão imprudente de propósito.

Vejo apenas duas figuras de pé em um canto escuro, uma alta e outra baixa. Blaise não está ali, embora eu saiba que estava alguns segundos antes.

Só me resta dar a volta na mesa, correndo até onde o kaiser está sendo ajudado pelos guardas.

– Vossa Alteza está bem? – pergunto.

Ele empurra os guardas, afastando-os, e limpa as roupas antes de dar um passo em minha direção. Seus olhos azuis – da mesma cor dos de Søren – correm pelo pavilhão. Ninguém ousa rir e muitos desviam o olhar, fingindo não ter visto o vexame. Mas ele deve saber que é mentira. Deve saber que estão todos zombando dele. Ele se livra dos guardas, ergue o queixo em uma expressão dura e vem em minha direção. O cheiro de suor e metal é insuportável.

– Voltaremos a conversar em breve, Princesa das Cinzas – diz, erguendo a mão para tocar minha face.

Søren fez o mesmo gesto quando estávamos em seu barco, mas isso é muito diferente. Não é um toque afetuoso, é uma declaração de posse feita diante de dezenas de cortesãos, e daqui a uma hora toda a cidade saberá disso.

Quando ele se vira para sair e finalmente tira aqueles olhos frios de mim, meus joelhos quase se vergam e preciso agarrar a borda da mesa para me apoiar, apesar de tentar disfarçar. Agora, mais do que nunca, todos estão me observando, rezando para que eu sucumba de modo a que uma de suas garotas tome meu lugar.

Sou um cordeiro na toca do leão e não sei se sou capaz de sobreviver.

BELSIMÉRA

UANDO CHEGO A MEU QUARTO, fico aliviada por Hoa não estar. Uso toda as minhas forças para manter a tempestade de medo e dúvida enterrada bem fundo dentro de mim. Gritos, lágrimas e fogo arranham minha garganta, mas eu engulo tudo isso. Não posso me mostrar fraca, não com minhas Sombras me observando. Mas sempre há alguém me observando, não é mesmo? Sempre esperando algo de mim, sempre esperando que eu escorregue.

Com passos calmos e calculados, cruzo o quarto até a bacia de água que fica sobre a penteadeira e mergulho as mãos nela. As mãos que ele tocou. Esfrego-as até ficarem vermelhas e esfoladas, mas não adianta. Ainda sinto o toque do kaiser. Ainda sinto sua ameaça envolvendo meu pescoço como um laço de forca.

Há uma pedra-pomes ao lado da bacia, então eu a uso, esfregando-a em cada centímetro da mão: as palmas, as costas, os dedos e os espaços entre eles. Não importa, nunca é o suficiente. Nem mesmo quando os nós dos dedos sangram e tingem de rosa a água. Nem mesmo quando minha pele fica dormente.

Boa garota. Você se tornou terrivelmente bonita, para uma pagã. Talvez você possa me mostrar sua gratidão.

Um choro estrangulado quebra o silêncio e olho ao redor buscando sua origem, antes de me dar conta de que vem de mim, que sou eu que estou chorando e, agora que finalmente começou, não consigo parar. Minhas pernas cedem e caio no chão, trazendo comigo a bacia e encharcando a saia do vestido com a água suja de sangue.

Não ligo. Não ligo nem quando a porta se abre, mesmo que seja Hoa, pronta para correr para o kaiser. Deixe que vá. É demais. Não posso fazer isso. Não sou forte o bastante.

Ouço passos vindo em minha direção, olho para cima e vejo Artemisia com sua capa preta, os cabelos azuis espalhados sobre os ombros e algo que pode ser pena em seus olhos frios.

– Levante-se – diz ela, a voz suave.

Eu deveria escutá-la, não deveria deixá-la me ver assim. Ela já acha que sou inútil, não quero provar que está certa. No entanto, não consigo me mover. Não consigo fazer nada além de chorar.

Com um suspiro, ela se ajoelha na minha frente e estende as mãos para segurar as minhas, que estão ensanguentadas, mas eu as recolho, protegendo-as contra minha barriga.

– Não vou machucar você – declara. – Deixe-me ver se está muito ruim.

Hesitante, eu as estendo para ela, encolhendo-me quando ela as vira sem muita gentileza.

– Heron? – chama ela sobre o ombro, na direção de um garoto alto de cabelos negros compridos e sobrancelhas espessas que permanece na porta, parecendo doente. – Uma ajudinha?

Suas palavras lançam um raio de energia que o atravessa e ele sai de seu estupor, vindo sentar-se do meu outro lado. Ele é mais alto do que eu pelo menos uma cabeça e, embora pareça perturbado, posso ver sinais do garoto misterioso que esteve por trás de minha parede nos últimos dois meses, a voz da razão. Está lá na suavidade de seus olhos cor de avelã, na curva torta de sua boca.

Ele pega uma de minhas mãos, inspecionando o dano. Sua mão é muito maior do que a minha, mas seu toque é reconfortante.

– Não está tão ruim – informa depois de um momento. – Posso dar um jeito.

Minha garganta já está dolorida por causa do choro, mas apesar disso não consigo parar.

– Onde está Blaise? Ele está bem? – consigo perguntar entre soluços.

– Ele está bem. Achamos melhor ele dar um passeio e se acalmar depois daquela explosão – diz Artemisia.

A cadeira. O kaiser caindo. *Foi* o poder de Blaise, mas seu uso não fora intencional, aparentemente. Concordo com a cabeça e tento respirar fundo, mas a respiração sai irregular.

– Eu não posso... Não posso mais fazer isso.

Não quero dizer essas palavras, mas a barreira dentro de mim se rompeu e não há como controlar o que sai com as lágrimas.

– Então não faça. – A voz de Artemisia é cheia de arestas.

– Art – adverte Heron, mas ela o ignora.

– Desista. Enlouqueça como a kaiserin deles. O que a impede?

Suas palavras me queimam por dentro, mas pelo menos secam minhas lágrimas.

– Existem vinte mil pessoas contando comigo – sussurro, mais para mim mesma do que para eles. – Se eu desistir...

– A maioria delas não vai sentir a diferença – diz ela. As palavras são cruéis, mas a hostilidade desapareceu de sua voz. Ela soa tão cansada quanto eu. – Você pode ser a rainha, mas é apenas uma garota. A revolução não vai parar por sua causa. Não parou quando Ampelio morreu e ele fez muito mais do que você. Se você morresse, ou eu, ou Heron, ou Blaise... Somos todos apenas peças. Fazemos o que podemos, mas, no fim das contas, somos todos dispensáveis. Até mesmo você.

– Então, para quê tudo isso? – pergunto a ela.

As palavras saem amargas, mas não é essa minha intenção. Quero mesmo saber.

Ela nada diz por um longo tempo. É só quando já perdi a esperança de obter uma resposta que ela fala, a voz baixa, firme e tão diferente da Artemisia barulhenta e impetuosa que conheço:

– Porque é assim que a água funciona. O rio flui, empurrando a pedra, mesmo sabendo que ela não vai se mover. Ela não precisa fazer isso. As correntes passam por ali por um certo tempo e até mesmo a mais forte das pedras cede. Pode levar uma vida inteira ou mais, mas a água não desiste.

– Nada vai detê-lo. Eu não sou capaz de vencê-lo – digo.

– Não – concorda ela. – Provavelmente não é.

– *Art* – adverte Heron novamente.

Sinto alfinetadas na mão que ele está segurando, como se ela estivesse dormente. Não é a mesma sensação de quando Ion me cura depois dos castigos do kaiser. Seu toque sempre deixa minha pele pegajosa, escorregadia e sebosa, mas o toque de Heron é reconfortante, caloroso, enquanto seu poder percorre minha pele.

– Não vou mentir para ela – diz Artemisia, bufando.

Suas palavras são duras, mas há algo de reanimador em sua honestidade. Acho que prefiro isso às mentirinhas gentis de Heron.

– Não vamos permitir que nada lhe aconteça – afirma Heron. – Assim que o prinz voltar, vamos tirar você daqui.

– Depois que eu matar o Prinz, você quer dizer. E o theyn e Cress.

Se estivesse aqui, Blaise provavelmente diria que minha segurança é prioridade. Ele começaria a fazer planos para todos nós partirmos imediatamente e eu não sei se teria coragem de recusá-los. Mas ele não está aqui.

Heron e Artemisia trocam um olhar que não sei interpretar.

– Isso – diz Artemisia.

Heron solta minha mão e a pele da palma está lisa e clara, como se eu nunca tivesse me machucado. Ele pega a outra e recomeça.

– Nas minas ... – diz Artemisia, chamando minha atenção de volta para ela. Ela não está olhando para mim, e sim para o chão de ladrilhos, cujas linhas traça com o dedo mínimo – ... aprendi depressa a usar a única moeda de troca que tinha com um dos guardas. Era... um tipo particular de tortura, mas em troca ele me dava rações extras e os turnos mais fáceis. Ele olhava para outro lado quando meu irmão menor não conseguia puxar o peso que deveria puxar. Eu dizia a mim mesma... dizia a mim mesma que ele gostava de mim, que eu gostava dele também. É mais fácil mentir para você mesmo, não é?

Não, tenho vontade de dizer. *Não é a mesma coisa*. Mas não posso deixar de pensar que talvez seja. Talvez mentir para si mesmo seja a única maneira de sobreviver.

Quando ela volta a falar, a suavidade desapareceu:

– Mas, quando meu irmão foi acometido pela loucura das minas e o mesmo guarda esmagou sua cabeça numa pedra enorme a menos de 2 metros de mim, eu enxerguei toda a verdade. – Sua respiração é trêmula. – Nos meses que se seguiram, eu dormia ao lado do assassino do meu irmão e rezava para que a morte me levasse também. – Ela ri, mas é um som feio. – Jamais rezei antes, nunca vi nenhuma utilidade nisso. Não acreditava em nada daquilo, nem mesmo quando pensava nas palavras. Mas eu precisava falar com *alguém*, mesmo que fosse só na minha cabeça. Ainda não acredito em seus deuses, mas sei que fui me tornando cada vez mais forte, até ter força suficiente para cortar a garganta do guarda enquanto ele dormia.

Seus olhos escuros se desviam rapidamente até os meus e vejo ali um tipo de compreensão que nunca esperei dela. De repente me dou conta de que não a conheço em absoluto, nem Heron, nem mesmo Blaise. Todos eles devem ter histórias como essa, histórias que desconheço, sobre horrores que jamais poderei entender de fato.

– Não são as coisas que fazemos para sobreviver que nos definem. A gente não se desculpa por elas – diz ela baixinho, sem tirar os olhos dos meus. – Talvez eles a tenham ferido, mas, por causa disso, você agora é uma arma mais afiada. E está na hora de atacar.

• • •

Quando Artemisia e Heron saem, não consigo me aquietar. Não é a mesma energia cheia de pânico de antes – há uma calma em meus pensamentos, um distanciamento. Vejo a situação como se estivesse acontecendo com outra pessoa. Minha mente está ocupada e, assim, minhas mãos anseiam por algo para fazer também.

Vou até o esconderijo no colchão e tateio até encontrar a camisola que estraguei quando me encontrei com Blaise pela primeira vez – o que parece ter sido há uma vida. O tecido outrora branco está cinza de terra e sujeira.

Ela se rasga facilmente em tiras, embora sejam desleixadas e esfiapadas nas bordas, diferentes de como seriam se eu pudesse usar uma tesoura. Mas vão servir.

Artemisia e Heron me observam calados enquanto enrolo cada tira em uma roseta fajuta, amarrada com pedaços de palha tirados do enchimento do colchão. Depois de alguns momentos, Blaise volta a seu quarto sem dizer uma palavra, mas eu mal o ouço. Pouco tomo conhecimento deles. Tudo que existe são meus dedos, as rosetas e minha mente examinando todos os desfechos possíveis.

Embora eu saiba o que preciso fazer, não posso deixar de me perguntar se minha mãe, em minha posição, faria a mesma escolha. A verdade é que não sei o que minha mãe faria. Ela é parte lembrança, parte imaginação para mim.

Amarro a última das quatro rosetas e as reúno em minhas mãos.

– Feliz Belsiméra – digo em meio ao silêncio.

Heron se remexe atrás de sua parede.

– Não é... – começa ele, mas se cala.

– É? – pergunta Blaise.

Dou de ombros.

– Elpis diz que é e acredito que ela saiba.

Passo uma roseta pela parede de cada um, espremendo-as um pouco para enfiar pelos buracos.

– Sei que não é muito – digo quando me resta apenas uma, que darei a Elpis na próxima vez que a vir. – Mas quero que saibam que, mesmo quando discordamos, vocês são meus amigos. Ou melhor, minha família. Confio em vocês, embora esteja ciente de que nem sempre sei como mostrar isso. E espero que saibam que eu daria minha vida por vocês sem dúvida. Nunca vou conseguir expressar devidamente quanto sou grata, não só por vocês terem vindo aqui para me ajudar, mas por terem ficado quando eu não facilitei as coisas. Muito obrigada.

Por um longo tempo nenhum deles fala e temo ter ido longe demais, falado demais. Eles vão me achar uma tola sentimental que não tem a menor possibilidade de ser rainha de ninguém.

Finalmente, Heron pigarreia.

– Você é da família – afirma, o que, de alguma forma, é muito melhor do que ele dizer que sou sua rainha. – E família não abandona nenhum membro.

– Além disso – acrescenta Art –, acho divertido quando você tenta discutir. É quando mais gosto de você.

Minha risada me pega de surpresa, mas a dela vem um segundo depois. Ela é minha amiga, percebo. Não da mesma forma que Cress era, não do tipo com quem gosto de bater papo, não do tipo com quem danço ou experimento vestidos. Posso nem sempre gostar dela, mas Art está aqui quando preciso, de um jeito que Cress não poderia estar. Esse pensamento faz surgir um nó em minha garganta, mas tento ignorá-lo. Belsiméra é uma ocasião feliz.

– Quando a gente era criança – conta Blaise, com um sorriso na voz –, você sempre tentava me dar uma flor, lembra?

– Não – admito, sentando-me na cama e olhando para a flor em minha mão. Não é tão bonita quanto a que Elpis me deu, mas espero que ela goste. – Faz muito tempo, é um pouco nebuloso. Eu me lembro de fazer as flores com a minha mãe, mas eram muito mais bonitas do que estas.

– Eram mesmo – concorda ele. – E, nos dois anos anteriores ao cerco, você tentava me dar a mais bonita e eu sempre fugia de você.

– Não me lembro disso – digo, olhando para a parede dele. – Por que você fugia?

– Porque suas flores sempre vinham com restrições – explica ele. – Você beijava todo mundo que ganhava uma flor sua.

– Eu não fazia isso! – digo com uma risada.

– Fazia, sim – insiste ele. – Todo ano, no dia de Belsiméra, você passeava pelo castelo com sua cesta, distribuindo as flores a todo mundo que via e exigindo um beijo em troca. Todos achavam que você era a coisa mais engraçada e todos obedeciam. Ninguém conseguia dizer não para você. E não era por causa do título dela – acrescenta ele rapidamente, dirigindo-se aos outros. – Todo mundo adorava você.

– Cresci em uma pequena aldeia na costa leste – conta Heron. – Até nós ouvíamos falar de você lá, de quanto todos que a conheciam a adoravam.

Essas palavras me aquecem e trazem uma lembrança difusa, embora eu não tenha certeza de quanto dela é real. Lembro-me da cesta de vime pendurada no braço. Lembro-me de criadas, cozinheiros e Guardiões agachados na minha frente ou me levantando para beijar minha bochecha ou minha testa e dizer *Muito obrigado, princesa. Vou guardar esta flor com carinho para sempre. Feliz Belsiméra.*

– Não era o caso de Blaise, claramente – comento, provocando.

Ele hesita por um minuto.

– Era, sim – retruca ele. – Mas você ainda era uma garota me perseguindo e exigindo um beijo. Não era nada pessoal. Naquela época, eu me recusava a beijar até minha mãe.

– Nunca comemoramos essa data no navio – admite Artemisia. – Minha mãe é astreana, mas a tripulação vem de todos os lugares. Se comemorássemos todos os feriados, nunca trabalharíamos. Esta é a minha primeira vez.

– Então você não conhece a história? – pergunto a ela.

– Acho que não. Minha mãe me ensinou os nomes dos deuses, mas ela não é uma pessoa de contar histórias – admite Artemisia.

Tropeço no começo, mas, quando chego à parte em que Suta faz as flores para Glaidi, a voz de minha mãe assume e a história jorra sem que eu precise pensar. Eu mais ouço do que falo e, quando conto sobre Belsimia crescendo a partir do amor e da amizade entre as duas deusas, as lágrimas transbordam de meus olhos.

– Na versão que ouvi – diz Heron baixinho –, não foi a lágrima de Glaidi que fez Belsimia crescer da flor, foi quando ela beijou Suta.

– Meus pais costumavam discutir se Belsimia cresceu da flor ou se foi a flor que se transformou nela – conta Blaise.

– Não consigo imaginar seus pais discutindo sobre nada – digo a ele. – Eles estavam sempre tão felizes.

Blaise fica calado por tanto tempo que temo tê-lo aborrecido.

– Meu pai costumava dizer que eles discutiam porque se importavam muito um com o outro. Ele disse que eu iria entender quando fosse mais velho.

As palavras parecem mais uma confissão do que uma lembrança e, mesmo com os outros presentes, sei que elas são dirigidas a mim. O rubor sobe a meu rosto e me viro para que ele não possa ver.

Ele pigarreia.

– Enquanto eu estava fora... me acalmando depois do acidente com o kaiser, pensei um pouco – revela. – Sobre a filha do theyn... – Ele hesita. – Não precisamos fazer isso. Você estava certa.

É difícil para ele dizer as palavras, aposto, mas ouvi-las não me traz alegria alguma agora que Cress me mostrou quem realmente é.

– Blaise – diz Artemisia de maneira brusca.

– Art – acrescenta Heron, um leve aviso na voz.

– Se um de vocês conseguir encontrar um motivo para matar a garota que não tenha nada a ver com os sentimentos de Theo por ela, fico feliz em ouvir. Mas todos nós sabemos que o theyn pode ser morto sozinho.

Blaise soa tanto como seu pai falando que meu coração dá um pulo no peito.

Artemisia deve ter uma réplica. Até Heron deve ter algo a dizer, um argumento para matar Cress. Eu aguardo. Anseio por isso, por algum outro motivo além de minha tolice em confiar nela. Mas ambos ficam em silêncio. Fecho os olhos com força antes de me obrigar a contar a verdade.

– Ela acha que eu estava seduzindo o prinz para obter informações – confesso. – Ela não descobriu nada além disso, mas sabe que estou trabalhando contra o kaiser, sabe sobre mim e Søren e sabe que roubei suas pedras porque estava trabalhando com outras pessoas. Ela não vai contar ao kaiser desde que ache que sou só um peão e que estou arrependida. Disse a ela que estava. Mas não sei quanto tempo ela vai pensar assim. Ela quer ser uma prinzessin e, se ainda achar que estou em seu caminho... – Eu me calo, um soluço forte me dilacerando.

Dizer isso em voz alta machuca. Não apenas emocionalmente – é uma dor física no peito, dilacerante. Porque, não importa o que eu queira dizer a mim mesma sobre lealdade, amizade ou dever, a verdade é surpreendentemente simples: eu coloquei Cress acima de meu povo e ela colocou sua ambição acima de mim. Cometi um erro e não vou repeti-lo.

Espero as palavras de condenação deles, que me chamem de tola, mas elas não vêm. Nem mesmo de Artemisia. Em vez disso, ficam em silêncio até eu voltar a falar.

– Aí está o seu motivo – digo a Blaise, uma firme decisão insinuando-se em minha voz. – Vou fazer o que quer que seja preciso, mas ainda não. O kaiser vai encontrar um jeito de me culpar, mesmo que não haja provas. O encatrio deixará claro que é um ataque astreano, o que nós *queremos*, mas, se eu ainda estiver por aqui, ele vai me responsabilizar. O theyn é o seu amigo mais próximo, ele pode até me executar pelas mortes dele e de Crescentia, não importa o que isso lhe custe. Devíamos esperar a volta de Søren, para ele falar publicamente contra o pai. Então agimos, acabando com o theyn, Cress e Søren de uma só vez. Eles vão ser pegos de surpresa.

Respiro fundo, surpresa com a súbita certeza que sinto em relação a tudo isso. Não há lugar em mim para dúvida ou culpa. Ao falar, pareço mais velha do que sou, mais dura do que sou. Não pareço minha mãe – não inteiramente –, mas acho que talvez soe como uma rainha.

– E então nós iremos embora. Sei que não podemos libertar os escravos do palácio ao partir, eles são muitos e isso iria nos atrasar demais, mas não podemos partir sem Elpis e sua família. Acho que lhe devemos isso, depois de tudo que ela fez. Isso é um problema para vocês? – pergunto.

– Não – responde Blaise depois de um tempo. – Em absoluto.

CASTIGO

SOU ACORDADA BRUSCAMENTE NO MEIO DA noite com minha porta sendo aberta à força e com uma cacofonia de botas pesadas trovejando em minha direção. É um som que frequentemente assombra meus pesadelos e, a princípio, penso que é só isso, mas as mãos rudes que agarram meus braços e me arrancam da cama não podem ser fruto de minha imaginação. Os seis guardas estão calados e penso que as batidas de meu coração soam tão alto que todos eles poderiam ouvi-las. Quero gritar e me debater, mas sei muito bem que isso não vai me trazer qualquer benefício, então engulo meu terror e tento me concentrar.

O kaiser mandou seis guardas para me escoltar, mais do que costuma mandar quando isso acontece – quando ele deseja me castigar. Eu estaria lisonjeada, se não sentisse tanto medo. Ainda assim, me recomponho o suficiente para lançar um olhar para as paredes, de onde minhas Sombras observam, e rezo para todos os deuses para que elas não façam bobagem alguma.

– Vocês se importam de me dizer do que se trata desta vez? – pergunto, irritada, como Crescentia, quando uma de suas escravas penteia seu cabelo de modo muito bruto ou não cozinha o ovo no ponto certo no café da manhã. Como se fosse apenas um leve aborrecimento e eu não estivesse prestes a ser chicoteada. Independentemente de quantas vezes eu for arrastada até o kaiser e espancada até a beira da morte, o horror disso nunca diminui.

Tenho de me esforçar para não tremer, não recuar tão fundo em minha mente a ponto de nunca mais encontrar a saída. Mas sei que meu povo suportou coisas muito piores do que isso. Penso em Blaise e sua cicatriz. Nas perdas de Heron. No que Artemisia me contou ontem. Preciso aguentar.

– Ordens do kaiser – um dos guardas diz de maneira rude.

Não sei seu nome, embora devesse a esta altura. Ele é um dos favoritos do kaiser, um ex-guerreiro cujo rosto é coberto de cicatrizes e que parece ter perdido a conta de quantas vezes teve o nariz quebrado. Ele tem um quê de mais perverso do que a maioria dos outros, o que não é pouco, e eu sei que é melhor não pressioná-lo.

– Eu vou por vontade própria – afirmo, lutando para manter a voz firme. – Já passamos por isso vezes suficientes para vocês saberem que não sou nenhuma ameaça. O que quer que tenha acontecido, vou receber o castigo do kaiser sem me queixar. Como sempre fiz.

Essas palavras são mais para Blaise e os outros do que para eles. Então um pensamento me ocorre: *E se eles não estiverem ali?* E se for justamente *esse* o motivo e eu estiver seguindo não para um castigo, mas para a execução?

E se Cress procurou o kaiser no fim das contas e contou tudo a ele?

Esses pensamentos ecoam em minha mente enquanto os guardas me arrastam do quarto em minha camisola fina, não me permitindo nem me calçar. Tropeço descalça pelo frio piso de pedra, ralando os dedos dos pés enquanto dois guardas me puxam pelos braços, não desacelerando nem quando os arranhões das pedras sob meus pés sangram – eles estão mais me arrastando do que escoltando. Mal percebo a dor. Só consigo pensar que Cress procurou o kaiser, afinal, e ele descobriu minhas Sombras. Ele as matou e agora vai me matar, e tudo estará perdido.

Quando finalmente viramos uma curva no corredor, quase deixo escapar um suspiro de alívio. Estão me levando para a sala do trono, não para a praça da capital, o que significa que não vai ser uma punição pública, como costuma ser. As únicas vezes em que as punições ocorrem na sala do trono é quando o kaiser não quer que a notícia do que as motivou se espalhe fora do palácio. Se ele fosse me executar por traição, precisaria de uma plateia. O motivo aqui é outro, algo constrangedor sobre o qual ele não quer fazer alarde.

A sala do trono está menos lotada do que de hábito, mas todos que importam ao kaiser estão presentes. A alta nobreza se aglomera perto do trono, duques e duquesas, barões e baronesas, condes e condessas. Toda a alegria e animação que em geral demonstram desapareceu, há somente sangue em seus olhos. De pé na sombra do trono, encontra-se Ion, o Guardião traidor. Seus olhos estão fixos no chão, como sempre que sou chamada diante do kaiser dessa maneira. Sua covardia não o deixa olhar para mim, nem mesmo no fim, quando o kaiser o instrui que cure minhas feridas apenas o suficiente para que eu possa sobreviver com elas.

– Lady Thora – diz o kaiser, sentado no trono de minha mãe.

Ele se inclina para a frente, as Pedras do Espírito que quase o cobrem tilintando quando se move.

– Vossa Alteza me convocou? – pergunto, deixando o medo transparecer em minha voz.

Não é divertido para ele se eu não estiver com medo.

Por um longo momento, ele não fala, apenas me observa. Seus olhos percorrem minha pele, deixando-me demasiadamente consciente da fina camisola que uso, das pernas e pés expostos. Quero me cobrir, mas isso só o enfureceria e eu não posso me dar a esse luxo agora, então não faço nada. Deixo-o olhar, o que me parece pior do que as chicotadas.

Por fim, ele fala:

– Há três semanas meu filho liderou uma tropa de quatro mil homens até Vecturia. Há duas semanas, recebi notícias de que eles haviam sido recebidos por tropas que os esperavam, mas meu filho me assegurou de que a vitória ainda era possível. Ele e seus guerreiros lutaram valorosamente até alguns dias atrás, quando seus navios foram atacados pelo outro lado por uma esquadra que, acredita-se, estava sob o comando do notório pirata Dragonsbane. O que deveria ser uma simples Conquista tornou-se uma emboscada que custou a vida de muitos de nossos homens.

Muitos dos cortesãos ali reunidos têm filhos que deveriam estar na tripulação de Søren, me dou conta, jovens que haviam sido enviados em uma Conquista fácil que deveria impulsionar sua reputação com um risco mínimo à segurança. Pelo menos até eu equilibrar o jogo.

Mas essas pessoas não sabem disso. Não podem saber. Se o kaiser soubesse que mandei um aviso para Vecturia por intermédio de Dragonsbane, significaria que ele saberia também de minhas Sombras e eu seria levada direto para a execução.

Não, isso é apenas uma exibição, uma maneira de fazer o kaiser e seus mais queridos apoiadores se sentirem melhores em relação a seu constrangimento. A maioria deles deve ter filhas que gostariam de ver se tornar kaiserin também, outro golpe contra mim. Eles pediram isso e o kaiser, mais que depressa, concordou. Afinal, é assim que ele mais gosta de mim: surrada e combalida.

– Lamento, Alteza. É uma notícia horrível.

Seus olhos se estreitam e ele se move novamente no trono.

– Seu povo estava por trás disso – diz ele.

Não é a primeira vez que ele me acusa assim, mas desta vez sou mesmo a responsável, e me sinto orgulhosa disso. Essas serão cicatrizes que exibirei com orgulho.

Mas a guerra ainda não está ganha e temos um longo caminho pela frente. Então caio de joelhos e deixo Thora emergir para fazer o que ela sabe fazer melhor: implorar.

– Por favor, eu não tenho povo, Alteza. Não falo com outro astreano há anos, por ordens suas. Não tive participação nisso, Vossa Alteza sabe disso.

O jogo fica tedioso quando ele ganha fácil demais.

– Theyn – chama ele, estalando os dedos.

A multidão de nobres se abre para o theyn, que mostra o rosto coberto de cicatrizes esgotado e estoico, um chicote na mão. Ele não olha para mim, nunca olha. Não como o kaiser, que desfruta cada careta, cada grito como uma criança assistindo a um espetáculo de marionetes. O theyn faz isso por dever, o que, de certa forma, faz com que eu o odeie mais.

Um dos guardas rasga minha camisola, deixando minhas costas nuas, mas felizmente todo o restante permanece coberto desta vez. Os dois que seguram meus braços, um de cada lado, aumentam a pressão, como se eu pudesse superá-los na força. Mas eu nem mesmo tento. Lutar só piora tudo. Aprendi essa lição há muito tempo. Melhor salvar minha energia de luta para quando ela puder de fato fazer diferença.

– Vinte chicotadas – ordena o kaiser, a voz tão baixa que quase não o ouço. – Uma para cada família aqui presente que perdeu um filho por causa da estupidez dos astreanos.

Vinte. Não parece uma grande quantidade de baixas, no fim das contas, mas, se são tão bem-nascidos, assim tão próximos do kaiser, eles estariam mais distantes da batalha real e mais bem protegidos do que quaisquer outros. Se vinte deles foram mortos, o número total deve ser bem mais alto.

Valeu a pena, repito sem parar em minha mente, esperando que isso atenue o tormento.

As botas do theyn estalam no piso de pedra quando ele se aproxima por trás. Mantenho a cabeça baixa para que seja mais difícil para eles me verem chorar. O primeiro golpe é ao mesmo tempo o mais difícil e o mais fácil de receber. Quando ele vem, dou uma guinada para a frente, sustentada no lugar apenas pelos guardas que seguram meus braços. O choque por si só é quase pior do que a dor, mas pelo menos atinge pele intacta. Os próximos, não. Eles vão se sobrepondo até eu poder jurar que o chicote está cortando pele e carne para chegar aos ossos. Até parecerem cortar o próprio osso.

No quarto golpe, não consigo reprimir um grito. No quinto, meus joelhos se vergam, mas os guardas me forçam a continuar de pé. No sexto, as lágrimas finalmente surgem, descendo quentes por meu rosto. Quando a décima chicotada me atinge, chego àquele lugar onde apenas metade de mim está em meu corpo. A outra metade flutua acima da cena, não sentindo nada, apenas assistindo. Minha mente fica turva e pontos escuros dançam diante de meus olhos. Quero desmaiar para fazer a dor parar, mas, da última vez que isso aconteceu, o kaiser esperou que eu acordasse antes de terminar ele mesmo de aplicar o castigo e acrescentar outras cinco chicotadas.

Meu cabelo está colado à testa com o suor, apesar do frio. A sala está quieta, a plateia silenciando as vaias e gritos – pelo menos para mim. Nada existe além de meu corpo, além dessa dor que sei vai me consumir.

Meu nome é Theodosia Eirene Houzzara, rainha de Astrea, e vou suportar isto.

O chicote estala novamente e eu o sinto até os dedos dos pés. Meus braços pela força com que os guardas me seguram. Não consigo me manter de pé, não consigo me manter ereta como minha mãe quereria que eu ficasse. Só consigo gritar e chorar.

Meu nome é Theodosia Eirene Houzzara, rainha de Astrea.

Outro estalo que dilacera pele, músculo e osso. Outra ferida que jamais vai sarar.

Meu nome é Theodosia Eirene Houzzara.

A chicotada seguinte acerta minha espinha, disparando uma onda de choque que lança um espasmo por todo o meu corpo. Os guardas não afrouxam o aperto, portanto eu só me machuco mais.

Meu nome é Theodosia.

Agora já perdi a conta. Isso nunca vai acabar. Os guardas me soltam e eu desabo no chão com força, encolhida, no momento em que outro golpe me acerta.

Meu nome é...

Meu nome é...

Foco o olhar no piso. Dei meus primeiros passos nestes ladrilhos, a mão de minha mãe fechando-se com força em torno da minha para me segurar de pé. Se eu me concentrar bem, posso quase senti-la agora, instando-me a ser forte, prometendo que logo, logo estará acabado.

Meu nome é...

Um dos ladrilhos está rachado. Não é de surpreender, considerando quanto são antigos e quão pouco cuidadosos os kalovaxianos são. Mas, enquanto olho fixamente os ladrilhos e o theyn desce o chicote mais uma vez, outro ladrilho se lasca, rachaduras finas surgindo do centro, como pernas de aranha.

Estou imaginando coisas. Não é a primeira vez que a dor me sobe à cabeça. Mas, mesmo enquanto pondero, sei que não é coisa da minha cabeça.

Ergo o olhar, passando pelos cortesãos, até o fundo da sala, onde minhas Sombras assistem, os rostos escondidos pelos capuzes. *Blaise.* A energia flui dele em uma onda, embora ninguém mais pareça perceber.

Mesmo à sombra de seu capuz, posso distinguir o verde de seus olhos, fixos nos meus. Ele está lutando para se controlar, mas é uma luta que está perdendo. Artemisia e Heron tentam acalmá-lo, mas não está funcionando; ele está prestes a explodir.

Faço a única coisa que posso: eu o encaro e sustento seu olhar, mesmo quando o chicote rasga minhas costas mais uma vez. Não sei se ele está me confortando ou se eu é que o estou apaziguando, mas o tênue laço entre nós parece ser a única coisa que nos mantém vivos neste momento, e eu não ouso rompê-lo.

CANTIGA DE NINAR

QUANDO ACABA, O KAISER E OS cortesãos deixam a sala, largando-me encolhida no chão ensanguentado. Minhas Sombras esperam nos fundos da sala, sem saber o que fazer, mas Ion vem até mim, como sempre faz, sua magia do Ar tornando seus passos leves e silenciosos.

Não posso deixar de me encolher quando ele se abaixa a meu lado e sua mão fria e seca descansa em minhas costas, onde a maior parte dos golpes acertou, provocando uma onda de dor tão forte que me deixa tonta. Cerro os punhos, enterrando as unhas na palma das mãos para me manter alerta, e mordo com força o lábio para não gritar. A dor dura apenas um segundo antes que seu poder comece a penetrar em mim, fechando as feridas. A pele de minhas costas parece gelo.

Quando Ion retira a mão, as feridas ainda doem, mas não o suficiente para me incapacitar. Com um suspiro trêmulo, levanto com esforço, encolhendo-me ao fazê-lo. Vão ser necessários alguns dias e algumas doses da pomada que Ion dá a Hoa antes que a dor cesse por completo.

A dor é menor quando estou encurvada, mas forço meus ombros para trás e me empertigo. Ion ainda não me olha, mas o ódio fervilhando em minhas entranhas se recusa a ser ignorado. Somente minhas Sombras podem nos ver neste momento, então faço o que venho querendo fazer há dez anos.

Toco seu ombro, forçando-o a me olhar, os olhos escuros vazios e entorpecidos.

– Seus ancestrais o observam do Além com vergonha – cuspo em astreano, saboreando sua expressão chocada. – Quando seus dias chegarem ao fim, eles não vão permitir sua entrada.

Dou-lhe as costas antes que ele possa responder. Duvido que vá contar ao kaiser – vai supor que minhas Sombras farão isso.

Apresso-me a fechar as costas da camisola ao me afastar, fazendo uma careta quando o algodão roça as feridas sensíveis e se cola no sangue que tinge minhas costas. A camisola era branca quando a vesti, mas agora a maior parte dela está manchada de vermelho.

Minhas Sombras me seguem quando deixo a sala do trono. Elas não me tocam e eu não quero que façam isso. Vou desmoronar se isso acontecer, me esfacelar, assim como minha coroa falsa. Sou uma princesa das cinzas, afinal. Não posso evitar me desfazer.

Caminhar de volta até o quarto leva quase três vezes o tempo que levaria normalmente, porque cada passo faz meu corpo todo doer e a cada poucos segundos eu tropeço. Uma das vezes, Heron me segura pelo cotovelo antes de se lembrar do papel que está desempenhando. Tenho de me conter para não me apoiar nele.

Hoa está à minha espera no quarto com uma tigela de água quente, panos e ataduras prontos. Ela não olha para mim, mas é sempre difícil para ela após meus castigos – às vezes eu poderia jurar que eles a machucam até mesmo mais do que a mim, embora eu não saiba dizer como isso seria possível.

O silêncio é quase um conforto enquanto ela lava as novas feridas e as cobre com a pomada que Ion lhe deu. É quase tão doloroso quanto as próprias chicotadas, mas, quando acaba, a dor diminuiu, transformando-se em um latejar constante. Com cautelosa ternura, ela limpa o sangue do restante de minha pele e de meus cabelos antes de me vestir em uma camisola limpa. A esta altura ela já sabe que não vou vestir mais nada hoje. Nem amanhã, provavelmente. Eu me encolho quando o tecido roça minhas costas e sua mão se demora por um breve segundo em meu ombro. Ela se vira para sair.

– Obrigada.

As palavras saem como um sussurro engasgado, mas Hoa as ouve e se vira para me olhar por um instante antes de assentir com a cabeça e sair.

Não creio que já tenha visto minhas Sombras tão silenciosas. Há sempre algum ruído – respiração, sussurros, movimento –, mas agora não há nada.

– Eu estou bem – digo quando não posso mais suportar o silêncio.

É uma mentira, todos nós sabemos, mas, se eu a repetir várias vezes, talvez se torne verdade.

Eles não respondem, embora eu ouça um deles mudar de posição na cadeira. Ouço outro – Heron, acho – soltar um suspiro profundo. Não há nada que eles possam dizer. Nada irá eliminar minha dor, nada mudará o que aconteceu. O silêncio é o mais fácil para todos nós.

Eu me enfio na cama, tomando cuidado para me deitar de lado, encolhida na posição fetal. Enterro o rosto em um dos travesseiros e me permito chorar o mais silenciosamente possível, mas sei que eles ainda podem me ouvir.

A voz de Artemisia vem primeiro, mais suave do que jamais a ouvi. Ela me envolve como um xale de seda, leve e fresca:

"Atravesse a neblina comigo,
Minha linda criança.
Estamos indo para a terra dos sonhos,
Onde a loucura do mundo avança."

Sua voz falha enquanto ela canta a velha cantiga de ninar astreana, e sei que ela também está chorando. Pensar em Artemisia chorando é absurdo. Ela é sempre tão forte, tão segura de tudo. Será que está pensando na mãe cantando para ela, como eu estou? Posso quase sentir os dedos de minha mãe acariciando meus cabelos, quase sentir os aromas do jardim que se agarravam a ela.

O barítono profundo de Heron se junta a ela como uma mão delicada em meu ombro, calma e tranquilizadora:

"Hoje já passou, chegou a hora
De os passarinhos voarem.
O amanhã está perto, esta é a hora
De os velhos corvos morrerem."

As palavras arrancam de mim um soluço que não posso controlar. Minhas Sombras não querem dizer nada com elas, eu sei. Eles não sabem – não podem saber – que essas foram algumas das últimas palavras que Ampelio sussurrou para mim antes que eu o matasse. Será que um dia ele cantou essa cantiga de ninar para mim? Será que me segurou nos braços e me embalou até eu dormir? Quero acreditar que sim.

Blaise acrescenta sua voz em seguida, e é tão horrível que eu quase rio, apesar de tudo. É muito aguda e horrivelmente desafinada, mas ele canta, de qualquer forma, porque sabe que preciso ouvir:

"Sonhe o sonho de um mundo desconhecido,
Onde qualquer coisa pode acontecer.
Amanhã você fará de seus sonhos realidade,
Mas esta noite me deixe estar neles com você."

Theodosia Eirene Houzzara. O nome canta através de meu corpo, me afagando. Eu o repito vezes sem conta, agarrando-me a ele como uma criança segura seu cobertorzinho favorito.

Minhas lágrimas cessam, embora não os tremores. E não vão cessar tão cedo.

– A carta não pode estar muito atrás de Søren. Um dia ou dois, no máximo – digo após um momento. Minha voz parece mais forte do que eu me sinto. – Assim que ele voltar, o plano entra em ação. Depois do que eu disse sobre a mãe dele naquela carta, ele não vai querer esperar para confrontar o pai. Mesmo que não faça isso publicamente, o palácio inteiro vai saber em uma hora. Vocês vão precisar escolher um guarda para culpar pelo assassinato, um dos mais próximos ao kaiser. Heron, rasgue um pedaço da camisa dele, pegue a espada, a fita do cabelo, qualquer pista que possa levar a ele e ao kaiser.

– Acho que fui com a cara do que liderou os homens que arrancaram você da cama hoje – comenta Heron, e, embora sua voz soe calma e gentil, há uma dureza sob sua superfície.

– Apoio totalmente essa escolha – digo a ele antes de me voltar para a parede de Artemisia. – Vá até o bosque de ciprestes, Artemisia, e veja se sua mãe já voltou de Vecturia.

O silêncio segue minhas palavras por alguns instantes, levando-me à expectativa de uma resposta ácida ou uma zombaria.

– Sim, minha rainha – responde ela por fim.

É a primeira vez que ela me chama assim sem um toque de sarcasmo.

Respiro fundo para me estabilizar.

– Depois, assim que Søren se mobilizar contra o pai, eu o matarei.

Minha voz não vacila quando digo essas palavras, embora elas ainda revirem meu estômago. Com a dor do castigo infligido pelo kaiser ainda fresca, meus sentimentos por Søren parecem menos importantes. Sou capaz de fazer isso, digo a mim mesma, e quase acredito.

– Como? – pergunta Blaise baixinho.

A palavra não vem entrelaçada com a dúvida, como poderia ter vindo ontem. É uma pergunta genuína.

Mordo o lábio e me enterro mais sob as cobertas, como se pudesse escapar da imagem do sorriso aberto de Søren no barco, a maneira como ele me abraçou, fazendo-me sentir segura pela primeira vez em uma década, a maneira como olhava para mim, como se me entendesse.

– Ele confia em mim – digo finalmente, odiando as palavras ao pronunciá-las. – Nunca vai saber de onde veio o golpe.

Lentamente, um a um, suas respirações vão se tornando longas e regulares, mas, por mais que eu tente, não consigo me juntar a eles na terra dos sonhos. Tenho certeza de que nada de agradável me espera ali. Somente pesadelos, atormentados pelas mãos do kaiser, o chicote do theyn, o sangue de Ampelio, os olhos sem vida de minha mãe.

Minha porta se abre silenciosamente e me viro para ver Blaise entrar sorrateiro e baixar o capuz. Eu deveria dizer a ele para ir embora, porque, se o descobrem aqui, *agora*, tudo estará arruinado. Ele também deve saber disso, mas nenhum de nós diz nada quando ele tira o manto e se deita na cama, a meu lado. Ele abre os braços e hesito apenas um segundo antes de me aninhar neles, descansando a cabeça em seu peito e me agarrando a ele como se fosse a única coisa a me ancorar neste mundo. Seus braços me envolvem da melhor forma possível, tomando o cuidado de evitar minhas costas.

– Obrigada – sussurro.

O suspiro dele sopra meus cabelos, mas ele não responde. Inclino a cabeça para olhar seu rosto. À luz do luar se extinguindo, seus olhos verde-escuros são espectrais e sua cicatriz se destaca, pálida contra a pele escura. Passo o polegar sobre ela, sentindo-o encolher-se antes que seus olhos tremulem e se fechem e ele se entregue a meu toque.

– O que aconteceu? – pergunto.

Ele sacode a cabeça,

– Você não vai querer ouvir essa história. Não agora, depois... – Sua voz falha, incapaz de dizer em voz alta.

– Por favor.

Blaise muda ligeiramente de posição, seus olhos indo além de mim, fitando o espaço acima de meu ombro.

– Nas minas, existem cotas – diz ele depois de um tempo. – Você precisa entregar um determinado peso de pedras por dia, caso contrário eles cortam suas rações de comida. O que só serve para deixar você mais fraco, fazendo com que, no dia seguinte, seja mais provável que não cumpra a cota de novo. Não é um sistema muito justo, mas mantém todos apreensivos, nos torna determinados a não falhar nem uma só vez. Se você fracassar três dias consecutivos, eles o colocam em uma cela nas profundezas das minas, tão abaixo do solo que você esquece o gosto do ar fresco. – Sua voz começa a falhar, mas ele pigarreia e prossegue: – A maior parte das pessoas que vai para a cela não sai de lá sã. Ficar naquelas profundezas... mexe com as pessoas. É como passar anos nas minas, mas no espaço de um dia ou dois. Em geral, as pessoas que são mandadas para lá são levadas depois direto para a execução.

– Mas você não foi – falo baixinho.

Ele sacode a cabeça.

– Eu tinha uns 10 anos e existia um homem que dormia no catre ao lado do meu. Yarin. Ele tinha mais ou menos a idade do meu pai antes de... De qualquer forma, ele não estava bem. A poeira das minas lhe causava uma tosse horrível e o deixava fraco. Ele perdia muitas cotas, mas nunca três consecutivas. Tomava cuidado com isso e nosso grupo sempre dividia as rações com ele quando ele ficava sem. Não era fácil. As rações já eram escassas, mas... o que mais a gente poderia fazer? Todos nós sabíamos que, se fosse mandado para a cela, ele nunca voltaria para nós.

Depois de um suspiro profundo, Blaise continua:

– Os guardas também sabiam disso. Aqueles homens não eram normais. Eles gostavam de nos ver falhar, gostavam de nos espancar por isso. E, talvez mais do que qualquer coisa, gostavam de levar as pessoas para a execução. E Yarin era um alvo fácil. Mais de uma vez eu vi os guardas tirarem um punhado de pedras da balança quando pesavam as dele para que ele não alcançasse a cota. Os kalovaxianos são monstros, você com certeza já comprovou isso tanto quanto eu.

Penso no kaiser e não tenho como discordar, mesmo enquanto pensamentos sobre Søren e até mesmo Cress protestam.

Blaise prossegue:

– Yarin estava em seu terceiro dia e eu sabia que não tinha como ele cumprir a cota. Sua tosse estava pior e ele precisava parar a cada poucos minutos para recuperar o fôlego. Com o dia já se aproximando do fim, ele não tinha nem metade do que precisava. – Blaise se interrompe para engolir em seco, o nó na garganta subindo e descendo. – Mas eu tinha. Os guardas não ficavam lá embaixo com a gente. Não queriam correr o risco de ser acometidos pela loucura das minas. Então eles só entravam por alguns minutos no começo do dia e no fim. Antes de virem nos buscar depois do sol se pôr, troquei meu balde com o de Yarin. Ele tentou me impedir, é claro, mas estava feito.

Blaise faz uma breve pausa.

– Quando chegou a hora de pesar, Yarin passou, mesmo quando os guardas tiraram um punhado. E eu não cheguei nem perto. Mas aqueles mesmos guardas nos supervisionavam desde que eu podia lembrar. Eles sabiam que desde meus primeiros dias nas minas eu nunca tinha ficado abaixo da cota. Sabiam o que eu tinha feito, mesmo que não pudessem provar. Achei que fosse morrer naquele dia, mas eles tinham algo pior em mente. Mataram Yarin com um só golpe de punhal na garganta, bem ali, na frente de todo o grupo, e então me levaram para a cela.

Após mais uma pausa, Blaise prossegue:

– Eu soube depois que me deixaram por uma semana, mas na época eu não fazia ideia. Lá embaixo, sozinho no escuro, um dia parece um ano e um minuto ao mesmo tempo. Quando finalmente foram me buscar, eu estava encolhido em um canto, os dedos todos ralados. Tinha tentado cavar uma saída na pedra, acho, mas não me lembro de nada. E tinha isto. – Ele aponta a cicatriz. – Uma marca, como o cabelo de Art.

Deslizo os dedos pelo rosto dele. Apesar do ar frio, a cicatriz é quente ao toque e pulsa através de mim como um segundo batimento cardíaco. Ela me atrai para ele e abafa meus pensamentos com um zumbido agradável, como quando seguro uma Pedra do Espírito. O poder que emana dela me assusta e, embora eu não queira, começo a afastar a mão. Blaise a cobre com a sua, mantendo-a em contato com sua pele, com sua cicatriz. Seus olhos me fitam com tanta intensidade que não consigo desviar os meus.

– Você sente, não é? – pergunta ele.

– É forte – digo, tentando ocultar meu desconforto. Não me lembro de a cicatriz de Ampelio ter esse tipo de poder, nem tampouco as marcas de nenhum outro Guardião de que eu tenha ouvido falar. Tento impor confiança a minha voz: – Glaidi abençoou você. Ela sabia quanto você era forte, já naquela época. Seu pai ficaria orgulhoso.

O músculo em seu maxilar se retesa quando ele engole em seco.

– Isso não me parece uma bênção, Theo. – Sua voz é mais um sussurro do que qualquer outra coisa. – Não consigo controlar o poder. Você viu o que fiz com a cadeira do kaiser, o que aconteceu na sala do trono hoje. Ampelio me ajudou o quanto pôde, mas não foi suficiente. Eu o assustava, acho. Assusto a mim mesmo. Foi culpa minha eles o terem apanhado. Se eu não tivesse perdido o controle...

– O terremoto nas minas – deduzo. – O que desencadeou o motim.

Ele faz que sim com a cabeça, baixando os olhos.

– O que matou uma centena de pessoas – acrescenta. – E levou à captura de Ampelio.

Eu nunca tinha ouvido falar de alguém exercer tamanho poder sem uma pedra preciosa, por mais incontrolável que fosse. Eu nem pensava que isso fosse possível, mas não tenho nenhuma razão para duvidar de Blaise. A angústia claramente estampada em seu rosto dilacera meu coração. É um sentimento que conheço bem demais. Abro a boca para dizer que não foi culpa dele, que foi um acidente, que Ampelio não o teria culpado. Mas, por mais verdadeiras que sejam todas essas coisas, não vão ter efeito algum. Eu sei porque, mesmo entendendo que executar Ampelio era a única coisa que poderia ter feito – mesmo ele tendo me pedido para fazer isso –, ainda me sinto culpada. A culpa de Blaise é igualmente ruim e não existe nada que eu possa fazer que vá livrá-lo sequer de uma pequena parte dela.

Assim, não digo absolutamente nada. Em vez disso, eu o abraço enquanto ambos choramos. Seu coração se aperta contra o meu, em sintonia, e, quando nossas lágrimas desaceleram, seus lábios pressionam meus cabelos, minha testa, meu rosto molhado de lágrimas. Ele começa a se afastar, mas eu o seguro, atraindo seus lábios para os meus.

É um tipo de beijo inteiramente diferente daquele beijo inseguro que partilhamos três semanas atrás, aquele do qual não falamos desde então. Aquele depois do qual pensei que ele tivesse me rejeitado, embora agora me pergunte se não terei interpretado errado. É diferente, também, da maneira como Søren e eu nos beijamos. Nossos beijos eram cheios de esperança e vertigem, explorando algo novo e bonito.

Este é um beijo de aceitação, tanto para ele quanto para mim. É o perdão por coisas que fizemos que são imperdoáveis. Eu o amo, mas essa percepção não traz a sensação de mergulhar em água gelada, como quando tento afastar meus sentimentos por Søren. Porque me apaixonar por Blaise estava

252

predestinado a acontecer, mesmo que vivêssemos em um mundo mais simples, onde o cerco nunca acontecesse. Mesmo que ambos não tivéssemos nossas cicatrizes. Íriamos sempre terminar aqui.

Posso ver a imagem diante de mim tão claramente quanto se estivesse olhando por uma janela: nossos pais ainda vivos e nos provocando por cada minúscula demonstração de afeto, Blaise e eu caminhando pelo jardim de minha mãe de mãos dadas, trocando um beijo de despedida quando ele parte para suas provas como Guardião, eu recebendo-o com um beijo quando ele finalmente retorna. Quero tanto essa vida que meu peito dói e não existe nada que eu não daria para tê-la.

Ele me abraça até eu adormecer, mas, quando acordo com o sol entrando pela janela, sou lembrada de que não vivemos naquele mundo simples. Porque ele se foi, os outros estão me observando e minhas costas estão em brasa.

ENCATRIO

HOA FOI PIEDOSA O BASTANTE PARA me deixar dormir até tarde – ela sabia que eu precisava. Já deve ter passado do meio-dia. Por um momento, esqueço o que aconteceu na noite passada, mas, assim que me mexo, os vergões em minhas costas disparam um raio de dor por meu corpo e deixo escapar um silvo.

– O prinz está de volta – diz Artemisia imediatamente, como se estivesse esperando há horas que eu acordasse.

Provavelmente estava mesmo. Bem devagar, me obrigo a sentar.

– Você me ouviu? – pergunta ela quando não respondo de pronto.

– Sim – respondo. Minhas feridas doem quando estico os braços acima da cabeça. – Me dê um minutinho.

Desço com cuidado da cama, indo até o armário para me manter de costas para ela. Meu coração está disparado e é difícil esconder o pânico. Embora ainda possa sentir os braços de Blaise a minha volta, seus lábios nos meus, não posso negar meus sentimentos por Søren e, se ele está de volta, isso significa que está chegando a hora de eu o matar. Eu não quero isso. Só de pensar em cravar meu punhal em sua carne, da maneira como matei Ampelio, me dá vontade de vomitar, e não creio que seja algo por que eu um dia vá me perdoar.

Mas, divididos e lutando entre si, os kalovaxianos ficarão enfraquecidos para um ataque externo. É a melhor chance que temos para começar a reconquistar nosso país e libertar meu povo. Não posso me dar ao luxo de desperdiçá-la.

Encontro uma túnica ametista que posso vestir sem a ajuda de Hoa e a tiro do armário.

– Quem foi que falou que Søren está de volta? – indago a Artemisia, silenciosamente me censurando por usar o primeiro nome dele em vez do título.

254

Não posso deixar de pensar no prinz e em *Søren* como entidades totalmente diferentes. É mais fácil assim.

– Sem ofensa, Theo, mas é chato ficar vendo você dormir – diz Heron. – Eu me disfarcei e dei uma volta pelo castelo há algumas horas. Só se falava nisso.

– Alguma notícia sobre a extensão do fracasso das tropas dele? – pergunto, fazendo uma careta ao esticar as costas, o que faz as feridas recentes se esticarem também. – Ficaria feliz se as chicotadas tivessem um aspecto positivo.

– Ele partiu com quatro mil homens, voltou com menos de dois mil – informa Heron, e eu posso praticamente ouvi-lo sorrindo. – Dragonsbane se saiu muito bem.

– Apesar de sua relutância – acrescenta Art. – Segundo os tripulantes com quem falei esta manhã, a intenção dela era apenas advertir os vecturianos, que reuniram forças vindas de todas as ilhas de Vecturia para enfrentar os quatro mil kalovaxianos. O navio da minha mãe já estava começando a voltar para cá quando seus tripulantes vecturianos se rebelaram e convenceram a maior parte da tripulação a voltar e ajudar a equilibrar a balança. Os kalovaxianos não esperavam encontrar muita resistência. Não estavam preparados e não tiveram escolha senão recuar.

– Ainda assim, agradeça a ela por mim – digo para Artemisia. – Não é de surpreender que o kaiser esteja com tanta raiva.

Não posso deixar de sorrir. Valeu a pena, digo para mim mesma, mesmo enquanto sinto a dor nas costas.

– Conte a ela o resto – sugere Blaise, a voz macia.

– Blaise – diz Artemisia, uma advertência na voz.

O pânico toma conta de meu peito. Se é Artemisia que está tentando poupar meus sentimentos, não pode ser coisa boa.

– Conte – peço.

Heron suspira.

– Os kalovaxianos não partiram sem um presente de despedida. Dispararam mil flechas com pontas de Pedra do Fogo em chamas em direção à floresta na costa. Havia uma vila ali, uma vila bem pequena.

– Que também era onde ficava guardada a maior parte das reservas de alimentos de Vecturia – acrescenta Artemisia. – Eles só conseguiram apagar o incêndio depois que três quartos da reserva foram perdidos. Com a chegada do inverno... – Ela não termina, mas não é preciso.

A maioria das pessoas lá vai morrer de fome. Não preciso perguntar para saber que foi Søren quem deu aquele comando. Foi uma manobra brilhante, por mais hedionda que seja. Será que eu faria o mesmo se estivesse em seu lugar? Digo a mim mesma que jamais condenaria milhares de pessoas inocentes a morrer por meu país. Mas, assim que penso isso, reconheço que não é verdade. Apesar de manipuladora, Crescentia não tem sangue nas mãos e, quando o sol nascer amanhã, eu a terei matado. É uma situação em escala bem menor, sim, mas não é assim tão diferente. *Eu* não sou muito diferente.

Sou filha de minha mãe, mas só fui criada por ela durante seis anos. Foram do kaiser os outros dez, e, quer eu goste ou não, ele contribuiu para minha formação.

Pigarreio, ciente de que todos estão me observando, esperando uma reação.

– Ainda vão comer melhor do que se os kalovaxianos tivessem vencido – afirmo, lutando para falar com segurança quando não tenho nenhuma.

Não há uma resposta certa, nenhum caminho certo. As pessoas morrem, independentemente do que eu faça. No entanto, serão *menos* pessoas, o que já é alguma coisa, não? Claro, mais de dois mil kalovaxianos foram mortos também e, embora sua morte seja uma vitória para nós, cada um deles era o filho de alguém, o amado de alguém, o amigo de alguém. Pessoas estarão devastadas, chorando por eles.

– Fizemos a coisa certa – diz Blaise, a voz firme. – Eu só achei que você deveria saber.

Tenho um nó na garganta quando volto a falar, mas de alguma forma consigo pôr as palavras para fora:

– Eu sempre quero saber.

Então me ocupo me agachando ao lado da cama e, enfiando a mão sob os lençóis, alcanço o pequeno buraco no colchão. Com o rosto escondido, aproveito para deixar a culpa me torturar, mas, quando torno a me erguer, o encatrio na mão, não há o menor sinal dela. Não posso me dar ao luxo de ser fraca, especialmente neste momento.

Chegou a hora de os passarinhos voarem. As palavras ecoam em minha mente, na voz de Ampelio e na de minha mãe. Chegou a hora de vingá-los, finalmente. Chegou a hora de recuperar o que é meu, não importa quanto isso me custe.

– O kaiser vai oferecer um jantar esta noite em homenagem a Søren – digo. – Ele sempre faz isso quando uma tripulação retorna da batalha, e com certeza ele vai encontrar um jeito de transformar isso numa vitória. Søren não vai chegar ao fim da noite sem se voltar contra o kaiser. Eu o pressionarei, se for preciso.

– Mas, se Cress a vir conversando com ele, vai contar ao kaiser sobre você... – começa Blaise, porém eu o interrompo.

– Cress não vai estar lá – informo, os pedaços de um plano se encaixando em minha cabeça. – Ela vai faltar ao banquete e, como o theyn vai viajar amanhã, ele vai insistir em ficar para jantar com ela. Vai preferir ficar com a filha a ir a um banquete celebrando uma batalha com a qual ele não tem nada a ver. O veneno estará no vinho da sobremesa, que eles devem beber perto da meia-noite. E vou combinar com Søren para nos encontrarmos depois do banquete, então concluirei o plano. Precisamos avisar Dragonsbane de que partiremos antes do amanhecer.

– E a garota? – pergunta Heron. – Ela vem com a gente, não vem?

– Sim, e a família dela também. – Comprimo os lábios. – A mãe e o irmão devem estar no bairro dos escravos. Leve todos para o navio de Dragonsbane esta tarde – digo após um momento. – Mas não podem levar Elpis antes da noite.

• • •

O theyn é a última pessoa que quero ver hoje, mas me consolo em saber que ele logo estará morto e nunca mais poderá me machucar – nem qualquer outra pessoa. Não vou acordar gritando por causa de pesadelos com ele. Não vou me esconder quando ele entrar no mesmo cômodo em que estou. Não vou precisar olhar no rosto do assassino de minha mãe e sorrir.

O encartio está quente no bolso de meu vestido, um constante lembrete de sua presença e de seu poder. Não penso em Crescentia. Por mais difícil que seja essa escolha, estou fazendo a coisa certa. A única possível.

Bato na porta dos aposentos de Crescentia e do theyn e somente um instante se passa antes que a porta se abra e revele o rosto redondo de Elpis.

– Lady Thora – diz ela.

Está surpresa, mas toma o cuidado de manter uma expressão neutra no rosto. Ela tem todos as qualidades de uma boa pequena espiã, embora eu odeie o fato de tê-la transformado nisso. E odeio ter que pedir mais a ela agora.

– Crescentia está? – pergunto.

Ela olha para trás a fim de se certificar de que não há ninguém por perto ouvindo.

– Lady Crescentia está almoçando com o prinz – informa em voz baixa.

– Ah? – Eu não deveria estar surpresa. É um arranjo, é claro, orquestrado pelo kaiser e pelo theyn. – Bem, não a culpo por considerar a companhia dele preferível à minha, mas, por favor, diga a ela que passei por aqui.

Não faço menção de ir embora e ela torna a olhar para trás, certificando-se de que estamos sozinhas.

– Algo mais? – pergunta expressivamente. – O theyn também não está.

– Você disse que sua mãe era botânica antes do cerco. Não creio que você conheça sobre plantas e ervas também, conhece?

A testa de Elpis se franze, mas ela faz que sim.

– Razoavelmente, sim.

– Você pode pensar em alguma coisa que deixe Crescentia doente o bastante para não ir ao banquete em homenagem ao prinz esta noite, mas não o suficiente para não fazer sua refeição noturna?

Ela morde o lábio inferior por um momento.

– Acho que *não existe* uma doença que faça lady Crescentia perder esse banquete.

Elpis tem razão. Esta noite deixará Cress um passo mais perto de se tornar uma prinzessin. Ela vai passar a noite toda ao lado de Søren e a corte inteira vai cochichar a respeito. Ela não perderia isso mesmo que estivesse morrendo. Mas...

– E se você colocar alguma coisa nos cosméticos que afetasse a aparência dela? – sugiro. – Ela não ia querer ir ao banquete então.

Um sorrisinho surge no rosto de Elpis e logo se amplia.

– Semente de treska moída. Isso irritaria a pele dela, até a faria inchar se eu usasse bastante.

– Use bastante – digo a ela, não querendo correr riscos. E, embora eu não tenha orgulho disso, a ideia do rosto lindo de Cress vermelho e inchado me dá alguma satisfação. – Você tem acesso a essa semente?

– Tenho, mantemos algumas inteiras na despensa para usar como tempero. Moê-las vai ser fácil – garante ela, balançando-se para a frente e para trás nos calcanhares, entusiasmada. – Posso fazer isso esta noite, quando ela estiver se preparando para o banquete.

– Perfeito. Obrigada, Elpis.

Eu deveria ir embora agora, mas me demoro por mais um instante, outro favor pesando em minha língua. Tento encontrar outra maneira, mesmo sabendo que não há. Nunca terei força para eu mesma envenenar Cress. Agora sei disso. Mas olhando para Elpis, vendo o ódio descomplicado que ela sente por Cress e o theyn, sei que ela tem.

– Quer fazer mais? – pergunto.

Os olhos de Elpis se arrregalam.

– Por favor – sussurra.

Só me permito hesitar por um segundo antes de pegar o frasco de encatrio no bolso.

– Então tenho outro trabalho para você. Mas você pode dizer não, Elpis. Não vou ficar zangada. Vamos encontrar outra maneira. Uma de minhas Sombras está buscando sua mãe e seu irmão agora, colocando os dois em um navio a caminho de um lugar seguro. Você vai se encontrar com eles à noite, prometo, seja qual for a escolha que fizer.

Elpis escuta com atenção enquanto resumo meu plano, assentindo com a boca retorcida e a testa franzida. Mesmo quando lhe faço o pedido, sei que é demais. Ela é uma criança e estou tentando transformá-la em uma assassina – *igual* a mim, penso. Esse não é um trabalho para uma criança e quase consigo sentir a reprovação de Blaise de onde quer que ele esteja me observando.

Embora, na verdade, eu não esteja fazendo de Elpis nada que o kaiser o theyn, e até mesmo Crescentia, já não tenham feito dela. De certa maneira, os kalovaxianos a criaram também.

Então, é claro, ela diz sim.

ERIK

ERIK ESTÁ AGUARDANDO EM FRENTE A minha porta quando volto, uma das mãos sobre o punho da espada embainhada no quadril. Parece que não teve nem tempo de se trocar desde que saiu do navio – ainda está vestindo calções de tecido grosseiro e uma camisa branca que precisa de uma boa lavada. Há carvão espalhado sobre seus malares para desviar o sol dos olhos. Estou a poucos metros dele quando o cheiro de suor e peixe me atinge com tanta força que me deixa tonta.

Ele sorri de lado quando me vê e se afasta da parede na qual estava encostado, encontrando-me a meio caminho no corredor.

– Estou muito feliz por você estar são e salvo, Erik – digo, surpresa ao perceber que é verdade.

Talvez seja porque ele não é totalmente kalovaxiano e para mim é difícil pensar nele como um deles.

– É preciso mais que um punhado de piratas para me matar – declara ele, balançando a cabeça.

Eu hesito.

– Como ele está?

O rosto de Erik se nubla e ele não precisa perguntar a quem estou me referindo.

– Søren está... como você esperaria que estivesse. Mas o que quer que você tenha dito na carta pareceu confortá-lo. Ele a leu pelo menos uma dúzia de vezes antes de queimá-la. Claro que o kaiser o culpa pelo fracasso do cerco. Foi a primeira operação grande sob seu comando e deveria ter sido fácil. Mas eu estava lá, Thora. Não havia nada que ele pudesse ter feito. Sofremos uma emboscada.

Uma emboscada para impedir uma emboscada. Essas pessoas não merecem minha piedade.

– Eu sei – é o que digo a ele. – Deve ter sido terrível. Mas fico feliz por vocês dois estarem bem.

Erik assente com a cabeça, mas seus olhos se desviam e ele baixa a voz para um murmúrio:

– Eu esperava poder conversar com você em particular. Bem... – ele se cala, olhando para além de mim, onde tenho certeza de que minhas Sombras aguardam – na medida do possível.

Baixo a voz, igualando-a à dele, embora meu coração esteja ribombando:

– Está tudo bem?

Ele faz uma pausa, os olhos azuis vasculhando rapidamente o corredor vazio.

– Quando nos conhecemos, você me perguntou sobre *berserkers*... – Ele silencia, mas ergue as sobrancelhas escuras significativamente.

Minha mão escorrega em seu braço ao som da palavra, mas tenho o cuidado de manter a expressão indiferente. Lady Thora não se importa *realmente* com nada tão entendiante quanto *berserkers*, seja lá o que isso for. Ela só perguntou por uma leve curiosidade. Não posso deixá-lo ver quanto estou desesperada para saber.

– Conheço o local perfeito – digo.

• • •

O jardim está vazio como de costume e, assim que completamos uma volta no perímetro para nos asseguramos de que ninguém está escutando, Erik solta meu braço e se vira para mim. Toda a simulação de cordialidade se dissolve na mesma hora. Seus olhos estão frios de um jeito que chega a ser irritante, de tanto que me fazem lembrar o kaiser. Inconscientemente dou um passo para trás.

– Contou a alguém sobre Vecturia? – ele faz a pergunta com a voz calma, mas como se já soubesse a resposta.

A acusação faz meu coração parar e o pânico toma conta de mim, mas luto para não demonstrá-lo, para manter minha expressão de surpresa e perplexidade, mas não de medo.

Olho-o nos olhos.

– Claro que não. – Consigo soltar uma risada diante da pergunta ridícula, mesmo com meu coração martelando alto no peito.

– Era uma missão secreta. Nossa história oficial era a de piratas na rota comercial. Somente eu, além de Søren, sabia da verdade antes de partirmos e não contei a ninguém, exceto a você. Mas Dragonsbane sabia, os vecturianos sabiam.

Levanto os olhos para as janelas, contando uma, duas, três Sombras vigiando. Se as acusações continuarem, elas podem cuidar para que Erik termine no fundo do mar com minhas antigas Sombras. Não há ninguém por perto para ver, ele mesmo se certificou disso. Ainda assim, prefiro que não chegue a esse ponto.

– Não faço ideia, Erik – digo, mantendo a voz firme. – Eu quase tinha esquecido que você mencionou Vecturia, até agora. Além disso, sou vigiada o tempo todo, mesmo neste momento. Você acha que tive alguma chance de sair do palácio, encontrar Dragonsbane e contar a ele o que vocês tinham planejado? Eu nem *sei* o que vocês planejaram. O kaiser já me fez pagar pelo seu fracasso. Você vai me responsabilizar por isso de novo agora?

Por um instante ele parece não ter certeza, seus olhos se desviando antes de pousarem em mim novamente.

– Nada mais faz sentido, Thora – declara, mas sua voz vacila.

– E isto faz? – pergunto. – Eu ser espiã, passando informações a piratas? Como isso me beneficiaria?

Ele levanta um ombro em um gesto de desafio, mas sem entusiasmo.

– Sabemos que Dragonsbane trabalha com rebeldes astreanos. É um jeito de revidar, de enfraquecer nossas tropas, até mesmo de se livrar de Søren...

– Eu nunca – digo, deixando a voz se transformar em grito antes de rapidamente baixá-la, chegando mais perto de Erik. – Eu... – Paro de falar, mordendo o lábio dramaticamente e parecendo perturbada. – Eu *amo* Søren.

Não é a verdade, mas não é uma mentira tão grande quanto deveria ser. Solto um suspiro de tristeza e me sento no banco de pedra no centro do jardim, deixando meus ombros se curvarem.

– Fui criada aqui, entre kalovaxianos – continuo, adotando uma voz frágil, como se estivesse à beira das lágrimas. – Depois de tudo que fiz, tudo que passei, não posso acreditar que você ainda questione minha lealdade.

Ouço-o bufar antes de se sentar a meu lado.

– Desculpe – diz depois de um minuto, e preciso de todas os meus recursos para esconder o alívio que me percorre.

Ele pigarreia.

– Quando você disse que o kaiser a fez pagar pelo nosso fracasso... – Ele se cala.

Suspiro e viro minhas costas para ele, baixando a gola apenas o suficiente para que ele possa ver a parte de cima de algumas cicatrizes recentes. Mesmo com a magia de Ion acelerando o processo de cicatrização, elas estão em carne viva. Parecem ter alguns dias em vez de algumas horas, mas ainda estão vermelhas, altas e doloridas. Ele solta uma imprecação entre dentes e, quando me viro, vejo que empalideceu alguns tons, quase parecendo um puro kalovaxiano.

Percebo que vai contar isso a Søren e que posso usar a situação a meu favor. Posso alimentar ainda mais a raiva que Søren sente do pai.

– Não é a primeira vez e duvido que vá ser a última – digo, puxando a gola do vestido para o lugar e tornando a cobrir os ferimentos.

– Quando Søren descobrir...

– Vai fazer o quê, Erik? – pergunto, sufocando uma risada amarga. Ele vai repetir isso para Søren, então preciso fazer com que conte. – Ele não vai enfrentar o pai. Não vai me tirar daqui. Vai se casar com Crescentia, como o kaiser quer, e me manter como o quê? Sua amante? Ou madrasta, se o kaiser conseguir o que deseja. E nós dois sabemos que ele sempre consegue.

A ideia é tão ridícula que não posso deixar de rir, por mais que ela me enoje. Olho para Erik, esperando surpresa, mas ele não demonstra nenhuma.

– Você ouviu os boatos – afirmo. – Ele não é muito sutil. Søren sabe?

Ele sacode a cabeça.

– Søren prefere ignorar os boatos, mesmo os que ele sabe que são verdadeiros – revela. – Nesses nossos muitos anos de amizade, ele nunca me perguntou se sou mesmo filho bastardo do pai dele.

A revelação me choca, mas, ao mesmo tempo, faz sentido. Achava que Erik fosse o filho bastardo metade gorakiano de alguém importante, como um barão ou conde. Nunca sequer cogitei a possibilidade de essa pessoa importante ser o kaiser. Mas, agora que ele falou, vejo as semelhanças nos traços – a linha do queixo, o nariz. Ele e Søren até têm os mesmos olhos, os olhos do kaiser.

Ele deve notar minha surpresa, porque ri.

– Qual é, Thora. Pensei que você fosse mais inteligente do que fingia ser. Pensei que a esta altura já tivesse descoberto, principalmente porque vê mais minha mãe do que eu.

– Sua... – começo a dizer, mas me calo.

Há muito poucas pessoas que vejo regularmente e, como Crescentia não pode ser a mãe dele, sobra apenas outra mulher, Hoa. Ele está falando de Hoa.

Erik me encara e por um segundo eu poderia jurar que ele conhece todos os meus segredos. Mas isso é impossível.

– Minha mãe conspirou contra o kaiser em sua cama depois da Conquista de Goraki. Ele foi generoso o bastante para poupar sua vida, embora ela seja uma traidora.

Ele diz essas palavras com muita facilidade, como faço quando estou recitando uma das mentiras que o kaiser marcou a fogo em minha mente. Tenho vontade de questioná-lo sobre isso, mas não posso, não sem perder parte de minha máscara também, e não posso correr esse risco. Seus olhos vasculham meu rosto em busca de uma reação que tenho o cuidado de não revelar. Após um momento, ele suspira e se levanta do banco.

– É uma pessoa – diz ele.

– Como? – pergunto, confusa.

– Um *berserker* – responde ele. – É um astreano, para ser mais exato. Estou supondo que você saiba o que acontece quando a maioria das pessoas passa tempo demais nas minas.

– Elas enlouquecem e são executadas.

Ele evita meus olhos, fitando o chão de pedra.

– Sim para o primeiro, não para o segundo. A loucura, tenho certeza que você sabe, é causada pela grande concentração de magia nas minas. É o que dá o poder às pedras. Com o tempo, ela entra no sangue das pessoas que trabalham lá. Algumas conseguem lidar com isso, mas a maioria não aguenta. Você conhece os sintomas – sugere.

Minha testa se franze.

– Não. As pessoas enlouqueciam nas minas antes, de vez em quando, mas os detalhes não eram o tipo de coisa que se falasse na frente de uma criança, e depois da Conquista... bem, ninguém conversa nada desse tipo comigo.

Erik os enumera nos dedos.

– Pele febril, surtos erráticos de magia, instabilidade emocional, insônia. Em resumo, a pessoa se torna perigosa.

Um pensamento me ocorre, mas eu o contenho antes que tome forma. *Não.*

Ele continua:

– Barris de pólvora humanos. Basta mandá-los para as linhas de frente com uma pedra preciosa para descontrolá-los e é apenas uma questão de minutos para que seu poder seja liberado, incontrolável e forte o suficiente para destruir tudo em um raio de cerca de 5 metros. No fogo, água, terra ou ar. Não importa muito, o resultado é o mesmo: ruínas.

– É mentira – digo, embora não ache que esteja mentindo. Por mais que eu tente, não consigo imaginar isso. Corbinian é malévolo, nunca duvidei, mas a esse ponto? Isso vai além de qualquer coisa que pensei que até mesmo ele fosse capaz. – Como você sabe?

Não estou habituada ao olhar que ele me lança, quase terno, e fico tensa. É o tipo de olhar que se lança a uma pessoa antes de dizer algo que irá devastá-la.

– Porque eu vi. Em Vecturia. Søren usou navios cheios de algumas centenas deles, mas nem isso foi o bastante. Søren adiou usá-los até o último minuto. Mas foi tarde demais... a batalha já estava perdida.

Todo o ar abandona meu corpo. Não. O kaiser pode ser capaz disso, mas não Søren. Não o garoto que comeu bolo de chocolate comigo e me perguntou como se falava bolo em astreano. Não o garoto que prometeu me levar deste lugar abominável. Não o garoto que me beijou como se pudéssemos salvar um ao outro.

Mas é claro que ele fez. Porque ele é o que é: um guerreiro kalovaxiano até a raiz dos cabelos. Não é o príncipe heroico e não sou a apaixonada lady Thora, não importa quanto tentemos fingir que somos isso.

– A princípio ele se recusou – revela Erik após um momento, como se isso melhorasse alguma coisa. – O kaiser insistiu.

Engulo a raiva que me queima por dentro. Não posso demonstrar. Não ainda.

– Tenho certeza de que Søren fez o que se esperava dele – declaro da maneira mais calma possível, embora saiba que não estou sendo convincente.

As lágrimas embaralham minha visão, mas não vou deixá-las rolar.

– Thora – diz Erik depois de um tempo –, você está bem?

Como posso estar bem? Quero gritar e bater em alguma coisa e talvez vomitar, com o pensamento de centenas de astreanos sendo usados desse jeito, morrendo desse jeito.

Com um esforço concentrado, levanto-me e aliso a saia. Quando torno a erguer os olhos para Erik, tenho a expressão neutra.

– Sua mãe é leal ao kaiser, Erik? – pergunto.

Ele me observa com cautela, como se eu fosse um tigre que pudesse dar o bote a qualquer momento.

– Tão leal quanto você – responde ele finalmente. – Ela não quer problemas. Já sofreu bastante na vida.

Não é uma resposta de fato. Posso interpretar essas palavras de diversas maneiras e, depois de meu erro com Cress, preciso ser mais cuidadosa. Não posso confiar em ninguém. Mas não consigo deixar de lembrar de Hoa me colocando na cama quando eu era criança, como ela me abraçou quando o kaiser mandou queimar este jardim. Não sei o que o kaiser vai fazer quando descobrir que fugi – quando descobrir que matei seu amigo e seu filho –, mas sei que não posso deixá-la aqui para enfrentar o pior.

– Pegue sua mãe e saia da cidade esta noite – digo a ele.

Espero um protesto ou ao menos uma pergunta, mas Erik apenas perscruta minha expressão por alguns segundos e assente sucintamente com a cabeça.

– Obrigado – agradece ele com uma ligeira reverência. – Torço para que nossos caminhos voltem a se cruzar, Theodosia.

Só depois que ele me deixa sozinha no jardim é que me dou conta de que me chamou por meu verdadeiro nome.

IRMÃ

QUASE NÃO CONTO A MINHAS SOMBRAS sobre os *berserkers*. A ideia de sua existência é tão horrível que parte de mim deseja que eu mesma não soubesse o que eram – sem falar no fato de que isso provavelmente aconteceu com pessoas que elas conheciam e amavam. Penso no que Heron me contou sobre o menino por quem estava apaixonado, Leônidas, e como ele foi levado para ser executado depois de ter enlouquecido nas minas. Não é melhor continuar acreditando nisso, que ele teve uma morte rápida em vez de ter sido transformado em uma arma? Mas eles merecem saber o que foi feito de seus amigos e de seus parentes e precisam saber com o que estamos lidando.

– Havia rumores – diz Artemisia após o momento de silêncio de choque que se segue a minha explicação. – Ouvi dizer que os loucos eram levados embora para fazer exames. Escutei até mesmo boatos sobre médicos kalovaxianos que retiraram magia de parte de seus corpos, vendendo seu sangue no exterior. Mas nunca pensei... – Ela se cala.

Minha voz falha apesar de todo o meu esforço para mantê-la firme:

– Elpis está com o veneno. Ela vai dar a Cress um pó que vai deixar seu rosto vermelho e inchado, o que vai impedi-la de ir ao banquete desta noite. Se ela não comparecer, o theyn também não vai ter motivo para ir, afinal ele detesta festas. Eles vão jantar juntos, sozinhos, pois o theyn vai zarpar novamente em breve. Søren já está furioso com o pai e esta noite posso pressioná-lo até ele explodir e confrontá-lo publicamente. Depois vou convencê-lo a sair para outro passeio de barco tarde da noite e, quando estivermos no barco, a sós, vou matá-lo com o punhal. – Não hesito nem gaguejo com as palavras, como talvez fizesse apenas algumas horas atrás. Sou uma pessoa totalmente diferente agora, e ele também. – Artemisia, sua mãe está pronta para a nossa partida?

– Está aguardando a ordem – responde ela. Mesmo com a parede entre nós, sei que está sorrindo. – Vou sair agora e verificar se está tudo pronto. Algum destino em particular?

Passo a língua nos lábios, ponderando as opções. São muito poucas.

– As ruínas de Anglamar. É o lugar perfeito para nos reorganizarmos e planejarmos a estratégia para libertarmos as minas.

A resposta desencadeia protestos. Os três falam ao mesmo tempo para me dizer as mesmas coisas: libertar as minas não é uma boa ideia, existem guardas demais, é impossível. Espero os protestos cessarem.

– É o único jeito – digo. – Com nossos números atuais, não podemos nos defender de verdade. A ajuda de outros países virá com restrições, mas existem milhares de astreanos nas minas. E sabendo o que sabemos agora... Não posso deixar meu povo, entre o qual existem muitas crianças, ficar ali um dia a mais do que o necessário. É a única coisa a fazer. E, com o prinz morto e a corte lutando internamente sobre o que fazer, eles não estarão com sua força total. Se existe um momento de tentar retomar as minas, é agora.

Aguardo mais protestos, mas eles não vêm.

– Minha mãe diz que é arriscado demais – comenta finalmente Artemisia. Abro a boca para discutir. – Mas posso convencê-la.

Faço que sim com a cabeça, reprimindo um sorriso. Ter Artemisia do meu lado é algo novo e bem-vindo.

– Heron, consiga evidências para incriminar o guarda. Vou precisar disso na volta do banquete.

– Sim, Alteza – diz ele.

• • •

A batida na porta me pega de surpresa. Estamos no meio da tarde e o banquete está previsto para começar no crepúsculo, então não pode ser Hoa nem algum criado trazendo o vestido e a coroa. Primeiro penso que talvez seja Søren, mas é uma entrada convencional demais para ele. Hesitante, ponho de lado o livro de histórias elcourtianas – ler é o único modo de acalmar minha mente ansiosa –, mas, antes que eu saia da cama, a porta se abre e Cress entra, o vestido de seda rosa abrindo-se em um leque atrás dela. Ela ainda não começou a se arrumar para o banquete e sua pele clara ainda está lisa e sem manchas.

Ao me ver, seus passos se tornam lentos e hesitantes, os olhos cinzentos encontrando os meus antes de se desviarem rapidamente. Embora ela ainda deva estar tonta por causa do almoço com Søren, sua expressão é sombria.

– Eu... – começa, baixando os olhos para o chão. Ela une as mãos na frente do corpo, torcendo-as. – Soube do que aconteceu. O...

Ela não consegue pronunciar as palavras, mas sei que está se referindo ao castigo, o que é surpreendente por si só. Em dez anos, Cress nunca mencionou minhas surras. Ela finge que não acontecem.

No entanto, depois de nossa última conversa, deve estar se sentindo culpada. Isso não deveria me amolecer, não deveria fazer meu coração se apertar dentro do peito. Mas faz. Tento pensar nas coisas que ela me disse ontem, na frieza em sua voz, a ameaça clara que ela representa, mesmo agora. A garota que põe suas ambições acima de minha vida. Uma amiga não age assim, digo a mim mesma, mas com o jeito que ela me olha neste momento, envergonhada e preocupada, quase consigo esquecer o que agora sei ser verdade.

Eu deveria mandá-la embora, dar alguma desculpa – que não me sinto bem, que quero dormir, que estou com muita dor. Poderia dizer que a verei no banquete desta noite, fazer algum plano que nunca vai se concretizar. Porque, ao tê-la aqui, sei que vou vacilar outra vez –, e não posso me dar a esse luxo.

– Venha – digo em vez disso, abrindo espaço para ela se deitar a meu lado.

Minhas costas doem quando me mexo, mas quase não tenho consciência da dor neste momento.

O sorriso de Cress é beatífico quando ela aceita minha sugestão, pegando o livro de histórias elcourtianas.

Vou sentir saudade do sorriso dela. Esse pensamento é como o chicote do theyn, me causando uma dor que sinto até os ossos.

– É bom – afirmo, indicando o livro com a cabeça.

– Você já chegou à Guerra dos Peixeiros? – pergunta ela, ansiosa, folheando o livro até encontrar o capítulo certo.

Cheguei, mas deixo-a ler para mim mesmo assim, a voz suave e melodiosa enquanto ela disserta sobre os peixeiros camponeses que se levantaram contra a realeza elcourtiana há quase quinhentos anos. Não foi uma luta na qual tivessem alguma vantagem: eram inexperientes e estavam em menor número, mas não demorou para que camponeses de todo o país se unissem à causa, cansados do regime corrupto vigente. Isso, combinado ao maior domínio que os peixeiros tinham dos mares da região, levou-os a executar toda a família real e a despir a nobreza de seus títulos e riqueza, redistribuindo-os entre eles.

É praticamente um conto de fadas, mas o problema real está no fim. O atual rei de Elcourt, há gerações distante de seu antepassado peixeiro, é tão terrível quanto aquele contra o qual o país se rebelou.

Essa parte não está no livro de Crescentia, é claro, mas ouvi os rumores.

Depois de ler apenas por alguns momentos, Crescentia põe o livro de lado e segura minha mão.

– Eu peço que me desculpe. Agora eu entendo – diz, a voz pesada.

As palavras giram em meu estômago porque ela não entende o que eu gostaria que entendesse. Ela acha que compreende por que tentei me rebelar contra o kaiser, mas só por causa do castigo, só por causa do recente lembrete de quão terríveis *minhas* circunstâncias são. Acha que foi por isso que agi. Entende *minha* dor porque me ama, mas sua compaixão termina aí.

Ela respira fundo, trêmula.

– Eu lhe disse que não me lembrava de minha mãe, mas isso não é verdade. Lembro de algumas coisas, por mais que preferisse não lembrar.

Sento-me na cama, embora meus vergões gritem com o movimento. Nos dez anos em que a conheço, Cress mencionou a mãe exatamente uma vez, ao me contar que tinha morrido quando ela, Cress, era muito pequena. Eu nem sei seu nome.

– Como você sabe, vivíamos em Goraki antes de virmos para cá. Eu nasci lá. Assim como Søren – continua ela antes de sua voz se tornar amarga: – Diziam que minha mãe era uma das mulheres mais lindas do mundo. Todos se apaixonavam por ela. Ela poderia ter se casado com um duque ou um conde, se quisesse, mas, por alguma razão, escolheu meu pai, um guerreiro ambicioso na época, filho de um ferreiro de navio. Suponho que ela o tenha amado.

Seu sorriso é uma coisa frágil e alquebrada, tão diferente daquele que estou habituada a ver nela, que é capaz de iluminar um salão e fazer brotar um sorriso em mim, até quando estou de mau humor.

– Tenho certeza de que você pode imaginar que ele subiu a partir daí até se tornar o theyn. Tenho certeza de que você pode imaginar o que significa chegar a essa posição. Minha mãe odiava isso. Eu a ouvia gritar que não queria que ele a tocasse, não com o sangue de tantas pessoas nas mãos. Ela não percebia, ou talvez não se importasse, que ele fazia tudo isso por ela, para lhe dar a vida que ele achava que ela merecia.

Ela faz uma pausa e engole em seco. Não há lágrimas em seus olhos, mas Cress parece sentir uma dor física. Eu me dou conta de que ela nunca tinha falado sobre isso, nem com outros amigos nem com o pai. Isso deve ter ficado entre eles, pesado e inconfesso, pela maior parte de sua vida.

– Ela não morreu quando eu era bebê. Está viva, até onde eu sei, mas acho que é mais fácil fingir. E nos deixou antes de virmos para cá, disse que não aguentava mais. E quis me levar junto, mas meu pai não deixou, então ela foi embora sem mim.

Neste momento sua voz falha e ela enxuga depressa as lágrimas que acabaram de se formar no canto dos olhos. Normalmente, as lágrimas de Cress são armas, usadas contra o pai ou algum membro da corte que não quer me convidar para uma festa ou uma costureira que alega não ter tempo para lhe fazer um vestido novo naquela semana. Essas lágrimas de agora, porém, não são armas, são uma fraqueza e, portanto, ela não pode mostrá-las. Afinal, ela é a filha do theyn.

– Você queria ir com ela? – pergunto com cuidado.

Ela dá de ombros.

– Eu era criança. Meu pai viajava a maior parte do tempo e me assustava um pouco. Minha mãe era a pessoa que eu mais amava, mas não tive escolha. Não me interprete mal, Thora – diz, balançando a cabeça. – Estou contente por meu pai ter ficado comigo. Sei que você o acha terrível e não posso condená-la por isso, mas ele é meu pai. No entanto, às vezes sinto saudade dela.

Sua voz falha de novo e seguro sua mão.

– Você é uma boa amiga, Cress – digo, porque é o que ela precisa escutar.

Em um mundo mais simples, sua amizade bastaria. Neste, porém, não basta.

Ela sorri e aperta minha mão antes de soltá-la.

– Você deve descansar um pouco – sugere, levantando-se. – Eu a verei no banquete esta noite.

Faz uma breve pausa, os olhos se demorando em mim com cautela por um momento.

– Você não... você não tinha sentimentos verdadeiros por ele, tinha? Estou falando de Søren. – Ela fala como se não quisesse saber a resposta.

– Não – respondo.

A mentira desliza com facilidade por minha língua. E então me dou conta de que não é mais uma mentira.

Ela sorri, aliviada.

– Vejo você hoje à noite – repete, virando-se para ir embora.

– Cress? – chamo quando ela já está junto à porta.

Ela se vira para para mim, as sobrancelhas claras erguidas, um esboço de sorriso. Uma confissão borbulha em meus lábios. Não sei se posso deixá-la ir ao encontro de sua morte.

Vejo uma balança em minha mente, Cress de um lado e os vinte mil que restam de meu povo de outro. Não deveria ser uma decisão difícil de tomar, deveria ser simples. Eu não deveria ter a sensação de que meu coração está sendo arrancado do peito.

Engulo em seco.

– Vejo você à noite – digo, sabendo que minhas últimas palavras para ela são apenas mais uma mentira.

BANQUETE

OUTRO BANQUETE SIGNIFICA OUTRA COROA DE cinzas, embora eu jure para mim mesma que essa será a última vez que uso uma dessas. O guarda que a entrega junto com o vestido que devo usar parece perplexo ao me ver em lugar de Hoa, mas digo a ele que ela saiu um momento para levar minhas roupas sujas para as lavadeiras e ele aceita facilmente, pondo as caixas em meus braços e indo embora sem dizer mais nenhuma palavra.

Deixo a caixa menor na penteadeira, então ponho a maior na cama e a abro. O vestido é sempre o primeiro na rotina de Hoa e a coroa é deixada para o último segundo possível.

Desta vez o vestido é um vermelho-sangue profundo e já dá para ver que não vai cobrir muito mais do que o necessário. *Esta é a última vez que serei o troféu dele,* prometo a mim mesma.

Heron e Artemisia ainda não retornaram, portanto só Blaise está aqui. Digo a ele que se vire antes de eu me despir e trocar o vestido que estou usando por esse que acabou de chegar. Botões minúsculos correm ao longo das costas exíguas e demoro um pouco para cuidar deles sozinha. Diferentemente de outros vestidos que o kaiser mandou, este não só deixa minhas costas nuas como traz na parte da frente um decote maior do que a maioria das mulheres da corte ousa exibir, para não falar da fenda que sobe até o quadril. Estou praticamente nua. A ideia de alguém me ver assim revira meu estômago, mas com relutância digo a Blaise que se vire.

Por um longo momento, ele não fala nada.

– Sinto muito, Theo – diz por fim, a voz baixa.

– Eu sei – replico antes de aprumar os ombros e me dirigir à caixa na penteadeira. Levanto a tampa com facilidade e ali dentro encontro a coroa, um perfeito arco de cinzas descansando em uma almofada de seda vermelha. A peça poderia até ser bonita em circunstâncias diferentes, mas o simples fato de vê-la já me enche de ódio.

– Blaise? – chamo, erguendo os olhos para sua parede. – Eu nunca a coloquei sozinha. É sempre Hoa quem faz isso e não quero dar ao kaiser qualquer razão para suspeitar de que tem alguma coisa diferente esta noite.

Por um momento, Blaise não diz nada.

– Tudo bem – ele finalmente consegue dizer.

Eu o ouço movendo-se por trás da parede antes que sua porta se abra no corredor. Segundos depois, ele entra por minha porta da maneira mais silenciosa possível. Seus olhos estão pesados de preocupação e eu quase me arrependo de pedir sua ajuda. A minha preocupação já é suficiente. Ver esse sentimento refletido no rosto dele apenas reforça as muitas possibilidades de tudo isso dar errado.

Tento sorrir para ele, mas é mais difícil do que deveria ser.

– Você vai ficar bem hoje à noite? – pergunta ele olhando para a caixa. – Com o kaiser?

É justamente no que estou tentando não pensar. Ainda posso senti-lo tocando meu quadril no *maskentanz*, ainda sinto seu hálito em meu ouvido, sua mão em meu rosto quando ele prometeu que em breve conversaríamos novamente. Tento reprimir o tremor que me percorre, mas sei que Blaise percebe.

– Eu sobrevivi dez anos – digo, sabendo que é melhor não mentir para ele. – Posso sobreviver mais uma noite.

Mesmo enquanto pronuncio essas palavras, porém, me pergunto quanto de verdade há nelas. A kaiserin está morta, portanto o kaiser vai se tornar mais ousado. Se Blaise não houvesse quebrado sua cadeira no pavilhão e nossa conversa tivesse continuado, não sei onde teria terminado. *Não quero* saber o que teria acontecido em seguida.

– Eu estarei lá o tempo todo – garante Blaise.

Sua intenção é me tranquilizar e sorrio para ele e finjo estar tranquila, mas ambos sabemos que ele não poderá fazer nada.

– Posso sobreviver mais uma noite – repito. – Mas me prometa uma coisa...

Ele ergue delicadamente a coroa da caixa, os olhos voltados para ela, e não para mim.

– Qualquer coisa – diz.

– Quando o kaiser estiver morto, não importa quando isso aconteça, quero queimar o seu corpo. Eu mesma quero levar a tocha ao corpo dele e ficar e assistir até que não sobre mais nada dele, só as cinzas. Você me promete isso?

Os olhos dele piscam, me fitando, e me dou conta de que estou tremendo. Respiro fundo para me acalmar.

– Juro para o próprio Houzzah. E para você – diz ele baixinho.

Nenhum de nós dois ousa sequer respirar enquanto ele pousa delicadamente a coroa no alto de minha cabeça, alguns flocos caindo sobre meu nariz e minhas bochechas. Seus olhos permanecem fixos nos meus quando ele leva uma das mãos em direção a meu rosto antes de hesitar e deixá-la cair. A preocupação ainda vinca sua testa.

– Você vai sobreviver – afirma ele, como se estivesse tentando se convencer disso.

Hesita um segundo mais, como se quisesse dizer algo, antes de assentir brevemente com a cabeça e deixar o quarto tão silenciosamente quanto entrou.

Dou uma última olhada no reflexo no espelho. As cinzas já começam a se espalhar pelo rosto e o nariz, me marcando. A tinta vermelha que usei nos lábios parece sangue fresco. Debaixo dela, vejo fragmentos de minha mãe me fitando de volta, mas são fragmentos retorcidos com o ódio e a fúria que ela nunca precisou conhecer. Isso eu não lamento.

Estou com raiva.

Estou com fome.

E prometo a mim mesma que um dia assistirei a todos eles queimarem.

• • •

Quando chego ao salão, o banquete já começou. Sentados à mesa comprida, dezenas de cortesãos vestidos em ricas sedas e veludos coloridos como joias. Todos eles estão cobertos com Pedras do Espírito de todas as formas, tamanhos e tipos, que cintilam à luz do lustre no teto. Vê-las agora, *tantas* delas, me dá náuseas. Quantos do meu povo deram a vida e a sanidade para que essas pessoas possam ter um pouco mais de beleza, um grama a mais de força?

Crescentia não está aqui, percebo quando corro os olhos pelo salão, o que significa que o truque de Elpis com as sementes de treska funcionou.

Pelo menos uma coisa que deu certo até agora, um problema a menos com que me preocupar. Mas o alívio é breve, porque, assim que meus olhos encontram os de Søren, tudo em mim se retesa outra vez e mal posso respirar.

Ele não parece o garoto que partiu há três semanas. Tem o rosto encovado, com círculos escuros acentuados sob os olhos. Os cabelos louros compridos se foram, raspados tão irregularmente que me pergunto se foi ele mesmo quem cortou. É a forma tradicional entre os kalovaxianos de expressar o luto e, apesar de tudo, sinto uma pontada de pena dele. Logo, porém, a afogo em mais ódio. Ele pode estar de luto pela mãe, mas ainda é um assassino. Quantos do meu povo ele próprio matou? Duvido que mesmo ele possa me dar essa resposta, muito menos lembrar-se de todos os nomes.

Sinto fúria, mágoa e ódio, mas me obrigo a colocar tudo isso para o lado e lhe dirijo um sorrisinho tímido, como se estivesse feliz em vê-lo, antes de desviar os olhos, para o caso de alguém mais estar observando.

– Princesa das Cinzas – berra o kaiser de seu lugar na cabeceira da mesa, os olhos me fitando de maneira intensa, deslizando pelos muitos centímetros de pele expostos no chamativo vestido carmesim.

A intenção dele é me humilhar, me expor como uma joia roubada, mas, pela primeira vez, não me importo. Posso ver a fúria gravada nas linhas do rosto de Søren quando ele me observa. O kaiser está inadvertidamente fazendo meu trabalho por mim – não vai ser nem um pouco difícil levar Søren a perder a paciência esta noite. O desafio vai ser manter a raiva que sinto dos dois sob controle.

– Alteza – digo, me aproximando do kaiser e fazendo uma reverência a seus pés.

O rosto dele já exibe um tom vermelho alcoólico. Como sempre faz, ele põe o dedo em meu queixo e levanta meu rosto para pousar a mão espalmada em meu rosto a fim de deixar sua impressão nas cinzas já salpicadas ali. Mantenho o olhar abaixado, mas, pelo canto do olho, vejo Søren enrijecer, os olhos fixos no pai em uma ira gelada.

– Você vai se sentar ao meu lado esta noite – ordena o kaiser quando me levanto, gesticulando para a cadeira a sua esquerda.

A que pertencia à kaiserin. Ele toma um longo gole de seu cálice cravejado de pedras preciosas antes de tornar a pousá-lo na mesa. Há gotas de vinho tinto em sua barba, parecem salpicos de sangue.

– Será uma honra, Alteza – replico.

Embora não seja nada que eu não estivesse esperando, o pavor ainda se acumula em meu estômago enquanto me sento a apenas alguns centímetros do kaiser, diretamente à frente de Søren. Apesar de eu saber que é bom que ambos estejam me fitando, que isso significa que o plano está funcionando, ainda preciso recorrer a todas as minhas forças para não me encolher e me afastar.

– Você está muito bonita esta noite, Princesa das Cinzas – diz o kaiser, me lançando um olhar lúbrico antes de voltar a atenção para o filho e sorrir. – Ela não está linda, Søren? – pergunta.

Ele o está provocando, percebo. A atenção que Søren vem me dedicando não passou despercebida ao kaiser afinal, mas, em vez de enfurecê-lo, parece deixá-lo mais contente.

Não se pode negar o mérito de Søren em conseguir dar de ombros, indiferente, tomando o cuidado de evitar me olhar. Ele murmura alguma coisa entre dentes enquanto olha para o prato diante de si.

O kaiser ergue o cálice para outro longo gole antes de pousá-lo com violência na mesa, fazendo tanto Søren quanto eu darmos um pulo, assustando todos os cortesãos à mesa e levando-os ao silêncio. Eles tentam fingir que não estão ouvindo, mas é claro que estão.

– Acho que não ouvi o que você disse, Søren – observa o kaiser. – Eu lhe fiz uma pergunta e espero uma resposta apropriada.

Søren se encolhe ante a voz do kaiser e seus olhos finalmente se erguem para encontrar os meus, cheios de dor e desculpas.

– Eu disse que ela está bonita, pai – declara, mas cada palavra é afiada como uma faca.

O kaiser franze a testa diante do tom de voz do filho, como se tivessem lhe apresentado um enigma que ele nunca tivesse visto. Sua boca se retorce e ele torna a beber de seu cálice. Os olhos estão desfocados quando se voltam para mim.

– Acho que não me agradeceu, Princesa das Cinzas – diz. – Não gostou do vestido que lhe enviei?

Tenho vontade de encarar o kaiser e cuspir nele. Mas neste momento não sou a rainha Theodosia, sou lady Thora. Então mordo o lábio inferior e me mexo, desconfortável, puxando o decote profundo.

– É claro que sim, Alteza – respondo, a voz tremendo em torno de cada palavra. – Estou muito agradecida por ele. É lindo.

Ele sorri como um lobo se acercando de sua presa e meu coração martela mais rápido no peito, minhas mãos suam. As pessoas mais distantes à mesa retomam suas conversas, mas, à minha frente, Søren segura a faca com tanta força que os nós de seus dedos estão brancos. A mão do kaiser desce e descansa em meu joelho nu, exposto pela fenda do vestido.

– Boa garota – diz ele em voz baixa, para que somente eu ouça.

Preciso fazer um esforço sobre-humano para não me afastar dele, mas consigo, fitando a mesa que está a minha frente.

Vou queimar seu corpo até que restem apenas cinzas, digo em minha mente. Imagino a cena, a tocha em minha mão, seu corpo deitado em uma pilha de feno. Vou baixar a tocha, ele vai pegar fogo, eu vou sorrir e talvez então volte a me sentir em segurança outra vez.

– Já chega.

A voz de Søren é tão baixa que mal a ouço acima da música e do zumbido das conversas. O kaiser, porém, o escuta claramente, sua postura enrijecendo e sua mão em minha perna apertando muito forte até eu fazer uma careta de dor. Por um momento impossivelmente longo, ele fita Søren em silêncio, os olhos frios e duros. No entanto, Søren enfrenta seu olhar até que os outros cortesãos à mesa do banquete desistem de fingir que não estão espiando.

– O que foi isso, Søren? – diz o kaiser, e, embora seu tom seja educado, há, subjacente a ele, um fluxo de vidro quebrado e veneno de cobra. Tenho certeza de que suas palavras são ouvidas em todos os cantos do salão.

O pomo na garganta de Søren sobe e desce, mas ele não se encolhe como imagino. Seus olhos pousam em mim por um instante antes de se desviarem para os outros cortesãos, que observam. Posso ver as engrenagens em sua mente girando enquanto ele os olha e vê a situação de sua perspectiva. Søren não compreende como a corte opera, mas ele conhece batalhas e sabe que acaba de entrar em uma. Sabe que sua opções agora são se render ou declarar guerra. Ele sabe que declarar guerra por minha causa seria assinar minha ordem de execução. E sabe que se render daria, mais ou menos, no mesmo.

Posso vê-lo analisar a situação de cada ponto de vista em questão de alguns segundos antes de tomar uma decisão, levantando-se e apoiando as mãos na mesa a sua frente, parecendo acossado e exausto.

– Eu disse que já chega, pai – repete, alto o suficiente agora para que todo o salão o ouça. – Esta não é uma noite para celebrar uma vitória, não com a perda de tantos dos meus homens em Vecturia.

Se o kaiser pudesse executar alguém apenas com o olhar, Søren estaria morto em segundos. No entanto, ele não diz nada.

– Em vez disso – continua Søren, afastando os olhos do pai e encarando os outros cortesãos –, esta é uma noite de luto e solenidade por aqueles que perdemos em uma batalha na qual nunca deveríamos ter entrado. Foi uma missão inútil. Não tínhamos nenhuma razão para atacar Vecturia e centenas de kalovaxianos perderam a vida por isso.

O silêncio segue-se à proclamação de Søren, estendendo-se pelo que parece uma eternidade antes que um homem careca sentado na outra extremidade da mesa do banquete se levante. Eu o reconheço de meu último castigo: é um dos cortesãos que perdeu um filho em Vecturia.

– Apoiado, apoiado – diz ele, erguendo seu cálice de vinho.

Um a um, outros homens e mulheres juntam-se a ele, erguendo seus cálices na direção de Søren com gritos de aprovação e apelos para que Vecturia não seja esquecida. Não demora para que a vasta maioria do salão tenha se levantado por ele, e mesmo aqueles que permanecem sentados pareçam desconcertados e incertos.

A mão do kaiser em meu joelho afrouxa enquanto ele corre os olhos pelo salão, no rosto uma expressão quase letal. Quando se dá conta de que está em menor número, lentamente se ergue da cadeira, pegando o cálice.

– Muito bem, meu filho – diz e, embora dirija um sorriso a Søren, as bordas desse são afiadas como navalha. – Proponho um momento de silêncio para aqueles que pereceram em Vecturia. Aqueles homens morreram pela honra e terão uma recepção honrosa por parte de seus ancestrais.

No entanto, uma vez rompida a represa dentro de Søren, não há mais como contê-la.

– Aqueles homens não morreram pela honra. Eles morreram pela cobiça – afirma ele entre dentes, e sei que está pensando não só em seus homens como também em sua mãe.

No entanto, ele não é suficientemente tolo para acusar o kaiser de assassinato diante de toda a corte.

A boca do kaiser se torna uma linha fina.

– Bem, talvez da próxima vez eu busque a sua opinião, Søren, antes de tomar uma decisão para o meu povo.

– Talvez devesse – replica Søren. – Mas, como eu disse, esta não é uma noite para celebrar. Vamos fazer um minuto de silêncio e então proponho que terminemos a noite cedo em honra aos mortos.

O kaiser está tenso como um arco esticado pronto para se romper.

– Creio que seja o melhor – concede ele.

De repente, me pergunto se não vai ser preciso forjar o assassinato de Søren por parte do kaiser, se ele mesmo não vai matá-lo. Mas o kaiser é um homem lento para agir e eu não tenho tempo para esperar.

Abaixamos a cabeça para fazer um minuto de silêncio. Após alguns segundos, ergo os olhos e deparo com Søren me fitando. Todos a nossa volta têm os olhos fechados, então movo os lábios, dizendo a ele sem som: *"Hoje, à meia-noite."* Ele me olha intensamente ao assentir antes de tornar a baixar a cabeça.

PRISÃO

VOLTO SOZINHA PARA MEUS APOSENTOS DEPOIS do banquete, embora esteja certa de que todos por quem passo supõem que minhas Sombras estejam por perto. É o lado bom de ter guardas valorizados por suas habilidades de passarem despercebidos – ninguém sente sua falta quando não estão presentes.

As batidas de meu coração retumbam pelo corpo, mas não sei se o motivo é empolgação, pânico, medo ou uma combinação dos três. Apesar do ar frio, minha pele está pegajosa e o suor se mistura com os flocos de cinzas da coroa, fazendo-os escorrer. Com as mãos trêmulas enxugo o rosto, as palmas ficam pretas.

Está quase terminando, digo a mim mesma. Quase. Mas, não importa quão longe eu esteja deste lugar e do kaiser, sei que nunca vou esquecer esta noite, a lascívia em seu olhar, sua mão em meu joelho. Eu me pergunto se algum dia voltarei a dormir em paz.

Chego à porta do quarto e a empurro, quase deixando escapar um grito de surpresa. Blaise e Heron estão sentados na beirada de minha cama, aguardando em um silêncio ansioso.

Heron baixa os olhos para os pés ao me ver, bombardeando-me com perguntas que só ouço pela metade, mas Blaise apenas me fita, seus olhos perfurando os meus. Ele não precisa fazer perguntas. Acho que vê cada um de meus pensamentos escrito em meu rosto.

Como não sei o que dizer a eles, fico calada, atravesso o quarto até a penteadeira e olho meu reflexo no espelho – uma garota de olhos raivosos, com um vestido espalhafatoso e veios negros cobrindo a maior parte do rosto.

– Olhe – diz Heron em voz baixa, surgindo atrás de mim. – Posso puxar seu cabelo para trás, se ajudar.

– Por favor – falo, minha voz pouco mais que um sussurro.

Seus dedos passam suavemente pelos meus cabelos, afastando-os do rosto. As cinzas também cobrem o alto de minha cabeça, como um lençol cinzento, mas não há o que a fazer quanto a isso. Søren não vai demorar e agora, mais do que nunca, tudo precisa sair perfeito. Com Heron segurando meus cabelos, jogo água da bacia no rosto, lavando o suor, as cinzas e os cosméticos.

Demoro-me mais um tempo enquanto seco o rosto com uma toalha e Heron se afasta de mim, deixando os cabelos caírem sobre meus ombros novamente. Quando me viro para encarar os dois, estou forte, segura e pronta para me erguer. Sou a rainha Theodosia.

– Funcionou – informo a Heron e Blaise, olhando de um para outro. – Até melhor do que eu esperava. O prinz fez uma cena. Chamou o kaiser de egoísta e creditou a morte de seus camaradas a ele. Francamente, pela maneira que olhava para ele, pode até ser que o próprio kaiser mate Søren, embora esse não seja um risco que eu queira correr. Logo Søren vai chegar aqui e o plano vai correr como o planejado.

Blaise assente com a cabeça, o olhar sustentando o meu.

– A família de Elpis já está a bordo do navio de Dragonsbane. Artemisia está esperando lá, para garantir que a mãe cumpra a palavra.

Heron vasculha o bolso da calça e puxa uma fita de couro, um retalho de tecido vermelho bordado com um dragão dourado e uma Pedra da Terra.

– Roubei isto aqui – diz, passando-os para mim. – Espalhe no chão, para parecer que houve luta.

Faço que sim com a cabeça, pegando os objetos. Vou precisar de um vestido diferente, com bolsos, para guardá-los, e, de qualquer forma, mal posso esperar para tirar este.

– Søren vai chegar logo – aviso a eles. – Vocês dois já devem ter ido quando isso acontecer. Vou dizer a ele que quero sair de barco. Sei que ele vai ficar feliz em atender ao meu pedido. Ele se sente mais à vontade na água do que no palácio. Vamos sair do porto Leste. É um barco pequeno com uma vela vermelha.

– Vou esperar em outro barco perto dali. Precisamos combinar um sinal para o caso de você ter problemas – sugere Blaise.

– Vou gritar. Isso vai bastar – digo a ele antes de me virar para Heron. – Você fica encarregado de buscar Elpis. Lembra onde o theyn mora?

Heron assente com a cabeça.

– Lembro – responde. Então dá um passo na direção da porta antes de se virar de novo para mim. – Tudo bem se eu abraçar você?

– Vamos nos ver dentro de uma hora mais ou menos – digo, com um meio sorriso. – Mas, sim, eu gostaria de um abraço.

Heron retribui o sorriso antes de cruzar a distância entre nós e passar seus braços magros a meu redor. É um abraço bom, do tipo que faz com que a gente se sinta protegida, confortada e amada. Eu me entrego a esse abraço por um instante antes de me afastar.

– Vejo você em breve – afirmo enfaticamente.

– Em breve – ele repete antes de me abraçar de novo, rapidamente, e me soltar.

Silencioso como uma brisa, desliza porta afora, me deixando a sós com Blaise.

– Não gosto da ideia de você enfrentar o prinz sozinha – admite ele em voz baixa.

– Eu sei. Mas você não pode seguir a gente pelos túneis sem ser notado. E eu consigo fazer isso. Você mesmo disse: Søren não vai me machucar.

– Ele vai, se achar que você está tentando matá-lo.

– Não vai – digo, cheia de certeza.

Blaise fica em silêncio por um longo momento.

– Acredito que você *consegue* matá-lo, mas não deveria ser você a fazer isso.

– É uma guerra – ressalto. – Não vou perder o sono por isso.

Blaise balança a cabeça, os olhos pesados.

– Vai, sim.

Um bolo sobe até minha garganta e eu o engulo de volta.

– Você tem mesmo que ir embora agora, Blaise. Søren está para chegar e preciso trocar de roupa.

Ele assente com a cabeça, mas não faz qualquer movimento para sair.

– Blaise...

– Eu vou, não se preocupe – diz ele, mexendo as mãos na frente do corpo. – É só que... pode ser que a gente nunca mais volte aqui, Theo. Esta é a nossa *casa*.

Suas palavras se retorcem em meu peito e eu sacudo a cabeça.

– É uma prisão, manchada com o sangue de muitas pessoas que um dia amamos. Há muito tempo que este lugar deixou de ser um lar.

– Mesmo assim – prossegue ele, a voz rouca quando dá um passo em minha direção. – Demos nossos primeiros passos aqui. Dissemos nossas primeiras palavras. Foi o último lugar onde fomos felizes de verdade.

Seguro as lágrimas que ameaçam cair.

– São só paredes, Blaise, e telhados e pisos. Sim, estão cheios de lembranças, mas é tudo que são.

Ele fica em silêncio por um instante e pousa as mãos em meus ombros. Então se inclina para a frente e beija minha testa.

– Não se arrisque – diz. – E não faça nenhuma bobagem. Até logo, Vossa Alteza.

Só depois que ele se vai é que me dou conta de que nunca me chamou assim antes. Sempre fui apenas Theo com ele, mas talvez Theo – como Thora – não continue a existir por muito mais tempo. Em breve, tudo que restará de mim é a rainha Theodosia e, por mais que eu deseje isso, não posso deixar de lamentar a perda dessas outras partes de mim.

PUNHAL

—◆—

NÃO CONSIGO FICAR PARADA ENQUANTO ESPERO SØREN. Elpis disse que Cress e o pai jantariam tarde – em geral não jantam antes das dez – e a instruí a envenenar o vinho de sobremesa. Heron a buscará nos aposentos do theyn e a levará para o navio de Dragonsbane. É um cronograma apertado, mas, a menos que algo saia horrivelmente errado, não há qualquer razão para que eu já não esteja no navio quando o corpo do theyn for descoberto. Logo depois, encontrarão o de Søren.

Todo o meu corpo vibra, como se eu estivesse coberta dos pés à cabeça com Pedras do Espírito. Não consigo parar de pensar no que estou prestes a fazer. É fácil me concentrar no Søren que Erik pintou mais cedo, o prinz tão ávido de conquistar o respeito do pai que usou meu povo como arma, mas também recordo o garoto no barco que se ressente de sua corte, o garoto desesperado para virar as costas a tudo aquilo, o garoto que enfrentou o pai diante de toda a corte. O garoto que precisava que eu lhe assegurasse que ele não é nada parecido com o pai. Como ambos podem existir em uma só pessoa?

A batida no armário vem logo depois que o sino da meia-noite dobra, seguida pela saída aos tropeços de Søren. Embora ele já parecesse uma sombra de si mesmo no banquete, assim de perto está ainda mais embrutecido. Com a cabeça raspada, o rosto é todo ângulos agudos e fatigados. Seus olhos brilhantes estão mais escuros do que eu recordava, afundados no crânio. Quando ele me olha, tenho a sensação de que simplesmente não está me vendo.

Ele para diante de mim, arrasado, e, apesar de tudo, tenho vontade de consolá-lo. Porque sei o que é ser transformado de modo tão irreversível e à revelia.

– Søren? – digo, dando um passo hesitante em sua direção.

Ele não pode saber que algo mudou, mas não consigo olhá-lo da mesma forma, por mais que tente. Agora, quando o olho, vejo sangue e morte. Vejo o kaiser. Felizmente, ele está perdido demais em sua aflição para notar e minha voz parece quebrar o feitiço, qualquer que seja ele, que lhe sobreveio. Sua atenção se volta para mim e, em algumas passadas longas, ele me toma nos braços. Então enterra o rosto na curva de meu pescoço, a barba por fazer arranhando minha pele. Eu me debato entre desfrutar seu calor e pensar no sangue em que ele está encharcado.

– Estou tão feliz que você tenha se salvado – declaro, erguendo a mão para passá-la sobre sua cabeça raspada irregularmente.

Ele não responde a princípio, mantendo o rosto enterrado em meu pescoço.

– Deixe-me ver – pede ele, sua voz abafada contra minha pele.

– Ver o quê?

Ele puxa o ombro de meu vestido e engulo em seco, percebendo a que ele se refere. Minhas feridas. Erik deve ter lhe contado. Viro-me de costas para Søren e baixo o ombro da túnica para que ele possa ver as extremidades superiores das feridas recentes. A respiração dele fica presa. Ele estende a mão para tocar meu ombro onde o chicote não tocou.

– Eu sinto tanto, Thora – diz, a voz quase inaudível. – Se eu não tivesse fracassado... – Sua voz falha e ele balança a cabeça.

Eu me viro para encará-lo e tomo a mão dele nas minhas. Não tenho paciência para fazê-lo sentir-se melhor em relação a minha dor e com certeza não tenho tempo para isso. Penso no theyn e em Crescentia sentando-se para a sobremesa e o vinho antes de irem para a cama e em como eles nunca mais vão se levantar.

– Por favor, me leve embora daqui – peço. – Vamos dar um passeio de barco, só por algumas horas.

Søren assente, mas a expressão atormentada não deixa seus olhos.

– Eu vou trazer você de volta ao nascer do sol – informa ele para minhas Sombras.

Não há resposta. Elas já se foram há muito.

– Vamos – digo a ele, puxando-o na direção do armário.

A hora é esta e a urgência do que preciso fazer de repente me leva a avançar. Meus nervos estão puídos, como um cobertor gasto, mas eu os manterei sob controle mais um pouco. E então estarei livre.

Ele não protesta e me segue para dentro do armário, passando pela entrada do túnel por onde veio. Não me detenho, mas continuo pela passagem, o tempo me pressionando em um silêncio tenso.

Quando o túnel fica alto o suficiente para andarmos eretos, fico de pé e esfrego as mãos sujas na saia do vestido. Eu o ouço atrás de mim, mas, assim que me viro para ele, sua boca cai sobre a minha e me vejo presa entre ele e a parede do túnel. Ele me beija com um desespero que nunca senti, como um homem morrendo de sede. Eu me debato entre puxá-lo para mim e empurrá-lo para longe.

Ele deve sentir minha hesitação, porque se afasta após alguns segundos, descansando a testa na minha.

– Desculpe – diz, a voz rouca. – Eu só precisava fazer isso mais uma vez.

O pânico dispara pela minha espinha.

– Mais uma vez? – pergunto, pousando a mão em sua nuca e puxando-o um pouco mais para perto. – Mas temos até o raiar do dia, Søren.

Começo a puxá-lo para outro beijo, mas ele me detém com um toque gentil em meu ombro.

– Não posso, Thora. Existem coisas que você não sabe e que, assim que souber, vão fazê-la não querer mais me ver. E eu nem vou poder culpá-la.

– As chicotadas não foram culpa sua – afirmo. – Não havia nada que você pudesse fazer.

Ele baixa os olhos.

– Não é isso – admite.

Minhas mãos se afastam dele.

– Então, o que é? – pressiono.

Ele tenta passar a mão pelos cabelos, esquecendo que não estão mais ali. Então se afasta alguns passos antes de se virar novamente.

– Eu te amo – diz ele após respirar fundo. – Só quero que saiba disso primeiro. Eu te amo e nunca faria nada para machucar você.

– Eu também te amo – declaro, tomando cuidado para manter minha voz firme.

Minha mãe uma vez me disse que era pecado mentir para um homem prestes a morrer, mas não sei se isso é verdade. Søren logo estará morto e minhas mentiras morrerão com ele.

– Nas minas – começa ele, forçando as palavras a saírem. – Os escravos trabalhando nelas, tínhamos médicos observando essas pessoas. Fazendo testes. Experimentos.

Não. Eu quero cobrir sua boca, impedi-lo de falar, sufocá-lo com as próprias palavras. Ele não precisa fazer isso, não tem que confessar um crime pelo qual já o condenei. Não tenho lugar para sua culpa e não estou aqui para fazê-lo sentir-se melhor. Mas existem tantas coisas que quero dizer a ele, e é quase um alívio ter a oportunidade, de parar de fingir por um momento e dar vazão a minha raiva.

– O que é que você está dizendo? – forço minha voz a demonstrar choque. – Vocês estavam fazendo experiências com o meu povo?

– Eles não são o seu povo – replica ele. – E você sabe que não deve dizer isso em voz alta.

– Para as outras pessoas, sei – digo, minha raiva finalmente vindo à superfície. – Mas não pensei que tivesse de mentir para você.

Na escuridão, mal consigo distinguir sua expressão murchando.

– Não foi o que eu quis dizer – afirma ele, sacudindo a cabeça. – Me desculpe. É... é só... é difícil falar sobre isso.

– Imagino que deva ser muito mais difícil suportar essas coisas – replico, lutando para não elevar a voz.

Ele tem o bom senso de parecer arrependido e posso sentir uma fração de meu coração de aço amolecer um pouco. Cerro os punhos ao lado do corpo, para não estender as mãos para ele. Ele não vai ser o herói injustiçado.

– O que eles estavam procurando? – pressiono.

Ele hesita outro segundo antes de continuar:

– A exposição prolongada nas minas... faz alguma coisa com as pessoas. De alguma forma, as imbui com as qualidades das pedras que garimpam. Algumas pessoas suportam, a maioria, não. Nós sabíamos disso. Vocês sabiam disso. O que não sabíamos era por quê. Mas meu pai pensou que essa característica poderia ser útil se pudéssemos entendê-la. E acabou sendo mesmo. Os médicos vêm fazendo testes e comparações há anos. Alguns meses atrás eles finalmente concluíram qual é a causa. A magia nas minas é tão intensa que está no próprio ar. Ela dá poder às pedras preciosas, mas também penetra no corpo da pessoa. No sangue, mais especificamente. Alguns raros indivíduos sobrevivem com ela, mas a maioria não tem tanta sorte. A magia os enlouquece.

Após uma breve pausa, ele prossegue:

– A princípio, matávamos qualquer um que mostrasse sinais dela, porque tínhamos medo de que essas pessoas fossem perigosas. Mas meu pai decidiu que isso era um desperdício. Talvez fossem um perigo para nós, disse, mas isso também não faria com que fossem perigosas para os outros? Ele pensou que poderíamos transformá-las em armas, mandá-las para a linha de frente das batalhas para causar o maior dano possível e limitar a perda de vidas.

– Mas isso não limita a perda de vidas em absoluto – digo, me esforçando para não gritar.

Ele hesita.

– Eu sei. Eu *sei*.

– E você os usou em Vecturia – continuo. Já não estou representando um papel. Minha raiva ferveu, vindo à superfície, e me deixa audaciosa. Com tanto em risco, sei que preciso controlar meu temperamento, mas isso me parece impossível. Percebo que não conheço Søren mais do que ele me conhece. – Quantos?

Ele não responde de início.

– Não sei – finalmente admite. – Centenas, acho. Meu pai deu a ordem.

– Seu pai estava aqui, Søren. *Você* deu a ordem.

O rosto dele empalidece.

– Eu não queria. Mas o plano foi sempre esse, mesmo antes de zarparmos. Ele queria testar essas pessoas em uma batalha que sabia que poderíamos vencer para que começasse então a vendê-los para outros países. Meu pai sempre consegue o que quer, você sabe disso melhor do que ninguém.

Sua voz soa suplicante enquanto ele busca minha mão, mas eu a afasto, como se seu toque queimasse.

Ele quer meu perdão novamente, quer que eu o limpe dos pecados do pai, mas o sangue está em suas mãos desta vez.

– Eu sei – admito, olhando para o chão entre nós. A raiva é uma coisa, mas a decepção irá feri-lo ainda mais. – Suportei a ira dele inúmeras vezes por coisas que eu nem mesma fiz. Mas sei quem eu sou por causa disso, sei o que é importante para mim e por que estou disposta a lutar. Você pode dizer o mesmo?

Ele engole em seco.

– Sei que estou disposto a lutar por você – diz baixinho.

Não duvido que ele esteja falando sério, principalmente após o banquete. Søren quer muito ser diferente do pai. E eu queria que isso fosse fácil, de um jeito ou de outro, mas tenho a sensação de estar sendo rasgada em duas.

O punhal pressiona a pele de meu antebraço, escondido na manga do manto, mas o peso não é desconfortável como antes. É quase bem-vindo, uma âncora em um mar tempestuoso e a única coisa me impedindo de me perder nas ondas. Não posso ser dominada pela raiva, não quando há ainda tanto para fazer e o tempo está se esgotando.

– Thora – diz Søren, aproximando-se de mim. Desta vez não me afasto. Não me encolho quando ele ergue a mão para tocar meu rosto. – Não posso lhe dizer quanto lamento, quanto eu gostaria de voltar e desfazer tudo. Eu faria isso, em um piscar de olhos.

– Não tem como voltar – declaro, embora não tenha certeza se estou falando com ele ou comigo. Eu me obrigo a levantar a cabeça e olhá-lo nos olhos e deixar Thora assumir, uma última vez, antes de enterrar meu punhal em suas costas. – Vai ficar tudo bem, Søren. Vamos superar isso. Eu sei que você é totalmente diferente do seu pai – afirmo, porque sei que é o que ele precisa ouvir.

Sem mais nem menos, a kaiserin surge em minha mente, me falando sobre como se apaixonou pelo kaiser, como ela nunca imaginou que ele fosse capaz de tudo que fez. Do que Søren é capaz?, eu me pergunto. Que maldade irá infestar sua alma e crescer, se eu não matá-lo agora? Daqui a uma dúzia de anos, ele pode ser pior do que o próprio kaiser.

Enfio meus dedos pelos cabelos curtos de sua nuca, puxando-o para um beijo lento e doloroso. Após um segundo, ele corresponde, segurando meu rosto entre as mãos, como se tivesse medo de me quebrar. Sinto uma umidade no rosto, mas não sei se as lágrimas são minhas ou dele. Não importa, suponho. Por um momento, somos uma só pessoa e sinto sua tristeza tão intensamente quanto sinto a minha.

Enquanto aprofundo o beijo, deslizo o punhal pelo braço livre até seu punho estar preso bem firme em minha mão. É preciso uma certa manobra para soltá-lo da bainha, mas Søren está tão profundamente perdido em meus braços e em sua dor que não percebe nada. Não até a ponta afiada da lâmina estar pressionada em suas costas.

Seus lábios se afastam dos meus e seus olhos azuis se arregalam, buscando respostas que ele rapidamente descobre. O choque se estampa em seu rosto, mas é rapidamente substituído pela resignação. Seu pomo de adão sobe e desce quando ele engole e faz um gesto infinitesimal de consentimento.

– Dois centímetros mais para baixo – sussurra de encontro a meus lábios. Quando obedeço, o fantasma de um sorriso cruza seu rosto, embora não chegue a seus olhos. – Bem aí. Agora crave com força e vontade, Thora.

Não quero ver o rosto dele quando o matar, mas não consigo desviar os olhos.

– Meu nome é... – Minha voz falha e eu respiro fundo. – Meu nome é Theodosia – digo baixinho.

A confusão cruza seu rosto antes de se dissipar.

– Theodosia. – É a primeira vez que meu nome de verdade cruza seus lábios e soa quase reverente. Ele apoia a testa na minha de forma que seus olhos são tudo que vejo. – Você sabe o que fazer.

Ele tem razão. Sei *exatamente* o que fazer. É a mesma coisa, mais ou menos, que fiz com Ampelio – meu pai. Matar o prinz não deveria ser mais difícil do que aquilo, sem dúvida, mas neste momento ele é apenas Søren, o garoto perdido de olhos tristes que no passado deixava os gatos o seguirem por toda parte, que fez amizade com seu irmão bastardo, independentemente da ameaça que isso representava para ele, que me beijou como se pudéssemos ter o poder de salvar um ao outro.

E não posso vê-lo morrer, não mais do que poderia ver Crescentia.

O punhal escorrega de minha mão e retine no chão de pedra, ecoando a nossa volta e eu o empurro. Ele parece tão chocado quanto eu. Søren acreditou mesmo que eu iria até o fim e não sei se deveria ficar orgulhosa disso ou não.

Ele se abaixa para apanhar o punhal e espero que o use em mim, mas ele se limita a fitá-lo por um instante antes de enfiá-lo na cintura da calça. Um momento se passa em silêncio antes que ele fale, a voz baixa mas forte:

– Você não precisa me perdoar. Não espero que faça isso, mas sei que preciso levá-la para longe daqui... para longe dele. Podemos fugir esta noite, como falamos. Eu fiz essa promessa a você, então, por favor, me deixe cumpri-la.

Minha garganta fica tão apertada que não consigo falar, somente assentir com a cabeça. Ele acha que está seguro e não posso culpá-lo por isso. Ele não sabe que Blaise está lá fora, à espera. Eu posso não ter conseguido concluir o trabalho, mas Blaise vai conseguir.

• • •

A tempestade açoita o ar assim que saímos do túnel. Não consigo imaginar como Søren está planejando navegar, mas ele parece estranhamente calmo, o rosto esculpido em mármore branco à luz da lua. Se não fosse pelo modo como ele aperta minha mão, eu não saberia que está nervoso, em absoluto. Tento não olhar para ele, tento nem pensar nele caminhando a meu lado.

Está escuro demais para ver o barco de Blaise da margem, mas sei que ele está lá, em algum lugar em meio às ondas escuras.

– Meu pai vai mandar homens – diz Søren, arrancando-me de meus pensamentos. – Mas ele não tem muitos amigos entre seus guerreiros. Eu tenho. Espero que isso sirva para alguma coisa, se formos apanhados. E meu barco é rápido e leve. Qualquer coisa que meu pai mande à minha procura ainda estará sobrecarregada com uma tripulação mais pesada e artilharia. Estaremos milhas à frente deles.

Faço que sim com a cabeça, tentando parecer apaziguada, mas minha mente ainda está agitada. Vou embarcar com ele e vamos nos afastar da margem *apenas o suficiente* para que Blaise seja o único a ouvir quando eu gritar. Ele virá rapidamente e, enquanto não chega, vou dizer a Søren que vi um rato ou contar alguma mentira desse tipo para mantê-lo distraído até Blaise subir a bordo e cortar sua garganta.

E então...

Então eu estarei livre. O pensamento dispara um arrepio delicioso pelo meu corpo. *Livre* é algo que não sou há dez anos. E, assim que eu puder, libertarei também meu povo.

Quando estamos a poucos metros da margem, a mão de Søren aperta a minha dolorosamente e ele me empurra para trás dele, encurralando-me entre seu corpo e as ondas espumantes. O borrifo do mar molha meus tornozelos. Eu os ouço antes de vê-los, as botas marchando em compasso pela praia, um grito transformado em algaravia no vento, o retinir de espadas sendo desembainhadas. Uma dúzia de homens do kaiser se aproxima pelas dunas de areia, de todos os lados, nos cercando e efetivamente nos emboscando entre eles e a água.

– Vá – sussurra Søren, me empurrando para a água, na direção do barco.

Eu me viro e dou um meio passo antes de me deter. As águas que estavam vazias há apenas um segundo já estão se enchendo de navios. Mesmo com Blaise por perto, à espera, não tenho a mínima chance de escapar. E mesmo que eu consiga chegar a Blaise antes que me peguem, mesmo que a gente consiga escapar deles por um tempo, vamos levá-los diretamente aonde os outros estão esperando.

Não vou fazer isso. Artemisia tinha razão: sou dispensável.

Assim, fico com Søren e aperto sua mão enquanto os soldados nos cercam; deixo que ele acredite que estou ficando porque não posso deixá-lo para trás. Talvez isso me garanta alguma misericórdia, embora eu duvide que o kaiser fique comovido com essa demonstração. Na minha frente, Søren se força a parecer casual quando eles se aproximam.

– Alteza – diz o líder dos guardas, a voz cautelosa.

É o guarda da cicatriz, o que Heron escolheu para a armadilha.

– Johan – replica Søren, um sorriso na voz. – O que traz vocês aqui a esta hora?

Mas Johan não se abala.

– Eu deveria lhe perguntar o mesmo – retruca, tentando me ver.

Søren, porém, o bloqueia, escondendo-me de sua visão.

– Eu havia planejado um encontro romântico no meio da noite, mas receio que vocês tenham arruinado esse plano. – Ele fala como o príncipe petulante que um dia acreditei que fosse.

– E por acaso esse encontro não seria com a Princesa das Cinzas, seria? – indaga Johan, parecendo já saber a resposta.

Søren aperta ainda mais minha mão, mas mantém a voz tranquila:

– Não sei o que você tem a ver com isso, Johan, já que seu trabalho é proteger o meu pai. Quem está guardando a vida dele neste momento em que você está aqui fora, interrompendo meus planos românticos?

– Seu pai está muito bem protegido – garante Johan, irritado. – Mas lady Thora orquestrou o assassinato do theyn esta noite e acreditamos que ela planeje o mesmo destino para Vossa Alteza.

Meu coração lateja nos ouvidos, mas Søren não perde a calma. No entanto, ele deve estar juntando as peças do quebra-cabeça. Deve se dar conta de que minha tentativa de matá-lo faz parte de um plano maior. Deve estar se perguntando quando esse plano começou.

Mas, quando ele fala, sua voz soa serena:

– Não posso imaginar que isso seja verdade. Como ela poderia matar o theyn quando está aqui comigo? E o homem não tinha poucos inimigos, como tenho certeza de que você sabe. Lady Thora está sob os cuidados de meu pai há dez anos, sem que tenha havido qualquer incidente.

– Há testemunhas – informa Johan. – O kaiser ordenou que ela seja levada para responder à acusação. Se for mesmo inocente, deixe que ele determine.

Testemunhas. Que tipo de testemunhas? A ideia deveria me aterrorizar, mas não consigo sentir mais nada. Cada parte de meu corpo está anestesiada.

– Porque todos nós sabemos que meu pai é um homem justo – afirma Søren, grunhindo as palavras.

Johan tem o bom senso de parecer um pouco assustado. As habilidades de Søren na batalha são lendárias e, embora ele possa não ter chance contra vinte homens, certamente vai abater alguns até cair, se chegar a isso.

Gostaria de pensar que nem mesmo Blaise é tolo o bastante para tentar me salvar desta situação, mas não posso ter certeza. Espero que ele esteja longe o bastante para que os outros navios não o tenham visto, longe o bastante para que não me veja assim. Mas então me dou conta de que deve mesmo estar. Se pudesse me ver, o chão estaria tremendo.

– Dê um passo para o lado, Alteza – diz o guarda, empertigando-se. – Ou seremos forçados a prendê-lo também.

Søren não se move. Fica firme, plantado na minha frente como um carvalho. Ele não se move porque sabe que não existe chance de o kaiser me considerar inocente, mesmo que eu não seja a responsável. Não se move porque sabe que, ao fazê-lo, estará me condenando.

Não percebe que já estou condenada, não importa o que ele faça. Ele não pode me salvar desta situação.

Puxo minha mão de seu aperto firme e dou a volta por ele.

– Está tudo bem, Søren – digo. E embora minha voz trema, tento soar tão serena quanto ele: – Não sou culpada de nada e tenho certeza de que o kaiser verá isso.

Søren estende a mão para me segurar, mas um dos guardas é mais rápido, ajudado pelas Pedras do Ar presas a sua camisa.

– Lady Thora, a senhorita está presa pelo assassinato do theyn e pela tentativa de assassinato de lady Crescentia.

Mesmo enquanto ele prende minhas mãos atrás das costas com algemas de pedra, o alívio toma conta de mim. *Tentativa de assassinato.*

Crescentia ainda está viva.

JULGAMENTO

E LES ME REVISTAM ANTES DE ME levar para o kaiser e sinto-me grata
que Søren não tenha confiado o suficiente em mim para me devolver o
punhal. Não encontram nada, mas isso não vai me ajudar. Se Cress sobreviveu, imagino que ela tenha contado tudo ao kaiser – sobre eu ter seduzido
Søren, roubado as Pedras do Espírito dela porque estava trabalhando em
conluio com outros, as palavras de traição que proferi sobre ele no jardim.
Agora me tornei um problema maior do que o valor que tenho para ele. O
kaiser não terá escolha senão me matar.

Mas o theyn está morto. O theyn está morto. Repito as palavras sem
parar em minha mente, esperando que elas pareçam reais. Não preciso
mais temer encontrá-lo, não preciso mais fugir para dentro de mim todas
as vezes que respiramos o mesmo ar. Foi isso que eu quis – precisei – por
tanto tempo. No entanto, estranhamente, tudo que sinto é alívio por Cress
estar viva.

Como?, eu me pergunto. Ninguém sobrevive ao encatrio.

Quando sou empurrada pelas portas da sala do trono, examino a multidão em busca do rosto dela, mas não a encontro. É possível que ela não
tenha bebido o vinho. Essa é a única explicação. Até mesmo uma gota de
encatrio teria sido suficiente para matá-la. Apesar das palavras do guarda,
não vou acreditar que ela esteja viva até vê-la com meus olhos. Mas, considerando onde essa audiência vai dar, isso não parece que vá acontecer.

Talvez eu a veja no Além um dia. Talvez, até lá, já tenhamos perdoado
uma à outra.

Quando chegamos à base do estrado do trono do kaiser, eles me empurram brutalmente de joelhos e fito os entalhes dourados que o contornam.
Chamas para Houzzah, mas, assim de perto, posso ver que são mais do que
isso. Os arcos de chamas formam letras. As letras formam palavras. Palavras

astreanas. É tão sutil que duvido que algum kalovaxiano tenha notado. Eu não tinha notado antes.

Vida longa às filhas de Houzzah, nascidas do fogo, protetoras de Astrea.

São palavras destinadas a minhas ancestrais de séculos atrás. São palavras destinadas a minha mãe. São palavras destinadas a mim. Eu morrerei hoje, mas morrerei com elas em meu coração. Morrerei lutando, e minha mãe e Ampelio ficarão orgulhosos quando eu me juntar a eles no Além. Talvez a kaiserin esteja lá também, finalmente em paz.

Eu poderia ter feito mais, lutado com mais vigor, vacilado menos, mas tentei. E Artemisia estava certa: a rebelião não vai terminar comigo. Ela, Heron e Blaise continuarão lutando. Meu povo continuará lutando e talvez um dia Astrea saiba novamente o que é a liberdade. Vou para o Além feliz se puder acreditar nisso.

– Princesa das Cinzas.

Esse nunca foi um título dito com outra coisa senão desdém, mas agora as palavras estão cheias de veneno também.

No entanto, eu não sou mais a Princesa das Cinzas, não sou mais lady Thora. Meu nome é Theodosia Eirene Houzzara e, como minha mãe e todas as minhas antepassadas antes dela, sou uma Rainha do Fogo, com o sangue de um deus nas veias. Mesmo que seja apenas por mais uns poucos momentos. Aprumo os ombros e encaro o olhar frio do kaiser. Não baixo os olhos, mesmo enquanto meu estômago se revira.

A boca do kaiser se contorce:

– Você está sendo acusada de orquestrar o assassinato do theyn. O que tem a dizer sobre essas acusações?

Não existe uma resposta certa. Mesmo que eu negue, ele vai mandar me matar. Mas eu não vou morrer como Thora, de joelhos, implorando por misericórdia.

– O theyn cortou a garganta da minha mãe há dez anos. Só lamento que eu tenha levado tanto tempo para saldar a dívida – digo, projetando a voz alto o bastante para que ela ecoe pela sala do trono.

O rosto do kaiser se aguça e ele agarra os braços do trono de minha mãe. Se estivéssemos sozinhos, ele mesmo teria o prazer de me matar, mas precisa encenar seu espetáculo. Quer que todos se lembrem de mim de uma certa forma também: a Princesa das Cinzas, pequena e covarde. Mas não vou deixar que ele vença desta vez.

– O que foi que você colocou no vinho? – pergunta ele, a voz assustado-ramente calma, embora eu imagine que já saiba a resposta, dado o estado em que o corpo do theyn deve ter ficado.

Mas ele quer que eu diga. Seus olhos cintilam perigosamente, igualan-do-se ao pendente em seu pescoço. O pendente de Ampelio. Sua intenção é me amedrontar, mas ele não tem mais o poder de fazer isso comigo. Ele já tirou tudo de mim: minha mãe, Ampelio, minha casa. Agora não tenho nada a perder e, portanto, não tenho nada a temer.

Ergo o queixo e mantenho o olhar fixo nele, sem piscar.

– Fogo líquido que queima de dentro para fora quem o bebe – respondo. – É uma morte impiedosa. A garganta queima primeiro, sabe, de forma que a pessoa não pode nem gritar enquanto morre.

O horror cruza sua expressão por um segundo antes de ser substituído pela gana.

– *Encatrio* – murmura. – Onde você o conseguiu? – indaga, inclinando-se para a frente.

– Muitos sabem quem é o legítimo governante de Astrea e se mostraram dispostos a me ajudar. Um dia, não muito distante, você verá quantos eles são. Eu só queria estar presente quando isso acontecer.

O kaiser faz um gesto de cabeça para o guarda atrás de mim, que dá um passo à frente e me golpeia com força nas costas, com a espada embainhada. Caio de joelhos, protegendo-me com as mãos no chão de ladrilhos. Grito quando a dor percorre meu corpo e as feridas ainda recentes das chicotadas tornam a se abrir. Um grito irrompe da multidão em silêncio. Søren. Não sei se sua presença é um conforto ou não, mas me esforço para ignorá-la. Respiro fundo antes de me levantar.

Eu não vou morrer de joelhos.

O guarda dá um passo à frente para me golpear outra vez, mas o kaiser ergue a mão para detê-lo.

– Eles sabem que você matou a kaiserin? – grito para que todos na sala me ouçam. – Você a empurrou daquela janela. Eu mesma vi.

Ele se inclina para a frente, o rosto ficando vermelho.

– Provavelmente foi você quem matou minha querida esposa – replica ele, gesticulando de novo para o guarda.

Desta vez, porém, estou preparada. No instante em que a lâmina coberta me atinge, eu me lanço no chão, recebendo um impacto mínimo do golpe, ao mesmo tempo que faço parecer real. Levanto-me mais rápido dessa vez, sentindo apenas uma leve dor latejante no ombro.

– A kaiserin era boa para mim – digo. Minha voz vacila, mas é clara.
– Ela sabia o monstro que você é. O ódio a você dominou-a até o ponto da loucura. Existe alguém, *Vossa Alteza*, que não ficaria feliz em vê-lo morto? Quantos deles – gesticulo para a multidão atrás de mim – não o apunhalariam pelas costas, de bom grado, se tivessem a chance? Eles não o amam, não o respeitam. Eles o *temem*, e isso não é maneira de governar um país.

– É a única maneira de governar um país – rosna ele. – Eu deveria governar com *amor* e *compaixão* como sua mãe? Isso não a ajudou em nada. Olhe só como ela acabou.

Cerro os dentes. Ele não vai usar minha mãe para me provocar.

– Minha mãe foi uma governante muito melhor do que você jamais será – é o que digo. – Bem, um rato daria um governante melhor do que você. Até mesmo uma formiga.

Ele gesticula novamente para o guarda e desta vez os golpes vêm um atrás do outro, mesmo depois que caio no chão. Os cortes se abrem outra vez e meu vestido fica encharcado de sangue. Mas eu mal registro a dor. Tudo que sinto é fúria. Ela queima através de mim até minha pele parecer fogo. Quando o guarda enfim recua, estou arquejando, lutando para respirar. Desta vez, levo mais tempo para me erguer. Minhas pernas se recusam a se esticar, a sustentar meu peso, mas eu as forço. Só um pouco mais e então não haverá mais dor. Somente minha mãe. Somente Ampelio.

– Traga-as – ordena o kaiser, acenando com a mão.

Um guarda dá um passo adiante para me segurar de maneira rude pelo braço quando a porta atrás do trono se abre e duas escravas são trazidas, as mãos algemadas. Levo um momento para reconhecer uma delas: Elpis.

Não. Meu coração afunda no peito mesmo enquanto digo a mim mesma que estou enganada. Que não pode ser Elpis. Elpis está em um navio, distante, com sua família. Elpis está em segurança.

Mas não está. Ela parece ainda mais jovem, o rosto redondo molhado de lágrimas e os grandes olhos vermelhos e assustados. Quando eles encontram os meus, se arregalam e as lágrimas recomeçam. Quero ir até ela, dizer que está tudo bem, lutar por ela, mas a mão do guarda me segura com força.

Dois outros guardas surgem atrás delas, abrindo as algemas. Um deles guia a outra mulher até diante do kaiser. É a escrava mais velha de Crescentia, percebo. Ela manca ao andar e a pele em torno de seu olho esquerdo está escura e inchada. Ao contrário de Elpis, porém, não está assustada. Ela se mantém ereta e confiante.

– Qual é o seu nome? – pergunta-lhe o kaiser.

– Gazzi, Vossa Alteza – responde ela com uma reverência vacilante.

– Gazzi – diz ele com um sorriso gentil. – Você pode repetir o que contou aos meus guardas quando o corpo do theyn foi encontrado?

Ela me lança um olhar, mas não há qualquer suavidade nele. Embora seja astreana, eu não sou sua rainha.

– Eu contei a eles que hoje mais cedo Elpis tinha atendido a porta. Eu estava em outro cômodo, mas o visitante e ela conversaram por vários minutos. Eu sabia que era lady Thora. Ela visitava lady Crescentia com tanta frequência que reconheci sua voz. Quando ela finalmente foi embora, espiei da porta e vi Elpis guardar um frasco de vidro em seu avental. O sorriso em seu rosto era maior do que eu jamais vira.

– E você não mencionou isso a lady Crescentia ou ao theyn? – indaga o kaiser.

– Eu não sabia o que tinha visto – admite ela. – Pensei que talvez fosse um presente para lady Crescentia. Elas eram tão amigas que não seria nada estranho. Foi só quando estávamos preparando o jantar que vi quando Elpis pegou o frasco no avental e o despejou no vinho da sobremesa. Perguntei a ela o que era e ela me acertou, Vossa Alteza. – Ela aponta o olho machucado. – Me trancou em um armário. Então terminou de preparar a sobremesa e a próxima coisa de que me lembro é de quando os guardas me encontraram e contei tudo a eles. Mas era tarde demais e o theyn já estava morto. Felizmente, a pobre lady Crescentia tomou só um golinho do vinho porque já tinha bebido um pouco demais no jantar.

Só um golinho. Um único gole a teria matado. Teria matado alguém com o dobro de seu tamanho. Mas não posso imaginar que eles tenham alguma razão para mentir sobre isso agora. Embora eu ainda não acredite de fato que Cress esteja viva, meus joelhos se vergam de alívio.

– Obrigado, minha querida – diz o kaiser, antes de gesticular para que Elpis se aproxime.

O guarda a empurra adiante e os olhos dela encontram os meus. Dirijo-lhe um gesto de cabeça encorajador, mas ambas sabemos o que resultará disso. Para minha surpresa, o medo se dissipa em seus olhos. Ela assente com a cabeça antes de voltar sua atenção para o kaiser.

– Contesta as acusações feitas contra você? – pergunta ele.

– Não – responde ela, a voz forte e clara. – Minha rainha me ofereceu uma chance de ajudá-la a a dar o troco contra o povo que feriu todas as pessoas que eu amo. Aceitei na mesma hora.

Ela sorri, e seu sorriso é selvagem e triunfante, apesar de tudo.

O kaiser, porém, responde com um estalo dos dedos e um sorriso que transforma minha pele em gelo. O guarda segurando Gazzi desembainha a espada.

O choque de Gazzi é grande demais para que ela faça qualquer coisa antes que o guarda a atravesse com a espada, cuja ponta sangrenta projeta-se do peito da escrava. Uma morte rápida. Minha atenção não se demora nela. Espero que o guarda de Elpis faça o mesmo, mas, em vez disso, ele tira um frasco do interior de seu manto e remove a rolha. Mantendo um braço firmemente em torno da cintura de Elpis, ele leva o frasco aos lábios dela.

Os olhos dela se fixam nos meus e percebo o que o kaiser planejou. Eu confessei, sim, mas não contei tudo. Ele é suficientemente inteligente para saber disso.

– Só restou vinho envenenado para um – diz o kaiser. – Você tem uma escolha, Princesa das Cinzas. Conte-me a verdade e eu a mandarei para as minas. Caso contrário...

O guarda puxa os cabelos de Elpis para trás até ela não ter escolha senão abrir a boca e então aproxima o frasco. Tento me soltar do guarda que me segura, mas sua mão parece de ferro.

Ele não vai poupá-la, não importa o que eu faça – assim como não poupou Ampelio. É um mentiroso e não tem misericórdia. Sei disso e Elpis também sabe. Assim como todos na sala. Eu não posso salvá-la. Não posso salvá-la. Não posso...

– Pare!

A palavra é arrancada de minha garganta como um soluço, contra minha vontade. O guarda se imobiliza.

– Pensei que pudéssemos chegar a um entendimento – diz o kaiser com um sorriso repugnante. – Vou perguntar outra vez: onde você conseguiu o encatrio?

Engulo em seco. De repente, não me sinto nada como uma rainha. Uma rainha de verdade poderia pesar a vida de muitos contra a de uma só pessoa, mas eu não posso. Tudo que vejo é Elpis. Tudo que ouço é a voz de Blaise me dizendo que ela é responsabilidade minha. Eu pedi a ela que fizesse isso, eu a trouxe até aqui, eu praticamente a matei. Devo isso a ela. Mesmo que o kaiser não a poupe, ele lhe dará uma morte limpa, como a de Gazzi. Não o encatrio. Ele vai guardá-lo para outra pessoa.

– Minhas Sombras – digo, acreditando que a esta altura já estão longe. – Rebeldes as substituíram no mês passado. Onde eles o conseguiram, eu não sei.

O kaiser franze a testa e faz sinal para o guarda, que torna a inclinar o frasco.

– Eu não sei! – grito, lutando contra os guardas que me seguram, mas é inútil. – Eu juro, não sei de mais nada!

No entanto, eles não param. O guarda de Elpis inclina o frasco apenas o suficiente para lhe dar uma gota antes de apertar seu nariz até ela engolir. O som que irrompe dela é diferente de tudo que já ouvi, o grito rouco de um animal moribundo que vibra por todo meu corpo, arranhando minha pele como garras. Eu me debato, tentando me soltar dos guardas, erguendo o cotovelo. Alguma coisa se quebra e um dos guardas solta uma sequência de imprecações, mas as mãos deles não afrouxam.

Elpis cai de encontro ao guarda, os olhos semicerrados. A pele de seu pescoço já está se carbonizando, tornando-se cinza e seca. Ela mal consegue gemer.

– Ainda restam mais umas gotas – diz o kaiser, a voz arrastada. – O que você estava fazendo esta noite?

Engulo em seco e desvio os olhos de Elpis. Essa confissão, pelo menos, não vai nos custar nenhuma vida astreana.

– Eu deveria matar o prinz antes de fugir.

Com a garganta queimada, Elpis não pode fazer nada mais que balançar a cabeça levemente.

– Fugir para onde? – insiste ele. -- Com quem?

Abro a boca para responder, lutando para encontrar uma mentira – qualquer mentira. Não importa. Tanto Elpis quanto eu estaremos mortas quando a mentira for descoberta e Blaise e os outros estarão bem distantes. Mas não é tão simples assim. O kaiser irá até o país que eu nomear com batalhões, soldados e *berserkers*. Levará a guerra até suas portas. Não consigo articular palavras.

O kaiser parece esperar por isso. Ele parece querer isso. Alegremente, gesticula outra vez para o guarda, observando Elpis com um fascínio que transforma meu estômago em chumbo.

Elpis agora está se contorcendo contra o guarda, que se esforça para mantê-la imóvel enquanto leva o frasco aos lábios dela novamente. Ela geme e seus olhos encontram os meus. A dor ali presente aperta meu estômago, mas há ali outra coisa também. Eu a identifico um segundo tarde demais: resolução.

O guarda vai forçar outra gota do vinho envenenado por sua garganta, mas Elpis bebe tudo, sugando cada gota antes que o guarda, surpreso, possa afastar o frasco.

Grito uma série de palavras astreanas que minha mãe nunca me ensinou e me debato contra os guardas que me seguram, lutando contra eles com todas as minhas forças enquanto minha mente gira e se embota. As mãos deles, porém, não afrouxam, e só me resta assistir enquanto Elpis desaba no chão, se retorcendo e se encolhendo, parecendo a criança que ela é. A carbonização se espalha a partir de sua garganta e o cheiro de carne queimada toma conta da sala. Os cortesãos começam a ter ânsias de vômito, como se fossem eles que estivessem sentindo a dor.

Quando ela enfim se imobiliza, a boca enegrecida está congelada em um grito silencioso.

Ouço vagamente o kaiser ordenar que os corpos sejam levados dali. Um guarda arrasta Elpis como se ela não passasse de uma boneca de trapos, a cabeça se balançando no pescoço, os olhos misericordiosamente fechados. Seu corpo vai deixando uma trilha de cinzas.

Ela era minha responsabilidade e eu a matei. Se tenho algum arrependimento, é esse. Pessoas demais morreram por minha causa e agora sinto-me quase grata que isso não tenha mais que acontecer.

O kaiser desce do trono de minha mãe, seus passos ecoando ruidosamente na sala silenciosa quando ele vem em minha direção. Não consigo olhar para ele, incapaz de tirar os olhos da trilha de cinzas que o corpo de Elpis deixou, mas ele agarra meu queixo e me força a olhar para cima, de modo que tudo que vejo é seu rosto vermelho e o olhar penetrante e frio.

– É uma pena – sussurra ele, de modo que somente eu e os guardas que me seguram possamos ouvir. – Você daria uma kaiserin tão bonita.

Eu engulo as lágrimas. Elas são para Elpis. O kaiser não merece vê-las. Se os guardas não estivessem me segurando com tanta força, eu me lançaria sobre ele e faria o estrago que pudesse antes que me detivessem – arrancaria seus olhos, esmagaria sua cabeça nas pedras, tomaria a espada de um guarda e atravessaria seu coração. Existem tantas maneiras de ferir alguém em alguns segundos e eu inventaria mais outra dúzia. No entanto, os guardas devem sentir meu desespero, porque eles me seguram com força, como se eu fosse uma ameaça.

Então faço a única coisa que posso – cuspo. A saliva cai logo abaixo do olho do kaiser, reluzente e molhada.

As costas de sua mão atingem meu rosto. A força do golpe teria me jogado no chão novamente, mas os guardas me mantêm de pé.

– Levem-na daqui – diz o kaiser. – Preparem a execução para o nascer do sol, para que todos assistam. Quero que o mundo saiba que a Princesa das Cinzas está morta.

CELA

O KAISER NÃO COMETE ERROS COM FREQUÊNCIA, mas cometeu um quando não me matou. Ele acha que é inteligente esperar até ter uma plateia maior, uma plateia com mais gente astreana, que se sentirá ainda mais subjugada ao me ver morrer. Entendo sua lógica, mas há uma falha em seu plano.

Antes eu estava disposta a morrer por minha causa. Estava pronta para ir ao encontro de minha mãe e de Ampelio no Além e observar de lá meu país se reerguer sem mim. Mas agora não consigo tirar da cabeça a imagem do corpo queimado de Elpis. Não sou capaz de esquecer a maneira como o kaiser sorria enquanto a observava morrer. Por mais que eu anseie por reencontrar minha mãe, ainda não estou pronta.

Ainda não acabei minha missão neste mundo e ainda não acabei meu assunto com ele.

Os guardas me levam para as masmorras sob o palácio, um labirinto de celas exíguas e imundas que minha mãe nunca usou durante seu reinado. Ela acreditava que eram um destino cruel demais até mesmo para criminosos e mandava-os, em vez disso, pagar por seus crimes nas Outlands.

Estas são as mesmas celas que Blaise e eu exploramos quando éramos crianças. Meus pés reconhecem o caminho, posso ver a planta delas em minha mente tão clara quanto se tivesse um mapa. Blaise deve se lembrar delas também.

Eles me trancam em um cubículo frio, separada dos outros prisioneiros, sem cobertor, comida ou mesmo uma muda de roupa que não esteja coberta de sangue. É tão minúscula que não consigo erguer os braços e a escuridão aqui é do tipo que só existe nos pesadelos. A fechadura pesada geme quando desliza, encaixando-se no lugar, e o som das botas dos guardas ecoa, afastando-se pelo corredor.

Assim que me vejo sozinha, as gargalhadas começam. Não posso controlá-las e não me importo com isso. Não há ninguém para me ouvir nestas profundezas e se houver, que contem tudo ao kaiser.

Deixe-o acreditar que estou louca. Não será o maior engano da parte dele esta noite. Em algum lugar lá fora, Blaise, Heron e Artemisia tomaram conhecimento de minha prisão e estão elaborando um plano para me tirar daqui. Estou tão certa disso quanto do meu nome.

O kaiser deveria ter me matado quando teve a chance.

• • •

Não sei quanto tempo se passa antes que minhas gargalhadas silenciem ou quanto mais tempo se arrasta antes que passos rompam o silêncio, esses bem mais suaves do que os dos guardas. Suaves demais para serem de Blaise. De Artemisia, talvez? Corro para as barras e tento enxergar o corredor, mas está escuro demais e não ouso chamar nomes.

A luz fraca de uma vela surge na esquina, vindo em minha direção, tornando-se mais forte e iluminando a garota que a segura. Tenho de abafar um grito de surpresa quando ela para diante da porta de minha cela, o rosto a centímetros do meu.

Crescentia pode ter sobrevivido ao encatrio, mas ele não a deixou incólume. Sua pele, antes macia e rosada, tornou-se seca e, mesmo à luz da vela, dá para ver um brilho cinzento – exceto pelo pescoço, que está preto como carvão do maxilar até as clavículas – e a aspereza, feito pedra não polida. Os cabelos, sobrancelhas e cílios passaram do dourado-pálido ao branco ofuscante e quebradiço. Antes, o cabelo lhe caía em ondas abaixo da cintura, mas agora termina bruscamente na altura dos ombros, desfiado e quebrado nas pontas. Chamuscado.

Mas não é só o veneno. A garota de pé do outro lado das grades não é a mesma que conheci nos últimos dez anos, a que imaginava ser uma sereia junto comigo, com quem eu ria e fofocava. Aquela Crescentia era linda e doce e estava sempre sorrindo. Mas esta garota tem os olhos vermelhos e uma expressão de gelo. Agora ninguém mais vai se referir a ela como linda – feroz, impressionante, bonita talvez, mas nunca linda. Quando nos conhecemos, pensei que ela parecia uma deusa, e ainda parece. No entanto, não é mais Evavia que vejo, mas sua irmã, Nemia, a deusa da vingança. Antes,

Crescentia me olhava com amor, como se fôssemos irmãs, mas agora o ódio emana dela em ondas palpáveis.

E eu nem a culpo por isso, embora não lamente ter matado o theyn.

– Você quer saber por que fiz isso? – pergunto a ela quando um bom tempo se passa em silêncio.

Sua hesitação é quase imperceptível, mas está ali.

– Eu sei por que você fez. – Sua garganta está queimada e em carne viva e cada palavra parece lhe causar dor, e vejo quanto ela se esforça para não demonstrar.

Ela não sabe, não de verdade, e quero que entenda.

– Pelos últimos dez anos passei noites acordada com o grito de morte da minha mãe em meus ouvidos, com os olhos cruéis do seu pai assombrando meus pesadelos. Pensei que ele fosse me matar também, mais cedo ou mais tarde. A única maneira que eu tinha para dormir era se imaginasse que o matava primeiro. Veneno não foi a maneira ideal, admito. Um punhal teria sido simétrico, a própria espada dele teria sido poética. Mas eu trabalhei com o que tinha.

Observo seu rosto com atenção em busca de uma reação enquanto falo, tentando deixá-la chocada, mas Crescentia mal pisca. Ela me lê como um de seus poemas mais desafiadores e sei que vê além de minha apatia. Não é surpresa alguma. Sempre tivemos a capacidade de compreender bem a outra. A diferença é que, pela primeira vez, sua mente está fechada para mim. Estou olhando para uma estranha.

– A única vez que meu pai desafiou as ordens que recebeu foi quando não matou você – conta ela após um momento de silêncio, a voz fria. – O kaiser queria você morta. Meu pai o dissuadiu da ideia, convencendo-o de que se tratava de uma estratégia, e não estava errado. Mas não era essa a verdadeira razão de ele ter poupado você. Uma vez ele me disse que olhou para você e me viu. E esse acabou sendo o maior erro de sua vida.

Lembro-me do theyn me afastando do corpo de minha mãe, mesmo enquanto eu me agarrava ao vestido dela com todas as minhas forças. Lembro-me de ele me levar para outra sala, falando com seus soldados em uma linguagem hesitante e violenta que eu não entendi na ocasião. Lembro-me de ele me perguntar em um astreano horrível se eu queria comer ou beber alguma coisa. Lembro-me de chorar tanto que não conseguia responder.

Empurro as lembranças para o fundo da mente e me concentro em Cress ali de pé a minha frente, esperando... o quê? Simpatia? Um pedido de desculpas?

– Depois de uma vida cheia de assassinatos e brutalidades gratuitos, isso não é pouca coisa – digo a ela. – Não vou perder meu sono por causa dele, mesmo que me restasse outra noite de sono.

Seu maxilar se contrai. Após um momento, ela volta a falar.

– E por que eu?

Uma risada escapa de mim.

– Por que você? – repito, surpresa por ela ter que perguntar isso, depois de tudo.

– Éramos irmãs de coração.

O termo, antes afetuoso, agora soa infame.

– Você teria me entregado ao kaiser se eu não continuasse a ser complacente e dócil. Eu não era sua irmã de coração, Cress. Para você, eu não passava de uma escrava que se esqueceu de seu lugar e passou dos limites. Você estalou o chicote e me lembrou de quem estava no comando.

Ali está: um tremor tão leve que me passaria despercebido se eu não a conhecesse pelo tempo que conheço. Ela agora usa a máscara de uma estranha, mas a deixou cair por um breve segundo. O suficiente para me lembrar o que já fomos e quanto nos afastamos em um período tão curto. Mas assim que isso aparece, se vai. Encerrado por trás dos olhos cinzentos frios e da pele de pedra.

Eu avanço, desesperada para romper aquela barreira outra vez, mesmo que isso apenas cause fúria e ódio. Qualquer coisa é melhor do que seus olhos frios e vazios.

– Thora talvez fosse sua irmã de coração – digo. – A doce e submissa Thora, que nunca queria nada. A pequena e destroçada Princesa das Cinzas que dependia de você porque não tinha mais ninguém. Mas não é isso que eu sou.

Uma centelha em seus olhos, uma tensão no maxilar.

– Um monstro, é isso que você é – declara ela, cuspindo as palavras com mais ferocidade do que pensei que fosse capaz.

Mesmo contra a minha vontade, eu me encolho.

– Sou uma rainha – eu a corrijo suavemente, ao mesmo tempo que me pergunto se sou uma coisa ou outra.

Talvez os governantes tenham de ser pelo menos parte monstros a fim de sobreviver.

Mas minha mãe não era, sussurra uma vozinha em minha cabeça.

Eu a silencio. Minha mãe não era um monstro, é verdade, mas o kaiser estava certo: ela acabou com a garganta cortada e o país invadido. Blaise também tinha razão. Minha mãe era uma rainha generosa porque vivia em um mundo generoso. Eu não posso me dar a esse luxo.

– Por que você veio aqui, Cress? – pergunto baixinho.

Seus olhos se estreitam com o uso casual de seu antigo apelido e eu queria poder voltar atrás e nunca tê-lo falado. Nós não somos amigas, preciso me lembrar disso. O que fiz não é algo de que ela vá se esquecer tão facilmente.

– Eu queria ver a sua cara uma última vez antes de você morrer, Princesa das Cinzas – diz ela, aproximando-se um passo, até seu rosto estar espremido no espaço entre duas barras de ferro, as mãos cinzentas agarrando a barra abaixo de seu queixo. – E queria que você soubesse que estarei lá amanhã, assistindo. Queria que soubesse que, quando o seu sangue jorrar e você ouvir a multidão dar vivas, minha voz será aquela dando vivas mais alto. E um dia, quando eu for a kaiserin, mandarei queimar o seu país e o seu povo até não restar mais nada.

A maldade em sua voz me assusta mais do que eu gostaria de admitir. Não duvido que ela esteja falando com sinceridade cada uma daquelas palavras. Então digo a única coisa que posso para revidar:

– Mesmo que você e Søren se casem, você sempre saberá.

Crescentia fica imóvel.

– Saberei o quê? – pergunta.

– Que ele queria que você fosse eu – afirmo, retorcendo a boca em um sorriso cruel. – Você vai acabar como a kaiserin, uma velha louca e solitária cercada por fantasmas.

Sua boca se contrai e ela espelha minha paródia de sorriso.

– Acho que vou perguntar ao kaiser se posso ficar com sua cabeça – diz, antes de se virar e me deixar sozinha novamente no escuro.

Quando Crescentia desaparece, levo a mão à barra de metal que ela estivera segurando e dou um pulo para trás. A barra está quente, como se estivesse em brasa.

PLANO

BLAISE LEVA MAIS TEMPO DO QUE eu esperava para chegar até mim, embora minha noção de tempo esteja bastante distorcida. Honestamente, não posso dizer se são minutos ou horas que se passam. Até onde eu sei, pode ser que ele nem venha. Tenho de acreditar que Heron escapou depois de não conseguir tirar Elpis do palácio. Caso contrário, o kaiser o teria matado na minha frente também. É um pequeno consolo, mas ainda assim é um consolo.

A esta altura, ele e Artemisia devem estar longe. Espero que estejam. Mas conheço Blaise bem o bastante para saber que ele deve ter voltado e já deve ter ouvido o anúncio do kaiser.

Ainda assim, a sensação que tenho é a de que uma eternidade se passa antes que eu ouça passos, mais pesados desta vez. Ele não se arrisca a carregar uma vela, portanto só vejo seu rosto quando está a poucos centímetros do meu, separado apenas pelas grades da cela.

Ele parece mais extenuado que de hábito. Há círculos escuros sob seus olhos, a barba está por fazer e suas roupas se encontram sujas e úmidas.

– Você demorou – digo, me levantando.

– Tive que esperar uma mudança na guarda. – Ele corre a mão pelos cabelos bagunçados, os olhos indo de um lado para outro ansiosamente. – Tem dois deles postados na entrada das celas. Temos vinte minutos antes que façam a ronda.

– Você usou a entrada das celas quando existe um túnel perfeitamente seguro escondido aqui embaixo?

Ele sacode a cabeça.

– Essa é a rota de fuga... não há necessidade de arriscar revelá-la antes disso. Eu vinha mais cedo, mas sua amiga estragou meus planos.

Não preciso perguntar de quem ele está falando.

– Ela não é minha amiga – replico.

Não é a primeira vez que digo isso a ele, mas é a primeira vez que as palavras expressam a verdade.

– O que foi que aconteceu? – indaga ele.

Sua atenção está em meu vestido, agora mais vermelho do que violeta.

– Estou bem – respondo, mas ele não acredita em mim.

Não consigo olhá-lo nos olhos quando conto sobre Elpis.

Espero a acusação. Ele não queria que eu desse aquela responsabilidade a ela e eu insisti. O sangue dela está em minhas mãos e ele tem todo o direito de me lembrar disso. Eu mereço ouvir, embora isso possa acabar comigo.

Ele fica em silêncio por um tempo e, embora eu ainda não consiga encará-lo, sinto que ele me olha. Então estende a mão por entre as grades para pegar a minha. É um consolo que não mereço.

– Você não tem permissão para desmoronar, Theo – diz ele. – Não agora. Senão ela terá morrido por nada.

Comprimo os lábios para reprimir meu protesto. Sei que ele está certo, mas não quero que esteja. Quero me enrolar em minha culpa como em um manto, embora isso não ajude ninguém, só a mim mesma. Certamente não ajuda Elpis.

– E a família dela? – pergunto após um instante.

Para meu alívio, consigo falar como uma rainha outra vez, e não como a garota arrasada que sei que sou de fato.

– Está em segurança. Já se encontram com Dragonsbane – responde.

– E Artemisia e Heron?

– Estão aqui perto, à espera de um plano.

– Você tem um?

Ele dá de ombros.

– Posso tirar você daqui facilmente – afirma ele, segurando as grades. Com a força de Glaidi do seu lado, que dificuldade teria em separá-las? Os músculos de seus braços se flexionam e o aço começa a arquear sem que ele verta uma só gota de suor. – O túnel que sai das masmorras leva à enseada no litoral oeste.

Reviro a ideia na mente. É simples – uma fuga, perfeitamente fácil, sem nenhum risco. E no entanto...

– Alguma coisa a incomoda nesse plano – diz Blaise, lendo minha expressão. Ele afasta as mãos das grades. – O que é?

Suspiro e descanso a cabeça nas grades.

– Não é o *bastante*. Desde o início iríamos atacar e fugir, mas não estamos atacando.

– Matamos o theyn – ressalta ele.

Sacudo a cabeça.

– Não importa. O kaiser não está enfraquecido e não aconteceu o suficiente para os kalovaxianos se voltarem contra ele. E depois de Elpis...

– Teremos tempo para vingar Elpis... Todo o tempo do mundo, assim que você estiver a salvo. Mas esse dia não é hoje.

Não quero admitir que ele está certo. Não se ganha nada apressando as coisas, mas quando vamos ter a chance de chegar perto o bastante para atacar o kaiser de novo? Já vi o suficiente da estratégia de guerra dele para saber que ela envolve esconder-se atrás dos outros mais do que lutar propriamente. Essa pode muito bem ser a nossa única chance de enfraquecê-lo e não quero desperdiçá-la.

– Talvez seja – retruco enquanto um plano começa a se formar em minha cabeça.

– Theo. – Blaise pronuncia meu nome como uma advertência. – Essa expressão costuma aparecer em seu rosto antes de alguém fazer alguma coisa insensata.

Não posso deixar de rir.

– Pode ser verdade, mas, pela sua experiência, Blaise, tem alguma coisa que você possa fazer para me deter? – O silêncio dele é toda a resposta de que preciso. – Ótimo. Porque o tempo urge, então vamos pular a parte em que você me diz quanto isso é insensato e lista as dezenas de coisas que podem dar errado, e em vez disso apenas concorde em fazer o que preciso que você faça.

A boca de Blaise se contrai, mas, se por diversão ou frustração, não sei dizer. Suspeito que um pouco das duas.

– Muito bem, Alteza. O que precisa que eu faça?

– Para começar, pode consertar essas grades – replico. – Ainda não vou embora.

RESGATE

EVO TER ADORMECIDO DEPOIS QUE BLAISE saiu, porque o próximo som que ouço é o tilintar de chaves. Sento-me, em sobressalto, e estreito os olhos, esperando ver um guarda ali, pronto para me levar para a execução. Mas não, é Søren. Está com as mesmas roupas que vestia mais cedo, agora rasgadas e ensanguentadas. Um aro com quatro grandes chaves de ferro pende de sua mão. Levanto-me apressada, todo o cansaço desaparecendo imediatamente à medida que a adrenalina percorre meu corpo.

Deveria estar surpresa por vê-lo ali, mas não estou. Sabia que ele viria, disse isso a Blaise. E agora aqui está ele.

– Não temos muito tempo. – Sua respiração é irregular. – Não vai demorar para que alguém encontre os guardas e você vai ser a primeira prisioneira que vão verificar.

– Você está me resgatando – digo devagar.

Nem mesmo no mais simples dos planos que apresentei a Blaise aconteceria assim. No meu plano, ele chega aqui com raiva, magoado, exigindo respostas que não sei bem como dar.

– Tentando – responde ele.

– Eu tentei matar você – lembrei a ele.

– Mas não matou.

– O que eu disse ao kaiser...

– Tá, eu realmente gostaria de ouvir mais sobre isso, mas acho que agora não é o melhor momento – diz, olhando sobre o ombro. – Prometi tirar você daqui e pretendo cumprir minha promessa. Mas primeiro precisamos sobreviver tempo suficiente para isso.

Não consigo nem começar a entender seu rosto franco e sua confiança cega, mas sei que ele tem razão. Não temos tempo para nada disso agora. Eu tinha pensado que, quando ele viesse, eu teria de convencê--lo a fugir comigo, mas não sou eu que vou questionar essa reviravolta da sorte.

– Qual é o seu plano? – pergunto.

Ele desliza uma das chaves na fechadura e ouve-se um rangido alto quando ele a gira.

– Meu pai não vai desistir de nos procurar, não importa aonde formos – explica ele, empurrando a porta para abri-la. – Mais cedo ou mais tarde, vamos ter que tomar uma posição.

A convicção em sua voz me pega de surpresa.

– Você está disposto a fazer isso? – pergunto, ao sair da cela.

– Eu nunca quis ser kaiser, Thora – admite ele.

O nome me incomoda, mas eu o ignoro.

Ele começa a me guiar pelo corredor.

– Mas acho que não tenho escolha – continua. – Não depois de Vecturia. O que você disse na carta, acusando-o de... – ele começa, mas não consegue concluir a frase.

Apesar de acreditar que o pai fosse capaz de coisas terríveis, nunca imaginara aquilo.

– Vi com meus olhos – digo a ele.

Søren pigarreia, concentrando-se no presente, e não no passado, enquanto faz uma curva brusca, puxando-me com ele.

– Como eu disse, vamos ter que tomar uma posição. Você tem aliados e existem kalovaxianos que me seguiriam. Podemos ter uma chance, se fizermos isso juntos.

– Juntos – repito.

Ele me olha de soslaio.

– Nunca pensei que iria contra meu pai até ver você enfrentá-lo. Você quer uma rebelião, vou ajudá-la a riscar o fósforo.

Espero que meu sorriso pareça mais verdadeiro do que sinto que é, mas a ideia de me alinhar com kalovaxianos – mesmo que eles estejam contra o kaiser – é aterradora.

Continuamos a percorrer o labirinto de corredores em silêncio, o passo apressado. A masmorra está fria e o ar, úmido, mas quase não sinto, graças à energia que corre em mim. Não consigo enxergar um palmo adiante do nariz e a mão de Søren, quente e calejada, segurando a minha é mais reconfortante do que deveria ser. É a mão que deu a ordem de matar centenas de pessoas de meu povo, lembro a mim mesma.

Um gemido vem de uma das celas pelas quais passamos e tento ignorá--lo. É muito provável que o homem seja astreano e, se eu fosse uma pessoa mais abnegada, pararia e o salvaria. No entanto, aquele era o gemido de um homem à beira da morte e sei que não há nada que eu possa fazer por ele. Minhas mãos já estão muito encharcadas de sangue – de Ampelio, do theyn, de Elpis.

Meus pés tropeçam em algo grande e quase caio, mas Søren me segura.

– O que... – começo, mas silencio quando percebo exatamente do que se trata.

Não vai demorar para que alguém encontre os guardas, tinha dito Søren. Imaginei que ele os tivesse trancado em uma cela, talvez deixando-os inconscientes. Não pensei que tivesse matado alguém de seu povo, mas estou começando a me perguntar se o conheço realmente.

Engulo a bile que me sobe à garganta e salto sobre um dos corpos, depois sobre o outro. Já vi tantas mortes que estas não deveriam mais me afetar tanto, mas afetam. Afasto esse pensamento e apresso o passo para acompanhar as passadas largas e rápidas de Søren.

– Qual é o seu plano de fuga? – pergunto em voz baixa. – Não inclui andar pelo palácio, inclui?

– Bem, não inclui *andar* – murmura ele. – Suponho que você tenha um melhor.

– Tenho vários.

Ouço gritos no lado direito, vindos em nossa direção, e então, na primeira oportunidade que tenho, viro para a esquerda, puxando Søren, relutante, comigo.

– Isso vai nos levar mais para dentro das masmorras – diz ele.

– O que significa que não vão nos procurar aqui, ao menos não a princípio.

Solto a mão dele para poder tatear a parede enquanto andamos, tentando ter uma ideia de onde estamos. Faz tanto tempo que explorei este lugar com Blaise que poderia estar enganada, embora não creia que esteja.

Sinto falta da sensação da mão de Søren na minha, mas sei que ele ainda está aqui. Posso até ouvi-lo respirar no silêncio, mas, nesta escuridão, sinto-me terrivelmente só. Como se pudesse escutar meus pensamentos, ele descansa a mão na curva de minhas costas.

Quero afastá-lo de mim, mas não tanto quanto quero mantê-lo perto.

– O que está procurando? – pergunta ele.

– Uma saída – respondo, continuando a procurar. – Existe um buraco em algum lugar, mais ou menos do tamanho do meu dedo mínimo, acho. Quando você o aperta com uma vara, uma porta se abre. Foi criada para ser uma rota de fuga, se algum dia houvesse uma rebelião aqui e um guarda precisasse sair em busca de ajuda. Isso foi há séculos, quando as rainhas astreanas ainda mantinham prisioneiros aqui. Encontrei a porta ao explorar o palácio quando era criança, mas duvido que o kaiser tenha conhecimento dela.

– Onde vai dar?

– Em uma bifurcação. Um dos caminhos vai para a sala do trono, o outro segue até uma pequena enseada na costa oeste, imagino que não muito longe do seu barco. Também podia ser usada para retirar pessoas, se o palácio fosse sitiado.

Ampelio implorou a minha mãe que o usasse quando os kalovaxianos atacaram, que me pegasse e fugisse até que forças pudessem ser reunidas, mas ela se recusou. Rainhas não fogem, insistiu. No fim das contas, não fez diferença. Pouco tempo depois, quando eles estavam discutindo sobre quem atravessaria o túnel comigo, os kalovaxianos tomaram o porto.

– Quem está aí? – pergunta uma voz rouca vinda de uma cela próxima.

– É uma garota – responde outra voz mais adiante.

Ao contrário do homem anterior, eles não parecem estar morrendo. Parecem ter sede, e tenho certeza de que estão famintos, mas ainda estão bem vivos.

– Não é uma garota qualquer – uma terceira voz entra na conversa, desta vez feminina. – É a princesa.

– A princesa está trancada em sua gaiola dourada – rosna um dos homens antes de cuspir.

As palavras me enchem de indignação, embora não possa culpá-los por isso. Já foi verdade.

– A *rainha* está deixando esta cidade deplorável e vocês deveriam fazer o mesmo – digo em astreano, tirando o molho de chaves das mãos de Søren.

– São criminosos – sibila Søren atrás de mim, embora eu tenha certeza de que eles ainda podem ouvi-lo.

– Nós também – lembro a ele, erguendo as chaves. – Quais são as chaves deles?

Ele hesita por um segundo antes de apontar para uma delas.

– É a mesma para todas as portas das celas. As outras são das portas externas, que separam as celas do restante do castelo.

Pego a chave e a enfio na fechadura da primeira cela.

– Você está fugindo? – pergunta em astreano o homem ali dentro quando abro a porta e passo à cela seguinte.

Todas as celas cheiram a urina, fezes e vômito, o fedor tão forte que me dá vertigem.

– Estou recuperando o que é meu – respondo bruscamente, ignorando a náusea enquanto abro a segunda porta e sigo em frente. – Vocês podem ficar aqui, se preferirem.

– Seus aliados incluem o *prinkiti*? – pergunta ele, cuspindo a palavra para Søren.

Eu não tinha ouvido aquele termo antes, mas é fácil deduzir o que significa. Traduzindo grosseiramente: *pequeno príncipe amarelo*. Søren pode não saber muito astreano, mas entende que é um insulto e fecha a cara a meu lado.

– Hoje incluem – respondo, feliz por Søren não poder me compreender.

Abro a última porta e os três saem de suas celas, hesitantes, como se achassem que eu pudesse estar ali para atraí-los a uma armadilha. Com Søren a meu lado, não posso culpá-los pela cautela.

O primeiro homem ri, mas o som se torna um chiado.

– Você é mesmo filha de Ampelio – diz.

O fato de ter sido eu quem matou Ampelio não deve ter chegado aqui embaixo. Se ele soubesse disso, não estaria rindo. No entanto, a comparação faz o orgulho brotar em meu peito.

O homem faz uma curta reverência.

– Guardião Santino, a seu serviço, Vossa Alteza. Guardiã Hylla e Guardião Olaric também.

Os outros dois Guardiões repetem o cumprimento, mas estou surpresa demais para ouvi-los de fato. Guardiões, vivos. Achei que Ampelio tivesse sido o último, mas o kaiser estava mantendo três prisioneiros bem debaixo de meus pés. Seus nomes não soam familiares, mas eu não conhecia todos os Guardiões.

– Muito prazer – digo, inclinando a cabeça. Apesar de tudo, não consigo evitar um sorriso. – Estou surpresa que o kaiser não os tenha matado. Que burrice a dele deixar Guardiões vivos.

Hylla bufa.

– Ah, mas por que nos matar, quando ele pode nos usar? – comenta ela, mostrando-me um dos braços, coberto de cortes profundos, tanto antigos quanto recentes. Há feridas grandes também, onde parece que a carne foi escavada. – Sangue tirado seis, sete vezes por dia para seus experimentos. Pele raspada, dedos cortados para tirarem os ossos.

Ela me mostra uma das mãos, na qual só restam o polegar, o indicador e o anelar.

Tão depressa quanto surgiu, meu sorriso se desfaz. A náusea sobe por meu estômago novamente, embora desta vez não tenha nada a ver com o cheiro. Søren sabia disso, lembro a mim mesma, e em seu silêncio ele o aprovava. Quero me afastar dele, mas não consigo. Enterro meu coração partido bem fundo no peito.

– Querem se juntar a nós?

– Precisamos nos apressar – diz Søren, e percebo a irritação em sua voz.

– Só atrasaremos vocês – admite o outro homem, Olaric, apoiando o corpo quase todo na porta da cela para ficar ereto. – Mas podemos manter os inimigos ocupados.

– Você mal consegue ficar em pé – afirmo.

– Se seu *prinkiti* rebelde pudesse ceder algumas de suas pedras, nós certamente aguentaríamos – sugere Hylla, fungando. – Terra para mim, Fogo para os outros.

A meu lado, Søren fica tenso, sabendo que estão debochando dele, e ponho a mão em seu braço para acalmá-lo.

– Eles juraram proteger minha mãe – digo-lhe em kalovaxiano. – E, portanto, proteger a mim. Querem abrir mão da própria vida para podermos ganhar tempo, mas precisam das pedras para sustentar alguma luta. Uma da Terra, duas do Fogo. Tem alguma com você? – pergunto, embora saiba que tem.

Posso senti-las, fazendo vibrar o ar entre nós. Fico perto delas com tanta frequência que mal as noto, mas sempre posso senti-las.

Ele suspira antes de se mexer por um momento. A Pedra da Terra ele extrai do punho da espada, usando a força que ela lhe fornece. As Pedras do Fogo são retiradas do forro de sua capa. Mesmo sob a luz fraca, elas cintilam como estrelas distantes. Ele as entrega, mas sei que não está contente com isso.

– Confia neles? – sussurra para mim.

Não confio em ninguém. Certamente não confio em você.

– Confio – respondo.

– Vamos manter os homens ocupados – garante Hylla.

Ao lado dela, Olaric faz surgir uma bola de fogo na palma da mão, grande o bastante para iluminar nós cinco. É difícil dizer, através da sujeira e do sangue seco que cobre a maior parte de seus rostos, mas são mais jovens do que as vozes me levaram a crer, pelo menos uma década mais jovens que Ampelio. Deviam ser um pouco mais velhos do que sou agora antes do cerco, recém-treinados e empolgados com a vida diante deles. Não creio que sequer sonhassem em acabar aqui. Quando os olhos de Olaric pousam em mim, os cantos de sua boca se suavizam e ele quase sorri. Deve ter sido bonito um dia, e o tipo de homem que sabia disso.

– Você é parecida com sua mãe. A voz também se parece com a dela – comenta ele em astreano. – Quando eu a vir no Além, darei lembranças suas.

Quero lhe dizer que não seja bobo, que vamos nos encontrar de novo, mas não devo me iludir. A próxima vez que eu os vir será mesmo no Além, e espero que isso não seja tão cedo. Eles estão entrando nessa batalha sabendo que não vão sair do outro lado com vida.

Mais gente morrendo por mim. E por quê? O que eu fiz para merecer isso?

– Obrigada – digo e, ignorando o fedor, dou um passo adiante e beijo cada um deles no rosto. – Que os deuses os guiem.

– Vida longa à rainha de Astrea – recitam eles antes de Olaric apagar sua chama e o som de suas passadas desaparecer.

Fico petrificada no lugar até não conseguir mais ouvi-los. Por fim Søren põe a mão em minha cintura e me conduz adiante. Por um longo momento, ele não fala, mas, depois de virarmos outra curva, ele pigarreia.

– Não conheço nenhum homem do meu pai que estaria disposto a morrer por ele – diz. – Seu povo ama você.

– Eles nem me conhecem. – Não levantariam um dedo por mim se soubessem das coisas que fiz. – Mas amaram minha mãe mais do que o suficiente para compensar.

Ele não sabe o que dizer diante dessa afirmação e fico contente por isso, porque não tenho certeza do que desejo ouvir. As palavras dos Guardiões continuam a se repetir em minha mente, queimando em mim e me dando esperança suficiente para me fazer avançar passo a passo rumo a um futuro incerto. *Você realmente é filha de Ampelio. Você é parecida com sua mãe. A voz também se parece com a dela. Vida longa à rainha de Astrea.*

FUGA

PASSOS RESSOAM MAIS ALTO A NOSSAS costas à medida que enveredo pelo labirinto de corredores escuros e úmidos, correndo as mãos pelas paredes, procurando a passagem escondida. O som é pesado e sincronizado. Soldados. Ainda estão longe, mas se aproximam rapidamente. Por trás desse som, ouço os ruídos de uma luta: gritos de surpresa, berros de dor, o baque seco de corpos caindo pesadamente no chão de pedra. Søren ouve com atenção enquanto procuro o buraco, mais desesperada do que nunca.

– Estão a alguns minutos daqui – diz ele. Posso ouvir o medo sob sua calma. – São apenas alguns homens... três ou quatro, talvez... mas têm cães que nos farejam. O restante ficou para trás para lutar com seus amigos. Eles não vão ser vencidos facilmente.

– E de quantos você dá conta se nos alcançarem? – pergunto.

Ele hesita.

– Depende de quem são. Se fosse eu no comando, mandaria os mais fortes na frente. Somos a prioridade, seus amigos são só um obstáculo. Neste caso, um ou dois. Se eu tiver sorte.

– Não é uma perspectiva muito animadora – comento, esquadrinhando desesperadamente as paredes.

– Por isso sugiro que você se apresse.

Depois de procurar alguma coisa no manto, Søren cutuca meu braço com um objeto. Estendo a mão para pegá-lo e percebo que se trata do cabo de meu punhal, aquele com que eu quase o esfaqueei.

– Por via das dúvidas – sussurra ele.

– Obrigada – digo, mantendo-o seguro em minha mão esquerda e voltando a apalpar a parede com a direita.

Não me lembrava de aqui ser tão escuro. Quando vim, na infância, podia ver melhor as coisas. Pelo pouco que sei, podemos ter passado o buraco há séculos ou virado errado em algum lugar. A memória é uma coisa tão falível. Ainda assim, arrasto meus dedos sobre as pedras ásperas e irregulares, mesmo depois que eles começam a sangrar.

Um cão late e não preciso que Søren me diga que eles estão se aproximando. Continuo ainda mais rápido, minha mente uma névoa frenética. Preciso me concentrar. Só consigo pensar nesta parede e em meus dedos. Só consigo pensar em sair daqui.

O buraco é tão pequeno que quase passa despercebido. No escuro, não posso ter certeza de que é aquele de que me lembro – mas *tem* que ser, porque os soldados estão tão perto agora que posso quase sentir o cheiro deles. Tem que ser, senão estamos mortos.

– Thora – adverte Søren, mas eu o ignoro e pego o punhal.

Desembainhando-o, pressiono a ponta no buraco na pedra, empurrando com tanta força que temo quebrar o punhal. Os passos agora soam tão alto que não consigo ouvir mais nada, nem mesmo o ruído da porta do túnel se abrindo.

E caio por ele.

• • •

Ouço o ruído da água antes que minha pele registre o choque da temperatura, mas, quando a atinjo, ela transforma minha pele em gelo. Ergo o corpo, me apoiando nas mãos. Estou em um riacho. Embora tenha apenas alguns centímetros de profundidade, a água flui e reflui e suponho que deva seguir para o oceano.

– Thora? – sussurra Søren, entrando na passagem de forma mais graciosa do que eu e fechando a porta atrás de si. Aqui também está escuro, mas há uma luz débil vindo de um ponto distante, suficiente apenas para que eu veja alguns centímetros à frente.

– Estou bem – digo, pegando a mão dele e me pondo de pé.

Volto através da água para ouvir junto à porta selada, Søren a meu lado. Posso ouvir os guerreiros passarem ruidosamente. Mas é só uma questão de segundos antes que os cães voltem, parem e comecem a latir e rosnar do outro lado.

Um dos guerreiros se joga contra a parede e Søren agarra minha mão. Posso quase sentir seu pulso disparado e a aperto de volta com a mesma força.

A porta resiste, não cedendo um milímetro sequer, e o guerreiro xinga os cães, tentando arrastá-los dali, mas eles não se movem.

– Deixe-os – diz outro guerreiro. – A esta profundidade, os cães perderam o faro. Não há saída. Ela pode se esconder, mas nós a encontraremos antes que o sol se levante.

Os passos afastam-se apressados e sinto Søren relaxar a meu lado, embora não solte minha mão.

– Venha – sussurro, pondo-me a descer pelo túnel.

A água gelada vai se aprofundando a cada passo, encharcando a saia do vestido e minhas pernas. Não demora muito para que fiquemos com água na altura dos joelhos e minhas pernas estejam dormentes. Não lembro de ter que nadar para sair do túnel quando era criança. Blaise e eu saímos direto na praia, a água chegando no máximo a nossos tornozelos. Mas deve ter sido na maré baixa.

– Você está tremendo – diz Søren, e percebo que estou mesmo. O ar é ainda mais frio do que nas masmorras e meu vestido está ensopado. – Vista o meu manto.

Sempre cavalheiro, penso antes de estender a mão para detê-lo.

– Imagino que você vá precisar dele logo, logo também.

– Vou ficar bem – insiste ele, tirando-o dos ombros e passando a mim.

Seguro-o com cuidado nos braços. O forro do manto é cravejado com Pedras do Fogo, eu lembro, uma forma perfeita de se manter quente no inverno. Acostumei-me a ignorar a tensão ao longo dos anos cercada por elas, mas, assim tão perto, o poder me chama. Ele vibra por meu sangue e minha mente. Se usasse o manto, poderia me tornar invencível. Todas estas Pedras do Fogo, todo este poder...

Chegamos à bifurcação no túnel: a água corre para a esquerda – o lado que deve levar ao oceano –, mas o outro lado é um aclive suave. É o caminho que vai até a sala do trono. O kaiser certamente está lá e, a esta altura, certamente já sabe que fugi. Posso ver seu rosto – aquela cara vermelha e inchada, furiosa – enquanto ele, sentado no trono de minha mãe, vocifera ameaças contra os guardas.

Será que seria fácil começar um incêndio? Nunca tentei, mas já vi kalovaxianos acenderem lareiras com a ajuda de algumas Pedras do Fogo. Não pode ser tão difícil, principalmente porque tenho o sangue de Houzzah em minhas veias. Imagino ver o fogo crescer e crescer e engolir o palácio e todos nele que fizeram mal às pessoas que amo. Por um instante, penso em pôr fim a tudo agora. Eu poderia fazer isso, seria até fácil, mas teria um custo alto para mim.

Em um único ato de sacrilégio, eu abriria mão da chance de tornar a ver minha mãe e Ampelio. Os deuses me amaldiçoariam e talvez até amaldiçoassem meu país também. Não sei se acredito nisso. Não posso deixar de pensar em Artemisia e sua falta de fé nos deuses. Depois de tudo que meu país sofreu, não sei se minha mente ainda acredita neles. Mas ainda posso senti-los em meu coração, nas histórias que minha mãe me contou. *Quero* acreditar neles.

– Não posso ficar com isso – digo a Søren, embora devolver o manto seja uma das coisas mais difíceis que já fiz.

Ele franze a testa.

– Por que não?

– As pedras. Elas... – Minha voz falha. Esta não é a hora de explicar, mas não tenho escolha. – Elas só devem ser manuseadas por alguém que as tenha merecido, e nunca tantas de uma só vez. Os Guardiões passam anos estudando e venerando os deuses nas minas pelo privilégio de carregar uma única pedra. Usá-las sem o devido treinamento... é sacrilégio.

– Mas você não tem o sangue de um deus do fogo nas veias? Se alguém pode usar este manto...

Sacudo a cabeça.

– Minha mãe sempre disse que os governantes eram as últimas pessoas que deveriam ter esse tipo de poder. Eu nunca entendi isso, mas agora estou começando a entender.

Søren hesita, ainda estendendo o manto para mim.

– Você vai congelar sem ele – insiste. – A água vai ficar cada vez mais profunda e, se minhas habilidades de navegação são o que acredito que sejam, devemos sair perto o bastante do barco para que nadar seja nossa melhor opção a fim de não chamar atenção. Você não chegou até aqui para congelar até a morte.

– Vou sobreviver – afirmo.

Ele estende o manto por mais um segundo antes de se dar conta de que estou falando sério. Então começa a recolocá-lo, mas para a meio caminho e torna a tirá-lo. Estende o braço para largá-lo, mas eu o detenho, segurando o tecido. Mesmo através da lã grossa, posso sentir o agradável zumbido das pedras a me percorrer novamente. É inebriante, mas tento ignorá-lo e me concentrar.

– Podemos precisar dele – digo. – Se conseguirmos liberar as minas, haverá alguns Guardiões lá e eles vão precisar de pedras. Precisamos de todas que pudermos obter.

Ele assente com a cabeça, pegando o manto outra vez e pendurando-o em um de seus ombros.

– Esses seus aliados... – começa.

– Você viu alguns deles. Minhas Sombras nas últimas semanas.

Søren franze a testa.

– Suas Sombras? – repete. – O que aconteceu com as outras?

– Mortas – admito.

A água agora chega a minha cintura. Está começando a lamber minhas feridas recentemente reabertas, ferroando-as de forma tão dolorosa que sou obrigada a morder o lábio inferior para não gritar. Sei que também as está limpando, mas isso não diminui a dor. A luz à frente está ficando mais forte.

– Estou cansado da morte – diz ele finalmente. – Quando matei os guardas... não fiquei nem mesmo perturbado. Nem pensei duas vezes antes de matá-los. Não sinto nem culpa. Que tipo de pessoa não sente culpa ao matar?

– Alguém que já fez isso muitas vezes. Mas você não precisa que eu lhe diga que era necessário.

– Eu sei – confirma ele. – Só que tenho a sensação de que cada vez que faço isso, mesmo durante uma batalha, fico um pouco mais parecido com ele.

Não preciso pedir que ele explique.

– Você não é seu pai, Søren – digo a ele.

Já disse essas palavras a ele algumas vezes antes, mas acho que a cada vez ele acredita menos, mesmo enquanto eu acredito mais.

Ele não me responde e mergulhamos no silêncio, avançando cada vez mais nas águas, cada um de nós perdido nos próprios pensamentos. A essa altura, Blaise já terá contado aos outros meu plano. Como eles estarão reagindo? Nada bem, imagino. Artemisia vai fechar a cara e revirar os olhos e fazer algum comentário ácido. Heron será mais sutil, mas vai mostrar sua silenciosa reprovação na ruga em sua testa e no canto da boca virado. Mas posso fazê-los entender. É a jogada certa.

– Pronto – a voz de Søren interrompe meus pensamentos.

O fim do túnel aparece a distância, um pequeno círculo de céu azul-escuro. Corremos em sua direção. O túnel se alarga a nossa volta, transformando-se em uma caverna que se abre diretamente para o oceano. O luar é suficiente apenas para confirmar que estamos voltados para oeste. Não há nada visível, somente um pequeno barco balançando ao longe. *Wås*.

– Tem razão – digo. – Vamos ter que nadar até lá.

Ele olha para mim.

– A corrente é forte e vai estar contra nós.

Não é problema algum para Søren, estou certa disso, mas ele está preocupado comigo. E tem razão de estar. Minha experiência com o nado se limita praticamente às piscinas aquecidas sob o palácio. Água parada, morna. Nada como isto.

– Parece que vai ser divertido – afirmo levianamente, esperando transmitir mais confiança do que sinto.

Não transmito. Ele enxerga através de mim, mas também sabe que não temos escolha. É nadar ou morrer.

– Fique perto de mim – sugere. – E me avise se precisar parar um pouco. Não temos que chegar propriamente ao barco, só até aquelas rochas.

Ele aponta o grupo de rochedos ao qual o barco está amarrado.

Eles estão mais perto, mas não o suficiente para fazer uma grande diferença. Além disso, há o risco adicional de sermos vistos quando subirmos neles. Mas, enquanto houver uma chance, tenho esperança.

– Vamos – digo a Søren.

Não podemos perder mais tempo.

• • •

A sensação é de que, a cada centímetro que avanço, as ondas me jogam dois para trás. Se isso é o que Søren chama de corrente fraca, eu detestaria ver uma forte. Estou tão gelada que já não sinto o frio. Os dedos das mãos e dos pés perderam a sensibilidade e temo que caiam antes que eu chegue às rochas.

Søren permanece a minha frente, mas posso ver que está se demorando para não se afastar de mim.

– Quer parar? – pergunta, arquejando as palavras acima das ondas.

Apesar das Pedras do Fogo no manto que o envolve, o frio também o está afetando.

Meus dentes batem, abafando todos os outros ruídos.

– Estamos quase lá – replico, me esforçando.

– Metade do caminho, mais ou menos – corrige ele.

Tenho vontade de chorar, mas seria uma perda de energia a que não posso me dar o luxo. Posso chorar mais tarde, quando estiver quente e em segurança. Poderei chorar quanto quiser então, mas não agora.

A única maneira de conseguir sobreviver a isso é permitir que minha mente deixe o corpo, como faço durante os castigos do kaiser – como *fazia*, lembro a mim mesma. Ele nunca mais vai me tocar. Sem a mente para me atrapalhar, tudo que preciso fazer é respirar e bater os braços e as pernas. Minha mente está bem a minha frente, já no barco, quente, segura e livre.

Quente, segura e livre.

Quente, segura e livre.

Repito as palavras para mim mesma como um mantra, sincronizando-as com os batimentos do coração e o ritmo das braçadas. Nada mais importa. Mal tenho consciência de Søren nadando adiante, embora ele olhe para trás o tempo todo para se certificar de que ainda estou na superfície.

Uma eternidade se passa antes de chegarmos às rochas e ele se preparar para me ajudar a subir.

– V-você... disse... s-só trinta... m-minutos – consigo comentar ao alcançá-lo, agarrando-me ao rochedo com tanta força que a superfície áspera se crava nas pontas de meus dedos.

– Na verdade, acho que fizemos um bom tempo – comenta ele, parecendo impressionado. – Você deve ter até feito em 25.

Meus dentes batem tanto que não consigo responder. Ele tenta me dar o manto novamente, mas eu o empurro.

– Só por um minutinho – diz Søren.

Sacudo a cabeça.

– Estou bem – informo, mas não espero que ele acredite.

– Há cobertores no navio – informa, prendendo o manto em torno dos ombros. Então segura minha cintura e me ajuda a me içar para o rochedo. – E algumas mudas de roupa.

– E c-c-café? – pergunto, tentando subir no rochedo.

Há muito perdi os sapatos, portanto tenho de fazer isso descalça. Os pobres dedos de minhas mãos estão ralados, ensanguentados e ardendo com a água salgada. Estou surpresa que ainda prestem para alguma coisa, mas conseguem se segurar. Também consigo apoiar os pés e aproveito a oportunidade para identificar onde estou. O barco está muito perto, talvez a alguns metros.

Søren sobe e fica a meu lado.

– Café, não. Mas tem vinho. Vinho bom – afirma ele.

Respiro fundo e começo a me arrastar, centímetro a centímetro, na direção do barco. O vento frígido congela as articulações em minhas mãos, fazendo com que seja mais difícil segurar, mas vou avançando. Sei que preciso ir mais rápido, principalmente agora que estamos tão visíveis para quem esteja na praia, mas não consigo. Isso já faz parecer que estou morrendo.

– Você está indo muito bem – diz Søren entre dentes. Fico mais feliz do que deveria ao ver que para ele também está sendo um esforço. Ele nasceu para ser um guerreiro, foi feito para coisas piores do que isso e mesmo assim está tendo dificuldade. – Só não olhe para baixo – adverte.

Mas, é claro que, assim que ele fala, é exatamente o que faço. E é claro que me arrependo no mesmo instante.

Já nos afastamos e subimos bastante ao longo dos rochedos, de modo que a água agora está a uma queda acentuada abaixo de nós. Em sua margem, rochas menores e pontiagudas rompem a superfície, ameaçando me fazer em pedaços se eu escorregar. Arquejo, estremecendo, e desvio os olhos.

– Eu avisei – resmunga ele. – Continue olhando para a frente.

Rilho os dentes, mas não discuto. Agora estamos perto, a proa quase perto o bastante para que possamos tocá-la, embora o barco esteja fundeado a alguns metros para evitar que se choque contra as rochas.

– Vamos ter que subir mais – diz Søren, como se estivesse lendo minha mente. – E então vamos ter que pular.

– Eu t-t-temia que v-v-você f-f-fosse dizer alguma c-c-coisa assim – consigo falar.

Embora pareça lhe custar, ele ri.

É difícil encontrar aderência para os pés ao subir ainda mais e o tempo todo são meus braços que fazem a maior parte do trabalho de me sustentar. Eles parecerão algas depois disto, tenho certeza, mas haverá um *depois*, e é isso que importa.

A kaiserin tinha razão. Às vezes sobreviver é o bastante.

Um grito vindo da praia corta o ar e, a meu lado, Søren solta uma série de imprecações das quais conheço apenas metade.

– Está tudo bem – garante, olhando por sobre o ombro. – Estamos quase lá e todos os navios deles estão do outro lado da península. Quando aquele guarda encontrar alguém, já estaremos longe. Está tudo *bem*.

Tenho a sensação de que ele está tranquilizando mais a si mesmo do que a mim.

Quero me virar e olhar por mim mesma, mas não preciso que Søren me diga que não é uma boa ideia. Tudo que posso fazer é pôr um pé adiante do outro, uma mão na frente da outra e subir. Tudo mais está fora de meu controle. De certa forma, há liberdade em saber disso.

– Muito bem – diz ele após um momento. – Agora você vai precisar pular.

Olho para o barco alguns metros abaixo e engulo em seco.

– Não vou mentir para você, Thora. Vai doer. – Sua voz é tão reconfortante que quase não me irrito com o nome. – Você precisa manter os joelhos relaxados e rolar para reduzir o impacto e não quebrar nada. Consegue fazer isso?

Faço que sim com a cabeça, embora não tenha certeza. É a única resposta que posso dar.

– Quando chegar ao três. Pularei em seguida. Um. Dois...

Eu me preparo, flexionando os joelhos.

– Três.

Salto da rocha com o último ímpeto de energia que me resta.

Por um venturoso momento, tenho a impressão de estar voando, com nada além do ar a minha volta. Mas, quando vem, o impacto é forte, e, embora eu faça como Søren disse e mantenha o corpo relaxado, ainda assim ouço um estalo ao aterrissar e a dor inunda meu lado direito. Minha costela. Ignoro-a o melhor que posso e rolo, abrindo espaço para Søren cair também.

Sua queda o deixa sem ar e ele sibila por um momento, lutando para recuperar o fôlego.

– Você está bem? – pergunta quando consegue falar.

– Costela quebrada, acho. Mas, fora isso, estou bem.

Ele assente com a cabeça, mas seus olhos mostram preocupação. Ele levanta-se bem rápido e começa a desamarrar o barco das pedras.

– Vou nos pôr em movimento. Vá para a cabine e se aqueça. Há roupas na arca, na ponta da cama – informa.

Embora ele esteja mancando e tremendo, ainda fala como um comandante. Totalmente profissional.

– Søren – chamo baixinho.

Minha voz quase é levada pelo vento, mas ele escuta e se vira para me olhar. Está sorrindo, mesmo depois de tudo, pronto para embarcar em uma nova aventura, pronto para lutar contra a única família que lhe resta. Pronto para ficar a meu lado em qualquer situação.

Se pelo menos fosse tão simples assim.

– Vai ficar tudo bem – diz ele, interpretando equivocadamente minha expressão.

Sacudo a cabeça antes de pôr as mãos em concha em torno da boca.

– *Attiz!* – grito, alto o bastante para ser ouvida acima do vento. *Agora*.

Antes que Søren tenha chance de perguntar o que está acontecendo, três figuras envoltas em mantos negros surgem da cabine e correm em nossa direção: Blaise, Artemisia e Heron.

Søren saca a espada, mas ainda está fraco da longa distância que nadou e da subida e o choque retarda seus movimentos. Artemisia arranca a arma de sua mão sem qualquer esforço. Heron o derruba de joelhos e puxa seus braços para trás, amarrando-os com um pedaço de corda.

Estou paralisada, incapaz de fazer qualquer coisa senão olhar. Eu dei início a isto, lembro a mim mesma. Era a coisa certa a fazer. Ainda assim, ver Søren dominado e incapaz de reagir parte meu coração.

– Se a machucarem, vou matar vocês todos – vocifera ele, lutando para se soltar.

Recupero a voz.

– Søren – repito, e ele desvia os olhos para mim.

É então que ele se dá conta de que eles não estão me machucando. Blaise se adianta e envolve meus ombros com um cobertor. A confusão cruza o rosto de Søren, mas logo é substituída por uma frieza que reconheço facilmente. Eu a vi há algumas horas no rosto de Crescentia. Ele para de lutar, mas seu olhar permanece duro.

– Levem-no para baixo – digo, surpresa por minha voz sair firme. Até mesmo meus tremores cessaram. – Deixem-no vestir uma roupa seca. Ele não vai ser um bom refém se estiver morto.

LIVRE

SØREN TINHA RAZÃO. QUANDO *WÅS* ALCANÇA sua velocidade máxima, nada pode alcançá-lo. Por um momento, os navios do kaiser são pontos nos seguindo, mas rapidamente os perdemos e não demora para que não haja nada atrás de nós, exceto água. Até mesmo Artemisia, que assumiu o comando do barco, está impressionada com o desempenho. Tenho vontade de lhe dizer que Søren o construiu com as próprias mãos, mas duvido que ela considere isso tão encantador quanto eu. Ela me lançaria aquele olhar no qual é especializada, aquele que diz que ainda não está muito certa se sou digna de confiança. A esta altura, eu esperaria já ter mais do que provado isso, mas não creio que jamais vá conseguir com ela.

Eu compreendo, porém. Garotas como nós aprenderam aonde a confiança leva.

Heron ainda não aprendeu essa lição. Ele se mantém a meu lado, devotado, usando seu dom para curar minha costela, assim como os cortes e arranhões. Ele cura Søren também, sem que ninguém lhe peça, embora Artemisia até o censure por isso.

Søren é drogado imediatamente. Heron verteu com habilidade um frasco de alguma coisa goela abaixo e segurou-lhe o nariz até ele engolir. Disse que aquilo o manteria inconsciente até alcançarmos Dragonsbane. O navio dela terá uma cela de verdade, disse ele, com grades, cadeados e correntes, mais adequada para mantê-lo cativo.

Embora a cabine do *Wås* seja pequena e Søren esteja caído no canto a poucos metros de mim agora, eu me forço a não olhar para ele. Assim, dormindo, ele parece uma criança e a culpa se avoluma em meu peito até eu não conseguir mais respirar.

Foi preciso. Era a única maneira como isso poderia ter terminado. Ele se voltou contra o pai, eu acredito de fato, mas ninguém mais fará isso. E que tipo de rainha eu seria se apoiasse meus inimigos em detrimento de meu povo? Søren é meu inimigo, mesmo que ambos desejemos que não seja assim. Ele tem o sangue de centenas de inocentes nas mãos.

Embora minhas mãos tampouco estejam exatamente limpas agora.

Não consigo relaxar com ele assim tão perto, mesmo que não olhe para ele, encolhida na cama. A cama dele. Que tem até o cheiro dele – água salgada e madeira recém-cortada. Meu corpo dói de exaustão, mas a mente gira e não consigo dormir – nem tenho certeza se quero. Não sei o que me espera nos sonhos.

A porta da cabine se abre com um rangido e Blaise entra segurando duas canecas de chá fumegante.

Ele parece pior do que eu, com meias-luas roxas sob os olhos destacando-se claramente contra a pele opaca e acinzentada. Eu me pergunto quando terá sido a última vez que dormiu. Inadvertidamente, ouço em minha mente a voz de Erik, mas a afasto. Estamos aquecidos, em segurança e livres, e isso é algo para celebrarmos.

– Imaginei que ainda estaria acordada – diz ele, desviando-se da figura adormecida de Heron e lançando um olhar desconfiado para o corpo inconsciente de Søren.

Ele se senta na borda da cama, pousa sua caneca em uma mesinha dobrável ao lado dela e me entrega a outra. Antes que eu tome um gole, ele me detém.

– Pus um remédio aí – avisa. – Não tão forte assim – acrescenta, fazendo um movimento com a cabeça na direção de Søren. – Mas você precisa dormir um pouco e pensei que esta seria a única maneira de fazer isso.

Agradeço com um gesto de cabeça e começo a dar um gole enquanto ele se abaixa perto de Søren, verificando as cordas que o amarram. Sem pensar muito, troco nossas canecas. Quando ele se volta novamente para mim, seus olhos dançam em meu rosto. Ele vê minha culpa, mas apenas parte dela.

– Você fez o que precisava fazer, Theo. – Levo um momento para perceber que está falando de Søren. – E agora acabou.

Solto uma bufadela.

– Não, não acabou – digo, dando um grande gole em meu chá não alterado.

– Mas você não está mais sozinha. Não precisa fingir ser uma coisa que não é – declara, voltando a sentar-se na borda da cama. – Isso já é alguma coisa.

Faço que sim com a cabeça, embora não saiba se ele está certo. A rainha Theodosia me parece uma charada quase tanto quanto lady Thora e é um papel muito mais complicado de exercer. Ninguém esperava nada de Thora, mas as pessoas esperarão milagres de sua rainha. Eu me obrigo a terminar o chá e observo, com cautela, quando ele faz o mesmo.

Suas pálpebras já começam a pesar, mas ele luta contra o sono.

– Você está bem? – pergunta.

Não posso deixar de rir.

– Todo mundo fica me perguntando isso: você, Heron, até mesmo Art. E eu fico dizendo que estou bem. *Estou bem, estou bem, estou bem.* Mas não estou.

– Eu sei – diz ele, franzindo a testa. Seus olhos agora começam a perder o foco, escorregando sobre os meus. Ele tenta espantar o sono piscando. – Não creio que nenhum de nós esteja.

– Não acredito que um dia ficaremos – admito.

Blaise fica em silêncio por um momento. Então se recosta nos travesseiros.

– Quando Ampelio me resgatou das minas, eu lhe disse que deveríamos fugir. Que você parecia perfeitamente bem sendo mantida no castelo. – Ele me olha para ver minha reação. – É o que todos diziam. É a impressão que o kaiser tinha o cuidado de passar, exceto quando a estava punindo. Ele queria que acreditássemos que você estava feliz em aceitar o governo dele para que todos nós nos mantivéssemos na linha também. Mas Ampelio nunca teve dúvidas em relação a você.

Engulo em seco, tentando não pensar na última vez que vi Ampelio vivo, o segundo antes de eu cravar aquela espada em suas costas.

– Alguma vez ele disse alguma coisa a você sobre... Ele me via como sua rainha ou...

Blaise sabe o que estou perguntando.

– Ele tomava o cuidado de só falar de você como sua rainha – conta ele. Mas, antes que meu coração se entristeça demais, continua: – Depois que Ampelio me resgatou da mina há alguns anos, viemos para a capital. Chegamos muito perto de nos infiltrar no castelo e resgatar você, mas a tentativa fracassou e Ampelio não queria arriscar sua segurança por nada que não fosse garantido. Mas foi... – Ele engole em seco. – Dragonsbane tinha acabado de afundar um navio de carga a caminho do Norte com milhares de pedras preciosas.

Enrijeço, sabendo a qual incidente ele se refere. Dragonsbane afundou um navio e eu paguei o preço, como sempre acontecia. Na ocasião, eu tinha 12 ou 13 anos, mas ainda tenho as cicatrizes daquele castigo.

– Nós assistimos – conta ele. – Ampelio insistiu. Ele disse que precisávamos ver, saber pelo que estávamos lutando. Mas tive de segurá-lo aquele dia e quase não consegui. Aquela fúria, aquele desespero... não era de um súdito querendo proteger sua rainha. Era de um pai tentando proteger a filha.

Engulo em seco, sentindo as lágrimas queimarem. Eu os fecho com força, tentando mantê-las longe, e aperto a mão de Blaise.

– Obrigada.

Ele retribui o aperto, mas nenhum dos dois solta a mão. A pergunta que vem pesando em minha mente desde que vi Cress vem à tona.

– De que é feito o encatrio?

Penso nas grades da cela parecendo estar quentes como brasa depois que Cress as tocou. Acho que talvez eu saiba parte da resposta, mas preciso ouvi-lo dizer.

Ele franze a testa.

– Água, na maior parte – esclarece ele. – Não é a matéria-prima que o torna letal, é de onde ela vem.

– Da mina do Fogo – imagino.

Ele assente com a cabeça.

– Corre um riacho nas profundezas da mina, quase impossível de se encontrar. Até onde sei, os kalovaxianos nunca o encontraram. Eles não entram nas minas por mais do que uns poucos minutos por dia para evitar a loucura delas, portanto nunca exploraram muito o local. Por que quer saber?

– Você sabe que Cress sobreviveu a ele – falo devagar. – Mas ele... a modificou.

– Eu vi.

Sacudo a cabeça.

– Não só na aparência.

Conto-lhe sobre as grades, como o toque dela as esquentara.

– Em teoria, é possível – diz ele após um momento. – A magia nas minas afeta a água da mesma maneira que afeta as pedras, da mesma maneira que afeta o sangue de uma pessoa. Ela mata a maioria, mas...

– Mas não todo mundo – concluo. – Acontece que eu nunca ouvi falar que o encatrio pudesse abençoar alguém.

Ele torna a bocejar, tentando espantar a exaustão, antes de relaxar ainda mais na cama.

– Não, mas éramos crianças e é pouco provável que alguém nos contasse isso. E não devia acontecer com frequência. A vítima precisaria não só ter sido abençoada pelos deuses, mas por Houzzah em particular.

Meu estômago se contrai.

– Como Houzzah poderia ter abençoado uma kalovaxiana? – pergunto baixinho a Blaise. – Como ele poderia ter abençoado justamente *ela*?

Ele não responde. Viro-me para olhá-lo e vejo que seus olhos estão fechados e o rosto, relaxado. Adormecido, ele parece uma pessoa completamente diferente. Dar-lhe o chá adulterado foi errado, penso, mas não me arrependo. Continuo segurando sua mão na escuridão. Seguro-a com força até que ela não pareça tão quente. Até que pareça igual à minha.

• • •

Crescentia assombra meus sonhos. Neles, somos crianças outra vez, brincando nas piscinas subterrâneas e fingindo ser sereias. Nossas risadas ecoam pela caverna enquanto jogamos água para o alto e mergulhamos, sua babá nos observando de longe. Eu submerjo, mantendo as pernas juntas como se fossem uma cauda. Quando rompo a superfície novamente e abro os olhos, a cena mudou.

Agora estou de pé em uma plataforma elevada no centro da praça da capital e, a minha volta, todos zombam – tanto kalovaxianos quanto astreanos. Todos gritam, pedindo minha morte, implorando por ela. Até mesmo Søren. Até Blaise. Atrás de mim, ouço uma espada sendo tirada da bainha e me viro, esperando o kaiser ou o theyn. Mas é Cress, empunhando a espada do pai.

Como da última vez que a vi, seu pescoço está negro e descamando, a pele de um cinza-pálido, os cabelos queimados, brancos. A coroa de minha mãe cintila, negra, no alto de sua cabeça. Ela me fita com muito ódio nos olhos, mesmo enquanto a boca se curva em um sorriso. Mãos me empurram, fazendo-me cair de joelhos, e ela se aproxima, os passos suaves de sempre.

Ela se abaixa a meu lado e toca meu ombro com delicadeza, atraindo meu olhar para o dela.

– Você é minha irmã de coração, cordeirinho – diz, o sorriso se abrindo. Seus dentes estão pontiagudos.

Ela beija meu rosto, como fez tantas vezes antes, mas dessa vez a marca deixada é quente e pegajosa, como sangue. Ela volta a se levantar, erguendo a espada sobre sua cabeça e baixando-a em minha direção, cortando o ar com um assovio.

O tempo desacelera o suficiente para eu me dar conta de que mesmo agora não a odeio. Tenho pena dela, medo, mas também a amo.

Fecho os olhos e espero a lâmina encontrar o alvo.

· · ·

Acordo encharcada em um suor frio. Sinto o peso do último dia nos ombros, mas ele é quase bem-vindo. É um lembrete de que estou viva, de que sobrevivi para ver outro dia – mesmo que seja também um lembrete daqueles que não sobreviveram. Elpis. Olaric. Hylla. Santino. Faço uma prece silenciosa aos deuses para que eles sejam recebidos calorosamente no Além, como os heróis que são.

A meu lado, Blaise se mexe em seu sono, a testa se franzindo profundamente. A cabeça vira em um movimento brusco para um lado e ele solta um gemido que aperta meu coração. Nem mesmo dormindo ele está em paz.

Rolo de lado, ficando de frente para ele, e ponho a mão espalmada em seu peito. Ele ganhou peso nas últimas semanas no palácio, mas ainda posso sentir a linha dura de seu esterno através do tecido e da carne. Ele continua a se debater por um momento, mas mantenho a mão firme até que se acalme e a tensão se dissipe de sua expressão. Mais uma vez ele parece o garoto que conheci em uma outra vida, antes que o mundo nos transformasse em ruínas.

Tantas pessoas que amei foram arrancadas de mim. Vi a vida deixar seus olhos. Chorei por elas e as invejei e senti falta delas a cada momento.

Não perderei Blaise também.

Ouço ruídos vindos de trás e me afasto de Blaise, virando-me e dando de cara com Søren, que me observa com olhos aturdidos, semicerrados.

Vê-lo assim, amarrado e perplexo, faz a culpa tomar conta de meu peito até eu quase não conseguir respirar. Então a voz de Artemisia ecoa em minha cabeça: *Não são as coisas que fazemos para sobreviver que nos definem.*

Não temos que nos desculpar por elas. Eu não posso me desculpar por fazer o que precisei fazer.

– Em algum momento foi verdadeiro? – pergunta ele, quebrando o frágil silêncio.

Queria que ele se enfurecesse, gritasse ou lutasse. Seria melhor do que tê-lo me olhando assim, como se eu o tivesse destruído. Søren pode ser um guerreiro prodigioso, mas neste momento nada mais é que um garoto cujo coração foi partido.

Seria melhor mentir para ele. Tornaria tudo isto mais fácil para nós dois. Quem sabe se, ao deixá-lo me odiar, um dia eu também seja capaz de odiá-lo. Mas já menti demais para ele.

– Todas as vezes que olho para você, vejo seu pai – digo.

É a maneira mais cruel que tenho para enfiar o dedo na ferida, as palavras doendo tanto em mim quanto nele.

Seu corpo se retesa e os punhos se cerram. Por um segundo, temo que consiga romper as cordas, como se não fossem mais do que palha. Mas ele não consegue. Ele só me observa, olhos azuis frios brilhando na luz escassa.

– Isso não responde à minha pergunta.

Enterro os dentes com força no lábio inferior, como se isso pudesse impedir as palavras de saírem.

– Sim – admito por fim. – Existia algo de verdadeiro.

Ele relaxa, o espírito de luta deixando-o, e balança a cabeça.

– Poderíamos ter ajeitado as coisas, Thora...

– Não me chame assim – corto em tom ríspido, antes de lembrar que Heron e Blaise estão dormindo. Esta não é uma conversa que eu queira que ouçam. Baixo a voz, mas enfatizo cada palavra: – Meu nome é Theodosia.

Ele torna a sacudir a cabeça. Faz pouca diferença para ele – um nome é um nome –, mas para mim significa o mundo.

– Theodosia, que seja. Eu estou do seu lado, você *sabe* disso.

– Sei.

E estou sendo sincera. Ele voltou-se contra o pai por mim, estava disposto a deixar para trás seu país e seu povo.

– Então por que... – Sua voz some quando ele encontra a resposta sozinho. – Porque você perderia o respeito deles. Eles diriam que você estava deixando as emoções toldarem seu julgamento, que estava me colocando acima de seu país.

– E não estariam errados – digo. – Não posso fazer isso, Søren.

Se não soubesse sobre os *berserkers*, eu o teria traído?

Mas esse é o problema com o *se*. Uma vez que se começa a usá-lo, não há como parar.

Se ele não tivesse me contado aquele história ridícula dos gatos, eu poderia tê-lo matado?

Se ele não tivesse me olhado com tamanha resignação, tamanha aversão a si mesmo, eu poderia ter cravado aquele punhal?

Caminhos se estendem a minha volta, como rachaduras em um espelho, tornando-se mais longos e continuando a se fraturar até eu não ter mais certeza de onde me encontro.

– Queremos a mesma coisa – afirma ele. – Queremos *paz*.

Uma risada sobe por minha garganta antes que eu consiga reprimi-la. É uma solução tão simples e tão impossível.

– Depois de uma década de opressão, Søren, depois de dezenas de milhares do meu povo terem sido mortos e um número ainda maior levado à insanidade nas minas. Depois que serviram como *cobaias* em experimentos. Depois que *você* permitiu que fossem usados como armas. Como você pode pensar que a paz é possível entre os nossos povos? – Preciso recorrer a todo meu autocontrole para não gritar e tenho que respirar fundo para me acalmar. – Entre nós?

– Não é? – pergunta ele. – Eu sei que te amo.

As palavras me fazem hesitar e, por um momento, não sei como responder. Ele disse isso antes, no túnel, mas com tudo acontecendo lá não houve tempo para refletir a respeito. Søren não é o tipo que fala de *amor* levianamente e eu não duvido que ele acredite que esteja sendo sincero. Mas não está. Não pode.

– Você ama Thora e Thora não existe. Você nem me conhece.

Ele não responde quando lhe volto as costas, dobrando as pernas junto ao peito. As lágrimas aferroam meus olhos, mas eu as seguro. Nada do que eu disse é mentira, mas gostaria que fosse. Gostaria que houvesse alguma maneira de poder salvar meu país e ele. Mas não há e fiz minha escolha. Mesmo que eu goste dele, não posso perdoá-lo pelos *berserkers*, e duvido que ele possa me perdoar por esta traição, independentemente do que diga.

A terra entre nós foi queimada, salgada e congelada. Não é um lugar onde alguma coisa vá voltar a crescer.

Não sei bem quanto tempo ficamos em silêncio, mas tenho uma consciência aguda de sua presença, seus olhos em mim, sua dor. Quase me arrependo de não ter tomado o chá batizado com o sonífero. O esquecimento seria melhor do que isto.

Blaise estremece em seu sono, os braços se agitando para lutar contra qualquer que seja o pesadelo que o atormenta. Seguro seus pulsos, prendendo-os antes que ele machuque a si mesmo ou a mim. Quando se acalma, eu o solto, afastando os cabelos curtos de seu rosto.

– Não existe uma cura – declara Søren, a voz gentil. – Você não precisa que eu lhe diga isso.

Continuo de costas para ele e me enrosco ainda mais, me encaixando na lateral do corpo de Blaise.

– Não sei do que você está falando – digo.

– Dar um sonífero a ele é como usar um chá de ervas especiais para entorpecer a dor... Funciona por um tempo, mas, quando acaba o efeito, a dor ainda está lá, com a mesma intensidade. Tentamos coisas parecidas nas minas. Não mudou nada, no fim. Não existe cura para a loucura das minas.

Ouvir aquele termo faz um choque percorrer meu corpo. Viro-me novamente para ficar de frente para ele e a piedade em seus olhos azeda meu estômago.

– Você está enganado – afirmo, as palavras pouco mais que um sussurro.

Sua cabeça se agita.

– Vi centenas de homens passando pelo mesmo processo depois de estarem nas minas. Primeiro, não conseguem dormir, depois perdem o controle sobre seus poderes. É só uma questão de tempo antes que ele se torne explosivo.

– Ele só tem dificuldade para dormir – digo, forçando minha voz a se manter firme. – Depois de tudo por que passou nas minas, isso não é nenhuma surpresa.

– Ele é um dos que me amarraram – replica Søren. – Lembro que a pele dele estava quente.

– Algumas pessoas são mais quentes que as outras.

– Aconteceram outras coisas também, não foi? – pressiona ele.

Penso na cadeira do kaiser se quebrando. Penso na sala do trono, quando o chicote do theyn mordeu minhas costas, as rachaduras se espalhando pelas pedras sob meus pés como pernas de aranha. Penso no medo nos olhos de Blaise quando me contou mais tarde que havia alguma coisa diferente em relação a seu dom. Penso em quando ele me contou que começou o terremoto na mina do Ar porque se descontrolou. Que até Ampelio tinha medo dele.

– Você está enganado. – Mas não soo convincente nem a meus ouvidos. – Ele está fora das minas há cinco anos. Se tivesse sido acometido pela loucura das minas, a esta altura já estaria morto.

Søren não discute, mas tampouco admite que tenho razão. Ele passa a língua pelos lábios secos antes de trazer os olhos de volta aos meus.

– Se ele tiver a loucura das minas, é perigoso, mesmo que não seja essa sua intenção. Eu falei sério quando disse que confiava em você. *Yana crebesti*, lembra? Você confia em mim em relação a isso?

Meus sentimentos por Søren são confusos e complicados e estão irremediavelmente emaranhados. Mas eu confio nele, sim, percebo.

– *Yana crebesti* – respondo, mesmo que essas palavras partam meu coração.

DRAGONSBANE

QUANDO O DIA NASCE, BLAISE AINDA está dormindo a meu lado e sei que vai dormir por mais algum tempo. É bom, digo a mim mesma. Enquanto se fazia passar por uma de minhas Sombras, estava ocupado demais para dormir e agora está pondo o sono em dia. É só isso.

Mas não consigo me esquecer das palavras de Søren de ontem à noite e também não consigo me livrar da sensação de que ele está certo.

A porta se abre, rangendo, e Artemisia surge no vão, o cabelo novamente azul e prata. Ela não tem mais razão para escondê-lo, afinal.

– Estamos nos aproximando do *Fumaça*... o navio da minha mãe – diz ela, sem preâmbulos. – É melhor você se levantar e tentar pelo menos ficar um pouco parecida com uma rainha.

A farpa não machuca, principalmente porque sei que ela tem razão. Meu cabelo está duro da água do mar e o vento cortante da noite passada deixou minha pele ressecada e vermelha. Tenho certeza de que, neste momento, não pareço em nada uma rainha.

– Faça com que eles se levantem também – acrescenta ela, indicando Blaise e Heron com a cabeça.

Seus olhos passam sobre a figura adormecida de Søren como se ele nem estivesse ali.

– Blaise precisa dormir – afirmo. – Você, Heron e eu podemos fazer isso sozinhos.

Art faz um muxoxo, mas não discute.

– Quando ele acordar, você diz que foi ideia sua, então. Ele não vai ficar nem um pouco feliz por perder o encontro.

Ela se vai tão silenciosamente quanto chegou e eu me inclino para onde Heron está dormindo, no chão ao lado da cama. Cutuco seu ombro da forma mais gentil possível, mas ainda assim ele acorda sobressaltado, os olhos cor de avelã arregalados, procurando mas não vendo nada. Ele arqueja, mas parece que está sufocando.

– Heron – chamo, mantendo a voz suave mesmo quando seus dedos apertam dolorosamente meu braço. Sei como pesadelos assim funcionam e sei muito bem como quebrar o feitiço. – Sou só eu, Theo – continuo, cobrindo sua mão com a minha. – Você está bem, nós estamos bem.

Ele volta a si devagar, piscando para se livrar do pesadelo que o atormentava. Vejo a sombra desaparecer por trás dos olhos dele, seu olhar finalmente encontrando o meu.

– Peço desculpas, Vossa Majestade – diz, sentando-se e soltando minhas mãos. – Eu... eu pensei que estivesse de volta à mina, por um momento.

– Não precisa me pedir desculpas, Heron. Mas, se deixarmos Art esperando por mais tempo, ela com certeza vai exigir alguns pedidos de desculpa – advirto-o. – E você pode continuar me chamando de Theo.

Ele se levanta, embora seja tão alto que precisa se curvar para não bater a cabeça no teto baixo. Então estende a mão para me ajudar a me pôr de pé e eu a aceito mais pelo breve contato humano do que por precisar de ajuda.

– Com todo o devido respeito, Vossa Majestade, mas não tenho certeza que possa – diz ele com um sorriso cansado. – Vai ser importante para lembrar a Dragonsbane não só de quem você é, mas do *que* você é.

Meu estômago se contrai e de repente me arrependo de ter trocado o chá adulterado com Blaise. É egoísta, mas não consigo me imaginar enfrentando Dragonsbane sem ele, depois de tudo que ouvi sobre ela. Tento não deixar o medo transparecer.

Encontramos Art no convés, onde ela nos amarrou a um navio muito maior com velas negras que se enfunam ao vento. Centenas de rostos ansiosos nos observam de seu convés e das muitas escotilhas que pontilham o casco.

– Você não podia ter feito alguma coisa nesse cabelo? – pergunta Art rispidamente.

– Com *o quê*? Sei que é chocante, mas Søren não tem uma variedade de produtos de toalete a bordo – replico no mesmo tom que ela.

Ela revira os olhos.

– Então acene, pelo menos, e sorria. Eles vão contar aos netos sobre este dia. A primeira vez que viram a rainha Theodosia.

É um pensamento surpreendentemente otimista vindo de Artemisia e eu deixo que ele me alegre. Haverá gerações futuras de astreanos. Nós sobreviveremos. Precisamos sobreviver. Mas, assim que esse pensamento me ocorre, um outro, mais triste, lança uma sombra sobre ele.

– Vou querer ver a mãe e o irmão de Elpis imediatamente, para dar minhas condolências – anuncio a Artemisia.

Ela me olha de soslaio, mas Heron é o primeiro a responder.

– Gostaria de ir com você, se não se importa – diz ele baixinho, e me dou conta de que Heron deve se sentir tão culpado quanto eu.

Ele deveria ter ido buscá-la nos aposentos do theyn depois que ela administrasse o veneno, mas não conseguiu chegar.

Artemisia pigarreia.

– Ela morreu como heroína. Um dia entoaremos canções sobre ela – diz.

– Tinha só 13 anos – replico. – Era jovem demais para ser uma heroína. Eu deveria tê-la deixado ser criança um pouco mais.

– Ela nunca *foi* criança – protesta Art, os olhos duros como aço enquanto fita o convés do *Fumaça*, do qual uma escada de corda está sendo baixada até nós. – *Eles* tiraram isso dela, e você não deve se esquecer disso. *Eles* são o inimigo. Você deu a ela uma chance de ser algo que não fosse uma vítima e ela a aceitou, feliz. Esse é o legado dela e transformá-la em uma vítima indefesa desonra esse legado. Vou providenciar para que você encontre a família dela, mas é isso que você vai dizer a eles. Você não matou Elpis. Foi o kaiser quem fez isso.

Estou chocada demais para replicar e Heron também deve estar. Ela está sendo mais generosa do que jamais esperei que pudesse ser e, embora isso não alivie minha culpa totalmente, ajuda um pouco.

– Venham – diz Art quando a escada nos alcança. – Eu vou primeiro, depois Theo. Heron, você vem por último, para o caso de ela cair.

– Eu não vou cair – desdenho, embora de repente me ocorra que isso pode acontecer.

Após o longo trajeto nadando e escalando na noite anterior, meus braços parecem flácidos e inúteis, mas, pelo menos, a subida agora é curta.

– Vai haver uma multidão reunida – continua Art, como se eu não tivesse falado. – Vou abrir caminho por ela, então fique perto de mim. Minha mãe estará esperando em seus aposentos, longe do tumulto.

Ela segura a escada de corda e começa a subir. Espero até que tome certa dianteira antes de seguir. A dor em meus braços enquanto subo é quase uma distração agradável da preocupação que se agita em minha mente. Posso sentir centenas de olhos em mim, me observando como se eu fosse alguém digna de ser observada... digna de ser seguida... e não tenho certeza se sei ser essa pessoa.

Quando alcanço o topo da escada, Artemisia está a minha espera, debruçando-se sobre a amurada para segurar minha mão. Seu rosto está vincado pelo pânico.

– Desculpe, Theo – diz ela. Então me puxa para o convés enquanto sussurra tão rápido que quase não consigo ouvi-la: – Minha mãe veio ao seu encontro, afinal, e tem uma coisa que você não sabe...

– Theodosia.

Conheço essa voz. Ela faz correr arrepios pelo meu corpo e meu coração dispara, me enchendo com uma esperança que não sinto há uma década. Sei que é impossível, mas eu reconheceria essa voz em qualquer lugar.

Art dá um passo para o lado e a primeira coisa que vejo é o espesso círculo de pessoas reunidas no convés a meu redor, todas observando com expressões alegres no rosto. Algumas têm crianças enganchadas nos quadris ou nos ombros. A maioria parece que se beneficiaria de algumas porções extras de comida, mas ninguém está faminto como os escravos na capital.

A multidão se abre e uma mulher se aproxima em meio ao povo.

A mulher tem o rosto de minha mãe, assim como sua voz, os mesmos olhos escuros, o rosto redondo, os lábios cheios. A mesma estrutura alta e magra. O mesmo emaranhado de cabelos preto-avermelhados que ela costumava me deixar trançar. As mesmas sardas a que um famoso poeta astreano se referiu como *a mais divina das constelações*.

Quero gritar e correr para ela, mas a mão de Artemisia pousa em meu ombro e eu compreendo o aviso.

Minha mãe *não* está viva. Eu sei disso. Vi a vida deixar seu corpo.

– Isto é algum tipo de truque? – sibilo enquanto a mulher se aproxima, ciente das pessoas observando.

Meu povo. Então me obrigo a não me acovardar, a não correr para os braços dela.

As sobrancelhas da mulher se arqueiam, como as da minha mãe costumavam fazer, mas os olhos estão pesados de tristeza.

– Não intencional – diz ela na voz de minha mãe. – Você não pensou em avisá-la? – pergunta a Artemisia.

A meu lado, a postura de Artemisia tornou-se rígida como a de um soldado.

– Não queríamos correr o risco... Se Theo fosse torturada... – Sua voz some e ela pigarreia, voltando-se para me olhar. – Theo, esta é Dragonsbane.

A mulher sorri com a boca de minha mãe, mas sem o calor que o sorriso de mamãe sempre emanava. Há nela uma aspereza, uma amargura que minha mãe nunca teve.

– Mas você pode me chamar de tia Kallistrade, se preferir.

– Nossas mães eram gêmeas – diz Artemisia, mas eu mal a escuto.

Mal ouço quando Heron transpõe a amurada do convés e vem postar-se do meu outro lado.

As palavras fazem pouco sentido para mim. Tudo que sei é que estou fitando o rosto de minha mãe, um rosto que pensei que jamais veria outra vez. Há coisas nele que tinha esquecido, como quanto suas sobrancelhas eram espessas ou a saliência na ponte do nariz. Esqueci como partes de seu cabelo ficavam em pé, a menos que fossem abaixadas com pomada.

– Eirene nasceu cinco minutos antes de mim – continua a mulher com o rosto de minha mãe. – Por menor que fosse a diferença, foi o suficiente para fazer dela a herdeira e de mim apenas a reserva.

– Se minha mãe tivesse uma irmã gêmea, eu saberia – digo, ainda não querendo acreditar no que estou vendo.

Ela dá de ombros.

– Eu estava do outro lado do mundo durante quase toda a sua vida – afirma ela. – A corte nunca foi o meu lugar. Tenho certeza de que acabaríamos nos encontrando, se o cerco não tivesse acontecido. – Ela faz uma pausa e comprime os lábios, os olhos suavizando-se ao observar meu rosto. – Não posso expressar quanto estou feliz de tê-la aqui. A sensação é de ter um pedaço dela de volta.

Ela pronuncia as palavras, mas dá para ver que não é o que sente. Elas são para a plateia, não para mim, e sei que deveria dizer algo semelhante. Pigarreio.

– Ao olhar você, não posso deixar de sentir o mesmo – digo a ela, enquanto lembro a mim mesma que ela não é minha mãe.

Não conheço essa mulher e, sem dúvida, não sei se posso acreditar em coisa alguma do que ela diz.

Então me empertigo.

– Tenho certeza de que temos muito a conversar, tia – declaro, colocando no rosto o sorriso artificial que sempre usei na corte. Aquele que eu esperava que jamais tivesse que usar novamente.

– Temos – concorda ela, o sorriso combinando com o meu. – Soube que você trouxe um presente para mim.

Penso em Søren, dormindo amarrado.

– O prinz Søren não é para você. Ele é um prisioneiro político – afirmo. – E será tratado da forma mais civilizada possível enquanto estiver conosco.

As narinas dela se desinflam.

– Você espera que mantenhamos um kalovaxiano alimentado enquanto o restante de nós come meias-porções? – pergunta ela. – Que justiça é essa?

– O tempo da justiça ainda não chegou – digo com firmeza, erguendo a voz para que toda a multidão possa me ouvir. – Ainda estamos em um jogo que temos poucas chances de ganhar e o prinz é a única carta que temos. Precisamos mantê-lo saudável e íntegro, caso contrário ele será inútil.

Os olhos de Dragonsbane se desviam para a multidão atrás dela antes que se voltem novamente para mim, o sorriso mais aberto e mais falso do que antes.

– É claro, Vossa Alteza. Vou cuidar disso.

Ela grita para dois homens à margem da multidão.

– Levem o prisioneiro para a cela.

– Vou supervisioná-lo pessoalmente para ter certeza de que estão cuidando dele – informo a ela.

Quando se vira para mim, seu sorriso se tornou feroz.

– Não acho que isso seja necessário – argumenta. – Ou sábio, neste caso. Já há quem diga que você se afeiçoou demais a ele.

As palavras são um golpe certeiro e me esforço para manter a expressão neutra. A meu lado, Heron se retesa como um arco pronto para disparar.

– Tenha cuidado com a forma como fala com sua rainha – diz ele e, embora sua voz seja suave, há certo perigo nela.

As sobrancelhas de Dragonsbane se elevam, divertidas.

– Eu estava simplesmente dando um conselho à minha sobrinha. As pessoas falam, e precisamos estar cientes do que elas dizem antes que isso nos magoe.

– Então que digam na minha cara – replico, mantendo a voz fria. – Nesse meio-tempo, você dará a ele metade das minhas porções.

– E das minhas – completa Heron um instante depois.

Por um segundo, penso que Artemisia também vai dizer o mesmo, mas na presença da mãe ela se retraiu, calada e insegura pela primeira vez desde que a conheci. Eu compreendo. Afinal, não tenho muitas lembranças de minha mãe zangada, mas estou certa de que ela mostrava a mesma expressão com que Dragonsbane me olha agora – o maxilar contraído, os olhos duros, a boca tensa. Não consigo evitar me sentir novamente como uma criança prestes a ser mandada para o quarto. Mas não sou uma criança. Sou uma rainha, e já enfrentei coisa muito pior do que ela. Então me empertigo e a encaro até ela finalmente baixar o olhar e dizer:

– Como desejar, Vossa Majestade.

EPÍLOGO

A ÚLTIMA PESSOA QUE ME CHAMOU DE Princesa das Cinzas foi a irmã de coração que perdi.

Brincamos juntas quando crianças, aprendendo a dançar e fazendo de conta que éramos criaturas fantásticas, mas, quando tornarmos a nos encontrar, será como inimigas. Vi o ódio nos olhos dela, senti sua ira como um furacão açoitando minha pele. Ela não vai parar até ter minha cabeça e fui eu quem a tornou assim. Disso eu me arrependo.

Mas ela estava certa, em determinado sentido. Eu era uma princesa feita de cinzas, nada mais resta de mim para queimar.

Chegou a hora de a rainha se erguer.

AGRADECIMENTOS

"UM LIVRO É UM PRESENTE" ERA algo que a Sra. Lloyd, minha professora do primeiro ano, gostava de dizer. Lembro-me daquela lente se encaixando no lugar e eu começando a ver os livros à maneira dela, como algo precioso e inestimável. Na época eu não percebia quantas pessoas iriam sonhar, criar e o embalar, transformando-o no presente que é agora.

Obrigada a todos os meus brilhantes agentes. A Laura Biagi, que encontrou *Princesa das Cinzas* em sua pilha e viu potencial nele e em mim. A Jennifer Weltz e Ariana Philips, da agência JVNLA, por estender o alcance do meu livro para um público que eu nunca poderia ter imaginado. E a John Cusick, por sempre estar lá para me ajudar a vencer meus ataques de ansiedade e bloqueios de escritor.

Obrigada a Krista Marino, a melhor editora que eu poderia desejar. Obrigada por sua orientação e visão. Obrigada pela paciência. Obrigada por ver a história que eu estava tentando contar e me ajudar a moldá-la no melhor livro possível. Obrigada a Jillian Vandall, minha incrível divulgadora, por sua energia incansável e seu entusiasmo contagiante. Obrigada a Monica Jean por toda sua visão e dedicação. Obrigada a Elizabeth Ward e ao restante da equipe da Get Underlined por serem tão amigáveis e me permitirem desfrutar de sua companhia nas convenções. E um enorme obrigada a Beverly Horowitz, Barbara Marcus e a todos na Delacorte e na Penguin Random House. Só esta parte poderia ter umas dez páginas, mas quero dizer que estou muito animada para ver começar a jornada de Theo com todos vocês ao meu lado.

Obrigada a Billelis e Alison Impey por me darem a capa mais bonita que eu jamais poderia imaginar. Em grande parte, é graças a vocês que muitos escolherão este livro.

Agradeço à Macmillan UK e à minha editora, Venetia Gosling, por se conectarem com a história de Theo e trazê-la do outro lado do Atlântico. E à Greene & Heaton e meus agentes do Reino Unido, Eleanor Teasdale e Nicola Barr, por encontrarem para a *Princesa das Cinzas* a casa perfeita na Grã-Bretanha. Sou eternamente grata.

Obrigada a meus pais por estarem sempre ao meu lado. Vocês me criaram para perseverar e eu não teria passado pelos reveses e rejeições sem isso. E ao meu irmão mais novo, Jerry, cuja coragem e dedicação sempre foram uma inspiração. Eu sei que sempre nos apoiaremos, mesmo quando estivermos fazendo terror um com o outro.

Obrigada a Deborah Brown e Jefrey Pollock por serem minha família nova-iorquina e por confiarem em mim para cuidar de seus filhos brilhantes. Seu apoio ao longo dos anos significou tudo para mim. E obrigada a Jesse e Eden Pollock, pela constante inspiração e por me lembrarem quem, exatamente, é meu público. Eden muitas vezes lia as cenas enquanto eu as escrevia e seu feedback era incrivelmente perspicaz. Jesse era muito jovem, mas espero que um dia ele goste do que escrevi – desculpe antecipadamente por todas as cenas de beijos.

Obrigada a meus amigos. Madison e Jake Levine, por quase 25 anos de amizade. Cara Shaeffer, para sempre minha inspiração em todas as coisas de adultos e nas de não adultos. Emily Hecht, por me ajudar a aceitar as partes mais estranhas de mim. Lexi Wangler, por me manter sã nas trincheiras editoriais. Patrice Caldwell, Lauryn Chamberlain, Cristina Arreola, Jeremy West e Jeffrey West, por todos os cafés, encontros de escrita e *snarks*.

Obrigada aos companheiros do grupo Electric Eighteens por todo o apoio, compaixão e amizade. Uma mensagem especial para os meus companheiros de Nova York, que se tornaram amigos incríveis ao longo do ano passado – Arvin Ahmadi, Sarah Holland, Sarah Smetana, Kamila Benko, Kit Frick, Emily X. R. Pan, Kheryn Callender, Melissa Albert e Lauren Spieller.

Obrigada aos muitos autores que me deram tanta orientação e apoio durante o processo de publicação. Adam Silvera, Julie Dao, Gayle Forman, Melissa Walker, Libba Bray, Holly Black, Zoraida Cordova, Dhonielle Clayton, Karen McManus, S. K. Ali, sou fã de todos vocês já há algum tempo e tenho muita sorte de agora poder chamá-los também de amigos.

Obrigada a Maya Davis, cuja visão foi fundamental para consubstanciar as culturas e os personagens.

Obrigada a Molly Cusick pelo apoio quando eu estava à procura de uma editora e por responder às perguntas que eu temia fazer ao meu agente (e por me ajudar a perceber que isso era ridículo).

Obrigada ao Birch Coffee no Upper West Side e aos incríveis baristas que mantiveram meus níveis de cafeína e foco.

E por último, mas certamente não menos importante, obrigada à Sra. Lloyd por plantar as sementes do meu amor vitalício por ler e escrever. Elas germinaram.

CONHEÇA OS LIVROS DE LAURA SEBASTIAN

Trilogia Princesa das Cinzas
Princesa das Cinzas
Dama da Névoa
Rainha das Chamas

Para saber mais sobre os títulos e autores da Editora Arqueiro,
visite o nosso site e siga as nossas redes sociais.
Além de informações sobre os próximos lançamentos,
você terá acesso a conteúdos exclusivos
e poderá participar de promoções e sorteios.

editoraarqueiro.com.br